孤狼の絆

落合陽一郎

Yojiro Ochiai

文芸社

目次

プロローグ……5
一九五六年（昭和三十一年）秋……6
第一部　台頭……13
一九六二年（昭和三十七年）一月……14
一九六五年（昭和四十年）夏……32
第二部　仁義……105
一九七二年（昭和四十七年）春……106
一九七五年（昭和五十年）春……162

第三部　逃亡 …… 199
一九七五年(昭和五十年)夏 …… 200
一九七七年(昭和五十二年)夏 …… 213
一九九二年(平成四年)春 …… 251

第四部　光明 …… 269
一九九五年(平成六年)春 …… 270
一九九七年(平成八年)春 …… 319

エピローグ …… 409
一九九九年(平成十一年)一月 …… 410

写真＝落合武郎

プロローグ

一九五六年(昭和三十一年)秋

「やい源一、てめえ俺の何が気に入らねえんだ」

田所勉は、足元で鼻血を出して倒れている、自分より一回り小さな男の子を見下ろして言った。勉の背後では、三人の仲間がにやにやしながらこの様子を眺めている。真ん中の子はひときわ大きく、頭一つ飛び抜けている。

源一と呼ばれた子は、涙を見せまいと歯を食いしばり、勉のちびた下駄を睨んでいた。

「てめえ先公に可愛がられているのをいいことに、生意気になり過ぎているんじゃねえのか?」

勉はしゃがみ込むと源一の顔を覗き込んだ。

元木源一は勉より二歳年下の七歳の時に入園してきたが、おとなしく本好きな子で、小学六年生の今、この孤児院、慈恵園のまさに開設以来の秀才と、園長の自慢の種になっていた。それだけに養護官達の受けもよく、乱暴者でいつも怒鳴られてばかりいる勉にとっては、何かと面白くない存在であったのだ。

とはいっても、二つ年下で小柄な源一などには日頃はかまう気もしなかったのだが、今日ばかりは虫の居所が悪かった。

朝は寝坊した罰で朝食を抜かされ、通っている中学校では、女子の身体検査を覗き見しているところを見つかり、体育教師に死ぬほどぶん殴られて一日中むしゃくしゃしていたのである。夕食後の自由時間に、宿舎裏のいつもの溜まり場に子分達を引き連れて煙草を吸いに来たところ、軒下の電灯の下で本を読んでいた源一に出くわしたのであった。

彼らを見て源一はそれとなく部屋に引き揚げようとしたが、目ざとく見つけられ、こっそり逃げようとしたことに因縁をつけられて殴られたのである。

「すみませんでしたと謝れ。それに俺の子分になると言え」

源一は返事をするかわりに、唇を噛んで勉の目を睨み返した。

「何だその目は。もう一発くらいてえようだな」勉が拳を振り上げた時、「弱い者いじめも大概にしとけ」という声が背後から飛んできた。

勉には振り返るまでもなく声の主が分かった。ゆっくりと立ち上がり声のした方に首を回すと、つんつるてんの学生服のズボンに両手を突っ込んだ男が、子分達の後ろの楠の幹に肩をもたせかけるようにして立っていた。あたりはすっかり暗くなっていて、軒下の電灯の光がかろうじて届く所であったが、勉には乾哲二と分かっていた。

「いいところに来た」勉はニヤリとすると子分を押し退けて楠に近づき、哲二の真正面に立つと、一回り小柄な相手を威嚇するようにことさら大きく背を反らせて言った。「今日は決着をつけようぜ」

「望むところよ。だが一対一だぜ」と哲二は子分達に顎をしゃくった。

「当たりめえよ、お前らは手を出すな」と子分に命じ、勉は履いていた下駄を脱いだ。哲二も擦り切れたゴム草履を脱ぎ捨て、楠から一歩離れて身を低く構えた。

すかさず、勉が大げさな動きで右パンチを繰り出した。哲二はひょいと頭を下げて相手の懐に飛び込んだ。喧嘩に関しては勉の方が一枚上手《うわて》である。小柄で動きの速い相手を呼び込むために、わざと鈍いパンチを放ったのである。哲二の頭突きを腹に力を込めて受け止め、腰に取り付いた哲二の背中に両手を組んだ拳を思い切り叩き下ろした。この一撃で哲二の膝ががくっと落ちかかった。

次には膝蹴りがくることが分かっているので、哲二は必死で勉の両足にしがみつき、全体重をかけて持ち上げようとした。勉はバランスが崩れて倒れかかったが、とっさに哲二のズボンのベルトに手を掛け、二人はもつれるように倒れ込んだ。お互い有効な一撃を加えようとしていたが、接近しすぎていて思うようにならず、目茶苦茶に拳を振り回し、噛み付き、引っ掻きあってごろごろと転げ回っていた。

やがて体力に勝る勉が上になり、馬乗りの体勢から左右のパンチを浴びせかけた。みるみる哲二の顔のあちこちに傷ができ、血が滲み始めた。勉の体から力が抜けていった。

勉は手を止めると哲二を見下ろし、「俺様の力を思い知ったか。今日からは俺が頭だ。てめえは子分になるんだ！」と勝ち誇って叫び、ぐったりとした哲二の顔を覗き込んだ。その瞬間、下から捨て身のアッパーカットが突き上げられ、勉の顎をしたたかに捉えた。油断していた勉は思わずのけ反って哲二の上から転げ落ちた。しかしまだ余力のある勉は即座に跳ね起きたが、ダメージの大きな哲二は半身を起こすのが精一杯であった。すぐに勉の右足が飛んできて哲二の左目の横に命中した。がくんと頭がのけ反ったが、それでも勉は起き上がろうと頭を持ち上げた。しかし目の焦点は合わず、宙を泳いでいた。

勉が左足を後ろに引いてとどめの一撃を加えようとした時、黒い影がすうっと二人の間に割って入り、勉の肩を押し留めた。

「勝負はあったぜ」

勉からは逆光になっていて、新参者の顔が判別できなかった。勉は男の手を払って横に回り顔を確かめた。

勉には意外であった。村下真介であった。真介は、彼や哲二と同じ十四歳で中学二年生であったが、彼らが七歳の時からいるのと違って、二年ほど前に入園してきた男である。小田原駅裏で、地元の浮浪児達に袋叩きにあっているところを巡回中の警官に保護された。警察では名前以外は一言も喋らず、持て余されて市の民生課に回され、結局この慈恵園に預けられたと聞いていた。

慈恵園は七歳から十五歳までの主に戦争孤児を預かり、近くの小・中学校に通わせている小田原市営の孤児院である。

小田原城の東のお堀近くにあり、木造二階建てで十二の部屋に現在は三十数名の子供達が住んでいる。ほとんどが七歳から入居していて、真介のように途中から入ってきたのは珍しかった。真介は園の規則や養護官の言いつけには黙って従っており、いつも一人でいて孤児達とも口を利いているところを見たことがなかった。対立する乾哲二と田所勉グループにも全く関心を示さず、無表情で薄気味悪い奴なので、彼らもこれまで相手にしてこなかったのであった。

そんな真介が突然割って入ってきたので、勉は少なからず驚いた。背丈は勉とほとんど変わらないが、かなりの痩せっぽちで継ぎ剝ぎだらけの学生服はだぶだぶである。面長で目は鋭く、唇は細筆で横に一本線を引いたように薄く、強い意志と酷薄さを漂わせている。

勉は飛び込んできた真介の意思を計りかねていたが、かえって好都合と考えた。日頃何となく胡散臭く感じていた奴が向こうから飛び込んできたのである。ここでこいつを叩いておけば、慈恵園は完全に支配できるのだ。真介の力量も分かるというものだ。

勉は一歩下がって子分に声をかけた。「ウシ、一丁やったれ！」

「牛」と呼ばれた子分は思わずニヤリとして前に進み出た。勉が源一や哲二を叩きのめすのをうずうずしながら眺めていたのである。やっと出番が来た。

勉からいつも「ウシ」と呼ばれている牛田稔は、その呼び名通りに図体が大きく、十四歳にして百七十センチを超し、体重は八十キログラムある。少し知的障害があって口調もはっきりしないところがあるので、ややもすると鈍く見られるが行動は見掛けほど緩慢ではない。勉から命じられると熊のような素早さで相手に飛び掛かり、足腰立たぬほどぶちのめしてみせたのである。

二人が入園してきた事情は定かではないが、二人は従兄弟同士で、田所勉は小さい頃からこの同い年の牛田の面倒を見てきていた。それだけに、牛田は勉の言うことには無条件で従っていたのである。

牛田はゆっくりと真介に向かっていき、一間ほどの間合いになると背を丸めて両手を広げ、低い唸り声を発して飛び掛かる体勢を整えた。真介は身構えをするでもなく、何の感情も表さない目で牛田の動きを追っていたが、牛田が半歩踏み出そうとした瞬間、目に鋭い光が走った。

勝負は一瞬でついた。牛田が飛び掛かったのと、低い奇声とともに真介の体が宙に舞ったのは同時である。真介の鋭く伸びた左足の爪先が、牛田の眉間を捉えた瞬間は誰の目にも止まらなかった。真介が風のように着地した時、牛田はぽかんと口を開けたまま突っ立っていたが、やがて白目を剝いてどっと前のめりに崩れ落ちた。この場の全員が凍りついたように立ち竦んでいた。たった今目にしたことが信じられなかったのだ。

真介は勝ち誇るでもなく、なぜか後悔めいた表情を浮かべていた。我に返って泣きじゃくり始めた源一に手を差し伸べて助け起こすと、勉や哲二には目もくれずにくるりと背を向けた。

その夜、哲二が源一を伴って真介の部屋を訪れた。

「礼は言わねえぜ。俺一人でもやっつけられたんだ」と哲二は顔をしかめながら言って、ベッドの裾に腰を下ろした。

　半身を起こして本を読んでいた真介は、擦り傷だらけの哲二の顔を見返して唇の端を微《かす》かに持ち上げ軽く頷いた。これでも哲二と源一には、真介が笑ったのだと感じられた。彼が入園してきて以来、初めて人前で見せた柔和な表情であった。

　この日以来、三人が行動を共にしている姿がたびたび見られるようになった。

　田所勉グループは、相変わらず勢力拡大に熱を上げていたが、この三人には一切手を出そうとはせず、その関係は彼らが卒園するまで続いたのであった。

第一部　台頭

一九六二年（昭和三十七年）一月

小田原市民会館は昼頃になって、着飾った若い男女で華やかな雰囲気に包まれていた。女の子の大部分は着慣れない着物の締め付けで、胸がつかえたような表情をしており、男達の中にも数は少ないが羽織袴を着ている者もいて、皆一様にやっこ凧のようにしゃちこばった動きになっていた。彼らはあちこちで小グループをつくって談笑していたが、真介はそれらの群れから離れた所で一人煙草を吹かしていた。成人式などに興味はなかったが、雇い主の夫婦が真介の陰日向のない働きぶりに感謝して背広を新調してくれ、無理やり送り出してくれたのだ。賑やかな若者の群れを見回しても、配達先で時折見掛ける程度の者はいたが、ほとんど知った顔はなかった。

「真介じゃないか」とぽんと肩を叩かれ、振り向くと新村啓太が懐かしげな笑顔を浮かべて立っていた。百八十センチ近い真介よりもさらに背が高く、彼同様に無駄な脂肪は一切付いていないが、よりがっしりした肩幅があり、その上に浅黒い精悍な顔がのっている。彼も新調したらしいブルーの背広を窮屈そうに着ていた。「お前がこんな所に来ているとはなあ」と面白がっているような笑顔で言った。「お前こそ練習はいいのか？」

「うん、キャンプまではまだ間があるし、球団からも人気商売だから出ておけって言われてね」

目ざとく新村を見つけた若者達が寄ってき始めたので、二人は市民会館に背を向けて歩き出した。間もなく喫茶店を見つけて入った。右側に数人分の椅子が並んだカウンターがあり、左側には四人掛けのボックスが三つ並んでおり、その一つで三人の若者がコークを飲んでいた。

通路の突き当たりにジュークボックスが据えてあり、ビリー＝ボーンの『峠の幌馬車』の軽快なリズムを吐き出していた。新村はカウンターに座るなりコーヒーを頼み、横に腰を下ろした真介に懐かしげに声をかけた。「二年振りだな」

「啓太、願いがかなったな」

「うむ、でも本当の勝負はこれからだ。プロとしてやっていけるかどうかが問題なんだ」

「お前ならやれるさ。お前が誰よりも努力したことは俺が一番よく知っている」


彼らの出会いはおよそ三年前にさかのぼる。

真介は中学卒業と同時に慈恵園を出て、園長の紹介で早川駅近くのクリーニング店に住み込みで勤めていた。店主夫婦は、口数が少ないが働き者の真介に感心し、近くの夜間高校に通わせてくれた。真介自身は高校などはどうでもよかったのであるが、地方から集団就職で出てきて苦労してきた店主に、これからは学歴が必要だと説得され、通うことにしたのであった。気のいい主人で真介は密かに感謝していた。その夜間クラスにいたのが新村啓太である。

やけに背の高いひょろっとした奴ぐらいとしか見ておらず、親しく口を利いたことがなかったが、二年生になったある日、宿題で少し遅くなった真介が配達用の自転車で帰りかけた時、校庭の方からバシッバシッという音が聞こえてきて何となくペダルを止めたのである。

　真介が興にかられて見に行くと、グラウンドの片隅の照明下のブルペンで、一人のユニフォーム姿の男が黙々と投げ込みをしていた。移動式ネットにマットが立て掛けられ、その下の方には墨で四角い的が描かれている。周りには幾つものボールが転がっていた。男の足元にはバケツが置いてあり、長身の体を折り曲げるようにしてそのバケツからボールを取り出し、一心に的を目掛けて投げていた。一目で新村と分かった。いつもはどちらかというとのんびりした顔つきの男であったが、この時は獲物を狙う鷹のような厳しい目つきで緊張感が溢れていた。

　真介は野球は詳しい方ではなかったが、それでも彼のフォームには引きつけられた。少林寺拳法に通じる流れるような華麗さがある。集中力を妨げては悪いと思い、音がしないように自転車にスタンドを掛けて見つめていた。

　やがてバケツが空になり、新村は傍らのベンチに腰を下ろして汗を拭き始めた。真介は近付いていくと、いつも持参している水筒を無言で差し出した。

　新村は暗がりからいきなり現れた男に一瞬驚いたようであったが、真介と認めるとすぐに片笑みを浮かべ、軽く頷いて水筒を受け取ると旨そうに二口ほど飲んだ。

「ありがとう。君も野球をやるのか?」

　真介は黙って新村の横に座ると首を横に振った。

「だけど何かスポーツをやっているだろう。体つきと身のこなしを見れば分かるよ」

しばらく間があって、真介はぽつりと答えた。「少林寺」

「ほう、それは嬉しいね。俺の故国の国技だ」

真介は意外そうな顔をして新村を見つめた。新村は少したためらっていたようだが、意を決したように打ち明けた。「俺は在日朝鮮人なんだ」

二人は黙ってほのかな照明に浮かび上がっているダイヤモンドを見つめていたが、やがて真介が口を開いた。「朝鮮人の君が日本の国技をやり、日本人の俺が朝鮮の国技をやっているわけか」

二人は顔を見合わせてニヤリとした。新村は「俺を啓太と呼んでくれ」と言って手を差し出した。真介はその手を握りながら「俺は真介」と応えた。


それからの二人は、学校で顔を合わせると「よう」「おう」と短いながら親しく挨拶をするようになっていた。

ある日授業が終わって、啓太が部室へ行こうとした時に真介が声をかけた。

「啓太、俺に野球を教えろよ」

「何だって？　どういう風の吹き回しだ」

「俺が受けてやる」

「馬鹿言え、素人に受けられるような球だと思っているのか？」

「お前はいつも一人ぼっちで練習をしている。誰か相手がいた方が上達も早いだろう？」

啓太は何か言いかけたが、真剣な光が真介の目に宿っているのを見て言葉をのみ込んだ。

「お前の練習のためだけではないんだ。俺の鍛練にもなると思うんだ」

「どういうことだ」

「俺は一日中仕事をしていて夜はここに来ている。寝る前の一時間ほどしか練習ができない。それでは時間が少ないし、どうしても攻撃の型が多くなってしまうんだ」真介はここで言葉を切った。

「なるほど。それで？」と啓太は先を促した。

「お前のスピードボールが俺に向かってくるのを目で追うことが、受けの訓練になると考えたんだ」

啓太はしばらく思案していたが、「そんなもんかね。面白い。一丁試してみるか。来いよ」と言って教室を後にした。

部室の鍵を開けると、「入んなよ」と真介に声をかけて中に入っていった。

啓太に続いて部室に入ると、汗と革とグラブオイル、靴下などの臭いがこもっていて、真介は一瞬息を詰まらせた。微かに煙草の臭いも混じっている。啓太は部屋の隅の道具入れに首を突っ込んで、がさごそとかき回していたが、やがて一つのグラブを引っ張り出し「真介、これを使え」とぽんと放り投げた。

「お前は俺と同じ左利きのはずだ。左のキャッチャーミットはないから、そのファーストミットを使うんだ」

「俺が左利きだとどうして分かる」

「お前は左肩がやや下がっている。それに右手に時計をしてるだろ？」

真介は啓太の観察眼に感心しながらミットを右手にはめた。啓太は素早くユニフォームに着替えるとグラウンドに向かい、ベンチ裏のスイッチを入れた。

照明がダイヤモンド横のピッチング練習場を浮かび上がらせた。二人で軽く準備運動を済ませ早速十メートルほど離れてキャッチボールを始めた。

真介は孤児院ではやったことはなかったが、中学では休み時間に三角ベースぐらいは経験があり、何となくサマになったキャッチボールスタイルにはなっている。それが済むと啓太は、真介にグラブの使い方やボールの握り方、スローイングの基本を教え込み、バッテリー間の距離に離れてやや速い球を投げてみた。真介は緊張した面持ちで軽い風切り音で飛んでくる球をグラブの真ん中でしっかりと捕らえたが、手がジーンと痺れてしまった。

「ファーストミットは網と掌の境い目のポケットで受けるんだ。今みたいに掌で受けると手の骨がばらばらになるぞ」

真介は、俺の掌はそんな柔に鍛えてはいないと言い返そうとして思い留まった。後日、言わなくてよかったと思い知らされることになるのだ。

その日から毎日一時間ほどキャッチボールを練習した。啓太は真介ののみ込みの早さに密かに舌を巻いていた。一週間後、軽くキャッチボールを済ませてから啓太は真介に告げた。「今日はキャッチャーをやってもらおう」

真介は心の中でニヤリとした。かなり自信が出てきており、早く本格的な補球をしてみたいと思っていたからである。

啓太は部室からプロテクター一式を持ってきて言った。「これを着けてくれ」

真介は球を受けるだけでこんなものはいらないと答えたが、これがないと安心して投げられないという啓太の言葉で渋々身に着けた。

「お前に本当の速球がどんなものか体験してもらう」と言って啓太はマウンドに登った。

真介はキャッチャーボックスに座ると、啓太の言う通りにミットを右肩の前に構えた。啓太はゆっくりとワインドアップすると、大きく右足を振り上げて球を投げ込んだ。唸りをあげて飛んできた球を、真介はしっかりと捕えたと思った。が、球はミットの先端を掠め、真介の耳横の空気を切り裂いて通り過ぎ、後ろのネットを揺さぶっていた。あんなのを掌で受けていたら、間違いなく骨折は免れなかったであろう。真介の顔から血の気が引いた。

「今度はミットを顔の前に構えてくれ。カーブを投げる」啓太は何事もなかったかのようにすげなく言った。真介は吹き出そうとする冷や汗を必死に押し留め、目を皿のように見開いて身構えた。大きなモーションから二球目が投じられた。球は一瞬浮き上がったように見え、真介の腰が上がりかかったが、次の瞬間に見事な弧を描いて落下するとミットの下に曲がり落ちて、真介の左足のレガースの先でガシンと音を立てた。思わずウッと呻いて膝をついたが、痛さもさることながら悔しさが先に来た。ほのかな自信は木端微塵に消し飛んでいた。

全く目とグラブがついていけないのだ。初めて本物の生きた球を見せつけられた。

「大丈夫か?」と啓太が声をかけた。真介はしばらく足の痛さに耐えていたが、気丈にも「これで終わりじゃあるまい」と声を返して三度身構えた。

一カ月後には真介は啓太のどんな球でも捕れるようになっていた。三月もすると、真介はベースの上で身構え、啓太の投げ込む球を寸前でかわす遊びもできるようになっていた。

二人が三年生に進級する直前の三月、啓太が興奮を隠せない表情で教室に飛び込んできた。

「真介! 俺は全日制に変わることになったんだ」

「ほう、何でまた……」

「先週の夜、この高校の野球部の監督が忘れ物を取りに学校に来たらしいんだ。その時俺達が練習をしているのを見掛けたそうだ。それで三日前の日曜日に、俺は呼ばれてテストをされたんだ。今日結果が出て入部が認められた。学費は免除で全日制に変えてくれるそうだ。もう一度二年生にならなければならないんだが、県大会にも出られるし甲子園も夢ではなくなったんだ!」

顔を紅潮させ目を輝かせている啓太を見て、真介も嬉しくなった。

「啓太にも運が向いてきたな。お前ならできる」と啓太の手を握り、肩をどやしつけた。

「お前のお陰だ。何と言っていいか……」

「何を言う。お前の努力と才能が認められたんだ」
「いや、俺は以前はただ好きなだけで練習をしていた。目標もなく、一人でやっていて何度もくじけそうになったことがあるんだ。そんな時にお前が現れて付き合ってくれるようになった。俺はお前に教えられたことが一杯ある。受けそこねて体中痣だらけになっても、痛いとは一度も口に出さず、もう一丁来いと真正面からぶつかってきた。お前の姿を見てどんなに勇気づけられたことか。俺は諦めないということをお前から教わったんだ」啓太の目から大粒の涙が溢れ出した。真介も目の奥にじんとくるものがあったが「お前ならやれる。必ずやれる」と握り締めた手にさらに力を込めて言った。

それから四カ月後、啓太は高校野球の県大会にエースとして登場し、念願の優勝を果たして神奈川県の代表校になり、八月にはあこがれの甲子園で初出場初優勝の偉業を成し遂げたのであった。

啓太は翌年は年齢制限で高校野球に出場できないので、学校を中退してプロ野球の名門ビッグスターズに入団した。一年目は二軍で鍛えられ、二年目の今年は期待され注目されていたのである。

真介は今年は夜間高校の四年生が終わる年となっていた。

喫茶店のジュークボックスは『アフリカの星のボレロ』に替わっていた。真介と啓太は一時間ほど昔話に興じた後、揃って成人式に参加し、またの再会を約して別れた。彼らが十数年後、異国の地で再会の約束を果たすことになろうとはその時は知る由もなかった。

真介は啓太と別れると国鉄で大船に向かい、横須賀線に乗り換えて三崎口に行き、そこから三崎港に向かって歩き出した。

成人式を迎え、大人としての人生を始めるにあたり、辛く苦しい幼年期と悲しげな母の面影を断ち切るために訪れたのである。忘れようとしても、夢がそうはさせてくれなかった。一度訪れれば、過去から決別できるのではないかと昨夜考えついたのであった。

真介は父親も出生地も知らない。物心のついた三、四歳頃から小学六年生の夏までこの地で過ごしたのである。記憶を頼りに国道を北に向かうと、間もなく城ヶ島が見えてきた。見覚えのある土産物店の前から海岸に下りていくと、目指す家があった。家というより小屋である。屋根は板張りで傾きかかっており、継ぎ剝ぎだらけの粗末な開き戸には南京錠が掛かっていた。横手に回ってほとんどガラスもなくなっている窓から中を覗いた。浮きの付いた漁網や魚を入れる木箱が雑然と積まれており、人の気配は感じられない。懐かしさよりも寂寥感が強かった。

「若いの、何か用か?」突然後ろから話しかけられて真介は振り向いた。

いつの間に来ていたのか、七十代になろうかという赤銅色の皺の深い老人が立っていた。しげしげと真介の顔を眺めていたが、何かに気付いたかのように驚いた顔つきをした。「おめえひょっとして真介、村下真介じゃあねえか」と言って、さらによく見えるように顎を突き出した。

「やっぱり真介じゃ。わしじゃよ、戸田じゃ」

真介には見覚えがあった。昔より皺も増え、心なしか小さくなったように見えたが、真介が大きくなっていたからそう感じたのかもしれない。

「網元さんでしたね」

「そうじゃ、思い出したかい。それにしても大きくなったもんじゃのう」

戸田はこの港で網元をしており、この小屋の持ち主で、真介親子に無賃で貸してくれていたのである。

「母さんが亡くなって、お前が飛び出していった後は魚具入れに使っとるんじゃよ」

真介はもう一度小屋に目をやり、昔を思い出して暗い目をした。

「それより母さんの墓参りをしていかないか？」と老人は思いがけないことを言った。

「房子さんが死んで、わしも行きがかり上、あの山に形ばかりの墓をこしらえておいたのじゃ」

真介は墓のことなど考えてもいなかった。「いろいろお世話をかけました」と真介は困惑しながらも素直に頭を下げた。

「ところでお前さんは何しに来たのかな。察するところ、大人になって自分の子供の頃を探すために来たのじゃろう。墓参りする前に、よかったら母さんのことについてわしが知る限りのことを教えてあげてもいいんじゃが……」と戸田は墓のある山を見つめている真介に控えめに申し出た。真介は自分を納得させるように二、三度頷いてから「お願いします」と戸田の目を覗き込んだ。過去から決別するにはすべてを知っておいた方が悔いが残るまいと思ったのである。

戸田は「寒くなってきたからこっちへおいで」と声をかけて土手の方に向かった。途中で小さな流木を拾いながら石垣の土手下に近付いていき、そこにあった穴だらけの一斗缶にそれらの小枝を放り込んだ。尻のポケットから新聞紙を取り出すと、マッチで火をつけて缶の小枝の隙間に突っ込んだ。

やがて木々が燃え出すと、傍らの大きな流木に腰を下ろして真介にも横に座るように促した。一月とはいえ今日は一日中穏やかな日で、風もなく寒さもさほど感じられず、真介はダスターコートを手にしたまま首をうなだれて立っていた。「お前の母さんの房子さんが三崎にやってきたのは、戦後間もなくのことじゃった」戸田は海の彼方を見通すかのように目を細めて話し始めた。

「確か二十二年のことだったと思う。みすぼらしい身なりで、痩せこけたお前の手を引いていた。網元をしていたわしの所に来て、何か仕事をさせてくれと頼んできたのだ。二人ともかなり疲れていて空腹のようじゃった。わしは母親よりもお前が不憫で引き受けたんじゃ。取り敢えず漁師達の休憩所として使っていたあの小屋をあてがったのよ。翌日からは漁師の女房達に混じって働き始めた。船から市場までリヤカーで魚を運んだり、漁師の飯を炊いたり、何かと雑用をしたりしてよく働いておった」

戸田はここで一息入れて煙草を取り出し、真介にも勧めた。真介が首を振ると、缶から火のついた小枝を取り出して煙草に火をつけ、大きく吸い込んだ。日が沈みかけて薄暗くなりかかってきた。

「最初はよく働く女じゃと感心しておったが、あまり長くは続かなかったな。わしも初めのうちは気付かなかったのじゃが、房子さんはアル中でおまけにヒロポンもやっておったんじゃ。それを知って何度も止めさせようとしてみたが、結局は無駄じゃった。とてもじゃないがわしからの手当てと雑用の駄賃では足りるわけがない。そのうち男を客としてとるようになったのじゃ」

戸田はちらりと真介の横顔を窺ったが、彼は無表情のまま夕日でかたどられた城ヶ島を見つめていた。戸田は煙草を火に投げ込んで後を続けた。

「母さんがそうなるのも無理からぬ事情があったんじゃよ。房子さんはいつか話してくれたが、山陰地方の出だそうじゃ。砂丘近くの農家の七番目か八番目の末っ子だったらしい。あの辺の畑は、日本海からの強い風が砂丘の砂をどんどん押し運んできて、ろくに作物がとれないと言うておった。当時のあの辺の農家はみんなそうじゃったらしいが、生きていくために、女の子は十歳になるまでに女衒《ぜげん》に売られていたそうな。口減らしじゃな。母さんもその一人だったんじゃ。その後のことは話そうとせんかったが、十七歳の頃には東京の吉原で芸妓をしていたと言っておった。かなり売れっ子だったようで、いい暮らしもしていたらしい。じゃが世の中は次第に戦争に向かっていた時節で、吉原も段々と灯が消えていったそうな。まあそんな時代じゃあ無理もないわな」戸田は尻が痛くなったのか、立ち上がって大きな伸びをし、腰を二、三度叩いてから座り直した。真介は身動きもしなかった。

「房子さんは、太平洋戦争が始まった翌年に、吉原に見切りをつけて出てきたと言うとったが、その時にはお前さんを身ごもっていたんじゃ」

真介は煙草を取り出して火をつけたが、目は相変わらず城ヶ島に向けられたままであった。しばらく二人は無言のままで打ち寄せる波の音に耳を傾けていた。ようやく真介が重い口を開いた。

「父親のことは何も聞いていませんか？」

戸田は言っても良いものかどうか、天を仰いで思案した。一月の澄み切った夜空には満天に星が輝き始めており、城ヶ島の形に沿った部分のみが黒い切り込みになっていた。

「網元さん。俺はこれまで人前では一度しか泣いたことがありません。ここを出た後のことなんですが、ある道場の師範に優しくされ、嬉しくて泣いたんです。悲しみや苦しみで泣いたことはないんです。そんな俺が三崎港時代の夢を見て、夢の中で泣いているんです。ここでは辛い思い出しかありません。母が男をとっていたことも覚えています。そんな時は外に出されて一人海を眺めていた記憶があります。そんな夢をもう見たくありません。過去を知り、知ったことを忘れることで夢から逃れられると思うんです」真介は煙草を投げ捨てた。

季節外れの蛍のように、くるくるっと回って闇に消えた。

「そうか、じゃあ続けよう」と戸田は目を火に移し、何本かの木切れを缶に投げ入れた。

「戦争が始まる直前の十月頃、東京に駐屯していた岡山の若い兵隊さん達が、少尉さんに連れられて吉原に遊びに来たそうじゃ。その少尉さんが女将に打ち明けたらしいんじゃが、若い兵隊達は女を知らなかったらしい。間もなく戦場に駆り出される若者が、女も知らずに死地に向かうのは忍びないと言っていたそうな。その時少尉さんの相手をしたのが房子さんだったようじゃ。この時に身ごもったと彼女は言い張っておったよ。もちろんその前後にも客をとっていたので、絶対とは言い切れないんじゃが、房子さんはそう思い込みたかったんじゃろうな」と言って戸田は微かに苦笑した。

「その少尉はその後どうなりました？」

「詳しいことは分からんが、風の便りでは神風特攻隊として終戦の年に散ったようじゃ」

「……」

「房子さんは昭和十七年の初めに吉原を出て、お前さんが生まれた七月には群馬の温泉宿で働いていたそうな。お前さんの名前は、その少尉さんの名前から真の一字を取って真介としたと言っておった。忘れられんかったのじゃろうて。村下真介の誕生だ」

「その少尉の名前は聞いていなかったのですか？」

「聞いてはみたが、寂しそうに笑うだけで言おうとしなかった。自分だけの心にしまっておきたかったんじゃろう」

真介には何となく母の心情が理解できるような気がした。言ったところでどうにもなるものでもなかったであろう。

「それからは乳飲み子のお前を抱えて、千葉や川崎などを渡り歩いたようだ。ここへ来る二年ほど前に、悪い男に仕込まれてヒロポンを覚えさせられたらしい。それまでは苦労続きを酒で紛らわせていたようじゃが、酒では忘れられなくなっていたんじゃな。ヒロポンはわしにも経験があるが、何もかも忘れさせてくれる力があった。それに覚醒作用もあったんで、わしは漁師達にも分けてやって、重労働に耐えさせたこともあったんじゃ。昔のことじゃがのう」

真介は別に戸田の過去など責める気もなかった。

「その男が」戸田は真介の暗い顔にも気付かぬように話を続けた。「お前さんを邪魔者扱いにして、時には暴力も振るうようになったんで、房子さんは逃がれるようにして当てもなくここに来たのじゃ。さっきも言ったように、最初は真面目に働いておったが、酒やヒロポンは止められんかった。その金を稼ぐために、あの小屋で漁師を引き込み始めたんじゃ。長いこと芸妓をしていたから、田舎漁師を手玉に取ることなんぞ簡単だったに違いない。

たちまち浜の女房達が騒ぎ始めおった。わしは網元だし、家も世話しておったんで随分突き上げを食ったよ。仕方なく房子さんに言い渡した。今のままじゃここを出て行ってもらわなきゃならんとな。我慢して真面目に働くか、昔の放浪生活に戻って真介を可哀想な目に遭わせるかはあんた次第じゃとな。母さんは酒も薬も止めるからここに置いてくれと泣いて約束した。それからは人が違ったように真面目に働き出した。お前さんも小学校に上がるようになっていたしな」

ここで戸田は一息ついてわずかに顔を綻ばせたが、すぐに笑みを消して続けた。「ところがお前が小学五年の頃に、母さんは病気で倒れた。長年の苦労による疲れが出たんじゃな。わしも医者にかけてやったんじゃが効果はなかった。金も続かんかったしな。お前もよく看病をしておったよ」

真介は覚えていた。薬を買う金もないので、誰かに教わってドクダミの葉を摘んできて、やかんで煎じて飲ませたり、痩せた母の体に擦り込んでやったりしたのだ。しかし次第に熱に浮かされてうわ言を言ったり、時には暴れたりするようになっていったのだ。母がようやく眠りにつくと、俺は浜辺に出て一人しゃがんで水平線を眺めていた。いつかはこの海の彼方に行ってみよう。きっと何かがあるに違いない。今の生活から抜け出せる何かがあるに違いないと、そんなことを考えていたんだっけ。

「房子さんは死んじまった」

その日のことは真介も鮮明に覚えている。小学六年の夏休みの前、学校から帰ってきたら、この網元さんと近所の漁師、それに白い上っぱりを着た見知らぬ人達が家の前に集まっていた。俺を見て網元さんがぽつりと言った。死んじまったよと。俺はそのまま振り返りもせず逃げ出した。あれから八年……。

「母さんは死んじまった」と戸田は繰り返した。「わしは行きがかり上、お前さん達母子の世話をすることになったんじゃが、心の底で密かに房子さんに惚れておったのかもしれん。いつかはかかあを説得してお前さんを引き取るつもりでおったんじゃが、どこかへ消えちまって手掛かりもなかった。とにかく形だけの葬式を出して、裏山の寺に小さな墓もこしらえておいた」

「本当に何もかも世話になって……」

「そんなことはいいんじゃ。一つ言っておくが、母さんとは体の関係はなかったぞ。わしも網元と言われる男じゃ。人の弱みに付け込むなんざあ男のやることじゃねえからな」

二人はしばらく無言のまま、消えかけた一斗缶の火を見つめていた。

「母さんの墓を参ってやれ。この浜と城ヶ島が一望できる景色のいい所じゃ」

真介は無言でコートを羽織った。

「話は終わった。行ってくれ。わしをしばらく一人にしておいてくれないか」

肩を落としさらに小さくなったような老人に、真介は深々と一礼すると背を向けた。戸田は暗闇の中に砂を踏んで遠ざかっていく足音を聞きながら、あの若者は二度と帰ってくる意思はないことを知っていた。真介も再び訪れることはないと悟っていた。ちらりと墓のある裏山に目をやって石垣の階段を上っていった。

一九六五年(昭和四十年)夏

東京オリンピックも終わり、特需景気も幾分落ち着くかと思われていたが、小田原市内では次々とアパートや団地が建ち始め活気に溢れていた。真介の勤める進藤クリーニング店も景気がよく、去年店を拡張して作業台を二台にして真介に一台を任せていた。腕前も主人を凌ぐほどになっており、奥さんを喜ばせていた。

午前中は、アルバイトの学生が前日に顧客から集めてきた衣類の選別や洗濯に追われ、午後からは汗止めの鉢巻き、ダボシャツスタイルでアイロン掛けに奮闘する毎日であった。

今日は新しいプレス機が入り、先ほどから主人が試運転に夢中になっていた。「真介、この機械はいいぞ。仕上げも文句ない」と嬉しさを隠し切れない様子で声を上げた。「これでスピードが二倍、いや三倍になるぞ」

「親方、何でも機械がやる時代になっていきますね」と真介は手を休めずに相槌を打った。

「二人ともお茶にしましょう」と言って、奥さんが西瓜と麦茶を載せた盆を持って居間から出てきた。進藤はもう少し機械をいじっていたい様子であったが、「真介、休もう」と声をかけ、部屋の隅から椅子を持ってきてテーブルについた。真介も鉢巻きを取って顔と体の汗を拭きながら椅子に座った。

西瓜はよく冷えており、束の間蒸し暑さを忘れさせてくれた。奥さんは二人が食べているのをにこやかに眺めていたが、しばらくすると顔を曇らせて切り出した。

「ねえ真介さん、ちょっと太郎のことなんだけど……」

「やめておけ、真介には関係ないことだ」と進藤は妻を遮って言った。

真介には後を聞かなくとも分かっていた。夫婦には十六歳になる高校二年の一人息子がいるが、今年の初め頃からぐれ始め、この夏休みになってからはカミナリ族の仲間に入って遊び回っていた。オートバイを買えと両親に迫り、反対されると両親の制止を振り切って飛び出し、何日も帰ってこないこともあった。

今日も朝からオートバイを買ってくれとせがんでいたが、父親に断られて部屋でふて寝をしているようだ。夜になってカミナリ族が迎えに来るのを待っているのだろう。

真介は夫婦に、よくある反抗期ですよと言って慰めてはいたが、このカミナリ族のバックに、地元の暴力団がいるという噂を聞き、少し気にはなっていた。「奥さん、太郎君のことは自分に考えがありますので任せて下さい」と真介は言って、麦茶を飲み干すと立ち上がった。

進藤は何か言いかけたが、真介に手で制されて口をつぐんだ。

「親方、太郎君も話せば分かる子ですよ」と言って、真介は心配顔の夫婦を残して二階に上がっていった。

太郎の部屋は、去年まで住み込みの真介が使っていた部屋である。真介が近くのアパートに移り住んで以来、高校生になった太郎が使っている。

ドア越しに声をかけ、返事も待たずに中に入った。この蒸し暑いのに黒いカーテンが引いてあって薄暗く、ベッドの足元の扇風機が、若者らしい汗臭さとニコチンの臭いで澱んだ空気を掻き混ぜていた。

明け方にでも帰ってきたのか太郎は眠り込んでいた。まだ幼さの残る顔と発達し切っていない体には、連日の遊び疲れが表れていた。真介はカーテンを大きく開け、ベッドに屈み込んで太郎の頬を容赦なく平手で叩いた。

「何すんだよう!」太郎は半分目をあけるとふて腐れたような声を上げた。

「いいかげんに起きろ。三時過ぎだぞ」

「うるせえな、俺の勝手だろう」

真介は部屋の隅の机から椅子を持ってきてベッドの横に置き腰を下ろした。

太郎はごそごそと半身を起こすと、枕元のテーブルに手を伸ばして煙草を取り一本くわえたが、真介の手が伸びてきて叩き落とされた。「何をしやがる」と太郎は起き上がりかけたが、Tシャツの胸倉を掴まれて押し倒された。

軽く掴んでいるようだが、太郎の力では、どうじたばたあがいても身動きがとれない。太郎は真介を見上げたが、無表情な顔で、目だけが殺気さえ含んで異様な光を放っていた。太郎は子供の頃から真介を知っているが、こんな凄まじい目を見たのは初めてだった。背筋に何かが走るような気がして力が抜けた。

「俺の話を聞くか?」

太郎はおとなしく二、三度頷いた。真介の腕が引っ込められた。

「俺は説教をするような柄ではない。お前は誰にでもある反抗期なんだ。町で喧嘩をしたり、親に口答えをすることくらいはよくあることさ。だがな、あのカミナリ族だけには入るな。佐川という頭は桜会の幹部弓長の舎弟らしいじゃないか」

「詳しいじゃないか。俺も知ってるよ、そのくらい」

「そうか、じゃあその桜会がこの早川商店街を縄張りに入れようとして、親方に圧力をかけていることも知ってるのか?」

太郎はそれは知らなかった。太郎の表情を読み取って真介は後を続けた。

「親方は商店街の自治会長をしている。温和な人だが根は頑固者だ。桜会がみかじめ料を取ろうと脅かしに来ても、町内を団結させて拒んできたんだ。桜会は手を焼いて別の方法を取り出した。俺が思うに、弓長が佐川に命じてお前を仲間に引っ張り込ませ、親方に弱みをつくろうとしているんだ。佐川はお前には優しいはずだ。何でも奢ってくれて、お前の欲しがっているオートバイも買ってやるくらいのことは言っているんだろう」

図星であった。いつかはホンダドリームをやると言ってくれていたのだ。

「俺は桜会のことで親方に相談され、少しばかり調べていたんだ。いつかはお前も利用されているんだと気付くと思って余計な口出しはしてこなかったが、事はお前だけの問題じゃなくて、商店街全体の問題なんだ。お前は用がなくなったらポイされるだけなんだ。いい加減に目を覚ましたらどうだ」

太郎は黙って真介の言ったことを考え込み始めた。「少し考える時間をやる。決心がついたら声をかけろ」真介はここまで言うと部屋を出ていった。

仕事場では夫婦が心配気な顔で待っていた。

「もう少し待ってやって下さい。太郎君は自分で結論を出せる子ですよ」と声をかけて、鉢巻きをするとアイロン台の前に立った。

二時間ほどして太郎が下りてきたが、母親に食事を作ってもらい、食べ終わるとまた部屋に引っ込んでしまった。七時を回った頃、再び下りてくると「真介さん、ちょっと」と声をかけて部屋に戻っていった。仕事の後片付けをしていた真介は、心配そうな夫婦の目を背に受けながら階段に向かった。

太郎はベッドに腰を掛け、思い詰めた表情でうつ向いていた。真介はさっきのままの椅子に腰を下ろし、脚を組んで太郎が口を開くのを待った。

「……俺が馬鹿だった。抜けることにするよ。でも簡単にはいかないんだ。グループには掟があって、もの凄い上納金を積むか、半殺しにされたあげく指を詰めないと抜けられないんだ」太郎は頭を抱え、声を殺して泣き始めた。まだ子供なのだ。

「そうか、決心がついたならそれでいい。抜けるのは俺が何とかする」

「でも今夜も奴らは来るんだよ」

「俺に任せておけ」真介は太郎の肩をぽんと叩くとニヤリとして立ち上がった。

八時に店を閉めて夫婦と夕食をとると、日課になっている風呂焚きのために勝手口から外に出た。風呂の焚き口は裏の空き地側にあり、横には簡単な日よけのついた薪置き場がある。焚き口から前夜の灰をかき出していると、ドドドドドという地鳴りのようなエンジン音が響いてきて、オートバイが次々と店の前に現れてきて止まった。すぐに太郎を誘う大きな声が聞こえてくる。

真介が家の横を回って店の前に来ると、十台ほどのオートバイがアイドリングをしていた。ほとんどの連中が髪型を流行のリーゼントに決めた若者である。

真介が「頭《かしら》は誰かな？」と声をかけると「何だ兄ちゃんは」と一人の年かさらしい若者がオートバイを寄せてきた。どうやらこの男が佐川らしい。

「太郎は今日は行かないそうだ。いやこれからもずうっとだ」

「何をほざきゃあがる。抜けたきゃあ俺達の鉄の掟に従ってもらうことになる。太郎もそれくらいのことは知ってるぜ」

「ふっ」とせせら笑って真介は言った。「暴力団二軍のひよっ子掟のことか」「何を！」二軍のひよっ子と言われて佐川の顔色が変わった。サイドスタンドを掛けてオートバイを降り、肩を怒らせて真介に近寄ると顔をくっ付けんばかりにして凄んで言った。「てめえは確かここの使用人じゃあねえか。勝手なことをぬかすと怪我するぜ」

真介は動ずる風もなく「子供は早く帰ってお母ちゃんに寝んねさせてもらいな」と言って、相手を小馬鹿にするようにニタリと笑ってみせた。

「野郎！　やる気だな」と佐川は叫んで一歩下がった。これを見て仲間達も一斉にバイクを降りかかった。

真介は落ち着き払って言った。「ここじゃ通りの人に迷惑だ。第一狭すぎる。裏の空き地に来い」

「上等じゃあねえか」佐川は再びオートバイに跨がると歩き始めた真介の後を追った。真介は風呂の焚き口の前に来ると、オートバイを降りてきた佐川に言った。「お前が言うように俺はここの使用人だ。やりかけの仕事を片付けるからそこで待っていてくれ。なあに二、三分で済む」

「ふん、てめえには最後の三分だ。心置きなくやんな」

仲間達も次々とエンジンを切ってオートバイから降りてきた。たちまち静寂が訪れた。真介は薪置き場から二個のブロックを持ってきて、五十センチほどの間隔を開けて置くと、傍らのバットほどの太さの丸太を取ってブロックに橋渡しをした。その場に片膝をついて座ると、左手で手刀を作って頭の高さに振りかぶった。

「うむっ！」と低い気合いが発せられ手刀が振り下ろされた。バシッと鈍い音がして丸太が二つになって真介の足元に転がった。

「へえー、見せてくれるじゃねえか。どうせ初めから切れ目が入れてあったんだろう」佐川が嘲るように言うと、仲間からも小さな笑いが起きた。

真介は相手にせず、もう一回り太い薪を手にして同様に叩き割った。五本、六本と進んでいくと、カミナリ族達に沈黙が広がっていった。見る間に真介の足元に薪の山ができ上がっていく。十本ほど叩き割ると腰を上げ「焚き付けが要るな」と呟いてあたりを見回した。ぐるっと取り囲んだオートバイの後方に電信柱があり、鈍い光を放っている電灯の下、地上から三メートルほどの高さの所に、どこかの質屋の看板が掛かっているのが目に入った。

スタスタと電信柱に歩み寄ると若者達は道を開け、真介の背中を目で追った。

一間ほど手前で立ち止まると、真介はわずかに腰を落とした。次の瞬間、無言のまま二歩助走して地を蹴った。体が宙を飛ぶ。左足が頭の上に蹴り上げられ、体が空中で一回転してすとんと着地した。さっきまであった木製の看板が、粉々になって舞い落ちてきた。真介は何事もなかったようにそれらの木片を拾い集めて焚き口の前に置いた。若者達は声もなく顔を見合わせた。

「待たせたな」と真介はぽかんと口を開けている佐川の前に進んで言った。

「さあ叩きのめしてもらおうか」

佐川は一歩退いた。目は宙を泳いでいる。今見た人間技とは思えない飛翔にすっかり度肝を抜かれていて、まだ心の整理ができていなかった。血の気の引いた顔で「きょ、今日のところは勘弁しといてやる」と、何とか上ずった声を絞り出し、二、三歩後ずさるとオートバイに跨がった。

「そうか、勘弁してくれるか。すまないな。帰るんなら商店街の外れまでエンジンをかけないで押していってくれないか。近所が煩《うるさ》いんでね」

彼らは素直によたよたとオートバイを押して闇に消えていった。間もなくかなり遠くの暗闇から「覚えていやがれ」という捨て台詞が聞こえてきて、一斉にエンジンのかかる音がして遠ざかっていった。

真介が家に入ると、主人夫婦と太郎が不安気な顔で待っていた。

「話はつきました。奴らは当分は来ないでしょう。では今日はこれで帰ります」と真介は言って店から出ていった。

すぐに進藤が追ってきて呼び止めた。「真介、すまなかった」

「親方、これで桜会が手を引くとは思えません。また何か企んでくるでしょう。その時は声をかけて下さい。お休みなさい」と一礼して何事もなかったかのように帰っていった。

翌日は定休日で、真介は午後から映画でも観ようと小田原に出掛けた。駅前の繁華街を通りかかると、折しも石原裕次郎の看板の掛かった映画館からどっと若者達が吐き出されてきた。一様に慎太郎刈りで肩肘を張り、片方の足を引きずっている。真介はたくさんの裕次郎をかき分けて、裏手の洋画館を目指した。

真介は勤め出してからよく映画を観るようになっており、定休日には必ず出掛けた。もっぱらアクション映画で、真介のような格闘技の心得のあるものには、日本ものの稚拙なアクションはお呼びではなく、洋画専門であった。ゲーリー＝クーパーやバート＝ランカスター、カーク＝ダグラス、ジョン＝ウェインなどの作品は欠かさずに観たが、最近ではフランス映画をよく観るようになっていた。

アメリカ映画の勧善懲悪主義ではなく、シュールでクールなストーリーとテーマミュージックに使われるモダンジャズに魅せられたのである。ジャン＝ギャバンの『現金《げんなま》に手を出すな』もよかったが、特にロベール＝オッセンの『殺《や》られる』のテーマは、アート＝ブレイキー＆ジャズ＝メッセンジャーズの抑えた演奏で最高であった。脇役の殺し屋を演じたシャンソン歌手フィリップ＝クレイも印象に残る。クリスチャン＝マルカンの『墓に唾をかけろ』で使われたハーモニカのテーマもインパクトがあって好きであった。

今日観に来たのは『ヨーロッパの夜』である。あまりこの種の映画には興味がなかったが、新聞で評論家が推奨しているのでその気になったのである。

観て損はなかった。ヨーロッパ各地の一流クラブの出し物をドキュメンタリーで追ったもので、マジシャンの妙技、プラターズの絶妙なコーラス、洗練されたコメディアン、初めて聴いた『イパネマの娘』のけだるい歌声、これぞエンターテイメントという作品である。

表に出ると、六時過ぎというのにまだ夏の熱気は冷めておらず、どっと汗が吹き出してきた。五分ほど駅に向かって歩き、裏通りに入ってレンガ造りのビルの前に出、「ブラジル」と小さな看板の出ている地下への階段を下りていった。重厚な防音扉を肩で押すように開けると、クーラーの冷気とともにビートの利いた音楽が襲い掛かってきた。店内は薄暗く意外と広い。左側には一段高くなったステージがあり、天井まで届くような二機のスピーカーから強烈なドラムとベースの音を吐き出している。ＭＪＱである。右側の二人掛けのテーブルに着くとすぐ顔見知りのボーイが来て「いつものでいいですか？」水のグラスを置きながら聞き、真介が頷くとカウンターへ戻っていった。映画からモダンジャズというのが定休日のいつものコースとなっていた。

一時間ほどで外に出たが、まだ熱気が残っており、頭の中もまだビートが渦巻いていたのでぶらぶらすることにした。十五分ほど歩き小田原城の前に出た。正門前のお堀沿いにはアベックが群れていて、手を握ったり互いの目を見つめ合ったりして別世界に浸っている。彼らの邪魔をしないように素通りし、ふと思い付いて二百メートルほど先の二宮神社に向かった。

木立ちの間の参道を行くと石造りの階段があり、上り切ると四方が古木で囲まれた境内になっていて正面に本殿がある。二宮尊徳を祭ってあると聞いている。

懐かしさが込み上げてきた。確か八年振りである。真介はもしやと思って本殿右横の、小田原城へ通じる小道際の古木の後ろに回ってみた。

草むらをかき分けると探していた物が見つかった。持ち上げると腕くらいの太さの丸太で、先端には幾重にも巻き付けられた荒縄が付いていたが、大方は腐ってぼろぼろになっており、そっと触っただけでぱらぱらと崩れてしまった。

反対側の先は削って尖らせてある。真介は本殿の前まで持ってきて階段に座り込み、少年期の唯一楽しかった思い出に浸り始めた。

真介は昭和二十九年の夏から慈恵園に収容され、そこから近くの小学校に通っていた。悲惨な幼年期を過ごしてきたせいか、無口で陰気な感じを与える子であった。孤児院でも学校でもほとんど友達をつくらず、一人でいることが多かった。

十一月の木枯らしの吹くある日、その日も一人で学校から帰ってくる途中でどこからともなく流れてくる鋭い声を耳にした。真介は足を止めて聞き耳を立てたが、それっきりなので風の音かと思って歩き始めたら再び聞こえてきた。

興に駆られて声のした方に見当を付けて行ってみた。細い横道に入った所に古びた道場らしき平屋の建物があった。この寒さにもかかわらず窓が開け放たれており、格子が嵌まっている。鋭い声はそこから断続的に漏れてきている。

真介が格子の隙間から覗いて見ると、五十畳くらいの板張りの床の上で、稽古着を着た十名ほどの若者が動き回っていた。空手かなと思ったが、六尺棒や短い竹刀、中には短い二本の棒を鎖で繋いだ見たことのない道具を使っている者もいて、初めて見る光景であった。玄関に回ってみると「少林寺・金田道場」と書かれた粗末な看板が掛かっていた。

少林寺とは何だろうと思いながら再び格子に戻って覗き込んだ。突然叱責する大声が聞こえたので、真介は思わず首を竦めた。恐る恐る首を伸ばしてみると、道場の入り口横の神棚の下に、角刈りで黒帯を締めたがっしりした体格の男がいて、若者達に大声で指導していたのであった。三十過ぎに見えるこの男が先生のようである。真介は彼らの動きにくぎ付けになった。背筋に戦慄が走ったのは寒風のせいだけではなかった。瞬きも忘れたかのように見入ってしまった。

夕食の門限になるので慈恵園に帰ったが、その夜は興奮してなかなか寝付かれなかった。目を瞑ると、彼らの跳び・跳ね・蹴る・打つ姿が瞼の裏に浮かび上がった。

翌日から道場通いが真介の日課になった。雨・風・吹雪関係なしに毎日通った。日曜日などはお握りを持って一日中飽きもせず眺めていた。先生も生徒達も間もなく彼に気付いたが、何も言わないばかりか、真介が来るのを楽しみにさえするようになってきていた。

毎日見ているうちに、彼らの動きの中に一定の流れがあることが分かってきた。先生のことを師範と呼ぶことを知ったが、その師範が若者達に注意・指導する時は、耳を格子の隙間に押し込んで、一言も聞き漏らすまいと集中し、大切と思ったことはノートに書き込んだりした。

慈恵園で夕食を済ませ、就寝前の点呼が終わるとそっと宿舎を抜け出し、二宮神社の境内に走った。今日見たこと、師範が注意したことを何回も練習した。見よう見真似で丸太の先に荒縄を縛り、反対側の先を尖らせて土中に埋め込んで稽古棒を造り、突きや蹴りの練習もした。

通い出して三カ月後の翌年の二月の末、その日は朝から雨模様であったが、真介は今日も学校帰りに指定席となった道場の格子窓の所に行った。しかし今日に限って窓は閉まっており、耳を澄ませても何の物音もしなかった。珍しく休みかとがっかりして帰ろうとした時「おい、いつもの坊主じゃないか」と後ろから声をかけられた。

振り返ると金田師範であった。黒い着物を着て、右手に唐傘、左手には風呂敷包みを持ってにこやかな笑顔をしていた。

金田は「やっぱりそうか。今日はな、わしの親戚に不幸があって臨時休業なんだ」と言いながら傘を畳み、袂から鍵を取り出した。

「ちょうどいい時にいた。坊主、中に入れ」

真介は何がちょうどいいのか分からずためらっていたが、金田が玄関を開けて「さあ入れ」と促したので、傘を畳んで金田に続いて中に入った。

入った所は六畳くらいの土間になっており、砂の入った蜜柑箱、鉄アレイ、バーベルなどの器具が隅に置いてあった。左側が道場の入り口のようで引き戸が閉じられており正面が居間であった。

「入ったら玄関を閉めて上がってこい」と言いながら金田は居間に上がり、箪笥の横に立て掛けてあった丸いちゃぶ台を持ち出し、脚を広げて部屋の真ん中に据えて上に風呂敷包みを置いて腰を下ろした。真介はぺこんと一礼して上がり込み金田の前にしゃちこばって正座した。金田が風呂敷をとくと白い箱が現れた。

「これは葬式饅頭といってな、わしは甘いもんが苦手なんでお前にやる」と言って箱の蓋を取った。中には拳骨大の二個の饅頭が入っていた。

金田は「遠慮しなくていい、ほれ」と真介の前に箱を押しやった。そっと左手を出して一つを取り口に入れる。たちまち餡の甘さが口一杯に広がった。旨かった。こんな旨いものは初めてであった。あっという間に腹に納まった。

「もう一個あるぞ、食え」真介は急いで口に入れたため、胸につかえて目を白黒させた。金田は笑いながら急須から冷えた番茶を湯呑みに入れてくれた。

真介がお茶を飲んで一息つくと金田が話しかけた。

「ところで坊主、まだ名前を聞いてなかったな」

「俺、村下真介。皆は真介と呼びます」

「そうか、それならわしも真介と呼ぼう。わしは金田淳だ」

真介はぺこりと頭を下げた。

「坊主はいつも見学しているが、少林寺が好きか？」

「うん」

「家はどこなんだ」

「お堀の側の慈恵園」

金田はそれで納得がいった。毎日目を輝かせて見学している少年が、どうして入門してこないのかと不思議に思っていたのである。孤児院の子では稽古料が払えないのは無理もない。

「そうか坊主、いや真介。三カ月も見ていたのだから型の一つや二つは覚えただろう。見てやるからやってみるか？」

思いがけない師範の言葉に真介の顔がぱっと輝いた。「いいんですか？」

「うむ」と頷いて金田は立ち上がり、後ろの箪笥の引き出しを開けて青い風呂敷包みを取り出し「これを着てみろ」と言って真介の膝元にぽんと放り投げた。

早速ほどいてみると、黄ばんだ白帯で丸く縛られた、古びてはいるが洗濯された稽古着が出てきた。

「それはわしが中学生の時に着ていたものだ。少し大きいかもしれないが、着替えて道場に来い」

真介がわくわくしながら着替えて道場に入っていくと、師範は既に神棚の下に正座して待っていた。真介は門弟達がやっているように神棚に一礼し道場の真ん中に進み出た。軽く足を開き、目を瞑って深呼吸をしてどきどきする動悸の治まりを待った。やがて心が静まり体の力が抜けた。すっと腰を落とし、見覚えて密かに練習していた組み手に入っていった。

金田は型に入る前の真介の動きを見て「これは！」と感じていたが、組み手の動きを見て驚愕した。危ういところは何カ所かはあったが、わずか三カ月ほど見ていただけで身に付く動きではない。真に神童とはこの子のことを言うのではないか。磨けばどこまで光るのやらと感じずにはいられなかった。

演技が終わった。真介の一礼に「うむ」と唸って礼を返すと居間に戻った。真介は金田の表情から、満足してくれたことを読み取って嬉しくなった。

「真介、こっちへ来い」と呼ばれて急いで居間に入って座った。

「その稽古着はお前にやる。明日から入門を許す」

「でも……」

「稽古代はいらぬ。その代わりなるべく早く来て、道場の掃除と道具の用意をせよ。それが月謝の代わりだ。どうだ?」

真介は顔を上げることができなかった。今日は何という素晴らしい日だ。

初めてといっていい美味しい饅頭を食べさせてもらい、あこがれの師範に無料で入門をさせてもらったのだ。真介は人の親切を受けたのは生まれて初めてであった。肩を震わせて必死に堪えていたが、ついにわっと泣き出した。真介が人前で見せた初めての涙であった。何もかも初めてづくしの一日となった。金田は笑顔で真介を見ていたが、胸にじんとくるものがあった。これだけのことで涙を見せるこの孤児の、不幸な過去が垣間見えたような気がしたのである。

真介は飛ぶようにして帰っていった。この雨の寒さなのに、上着を脱いで稽古着に被せ、その上に傘を差し掛けて自分は濡れるのも構わずに駆け出していったのである。慈恵園に帰り、夕食もそこそこに自室に戻ると、ベッドの上に稽古着を広げ、畳んでは広げて眺めていた。寝る時は枕の下に敷いたが、皆が寝静まると起き出し、また引っ張り出して眺めては頬ずりをした。

翌日から、学校から飛ぶように帰ると道場に通った。まず挨拶の仕方を先輩達に徹底的に叩き込まれた。それから掃除や先輩達の稽古着の洗濯、トレーニング器具の用意と片付けなどすべての雑用をやらされ、なかなか本来の稽古を付けてもらえなかった。それでも真介は楽しかった。格子から覗いている時とは目線が違うし、兄弟子の稽古、師範の教えを間近で聞くことができたからである。生の気合い、生の体温が何とも堪らなかった。

手が空いた時は黙々と器具に向かった。次第に筋肉がついてくるのが自分でも分かった。ようやく先輩達から稽古をつけてもらえるようになったのは、入門して半年後のことである。夕食後の二宮神社での稽古も一日も欠かさなかった。

翌年の中学二年の秋、ちょっとした出来事があった。夕食後の自由時間に日課となっている二宮神社での稽古に出掛けようと宿舎裏を通った時、乾哲二と田所勉の喧嘩場面に出くわしたのである。いつもなら無視するのであるが、その日に限って何となく出ていってしまい、あげくに牛田という悪餓鬼と戦う羽目になってしまったのだ。師範から私闘を固く禁じられていたが、行きがかりでそうなってしまったのである。日頃師範や門弟達の厳しい構えを見慣れていたので、牛田のガードは隙だらけでしかもスローモーションを見ているようであった。一撃で勝負がついた。周りの者が驚いていたが、一番驚いたのは真介自身であった。自分が訓練している少林寺拳法の本当の凄さを思い知ったのだ。

二度と喧嘩には使うまいと心しながらその場を去った。

二年後の春、十五歳で慈恵園を卒園し、就職先の進藤クリーニング店へ出立する前日の夜、真介はこの神社に来て訓練に使った稽古棒を引き抜き、古木の後ろに置いていったのである。

あれから八年。二十三歳の今、俺はいったい何をして生きてきたのだろうか。たった一度の青春が無為に流れているのではないのか。俺の一生は洗濯と拳法だけで終わってしまうのだろうか。心に風が吹き抜けるような気持ちになるのは今日が初めてではない。真介は首を振って思いを振り切ると腰を上げ、棒を元の位置に戻して小田原城へ通じる小道を歩き始めた。あたりは既に真っ暗で、所々で電灯の鈍い光が小道を照らしていた。突き当たりを左に行くとお城であるが、腹が減り始めていたので右に曲がって正門に向かった。関東大震災の時に崩れ、そのままにしてある石垣あたりに来ると、何やら揉めているような怒声が聞こえてきた。引き返すのも面倒なので、足音を忍ばせゆっくりと近付いていった。頭を両腕で抱え込み、体をくの字にして倒れている男を、四人の男が代わる代わる蹴りつけていた。見ぬ振りをして通り過ぎようとも思ったが、真介の鋭い感覚が近くにもう一人の存在を捉え、にわかに不快な気分にさせた。

目を細めて周囲に気を放つと、街灯が微かに届く生け垣の陰にそれを察知した。その位置を頭に刻み込んでゆっくりと前に進み出た。

突然現れた男に彼らはぎょっとして足を止めたが、一人と分かると中から一人が離れて近付いてきた。股の間にバレーボールでも挟んでいるような、典型的なやくざのがに股歩きである。男は頭一つ真介より低いので、顎を突き上げるように見上げて言った。「ようあんちゃん、怪我しねえうちに……」

最後まで言い終わらないうちに「ぐえっ」と叫んで股間を抱え、前屈みに崩れ落ちて悶絶してしまった。残りの三人には、真介の膝が決まったのが仲間の背中越しで見えなかったのだが、異変に気付いて緊張が走った。一人がズボンのポケットから何かを取り出した。パチンというバネが弾ける音とともに、掌から刃が飛び出した。もう一人がその男の右後ろにすっと位置を変え、尻のポケットから黒い棒を抜き出した。ブラックジャックだろう。左後ろに残りの男が位置取りをし、指をぽきぽき鳴らしながらニヤリとした。身のこなしからボクシングの心得があると見た。彼らは相当喧嘩慣れしているようで、慌てる風もなく三角形を崩さずにゆっくりと進んできた。真介も倒れている男を跨いで前に出た。

距離が一間ほどに縮まるのを待って真介から仕掛けた。複数の武器を持つ相手にルールは無用である。真ん中の男は相手から目の前に跳んでくると思っていなかった。不意を突かれて及び腰でナイフを繰り出した。真介は余裕で右に体をかわし、低い体勢から左の拳を男のみぞおちに叩き込んだ。間髪を入れず、振り下ろされてきたブラックジャックを右腕で受け流し、その右手の肘を相手の鼻にぶち込むと同時に左足を軸にしてくるりと反転し、飛び込んできたボクサーに右足の回し蹴りを一閃した。踵が男のこめかみで炸裂した。真介は一瞬も動きを止めず、パッと跳んで骨を折られて棒立ちになっている二番目の男の後ろに回り、襟首を掴んで生け垣の陰の男との間に立たせた。第五の男の襲撃に備えたのだ。瞬きをする間もないあっという間の出来事であった。

第五の男はさっと懐に右手を突っ込んだが、射線に仲間の一人を立たされて躊躇した。その時正門の方からアベックが現れ、その場を見て女が悲鳴を上げた。生け垣の後ろの男は懐から手を下ろすと、暗闇から出て急ぎ足で二宮神社の方へ去っていった。一瞬街灯の光が男の横顔を照らした。三十歳過ぎの細面で、右の眉から目尻にかけて刀傷のようなものが走っているのを真介は見逃さなかった。

アベックも正門の方へばたばたと逃げていく。真介は襟首を掴んでいた男の膝の後ろに強烈なキックをかました。ぐきっと骨が砕ける音がし、男はギャッと叫んで倒れ込んだ。ナイフ男はみぞおちを抱えて転げ回っており、ボクサーは口から泡を吹いて大の字で伸びていた。

襲われていた男が半身を起こしかけていたので大丈夫のようである。真介も警察沙汰はご免なのでお城に向かって歩き出した。

「礼は言わねえぜ。俺一人でもやっつけられたんだ」

真介の背に飛んできた言葉は、いつかどこかで聞いたような懐かしい響きがあった。立ち止まって振り返ると、半身を起こした男が薄暗がりでもはっきり分かる白い歯を見せてニヤリとしていた。真介は近付いて男の傍らにしゃがみ込み顔を覗き込んだ。左目が大きく腫れ上がり、唇の端から血の糸が垂れていた。見覚えのある顔である。

「乾……乾哲二か？」

「やっぱり真介だったか。身のこなしは昔と変わらんな」

慈恵園を出て以来の再会であった。真介は哲二に肩を貸して抱え起こすと、お城への坂道を上っていった。哲二は腹や足腰をかなり蹴られていたせいで時折呻き声を上げて痛がったが、真介は構わず引きずっていった。天守閣下の広場を横切り、反対側の小道を下って県道に出た。遠くでサイレンが鳴っている。パトカーが到着したのだろう。運よくタクシーが拾えたので、哲二を押し込むようにして乗り込んだ。哲二の指示に従って車は走り、やがて一軒の古びた二階建ての長屋の前に着いた。真介は哲二が差し出した鍵で玄関を開けながら、ふと表札に目をやると「乾商事」と書かれてあった。

哲二を抱えて板張りの部屋に入り、擦り切れたソファーに寝かせた。部屋を見回すと、隅に木製の机が置いてあり電話と書類箱が載っている。横の書棚に薬箱があったので持ってきて蓋を開けると一通りの薬が入っていた。部屋の真ん中にあったアラジンのストーブに火をつけ、哲二の上半身を裸にして手当てを始めた。あちこちに打ち身や擦り傷があるものの、骨と内臓には損傷はなさそうであった。リンチの比較的早い段階で真介が現れたからであろう。ヨードチンキを塗り、ガーゼを当てがって一通りの処置を済ませた。

「すまねえな。一息入れてコーヒーを飲もう。隣の台所にあるんだ」と哲二が言った。真介が電熱器にやかんをかけ、小さな棚にあったコーヒー缶を手にした。焙煎してフィルター用に挽いてあるいい香りがする豆である。カップもフランス製の洒落た物が置いてあった。

間もなく真介が二つのコーヒーカップを持ってきて聞いた。

「砂糖とミルクはどこだ」

「ブラックでいい。本物はブラックで飲むもんだ」と哲二。

真介はソファーの前のテーブルにカップを置くと、椅子を持ってきて座った。コーヒーを一口啜って真介が思わず「旨いな」と言うと「これはブルーマウンテンだ。キリマンジャロもモカもあるぞ。俺はコーヒーにはちょっとばかり煩いんだ」と哲二は言って鼻を蠢《うごめ》かせた。

「ところで」と真介は「持ち主と一緒でソファーもテーブルも傷だらけだな」と言って部屋を見回した。

「おきぁあがれ。こういう物をアンティークと言うんだ」

二人はしばらく黙ってコーヒーを楽しんだ。哲二が自慢するだけあって、ほろ苦さと酸味のバランスが見事に調和していた。

やがて哲二が口を開いた。「真介は確かクリーニング屋に就職したんだよな。まだ同じ所か?」

「うむ、まだ続いている」

「お前は辛抱強かったからな。少林寺も続けているようだな。聞くまでもないか……」

「お前は何をしているんだ。何でリンチを受ける羽目になったんだ」

哲二はカップを置くと煙草を取り出して一本くわえ、真介にも勧めた。

「俺が平塚の鉄工所に勤めたことは知ってるな。半年ともたなかったよ。それからは新聞の勧誘、電器店、トラックの助手、食品問屋、バーテンなんかをやったがどれも長続きしなかった。あれこれ指図されるのが嫌で喧嘩ばかりしていたからな」

哲二の短気は変わっていないなと真介は苦笑いを浮かべた。

「俺が世間で学んだことは、孤児院育ちで学歴もない者には、一生下積みからは抜け出せないということさ。だけどな、俺はそんな人生は真っ平だ。俺達みたいのが這い上がるにはまず金だ。金がある所には権力も付いてくるもんだ」

哲二は煙草をもみ消してソファーに寄り掛かったが傷の痛みに顔をしかめた。

「真介。俺は考えた。考えて考え抜いたよ。そこで出した結論が独立することだったんだ。何をするかでまた考えた。閃いたのが貸しお絞り屋の商売だ。食品問屋に勤めていた時に、喫茶店やレストランにつまみを卸すのが仕事だったんだが、開店前に配達に行くと、店の人がお絞りを洗濯しているのをよく見掛けたんだ。毎日大変だとこぼしていたよ。雨でも降ろうものなら乾かす場所がなくて困ってしまうと言っていた。それをふと思い出したんだ。これが商売にならないかと考えたのさ」哲二は残りの冷めたコーヒーを飲み干して一息入れた。

「まず資金だ。銀行が貸すわけもない。朝の牛乳配達、昼の建設現場の作業員、夜はキャバレーの呼び込みをやって、一日三、四時間の睡眠で働いた。不思議なもので、目的を持って働くと人の指図も気にならなくなったよ。金を貰うためには喧嘩もできねえ。随分忍耐力も身に付けたよ。とにかく食うものも食わずに二年間脇目も振らずに働いた」

真介は感心した。自分が何となく青春を無為に過ごしている時に、哲二は懸命に生きていたのだ。哲二の顔を見直すと目が輝いていた。

「ようやく六十万円貯めた。この家を借り、中古の洗濯機二台とお絞り五千枚、配送籠などを揃えて去年の初めに一人で商売を始めたんだ。駅裏に乗り捨ててあった自転車で始めたんだがすぐ回り切れなくなってな。当たったよ。それで洗濯は臨時のおばちゃんを雇って任せ、中古のミゼットを買って手を広げたんだ。今じゃ経費を引いても十万円以上は稼げるよ」

何と真介の給料の五倍ではないか。「お前は生活力があるなあ」

「まだまださ。この夏から一人の宿なしを雇って範囲を広げ始めたんだ。喫茶店とレストランもそこそこの数量にはなるが、何といっても大口はキャバレーとバーだ。ところがここで問題が持ち上がったんだ。駅前の繁華街を取り仕切っている桜会というやくざ組織の目に止まっちまったんだ。縄張りの中で商売を続けたかったら、売り上げの半分を寄越せと言ってきやがった。のらりくらりと返事を先延ばしにしていたら、今日のこのざまになっちまったのさ」

「あいつら桜会だったのか」と真介が呟いた。

「知ってるのか？　生け垣に隠れていたのが弓長という幹部なんだ」

「そうか、あいつが弓長か」

真介は昨日の勤め先での一件を話した。桜会が早川の商店街進出を狙っており、弓長という幹部がカミナリ族を使って自治会長の息子を落とそうとしたこと、そのカミナリ族を昨夜追い返したことを話して聞かせた。

哲二は「桜会のことだ、そのまま黙っちゃあいねえと思うぜ」と言った。

「うむ、俺もそう思っている」真介はもう一杯コーヒーを作りに台所に立った。

しばらくして、今度はモカを濃いめに入れて持ってきた。二人は黙って飲んでいたが、哲二が何かを決心したように切り出した。

「真介、俺の仕事を手伝う気はねえか?」

真介は意外な申し出に戸惑った表情を向けた。

「俺はこの仕事をもっと広げたい、いや広げられると思っている。俺には商才があるんだ。行動力もある。しかしな、今日みてえなことがあるとどうにもならなくなっちまうんだ」

「要するに用心棒が欲しいのか?」

「いや、そんな単純なものじゃねえ。俺はどうも気が短くって、後先考えずに飛び出す癖がある。いつもこてんぱんにやられてから気が付くんだ。これじゃあいつかは行き詰まる。これからもっともっとビッグになっていくには、冷静な判断力を持ったパートナーが必要なんだ。もちろん腕も必要だ。お前なら育ちも気心も知ってるしな」

真介は黙ってコーヒーを口に運んでいたが、内心は揺れていた。

「なあにすぐ返事をくれとは言わねえ。もし手伝ってくれる気になったらいつでもここに来てくれ。一応これを渡しておこう」哲二は痛みで顔をしかめながら身を捩り、尻のポケットから財布を取り出して名刺を抜き取って差し出した。

乾商事社長の肩書きと住所、電話が印されていた。

「大層な肩書きだな」

「なあに商売用なんだ」と哲二は照れながら答え「どこかで一杯飲んでくか？」と誘った。

「いや今日はもう遅い。明日も早いんでな」と真介は腰を上げた。

「今日はありがとよ。俺の申し出を考えといてくれな」


真介は深夜にアパートに帰ってきたのにもかかわらず、なかなか寝つかれなかった。哲二の懸命な生き方、夢を持ってがむしゃらに自分の人生を切り開いていこうとしている姿が眩しかった。哲二が言っていた――孤児院育ちで学歴のない者には、どうやったって下積みからは這い上がれない――ということは核心を突いている。この後十年、二十年しても俺はクリーニング店の店員だろう。運がよければ、どこかで小さな店を持つことはできるかもしれないが、それが俺の人生なのか。それで満足なのか。

答えが出ぬまま夜が白み始めていた。


翌日からいつもの生活が始まったが、真介の心には変化が起こっていた。黙ってアイロンを掛けながらも時折手が止まってしまう。進藤もそれとなく気付き、ちらちらと様子を窺っていた。日頃から無口で、余計なことは言わずに黙々と仕事をする真介であるが、今日は仕事が捗らず、同じところを何度もアイロンを当てては溜め息を吐いている。声をかけあぐねていたが午後になってようやく切り出した。

「何か悩みでもあるのか真介。例のカミナリ族が気に掛かっているのか？」

真介は黙って首を横に振った。

「それじゃあ、これか？」と小指を立てて見せてニヤリとした。

「そんなんじゃありませんよ。何でもありませんから」と真介は苦笑いを浮かべて窓から往来に目をやった。その時何者かが電信柱の陰に隠れるのがちらりと目の端に入った。何くわぬ顔つきで仕事を続け、後ろの籠から洗濯物を取り出す時に店の鏡越しに窺い見た。慎太郎刈りの若い男が、電信柱とごみ箱の間から顔を半分覗かせている。三日間見張りが続いた。服装を変え場所を変えてはいたが同じ男のようであった。真介の鋭い目は見逃しはしない。

その週の土曜日は月一回の半ドンの日であったので、真介は午後から道場に出掛けた。金田師範の姿はなく留守のようであった。十数人の門弟達が思い思いの練習に励んでいた。真介はここ数年門弟が増えてきていたので、神棚の向こうに二年前に増築された更衣室へ向かった。手早く稽古着に着替えて道場に入り柔軟体操をしていると、門弟の一人、柳春彦が近寄ってきて一礼した。

「師範代、稽古を付けて下さい」

柳は高校一年生の時に入門してきており、現在大学生になっている。二十歳になったばかりだが非常に才能豊かで、わずか四年足らずして秋の昇段試験で三段に挑戦する予定である。真介に心酔しており、彼が稽古を始めると瞬きさえ忘れたように熱心に観察し研究していた。真介は柳が入門してきた頃に師範代を任されるようになっていたが、仕事などで遅くなる時は柳にその代理を務めさせていた。二人はしばらく隅で稽古に汗を流していたが、体がほぐれたところで一人ひとりに指導を始めた。二時間ほどして真介は「今日はヌンチャクの模範演技を行う。よく見ておくように」と言って門弟達を隅に下がらせた。

真介は鎖で繋がれた二本の棒を取り出し、顔の前で水平に構えた。長身で鍛え上げられた筋肉に一瞬電流が走ったような緊張がみなぎり、鋭い気合いが発せられてヌンチャクが蛇のように舞い始めた。合間合間には突きや蹴りも入れられているが、隙や乱れは毛筋ほどもなく、まるで水の流れのように澱みがない。

絶え間ない樫の木の風切り音、時折発せられる奇声、空中に跳ぶ時の床を蹴る音が静寂の中に流れていく。正座して見守る門弟達には、その音さえも耳には入っていないであろう。やがて演技が済むと一斉に吐息が漏れた。

門弟達が柳の指導でヌンチャクの稽古を始め、真介が隅に下がって汗を拭いていると、いつ帰ってきたのか金田師範が戸口に現れた。既に稽古着を身に着けており、なぜか厳しい表情であった。

「稽古止め」という真介の声で、門弟達は動きを止めて一斉にその場で一礼した。金田は軽く礼を返すと道場の真ん中に進み出て「真介、相手をせい」と鋭く声をかけた。ただならぬ気配を感じて門弟達は再び壁際に退き正座した。真介が顔を引き締めて師範の前に立つと、金田は「真介、真剣一本」と命じた。

たちまち道場に緊張が走った。ただ事ではない。真剣一本勝負は防具を着けないのが金田道場の決まりであり、片方が倒れるまで戦うのだ。

寸止めさえない真剣一本勝負に、真介は戸惑いながら構えに入った。その迷いがわずかに隙を生んだ。

「きえー！」鋭い気合いとともに、金田の鋭い前蹴りが繰り出されてきた。真介は寸前で体を捩り、致命的な打撃は辛うじて避けたが、それでもしたたかに脇腹を打たれ一瞬息が止まった。この攻撃で金田の真剣さを悟った真介は「浅い！」と返しながら横に跳んだ。二人は一間ほどの間合いで睨み合った。真介は最近昇段に意義を見いだせなくなり、三年前に五段を取得して以降試験は受けていないが、実力は六段を凌ぐであろう。金田は八段である。高段者同士になると隙は見せない。攻撃を仕掛ける時に隙ができることは分かっているので迂闊には出られない。やがてどちらがどう隙を見つけたのか同時に踏み込んだ。

激しく拳、肘、足が繰り出されたが、どれも効果がなくぱっと離れた。離れ際の真介得意の左の蹴りが伸びたが、金田の稽古着を掠っただけである。幾度か激しい攻防が繰り返され十分ほど経過した。長引くと体力がものを言ってくる。真介二十三歳、金田は五十歳に近い。次第にその差が出てきた。金田の息が上がってきて肩が小刻みに震え始めた。真介が半歩踏み込んで左の回し蹴りの動きを見せた。真介の必殺技であることを熟知している金田の防御意識が一瞬右にいった。罠であった。間髪を入れず右足のキックが脇腹を襲った。金田も半身を捻って致命的一撃は避けたものの体勢が崩れた。立て直そうとした時には既に真介に懐に飛び込まれ、左拳が目の前で寸止めになっていた。

「参った」と金田が口に出すより早く真介は跳び下がって正座し「稽古をありがとうございました」と一礼した。

「うむ」と金田は呻くように礼を返し「部屋へ参れ」と短く言ってくるりと背を向けた。門弟達はほっと吐息をついて顔を見合わせた。師範と師範代の、これほどまでの凄まじい稽古を目にしたのは初めてであった。

「一同稽古を続けよ」と言って真介は金田の後を追った。勝利感などは微塵もなく、突然真剣一本を挑んできた師範の心中を計りかねていた。

居間に入ると金田は「そこに座れ」と命じて腕組みをして目を閉じた。しばらく瞑想していたが、やがて目を開くと遠くを見つめるような眼差しで話し始めた。

「お前が最初にそこに座ってから十年以上になる。葬式饅頭を食べ、稽古着を貰って嬉し泣きをしていたことを覚えておろう」

真介は無論覚えている。あの雨の日、人前で初めて見せた涙のことを。

「初めてお前が『型』を演じた時の衝撃は忘れられない。真に天賦の才としか言いようがなかった。入門して、磨けば磨くほどお前は光を増していった。純粋な目、真摯な精神が技に溢れ、一直線に神技に向かっていた」金田は腕組みをといて、真介の顔を覗き込むように身を乗り出した。

「三年ほど前からお前の技に変化が表れ始めた。最初わしは、大人になりつつあるお前の精神の揺らぎと考えていた。心が安定してくれれば解決する一過性のものと思っていたのだ。いつかは少林寺の神髄『無』を取り戻してくれると信じていたのだ」

真介には思い当たった。成人式の日、母と過ごした三崎港に行き、網元の老人から自分の出生の秘密を聞かされて人生を見つめ直し始めた頃である。師範の目は鋭い。心の動揺が技に表れていたのを見逃していなかったのである。金田は身を起こすと再び腕を組んで話を続けた。

「その昔、刀造りの匠《たくみ》がいて誰もが名刀と認めていた。ある者がそれを上回る刀を造ろうとして、義理も信義もすべてを捨て、有名になりたい一心で見事な作品を成したそうだ。このどちらが名刀かで評価も真っ二つに分かれたという。その評判を耳にした殿様がお買い上げになるということで、剣の達人が立ち会うことになったそうな。達人にして優劣の判断が付かず、一計を案じて懐紙を両刀の刃の上に落としてみた。匠の刃にはふわりと乗ったのだが、もう一方は懐紙の方から刃に引き付けられるように吸い寄せられ、はらりと両断されたという。

剣の達人はこれを見て、匠の刀をお勧めになったそうな。殿様が切れる方をなぜ勧めないのかと問うと、達人はこれは鞘から離れると何物も切らずには収まらない妖刀であり、名刀とは言えぬと答えたという。殿様はこれを聞いて、妖刀は封印して二度と抜いてはならぬと命ぜられた」

金田は真介の目を見据えて言った。

「お前は最近昇段試験を受けてはいないが、おそらく日本でも三本の指に入る実力があろう。しかし現在のお前は今の話に出てくる妖刀だ。既にわしの手には負えぬ」

真介は悟った。師範は知っているのだ。小田原城下の一件を……。

「二日前に客があった。桜会の何とかと名乗っておった。先日数人の社員が空手使いに叩きのめされ全員が入院したという。彼らは手分けして調べてここを突き止めたようだ。その男は一部始終見ていたらしく、事細かに説明した。わしはお前の仕業とすぐに分かった。しかし解せぬ。お前ほどの腕があれば、反撃できぬ程度にあしらえたはずだ。いずれにせよ彼らはやくざであろう。たった一人に数人がやられたことは、面子上警察にも届けはしまい。しかし、この道場は暴力集団を養成しているのかという問いはわしには堪えた」

真介は何の反論もしなかった。いかなる理由があろうと真実は真実である。

黙って顔を伏せていた。

「真介、今日の一本が最後の稽古である。私闘を禁ずる掟を破ったことは許し難い。破門する」

真介は思わず師範の顔を仰ぎ見た。ある程度の処罰は覚悟したものの破門とは。金田の閉じた瞼からの一筋の涙と、真一文字に結ばれた唇は決意の固さを物語っていた。

「ご迷惑をお掛け致しました。ご恩をこのような形でお返ししてしまい、申し訳ございませんでした」真介は両手をついて深々と頭を下げた。

部屋を辞して引き戸を開けると、柳がうなだれて正座していた。話を聞いていたようだ。真介が開襟シャツに着替え、神棚に一礼して帰っていっても、師範と柳はそのままの姿勢で座っていた。

「真介は一言も言い訳をしなかった」金田が呻くように呟いた。柳は「止めてきます」と言って飛び出していった。

真介の心には自戒の念と空しさが広がっていた。誰も責められない。すべては身から出た錆なのだ。十年余通い続けた道も今日限りかと寂しさに心を取られていて、迂闊にも何者かが跡をつけていることを知らなかった。ふと気が付くと慈恵園の前であった。低い柵を跨いで裏庭に出た。楠の木を見て懐かしさが込み上げてきた。

跡をつけてきた男は、目指す男が拳法の達人で、危険であると聞かされていたのだが、今は心がここにないようでまるで隙だらけである。

ちょろい仕事だと懐からドスを抜き、腰だめにして後ろからそっと近付いた。

まさに飛び掛かろうとした瞬間、耳に何か硬いものが命中して目が眩んだ。「うっ！」と呻いてよろめいた時、横から何者かが飛び出してきてみぞおちに激しい一撃をくらった。気が付いた時には体が宙を飛んでおり、地面に叩き付けられて意識を失った。

気配を感じて真介が虚ろな目で振り返ると、稽古着を着たままの柳が立っていて、彼の足元に目をむいた男が倒れていた。傍らに短刀が転がっている。

「師範代、しっかりなさって下さい。命を狙われたのですよ！」

命を狙われたと聞いて真介はようやく我に返った。

「柳、なぜここにいる」

「師範代を引き留めようと追ってきたら、この男が跡をつけているのが目に入ったんです。変だなと思って私もここまで追いかけてきたのですが、こいつが短刀を抜いて襲おうとしたので、咄嗟に石を投げ付けてやっつけたんです」

真介は事情を悟った。何者かが師範に私闘を告げ、自分が何らかの処分を受けて我を失い、隙が出るのを見越して襲わせようとしたのだ。その目論見はもう少しで成功するところであった。真介には誰の仕業か分かっていた。

「俺としたことがつい油断してしまった。お前がいなかったら今頃はホトケになっていたところだ。礼を言う」真介は倒れた男に近付いて顔を見下ろした。

クリーニング店を見張っていた男だ。

「俺はもう師範代ではない。私闘をしたことで破門になったのだ」

柳は頷くと「そのようですね。これはその私闘の仕返しなんでしょう。私もこれで私闘をしたことになりますから破門ですね」

「このことは誰も知りはしない。お前はこのまま帰って少林寺を続けよ」

「道場の掟を破ったことを内緒にして続けることは私だって嫌です。それに師範代のいない道場には通う気がありません」

「まあ今は気が立っているからそう考えるのだ。今日のところは帰って二、三日よく考えることだ。帰ろうか」と言って真介は柳を促して歩き出した。

「師範代、いや村下さん。これからどうするのですか？」

「まだ何も考えていない。奴らが道場まで来たということは、おそらく勤め先にまで累《るい》が及ぶことは間違いあるまい。本気になっているようだな」

柳は「そうですか」と言って何事か考え込む顔つきになった。

二人は小田原駅近くで別れ、真介は電車で早川駅に行き店に顔を出した。

六時を回っているが暑さは依然衰えておらず、湿気が体にまとい付く。店の前では奥さんが打ち水をしており、真介を認めるとはっとした顔つきをして店内に声をかけた。すぐに進藤がサンダルを突っ掛けて出てきた。「真介、いいところに来た。まあ入ってくれ」そう言ってそそくさと店に入っていった。

居間に上がると奥さんが冷えたビールを持ってきてくれ、二人に注ぎながら口を開いた。

「真介さん。大変なことになったのよ。実は……」

　進藤は女房に後は言わせず「わしが言う」と遮ってビールを飲み干した。

「今日の午後、お前が帰ってからすぐ桜会の者が来たんだ。二度ほど会ったことのある幹部の弓長だ。この商店街の各店舗に、警備料を出すように理事長として説得しろと言ってきた。嫌ならお前の所の乱暴者の使用人が、うちの若い者を半殺しにして病院送りにした治療費と慰謝料を払えと言うんだ。城の参道でと言っていたが、真介、覚えがあるのか？」

　真介はやはりと思いながら頷いた。夫婦は顔を見合わせて溜め息を吐いた。

　主人は「そうか、本当だったのか」と肩を落とした。「元はといえば太郎が引き起こしたことなんだ。弓長は太郎も許さないと凄んでいた。舎弟の佐川が、太郎の遊んだ金も立て替えをしているし面倒も見た。仲間を裏切ったらどうなるか体で教えてやると脅すんだ。お前はカミナリ族は手もなく追っ払ってくれたが、やくざを叩きのめしちまったんでは、奴らも引っ込みがつかんのだろう」

　真介は、小田原城の件は店には何の関係もなく、個人的な私闘であると説明してみても局面は変わらないだろうと考えた。

「親方、奴らの狙いは慰謝料とか太郎君じゃありません。この商店街を縄張りの傘下にして、皆さんからみかじめ料を取ることにあるんです。それまでは何かといちゃもんを付けてきて、しまいには若い者を送り込んできて商売の邪魔をするのが手口なんです」

真介はうなだれてしまった夫婦の顔を交互に見てから続けた。

「俺がいたんではこれからも言い掛かりは続きます。今度奴らが来た時に『乱暴者はうちに置けないのでクビにした。おたくの若い衆を半殺しにしたのは村下真介なんだから、慰謝料については直接本人に当たってくれ』と言ってやりなさい。太郎君のことは、親としての責任もあるので、何とかすると言って、少し時間を稼いで下さい」

「しかしそれではお前が……」

「俺のことは何とでもなりますから心配しなくても大丈夫です。太郎君のことは、俺に考えがありますから任せておいて下さい。長い間お世話になりましたが、今日でお暇《いとま》させて頂きます」と真介は頭を下げげた。

「真介、お前はよく働いてくれた。店が大きくなったのもお前の力が大きかったんだ。何とか辞めないで済む方法がないものか……。二、三年したら店の一軒も持たそうと考えていたんだが」

「お気持ちだけで充分です。では失礼致します」真介はなおも何かを言いかける夫婦を制して立ち上がった。

真介はアパートに戻り、腕を枕に天井を見ながら考え事をしていると、小さなノックの音がした。警戒をしながら「どなた?」と聞くと進藤だと名乗った。

部屋に招き入れると「真介、こうなってすまない。わしに甲斐性がないばかりに話がこじれてしまって」

「いいんですよ親方。見通しが甘かった俺にも責任があるんですから」

進藤はこれ以上の説得は無理と判断し、懐から封筒を取り出して「これは気持ちだけなんだが」と真介の膝の前に差し出した。「給料の残りと、少ないがこれまでの退職金を持ってきたんだ」

進藤はしきりに辞退する真介に封筒を握らせ、逃げるように帰っていった。

真介は再び寝転んで目を閉じた。何という一週間だったのだ。ひょんなことで乾哲二と再会し、桜会絡みで道場も仕事も失った。俺の人生はいったい何なのだ。

また一人になってしまったが孤独感はない。そんなものは生まれた時から味わってきている。これから何をするか、どんな人生が待ち受けているというのか。哲二が言っていた。俺達みたいな者が這い上がるには、金と権力が必要だと。彼の哲学なのだろうが真介にも真実に思われた。しかし金と権力は、真っ当なことをしていたのでは手に入りはしない。

俺に何ができる?

哲二が言う。自分の商才以外に冷静な判断力と腕を持つ者が必要だと。俺には冷静さと少林寺の腕がある。真介の目は次第に鋭さを増してきた。片を付けてから行ってみようか……。

翌日曜日の夜、小田原駅裏の繁華街の外れにあるジャズ酒場に、佐川をリーダーとしたカミナリ族の連中がどやどやと入ってきた。たちまちビールやハイボール、コークハイなどのオーダーの声、馬鹿笑いなどで喧《やかま》しくなった。ひとしきり大騒ぎした後、佐川がトイレに立った。彼に続いて男が一人、影のように滑り込んだのに誰も気が付かなかった。佐川が朝顔の前で、ぴっちりした革のズボンから苦労して分身を掴み出し、膀胱に溜まったビールを絞り出し始めた時、何者かが後ろに立つ気配がした。首を回そうとした瞬間、背中を思い切りどやされて目の前のタイルに嫌というほど頭をぶつけた。目から火が吹き出し、膝が崩れかけたが、襟首を掴まれて引きずり上げられ、次の瞬間左の耳に爆発したような衝撃が走り、鼓膜が破れた。くるりと振り向かされて首を締め上げられ、今度は鼻が爆発して骨が砕かれた。悲鳴を上げる間もない。意識が薄れかけた時、無事な右耳に「一度しか聞かぬ。弓長の住所は？」という囁きが聞こえた。間もなくみぞおちに一撃をくらい、佐川は幸せなことに気を失った。


同じ日の深夜二時、弓長が車で送られてマンションに帰ってきた。運転手が車に残り、もう一人が弓長に従ってロビーに入ってきて、エレベーターの五階のボタンを押した。

「満夫、帰ってもいいぞ。明日は十一時に迎えに来い」

「へい、ではお休みなさい」若い男は開いたドアに入っていく弓長の背中に丁寧に頭を下げて帰っていった。

エレベーターが三階で止まりドアが開いた。弓長がこんな深夜にと思った時、真っ暗な廊下から影がすっと入ってきた。あっと気付いて懐に手を突っ込もうとしたが遅かった。顎に強烈な一撃をくらい、のけ反った後頭部が壁に叩き付けられた。さらに胃袋が口から飛び出すほどの衝撃があり、体が二つ折りになった。襲撃者の顔を見ようと顔を上げた瞬間、V字になった二本の指が弓長の目に突き刺さった。ギャーという声が狭い室内に空しく響いた。今度は右手を後ろに捩じり上げられ、親指が掴まれるのを感じた。ボキッと嫌な音がして脳天に激痛が走る。続いて人差し指も同じ運命になった。もう声も出なかった。ただ血の混じった涙が出るのみである。ふうっと意識が遠のいたが「こんな程度で気を失うのは早過ぎる」とぞっとするような低い声が耳元でした。「俺が誰だか見当は付いているな」弓長は気が動転していて思い付かなかった。恨みを買うのが商売である。懸命に首を横に振った。

「今思い付かなくてもいずれ思い出すだろう。だが思い出すな。影のような強盗に襲われたことにしておいた方が身のためだ。さもないと今度は舌を引っこ抜いて、代わりに貴様の分身を口に突っ込んでやるぞ。俺のやり方に容赦はない。分かったな」

弓長は懸命に首を上下に動かした。「いい子だ」と言うと影が離れる気配がした。しかし終わりではなかった。今度は唯一無事な足、右膝に衝撃が走った。

膝頭が粉々になる感覚は既になく、ずるずるっと壁沿いに崩れ落ちながら容赦はないという声が脅しではないことを悟っていた。襲撃者は弓長の懐から拳銃と弾倉、財布を抜き取ると五階に達していたエレベーターのボタンを押して一階フロアーに降りていった。虫の息のぼろ布のような弓長を発見したのは、朝の新聞配達員であった。

二つの事件は月曜日のテレビと夕刊が大きく報道した。警察では二人が同じ桜会の幹部と構成員であることから、暴力団同士の勢力争いが有力と見ていると発表していた。幹部の弓長が強盗だったと供述しており、財布が取られていることからその線も捨ててはいないが、二人とも一カ月以上の重傷で、特に弓長は失明の恐れがあって、強盗にしては徹底的すぎるとして、暴力団関係以外にも個人的な怨恨の線もあり、捜査対象を広げているとしていた。二、三日は扱いも大きかったが、目撃者も新たな証拠もなく、暴力団関係の事件なので、一週間もすると報ずるマスコミはほとんどなくなっていた。

事件の八日後、また桜会が被害に遭った。小田原駅前のキャバレーの用心棒とパチンコ景品買いの、共に桜会の組員がそれぞれの店の裏で半殺しになったのである。警察は先週の二件の傷害事件と関連ありとして、対抗する暴力団関係を捜査しており、桜会では相次ぐ被害で緊張の度を深めている、と新聞が報じていた。

事件から三週間ほど経った日の午後、真介が乾商事を訪れた。玄関を開けて声をかけると、五十がらみの女性がエプロンで手を拭きながら出てきた。哲二が言っていた臨時のおばさんであろう。

「乾君の友達なんですが、おいでになりませんか」

「あら、もしかしたら村下さん?」

真介が頷くと「社長から、留守中に村下さんという友達が来るかもしれないから、見えたら引き留めておいてくれと言われてますの。さあさあどうぞ」とおばさんは言って、この前哲二を担ぎ込んだ部屋へ通してくれた。しばらくしてコーヒーを持ってきて、昼食に出ているのですぐに帰りますからと言うと、洗濯の途中ですのでと奥へ引っ込んでいった。真介は改めて部屋を見回した。この前は気が付かなかったが、カレンダーが壁のひび割れを覆うように貼ってあり、雨水の染みを半分隠すように柱時計が掛けられている。コーヒーを飲み終わり煙草に火をつけた時に、表で自動車の止まる音がした。

「やあ真介、来てくれてたのか」と哲二は嬉しそうに部屋へ入ってきて、手提げ鞄を机に放り投げるなり握手を求めてきた。

哲二は真介の向かいに腰を下ろし、煙草を取り出しながら「お前だろ？」と半身を乗り出して言った。

「何だ藪から棒に」

哲二はニヤリと笑うと「事件が続発して、桜会がおとなしくなってな。仕事がやりやすくなったよ。俺のことなんかそっちのけで閉じこもっちまってるんだ。最近ではあまり奴らの顔も見掛けねえ」と愉快そうに言って煙草に火をつけた。

「あの時小田原城で四人が大怪我で入院し、今度は幹部二人に組員二人。八人が再起不能になっちまって、要するにがたがたになっちまったのさ。戦々恐々となって事務所内の固めで手一杯のようだ。表回りもほとんどしていねえぜ」

「桜会では誰の仕業か見当を付けているのか？」

「平塚の猪口組か熱海の南雲会の仕業じゃねえかと疑ってるようだ」

「しかし弓長の線から、キャバレーへの出入りの件や、小田原城で焼きを入れたことで、お前が浮かんできてもおかしくない」

「それがそうでもねえんだ」哲二は吹かすと「俺達みたいな小者からの上がりは、弓長が手前のポッポに入れていたんだ。組では幹部のそんな内職くらいは大目に見ていて、実際どこの誰からかなんて細かいことまで知りはしないのさ」と続けた。

「なるほど。それと警察の動きに情報はないのか？」と真介。

「こう大勢やられたんで個人的な線は捨てている。暴力団同士の潰し合いか、桜会内部の勢力争いに的を絞っているようだ。いずれにせよ目撃者もいねえし、第一やられた本人が何も見てねえと言ってるんで、行き詰まっているのさ」

真介の片頬にちらりと笑みが浮かんだ。

「それにしても、お前という男は凄い奴だな」

真介はその問いには答えず、黙って指先を見つめていた。

「全部お前だろ？　俺にはそれしか……」と哲二が言いかけたが、真介は「もうよそう。済んだことだ」と言って遮った。

「よし、じゃあ話を変えよう。この前の俺の申し出は考えてくれたのか？」

「うむ、仕事もクビになったことだし、しばらく手伝わせてもらうことにする」

哲二の顔に満面の笑みが広がった。「そうか、これで俺の計画も大きく前進する」と何度も大きく頷いた。

「哲二、一つ言っておくが俺にはお前のような商才はない。お前が進もうとする道に障害物があれば、それを取り除くのが俺の役割だ」

「俺の進む道ではない。俺達の道だ」二人はどちらからともなく手を差し出し、がっちりと握手をした。


乾商事の貸しお絞り業は順調に業績を伸ばしていった。桜会が急速に衰退してゆき、何の障害もなくなったこともあるが、哲二の懸命な働きぶりと間違いないサービスが徐々に口コミで浸透していったことが大きかった。その年の瀬には六人の従業員と二人の洗濯専門の臨時社員を抱えるようになり、哲二は三人の営業マン、三人の配達員を指揮して飛び回っていた。真介は情報収集と配送に専念していた。

十二月二十日。この日は午前中に仕事を済ませ、午後から営業会議を開いた。臨時を除く八人が事務所に入ると、狭い部屋は人いきれと煙草の煙でストーブが要らないほどであった。

乾社長が売り上げ状況、来月のターゲット店、戦略などの説明を終え、年末には少ないがボーナスが出せそうだと言うとどっと歓声が湧いた。続いて情報交換と提案に議題が移った。

「社長」と真っ先に手を挙げたのは、一番最初にバイトで入り、そのまま社員になった津田尚太という十九歳の若者である。

「新製品を考えたのですが、見てもらえますか」

社員達は一様にまたかという顔をして苦笑いを浮かべた。津田は趣味が機械いじりと発明という工業高校出身の男で、会議のたびに自分で作ったいろいろな器具器材を持ち込んでくる。大概は珍品・奇品が多く、皆の大笑いのうちに却下されるのがオチであった。明るく前向きな性格なので乾には可愛がられている。

「もちろんだ。この会議で何が好きと言って、このコーナーが一番好きな時間だ」

津田はしたり顔で頷くと、裏の洗濯室へ行って蜜柑箱ほどの大きさの風呂敷包みを持ってきた。テーブルのコーヒーカップ類を退けさせて大事そうにそっと置き、包みをほどくと薄い鉄板製の箱が出てきた。正面には横開きの扉とその横にダイヤルとスイッチが付いている。津田は皆の顔を見回し得意そうに箱に手を置くと「これは『年中適温お絞り保管器』と名付けました。夏は冷蔵庫、冬は保温庫になります」と前置きして扉を開けた。中にはお絞りがぎっしりと詰め込まれていた。「これで七十本入ってます。今は冬ですから三十度に設定してありますが、好みで四十度まで上げられます。夏は十度まで下げられます。このダイヤルで温度調節を行います」

「そのスイッチは何だ」と真介が箱の横のスイッチを指して質問した。津田はよくぞ聞いてくれたとばかりに大きく頷き「保温は蒸気で暖めますが、冷蔵は水冷式になっています。専門的になりますので説明は省きますが、要するにそのシステムを切り替えるスイッチがこれなんです」

「これは面白い。これは使えそうだぞ」と哲二が声を上げた。

「問題は値段だな」と一人が呟いた。

「そうだな。高過ぎては売れないぞ」ともう一人。

「いくらかかったんだ？」と哲二が聞いた。

「僕は廃品をかき集めて造ったんで三千円もかかっていませんが、全部新品でやると六、七倍はするでしょうか」

「二万か」と真介は腕を組んだ。

「水田どう思う」と哲二は会計担当の男に声をかけた。

「何も売らなくてもいいんじゃないですか？　月々幾らという月賦方式にするか、お絞り一本に幾らという金額を上乗せする手もありますよ。最近うちの商売を真似るところが出てきていますが、これを置いてしまえばよそからは入れなくなる利点もあるでしょう」

「なるほど。いずれにせよ津田、よくやった」社長の褒め言葉で全員から拍手が起きた。

「津田、これを造らせる所を探せ」

年が明けた昭和四十一年二月。哲二と真介は小田原駅前の繁華街の中心にあるキャバレーの前にいた。映画館を改造した、この地区最大の規模を誇り、ホステスを二百人以上抱えている。夕暮れ時で店々には灯が入り始め、この店もひときわ大きく華やかに「カサブランカ」というネオンをともし、勤め人の退社時間を待ち受けていた。経営は梅津興業で、小田原市内に他に二軒の高級クラブを持っている。乾商事にとって貸しお絞りの最後の大物ターゲットである。哲二がこれまで手を付けてこなかったのは、この店が桜会の最大の資金源であったからである。桜会は酒やつまみ、オードブルなどを納めるすべての業者からピンはねをし、警備の名目で常時二名の用心棒を送り込んで警護料を取っていた。

しかし最近桜会の力が急速に衰えてきたことで、哲二は今年に入ってから何度か交渉を続けており、数度目にしてようやく今日、梅津社長への面会の約束が取れていたのである。ボーイに案内されて社長室の前の事務所で待たされていたが、しばらくして扉が開き二人の男が出てきた。一人は三十代後半の目つきの鋭い男で、洒落たスーツと髪をリーゼントでびしっと決め、高級そうなコートを羽織っていた。もう一人は哲二達と同じ年頃で、がに股で肩をゆすって歩き、いかにもやくざのちんぴらですという看板をぶら下げている。年かさの男は、二人には目もくれずに出ていった。真介の細い目に微かな光が走った。女子事務員に「どうぞ」と言われ、哲二は扉をノックして部屋に入った。真介が後ろに続く。

マホガニーの大きな机の向こうで、七十歳に近い薄い白髪の男が深刻そうな顔をして座っていた。社長の梅津亭である。

戦後の混乱期に小さな立ち飲み屋から身を起こし、小田原市有数のキャバレー王となった男である。真介も街で何度も見掛けていた。二人が机の前まで来るとようやく気が付いたように顔を上げ「やあ失礼」と言ってさっきの男達が座っていたらしい椅子を勧めた。真介は哲二の後ろに立ったままでいた。

「確かお絞りのことだったな」

「はい乾商事の乾です」と名刺を出し「こちらは共同経営者の村下です」と紹介をした。

梅津は哲二に名刺を渡すと再び考え込むような表情になった。先ほどの来客がよほど気になっているのであろう。哲二が懸命に貸しお絞りの利便性、経済性などを説明したが、終わっても梅津の心はここにあらずという顔つきをしていた。

が、しばらくして「値段は？」と梅津がぽつりと聞いた。

「一本五円ですが、こちらの客筋を考えますと六円の香水付きの方が宜しいかと思いますが」と哲二が答えると「何とかいう保管器があるそうだが？」と聞いてきた。「よくご存じですね」

「遊興場組合の会合で話題になっていたんでね」

「そうですか、一台に付きお絞り一本一円高くなりますが、こちらは大口ですので三百本入りの大型器を三台お貸しします、サービスで」

「うむ、桜会を通すのか？」

哲二は真介と顔を見合わせた。予想された質問である。

「できれば直でお願いしたいのですが」

「最近は皆が桜会を外してくる。落ちたもんだ。もっとも最近の体たらくでは仕方がないがな」

「社長さん」とそれまで一言も喋らなかった真介が口を開いた。梅津も哲二もおやっという顔で真介を見た。

「先ほどの猪口組がご心配でしたら私に任せてもらえませんか?」

「あいつらを知っているのか?」と梅津は興に駆られた顔つきをした。

「去年の暮れ頃からこの辺で一、二度見掛けております。確か黒木とかいう幹部で、桜会が衰退したのを見越して猪口組が出張って来たのでしょう」

梅津は苦労して一代でのし上がってきた男である。幾度も修羅場をくぐり抜けてきていろいろな男を見てきており、人を見る目には自信があった。この村下という男を見た瞬間に何かを感じるものがあった。背の高い痩せぎすの体、鋭い目、酷薄そうな口元、隙というものを見せない態度。これはただ者ではない。初対面ではあるが、この男達なら話してもよさそうだと梅津は直感的に思った。

「君達はこのあたりの状況には詳しいようだな」

「商売柄毎日出入りしておりますので、かなり情報もよく入ります」と哲二。

「よし、君達が奴らを何とかしてくれるのなら仕事は任そう」

哲二は得たりとばかりに体を乗り出した。突破口が開けたのだ。

「その前に言っておくことがある。桜会のことだ」梅津は意外な話を始めた。

「桜会の組長、千田幸源はわしの遠い親戚筋なのだ。組事務所もわしの持ち物で貸しておるんだ」哲二と真介は思わず顔を見合わせた。

「戦後小さな飲み屋を始めていくらか軌道に乗り出した頃、復員してきた千田がわしの所に転がり込んできた。陸軍で中隊長まで務めた男だが、戦後の日本ではそんなものは何の役にも立ちゃしない。うちでしばらくぶらぶらしていたが、いつの間にか食い詰めた軍隊時代の昔の部下達が集まり始めて、親分と言われるようになっていたのだ。わしは暴力ごとは好きではないので、事務所を借りてやって出て行ってもらったのだが、わしが店を大きくしていく上で、揉めごとも暴力ごとも避けられないことが数多くあった。そんな時に彼らが役に立ったのは事実だ」梅津は机の上の銀製の箱から葉巻きを取り出して火をつけ、背もたれに寄り掛かった。

「途中は省くが、お互い持ちつ持たれつでここまで来たのだ。ところが去年の初めに千田が脳溢血で倒れ、今でも寝たり起きたりなんだ。彼には子供がいなかったので跡目争いが起こってしまい、台頭してきたのが弓長だった。千田は駅周辺の縄張りから出ようとはしなかったが、若い弓長はその守りの方針に不満を持っておって、組長が倒れると勝手に縄張り拡張に走り始めたのだ。昔からの幹部も年を取り、抑える力もなくてほとんどが引退してしまった。その弓長が去年の夏、誰かの恨みを買って再起不能になるくらいの半殺しにあったのだ」

哲二と真介はぴくりとも眉一つ動かさずに梅津を見ていた。

「千田は来月にも組の解散をするとわしに言っている。弱った奴がいるとたちまち嗅ぎ付けてくるのが奴らの世界だ。猪口組もそんな禿鷹の一羽さ。奴らは桜会のすべてを継ごうとしているのだ。つまりわしの店もだ」

梅津は身を乗り出して苦々しげに続けた。「わしは猪口なんぞに何の義理もないし、みかじめ料を払う道理もない。だが今のわしにはバックがないことを奴らは知っていて、脅しをかけてきているのだ。さっきの二人がそうなんだ。来週までに決めないと、若い者を寄こして店の前で客を入れないようにすると凄んでいきおった」

「なるほど。そいつらが来れば、我々にも被害が出てくるわけか」と哲二が呟いた。

梅津は真介を見て「そちらの若いの、私に任せろと言ったが何か考えがあるのか?」と尋ねた。

真介は少しばかり考えて「今までここで用心棒をしていた連中を私に預からせてもらえませんか?」と言った。

梅津は即座に「いいだろう。桜会が解散したらわしが引き取ろうと考えていたんだ。千田もよりすぐった連中を寄こしていたから、若いが使える男達だ」と言うと電話を取り上げた。

間もなく二人の男が現れ、戸口の両側にそっと立った。目立たぬことを信条としているようだ。二人とも二十六、七歳で、一人は真介ほどの身長があり体型はがっちりしている。もう一人は小柄で細身であるが、いかにも俊敏そうだ。

「毛利、駒井。二人ともしばらくはこの人達の指揮下に入ってくれ。千田には俺から言っておく」いきなり梅津が言いつけた。二人は顔を見合わせ、大きい方が「組長のご了解があれば」と答えた。小さい方は微かに頷いただけだ。梅津は真介に「この件はどうやら君が担当のようだな」と言った。真介が頷くと、「相談する場所が要るだろう。ここでもいいが先を考えるとまずい。桜会の事務所を使えばいい。今は相談役の赤城という男と数人の若い連中が留守番しているだけだ。ちょっと前までは三十人以上いたのに、引退したり脱会したりで、今じゃ火が消えたようだ。赤城には電話しておく」

真介が明日の午前十時に組事務所を訪問することを約して腰を上げた。二人が戸口に向かうと、小さい方がさっと扉を開けた。少なくとも役割は心得ているようだが、真介を値踏みするような目つきは隠しようがなかった。

帰り道に哲二は「意外な展開になったな」と言った。

真介とて同じ気持ちである。「真介、任せろと言ったが何か考えでもあるのか？」

「ない。何もないがこれから考える。少なくとも二人の仲間ができただけでも収穫だ。彼らは使えそうだ」

「しかし四人で猪口組に対抗できるのか？」

「三人だ。哲二は出るな」

「馬鹿言うな。俺達が世に出る絶好の機会だぜ」

「最初の取り決めを忘れたのか？　お前が商売を大きくし、俺が障害物を取り除く、そう決めたはずだ。二人とも倒れたら会社はどうなる。俺はこの半年、サポートの仕事しかしていない。ここが俺の出番なんだ」

そうまで言われると哲二には反論のしようがない。「そうか、じゃあ任せる」と渋々答えざるを得なかった。「しかし気を付けてくれよな。相手は本職だぜ」

真介は「桜会がどうなったか、誰がそうしたかを知ってるはずだ」と片頬に薄い笑みを浮かべた。目には刺すような光が宿っていた。


翌日の午前十時、哲二と真介が桜会の事務所に行くと、七十近いと思われる老人と昨夜の二人の用心棒、それに二十歳前後の三人の若者が待っていた。

老人は赤城正造と名乗り、組員達に自己紹介をさせた。用心棒の大きい方が毛利秋男、小さい方が駒井俊であり、三人の若者はそれぞれ佐藤武、高橋敏彦、沢井守と名乗った。最後に哲二と真介も名乗り顔合わせが済んだ。

赤城が言った。「私は千田組長からは解散の準備をしておけと言われていて、後始末で残っているのです。ほとんどの組員は辞めちまい、残ったのはこれだけです。毛利と駒井は梅津さんが使ってくれることが決まっておりますが、後の三人は身寄りのない孤児達でして、行き場を探しているところなんです」

それを聞いて哲二は「足を洗って働く気があれば俺が引き受ける。俺達は二人とも孤児院育ちで似たような境遇なんだ。どうだ？」と申し出た。

「お前達のような半端者を雇ってくれる所はないぞ」赤城は三人に声をかけた。

まず佐藤が一歩前に出て「お願いします」と頭を下げた。続いて高橋も前に出て頭を下げた。

一番きかん気そうな顔をした沢井もぺこりと頭を下げたが、少しふくれっ面をしていた。真介は
「では当面の問題についての対策を考えよう。実務は若い我々がやるとして、経験豊富な赤城さんには相談役をお願いしたいのですが」と言って皆を見回した。赤城は頷いて了解を示した。


猪口組の黒木良吾は今日は梅津を落とすと決めていた。小田原を取り仕切っていた桜会の衰退は、この世界では知れわたっており、周辺の組織が狙っているシマである。競輪場を有し、七夕祭りや花火などのイベントが開催され、リゾート地としての開発も進んでいる平塚を縄張りとする猪口組は、将来は観光のメッカ箱根・熱海への進出の足掛かりとして小田原を狙っていたところである。手をこまねいていると熱海最大の組織、南雲会に持っていかれかねない。黒木は猪口組長から、獲ったらお前に任せると言われていた。昨年暮れから時々様子を見に来ていたが、「カサブランカ」のオーナー梅津さえ落とせば、そこを拠点としてシマを仕切るのは難しくないと判断していた。今日が三回目であるが、俺のこれまでの二回の脅しが効いていると自信を持っていた。その自信があるので、今日も若者一人を運転手として連れてきただけであった。朝から冷え込みのきつい曇り空で、まだ夕方の五時というのにあたりは薄暗く、街には灯がともり始め

ていた。

　彼らの車が小田原駅前通りに入った最初の赤信号で止まった時、ドスンと追突された。黒木が振り返ると配送途中らしい小型トラックで、作業服に制帽の運転手が頭をかきながら頭をぺこぺこ下げていた。

「ちっ」と舌打ちして若者は「話をつけてきます」とドアを開けて後ろに向かった。黒木は自分が出て行くまでもあるまいと煙草を取り出した。何か言い争う声がしていたが、間もなく若者は戻ってくると「ここじゃ交通が激しいんで、この角を曲がった所の空き地で話し合いたいそうです」と言って、追い抜いて先導する小型トラックの後ろにつけた。

「早く片付けろよ。遅れたくねえ」と黒木は不機嫌そうに言った。

　そこは車が数台も入れば一杯になるような狭い空き地で、隅に黒っぽいワゴン車が一台止まっていた。若者は車を止めると、前に止まったトラックに向かい、降りてきた二人の運送屋と話を始めた。と、突然運送屋が若者に襲い掛かった。見ていた黒木は舌打ちをして車から降りたが、途端に頭の後ろを何かで殴られ、頭から袋を被せられてしまった。暴れようとしたが両側からがっちり押さえられ、なおも暴れようとしたが再びがつんと頭を殴られて気を失った。

　顔に何か冷たいものを感じて黒木は目を覚ました。目を開けたものの、刺すような光で何も見えない。眩しさから逃れようともがいたが、手足が椅子にくくり付けられていて身動きができなかった。

「目が覚めたようだな」光の後ろから低く抑えた声がした。

「てめえは何者だ。俺が誰だか知ってるのか」と黒木はそれでも強がって呻くような声を漏らした。

「ほう、まだ元気があるようだな。もうちょっと協力的になってもらおうか」

黒木が後ろに人の気配を感じた途端、右耳の上に衝撃が来た。がくんと頭が左に傾くと、今度は左目の横を殴られた。続いて胃袋にパンチ、脇腹に蹴りが入り、椅子ごと吹っ飛んで横倒しになった。体を起こされ血と胃液を吐いた。「黒木、少しは謙虚になったかな？」光の後ろの男が口を開いた。

奴らは俺と知ってやっているのだ。抵抗する気力が萎えて微かに頷いた。

「結構。殺してもいいんだが今回は警告だけにしておく。帰ったら猪口に伝えろ。小田原のことは小田原に任せておけ。手出しをするなとな。もしまた出てきたら、平塚競輪場に爆弾を仕掛けると言っていたと。本気だぜ。分かったな」

黒木は素直に首を縦に振った。「よし、平塚へ帰れ」

頭を殴られるのは今日何回目かなと思いながら、二回目の闇の世界へ落ちていった。

その日の深夜、猪口組の事務所の前でけたたましい車のブレーキ音がし、続いて何かが投げ出される音がした。留守番役の組員達が飛び出してみると、走り去る車のテールランプが見え、道路には二つの簀《す》巻きが転がっていた。恐る恐る近付いて簀巻きをかき分けると、血だらけで変形していたが、紛れもなく黒木幹部と舎弟の顔が現れた。二人とも全身骨折という徹底したリンチを受けていた。

ただちに幹部会が招集され討議が行われた。二人が半殺しに遭ったくらいでがたつくことはないが、相手が何者か手掛かりがないことと、万が一競輪場に何かがあった場合、場内の店舗売り上げ、周辺警備、駐車場売り上げなどの打撃が大きいことが問題であった。何万人という入場者を事前にチェックすることは不可能である。結局は朝方になってしばらく様子を見るという組長の決定が下された。

翌日の昼、桜会の事務所で真介、赤城、毛利、駒井、沢井の五人が出前の丼を食べているところに梅津がやって来た。

「村下君、さっき猪口組から電話があったよ。昨日黒木が来なかったかという」

「様子を探っているんですよ。何と答えたのですか」

「五時過ぎに来るという連絡で待っていたけど、とうとう来なかった。一日遅れで今日来るのかなと言っておいた」

「よいお答えです。それで？」

「何かと忙しいので、日を改めて行くと言っていたよ」

真介は赤城と顔を見合わせた。赤城がウインクを送ってよこし「村下さんが言ったように、しばらくは様子見をしてすぐには来ないでしょう」と言った。

「いったい何があったんだ？」

真介は「紳士的な話し合いをしただけです。社長は何も知らない方が宜しいでしょう」と言って食べかけの丼に箸を突っ込んだ。

「大したもんだ」と言いながら、梅津は首を振り振り帰っていった。

食事が終わると赤城が真介に尋ねた。「村下さん、これからどうするかね」

「何も考えておりませんが……」

「しばらくはこの商店街やお城方面、その他の繁華街などの桜会の縄張りを見回る必要があるぞ。猪口組も偵察に来るだろうし、南雲会が鉄砲玉を繰り出してくることも考えられる」

「そっちの方も心配ですが、それより先に、貴方や彼らの生活費を稼ぐことを考えなければなりません」

「毛利と駒井は梅津社長が面倒を見てくれる。後はわしと佐藤、高橋、沢井の四人だけだ。それぐらいなら、商店のみかじめ料でやっていける」

「それじゃあ桜会と何も変わらない。俺はやくざの真似事はしたくないんです。表向きはあくまでも合法的な方法による収入を得たいと思っているのです」

根っからやくざの生き方しか知らない赤城は、戸惑った表情を浮かべた。

その時事務所の電話が鳴った。いち早く佐藤が取り「村下さん、梅津社長からですが、乾さんが来ているので来てほしいそうです」と言った。

「すぐ行くと言ってくれ」と答えて真介は、黒い革ジャンパーを着ながら赤城に言った。「今の問題は梅津社長と乾に相談してみる」

真介が表に出ると沢井が追って出てきた。最初に紹介されてから、ずっとすねたような態度を取り続けてきた男である。「何だ」と真介が振り返って聞くと、沢井はぺこんと頭を下げて言った。「しばらく貴方を見ていたんですが、貴方は天下を取る人だ。俺を正式に子分にして下さい」

真介は苦笑いを浮かべ「俺は信長ではない。秀吉なんぞ要らんよ」と言った。「もう決めたんです」一途な若者の目を見て「勝手にしろ」と言って「カサブランカ」に向かった。

社長室では梅津と哲二が何事か真剣な顔つきで話し合っていた。

「やあ来たか」と哲二がにっこりとした。梅津は「まあ座ってくれ」と真介に椅子を勧めた。付いてきた沢井が戸口を背にして立った。

「村下君。乾君とも話し合ったのだが、しばらくはあの事務所を使って巡回してくれないか」と梅津が前置きもなしに切り出した。

「赤城さんにも言われましたが、俺はやくざの真似事をする気はありません」

「そう言うと思っていたよ真介」哲二は身を乗り出し梅津の後を続けた。

「提案がある。巡回しながら新しい仕事をするんだ。会社や商店を訪問して、警備を必要とする相手を探すんだ。見つかったら契約書を交し、警備に対しての料金を貰うんだ」と言い出した。

「こないだ外国の雑誌を見ていたら、アメリカにはそういう警備会社があって一流企業になっているそうだ。日本でも東京や大阪にでき始めているんだ。これなら文句あるまい」

「わしが契約第一号になろう」と梅津が頷きながら言った。

真介は商売は哲二にはかなわないなと腹の中で舌を巻いた。これなら若い連中も養っていけそうだ。

「うむ、それなら面白そうだ」

哲二は「よし決まった。乾商事の二つ目の事業だ。乾警備保障だ。この会社は真介にやってもらう」と言って手を差し出した。

それからの二カ月余り、彼らは会社設立の準備に忙しく働いた。法的手続きは梅津と乾が行ったが、社長は乾が就任することになった。真介が社長はもとより役員も辞退したからである。真介としては、今後やくざの介入など実力で排除しなければならないこともあるとして、その場合官憲の摘発なども受ける恐れがあり、自分が社長などをしていると会社の存続そのものに支障をきたすと主張したのである。何の制約も受けずにフリーの立場で活動し、陰から会社を支えることが俺の仕事だと主張して譲らなかったのだ。乾は真介の性格も考えて了承したのである。

桜会が予定より早く、二月末に解散届けを出して正式に事務所を明け渡したので、ビルの改装に取り掛かった。ワンフロアー六十坪の三階建てで、一階は哲二が趣味としてやりたかったコーヒー専門店にすることになった。哲二は以前から行きつけの喫茶店の、若いが豆にうるさくて妙に気が合う店員を連れてきて店長に起用し、ウエートレスの採用を任せた。

二階が警備会社の事務所である。真介は赤城と相談してパーティションを決め、必要と思われる電話、ファックスその他の事務機器類や応接セットを手配した。役員になった赤城が事務所で常駐してくれることになったが、真介が希望する無線機が扱えないので、免許を持った女性事務員を新聞広告で募集することにした。三階は五部屋からなる独身寮になり、毛利、駒井、佐藤、高橋、沢井が住むことになった。アパート代が浮くことで彼らも大歓迎で、四月上旬の完成を待ちかねて入居してきた。

四月十日に乾、真介、赤城、梅津に五人の若者で簡単な開所式を行い、その後打ち合わせを行った。

まず乾が仕事の概況を説明した。遊戯場協会の理事長を務める梅津の口利きで、十数軒の警備契約が取れたこと、貸しお絞りの得意先でも十軒ほどが契約をしてくれ、なお数軒の予約も取れていることを説明した。

次いで機動力の説明になり、無線機付きのスカイラインの新車と中古のホンダドリームを梅津が寄贈してくれるとのことで皆は歓声を上げた。

制服を決めようということになり、乾は警察官のようなものはどうかと提案したが、元がやくざの赤城達は勘弁してくれと尻込みをした。真介がどうせやるならスマートにいこうと言い出し、結局テレビで見た『アンタッチャブル』にならってピンストライプの濃紺の背広にすることにした。全員が賑やかに近所のテーラーに行き、二着ずつ仕立て事務所に戻ってきた。

店屋物で昼食をとっている時、毛利が「それはそうと、俺達が出掛けた後、赤城さんと女子事務員を二人だけにしておいて大丈夫なのかな」と言い出した。「その心配は必要ないな。ご老体のナニはもう役に立たないと思うよ」と駒井がその答えを出した。

「喧しい。わしは今でも三日ご無沙汰すると鼻血が出るんだ。かかあからも身がもたないから、よそに女をこしらえてくれと言われてるくらいなんだ」と赤城が切り返した。皆がニヤリとするとさらに「この前も、箱根の牧場で立ち小便をしていたら、近くにいた雌馬が顔を赤らめてすり寄ってきたんだぞ。それに第一、お前達は皆独り者じゃあねえか。情けねえったらありゃしねえ。わしがお前達の年頃には、群がる女どもをかき分けかき分け歩いたもんだ」と続けた。

駒井が何か気の利いた台詞で返そうとした時、誰かがドアをノックした。

沢井が応対に出ると、中年の女性が顔を覗かせ「あのう、新聞の求人欄を見て来たのですが」と言った。沢井が「どうぞ」と応接室へ通し、履歴書らしい書類を持って乾に報告に来た。

哲二は「面接は馬が敬礼した赤城さんにお願いしよう」とその書類を渡し、「俺達は車を見に行こう」と皆を促して戸口に向かった。階段を下りながら、毛利と駒井は赤城が今の女性に決めるかどうかで賭けをしていた。この二人には何にでも賭けをする癖があるようだ。

ビルの裏に駐車場があり、届いたばかりのスカイラインが停めてあった。真介が無線を取り付けてきて置いてあったのだ。

「これはGTOだ」と車好きの沢井が歓声を上げた。「これならどんな車にも負けませんよ」

毛利は珍しそうに無線機を取り、スイッチを入れてマイクに呼び掛けたが何の反応もなかった。

「ご老体は馬の説明で忙しいんじゃねえのか?」と茶化す駒井。沢井がステアリングを試しながら「邪魔しちゃ悪いですよ」と駒井に乗った。

真介はオートバイを試してみた。中古ではあるがよく手入れされていて、セル一発で軽快にエンジンが始動した。

ひと通り見終わって事務所に戻る時に、面接が終わったらしいさっきの女性と階段下ですれ違った。彼らに軽く頭を下げて「宜しくお願いします」と小声で挨拶をして帰っていった。四十代の後半に見え、やや生活に疲れているような後ろ姿であった。

彼らが部屋に入ると、赤城は書類から目を上げ「決めたよ」と軽く言った。

真介の後ろで、駒井が毛利に手を出した。

「彼女は以前タクシー会社で無線係をしていたそうで地理にも詳しい。遊び人の旦那と別れたばかりで、寝たきりの母親を養うためにも働きたいと言っていた。しっかりしていそうなので決めたんだ」

「お任せしますよ」と哲二が言って履歴書を受け取った。

五月一日の会社発足を三日後に控えた日、真介は男達を集めた。乾は出掛けていたが、毛利と駒井も梅津の意見で警備会社の社員となり集合していた。

「皆にポケットベルを持ってもらう。使い方は説明書を見てくれ」と全員に小さな箱を手渡した。

「それから仕事の分担だが、当面は二人が一組になって昼勤と夜勤を隔週で行う。かなりきついが夏までには五、六人増やすので頑張ってもらいたい」皆が同意の印に頷いた。

「俺達の仕事には危険が伴う。ここしばらくは、市内外のやくざ連中が縄張りを広げようと出張って来ると考えられる。時には力ずくで排除しなければならないこともある。そこで皆の力量を知っておきたい」と真介は男達の顔を見回した。「じゃあ俺から」と毛利が一歩前に出た。「俺は高校時代レスリングを少々やっていました。今も週に二、三回はジムに通ってトレーニングをやってます」と言って百八十センチ近い九十キロのがっしりした体の背筋を伸ばした。

「少々なんて謙遜ですよ。彼はインターハイで決勝まで行ったんですよ。決勝で反則負けしなけりゃ、東京オリンピックの代表にもなれた男です」と駒井が説明した。

「反則負け？」と真介は毛利の顔を見たが、毛利は「もう済んだ話です」と後は言いたくない様子を示した。

「そうか、じゃあ駒井さんは？」

「その前に」と駒井は言いづらそうにちょっと口ごもった。「何だ、遠慮なく言ってくれ」と真介。

「あんたは役付きを断ったけど、実質俺達のボスなんです。俺達は年上でも社員なんですから、さん付けは止めませんか」

言われればその通りなので、真介は「分かった。じゃあこれからは二人には主任を付けよう。名刺もそうしよう」と言った。

「俺の特技は人前では見せられない裏技なんですが、一応お見せしておきます」と前置きして、駒井は沢井を呼んで前に立たせた。ポケットからハンカチを取り出し、自分の右肩に乗せて「沢井、いつでもいいからこのハンカチを取って見ろ。まずは練習だ」と言った。沢井はちょっと間をおいてからぱっと手で取り上げた。「遅い。もっと速く。もう一度」と駒井は促した。少しばかりカチンときた沢井が、ちらりと目を逸らしてから素早く手を伸ばした。しかし手がハンカチに掛かる前に、どこからか現れた拳銃が胸元に突き付けられていた。

沢井が「あっ」と言って身を引いた時には、現れた時と同じような素早さで拳銃は消えていた。

「なるほど人前では見せられない技だな。やくざを相手にする時以外には披露しないでもらいたい」と真介は苦笑して言った。真介は駒井の拳銃所持を知っていた。背広を仕立てた時に、左脇に膨らみを持たせたことを見逃してはいなかったのである。

「じゃあ、持っていてもいいんですね」と駒井はにっこりした。

「お前は特になさそうだな」と真介が沢井に向かって言った。

「はい、俺は車の運転と早食いだけしか能がないんで……」と頭をかいた。

「佐藤と高橋は？」

真介の問いに二人は顔を見合わせて肩を竦めた。特にないらしい。

「じゃあ俺の番だが、俺は拳法の心得がある。もう十年以上になる。近いうちに見る機会もあるだろう」と真介は言い「それじゃあ毛利と佐藤、駒井と高橋、沢井は俺と組む」と言い渡した。

「それから今夜九時から『カサブランカ』で発足の前祝いをする。それまでに乾も帰ってくるはずだ」と付け足した。


前祝いは賑やかであった。すべて梅津の肝いりなので、ホステス達も我勝ちに寄ってきて、最高級の洋酒やブランデーが振る舞われた。酒が弱く普段はほとんど飲まない真介さえ少し酔わされ、勢いでステージに押し上げられてしまった。ままよと楽団に曲をリクエストして、裕次郎の『夜霧の慕情』を歌い出した。哲二でさえ真介の歌を聞くのは初めてであったが、甘く切ない声で予想外に上手く、客やホステスがお世辞抜きで拍手喝采を送った。真介の歌で、赤城は年増のホステスと、駒井は自分より背の高いホステスにしがみつくように踊っていた。

毛利は相当飲んでいるにもかかわらず、きちんとした姿勢を崩さずひたすら飲み続け、その膝には飲み潰れた沢井の頭があった。乾はこの店のナンバーワンをしきりに口説いていた。

やがて十二時過ぎになり店を出た。乾は先ほどのホステスと交渉が成立したらしくどこかに消えており、佐藤と高橋も帰ったようだ。沢井は眠ったまま毛利に担がれている。まだ人通りは多く、ポン引きの間を縫って事務所に向かっていると人の輪ができているのが目に入った。真介達は遠巻きにしている連中の背中をかき分けて前に出た。二人の若者に十人以上の男達が代わる代わる襲い掛かっていた。二人は奮闘して数人を倒していたが、多勢に無勢で善戦空しくやがて組み敷かれてしまった。勝ち誇った男がなおも蹴りを入れようとした時、真介がその男の後ろから足払いを掛けて引っくり返した。「やりゃあがったな！」と男は素早く起き上がり「てめえぶっ殺すぞ！」と凄んで見せた。たちまち残りの数人が真介を取り囲んだ。

毛利が沢井を下ろして前に出ようとするのを目で抑え、真介は「この辺で騒ぎを起こされると皆さんが迷惑されるんで、怪我する前にお引き取り願います」と穏やかに言った。「怪我する前とはなんて言いぐさだ。てめえやる気だな！」と男が怒鳴ると、仲間達が殺気立って身構えた。

赤城、毛利、駒井、それに目が覚めたかけた沢井の四人は、真介が初めから喧嘩を売るつもりでいると知ってニヤリとした。近いうちに見る機会があるだろうと言っていた拳法が、予想外に早く見られる。そうは言っても相手が多いので、彼らも心では準備を怠らなかった。

真介は相手を小馬鹿にするように「ふん」と誘うようにせせら笑った。それが彼らに火をつけ、一斉に飛び掛かった。赤城達や野次馬には、男達の真ん中で真介が踊っているようにしか見えなかった。ボキッ、バシッという音が断続的に聞こえ、数瞬後には彼らは腹や鼻、股間や頭を抱えて路上でのたうち回っていた。あたりはしーんと静まりかえっていた。その場の全員が唖然としていた。

赤城達は充分に真介の実力を知ることとなった。

「師範代じゃありませんか？」帰りかけた真介の背に、倒れていた二人連れの若者の一人が声をかけた。

「柳だろう、構えを見てすぐに分かったよ」真介は振り向いて、幾分懐かしさのこもった声で言うと「これでいつかの借りの一部は返せたかな？」と続けて言った。

「やっぱり師範代でしたか。借りって慈恵園でのことですか？」と柳は泥をはたきながら立ち上がってにっこりした。

「さあ見せ物は終わったぜ、帰った帰った」と毛利と赤城が手を振って野次馬を散らした。柳は連れの男に肩を貸して助け起こしながら「師範代、この近くなんですか？」と聞いた。「この先の『フローラ』という喫茶店の二階の警備会社にいる。暇があったらいつでも来てくれ」と真介は答えて、赤城達に顎で合図してその場を離れた。

翌日の昼、柳が早速やって来た。すっかりでき上がった新しい事務所を見回して盛んに「いいなあ」を連発した。事務員が無線テストをしているのを興味深く見ていて、今日何度目かの「いいなあ」を漏らした。

「師範代、いや村下さん。社員募集はしていないのですか？」

「夏までには何人か入れる予定でいるが」

「僕を雇ってくれませんか」

「お前はまだ大学生だろうが」

「去年の暮れに中退したんです。親父が借金を抱えたまま死んじゃいまして、家も抵当に取られ、母は実家の千葉に帰ってしまいました。僕は授業料も払えませんし千葉に行く気にもなりませんので、今は友達の家を泊まり歩いたり住み込みで働いたりしながら暮らしているんです。道場も自然に辞めたかたちになっています」

ここにも青春を狂わされた男がいるのだなと真介は同情の目で柳を見つめた。「同情はいりません」と柳は真介の心を見透かしたように言った。「人生なんかなるようにしかならない。明日は明日の風が吹くという裕次郎の歌があるでしょう。それが僕の考え方なんです」

真介には、柳が根っからそういう性格なのか、家庭の事情から人生が変わってしまい、捨て鉢になっているのかの判断が付かなかった。

「分かった。泊まる所がないのなら、このビルの独身寮に入ればいい。一部屋空いてるよ。しばらく俺達の仕事の様子を見ていて、やってみたいというのならいつでも言ってくれ。沢井、部屋を案内してやってくれ」

「村下さん、甘えついでにもう一人何とかなりませんか?」

「もう一人?」

「昨日一緒にいた奴ですよ。橋爪というんですが、昨日は飲み過ぎて正体をなくしていましたが、ボクシングではかなりの者なんです。慈恵園出の奴でして、酒屋に住み込んでジムに通っていたんですが、今年二月にそこが潰れて宿なしになり、麻雀屋で知り合って以来つるんで歩いているんです」

慈恵園と聞いて真介は心を動かされた。自分や哲二の後輩である。

「一人も二人も変わりはしない。連れてこい」

「ありがとうございます。奴を連れてきますから」と言って柳は脱兎のごとく飛び出していった。さっきからこの様子を見ていた赤城が黙って指を二本立てて見せた。真介は、乾が頑張って売り上げを伸ばしてくれないと、この会社は人件費倒れになってしまうなと考えていた。もっとも、いざとなれば下の喫茶店か順調にいっている貸しお絞りに回すこともできるだろうし、場合によっては梅津社長の「カサブランカ」ででも使ってもらえるだろうという計算もあったが……。

毛利と駒井が車の無線機テストを終えて帰ってきた。かなり高性能で声も明瞭に聞こえるようで上機嫌であった。駒井は競馬のノミ屋にも取り付けられないものかと毛利に話しかけていた。毛利は相手にせず、今日から出勤の斉藤女史の背後から無線機を覗き込み「市外でも届くだろうか」と質問をした。

「タクシー会社と同じ機能ですから県内はカバーできるわ」と斉藤女史はベテランらしく答えた。「それよりも日中は私がやるとして、夜中はどうするのかしら」と赤城に質問した。そういえば決めてなかったな、と赤城は真介を見て肩を竦めた。真介はちょっと考えて「斉藤さん、今日来た柳と、奴が連れてくる橋爪という男、それに沢井に教えてやってくれませんか。彼らを交替で使えるようにしたいのですが」と申し入れた。

「おやすいご用ですわ」とやるべき仕事ができて、女史はにっこりとした。

間もなく哲二が帰ってきた。真介は二人の新規採用を、哲二にどう切り出そうかと考えながら煙草に火をつけた。

第二部　仁義

一九七二年（昭和四十七年）春

小田原駅前の地上五階、地下一階建てのビルでは、改修工事で職人達が忙しげに動き回っていた。一階にはワンフロアー二百坪のパチンコ店、二階には喫茶店と麻雀店、サラリーローン会社が同居する予定である。三階は乾商事の本社事務所になり、喫茶事業部、興行事業部、金融事業部がパーティションで仕切られ、共通の応接室も二部屋造られることになっている。四階は社長室と会議室、応接室の他に調査部ができる。五階は十部屋の独身寮と倉庫である。

四月の穏やかな日和の中、乾哲二と村下真介はある種の感慨にふけりながら、屋上に取り付けられている乾商事の看板を見上げていた。

「真介、俺達もここまで来たんだな」

「三十にして立つか」二カ月後に哲二、七月には真介が三十歳になるのである。「思ったより早かったな」と哲二。

「問題は山積だがな」

「うむ、ここまでは順調すぎるくらいだったが、これからをどう乗り切るかで俺達がビッグになれるかどうかが決まる。俺はまだ満足しちゃあいない」と哲二は言って、真介を促してエレベーターのあるビルの裏に向かって歩き始めた。

彼らの後ろから、毛利と駒井がそれとなくあたりに目を配りながら続いた。エレベーターを四階で降りると、この階は工事がほとんど終わっていて、職人達の姿もなく閑散としていた。廊下の突き当たりの社長室に入ると、右奥に桜材の磨かれた大きな机と座り心地のよさそうな革張りの椅子が置いてあり、その後ろの窓からは小田原城が望めた。入り口近くの右側に応接セットがあり、これも革張りである。哲二は社長の椅子に座ってみて満足そうに低く呻いた。真介は応接セットのソファーに腰を下ろし煙草を取り出した。毛利はドアの近く、駒井は入り口左側のいずれは酒類で一杯になるキャビネットに寄り掛かって立った。役割を心得ている男達である。

ドアに軽いノックの音があり「柳です。遅くなりました」という声が聞こえ、毛利がドアを開けると「コーヒーを用意させました」と言いながら入ってきた。後ろに二階の喫茶店のウエートレスが従っている。哲二はコーヒーだけでなく女にもうるさく、喫茶部や興行部のホステス採用面接には、時間の許す限り立ち会うようにしていた。足のスタイルのいい娘で、真介の前のテーブルに、屈んでコーヒーを置く時に短いスカートが吊り上がり、男達全員の目を楽しませた。娘の方も充分に足に自信がある様子で、男の目を引き付けて当然という顔つきであった。

哲二はコーヒーを一口飲んで頷くと「柳、細かい数字はいいからざっと事業報告をしてくれ」と言った。柳は六年前に真介に拾われて警備会社に勤めたが、目端が利くので乾にも可愛がられ、二年前から社長秘書になっていた。「まず津田さんところの喫茶事業部ですが、貸しお絞り、保管器とも順調です。調理パン用マヨネーズ、カレー、スパゲティ用チーズはまずまずですが、サンド用パン、ピーナツ類の出が低調です。全体では前年比百二十パーセントですが目標に五パーセント足りません」

「利益を稼ごうとして質を落としているんじゃねえのか？　津田にパンの品質を上げろと言っておけ」と命じた。

喫茶事業部長の津田尚太は、昔、お絞りの保温保冷器を開発した男である。

貸しお絞り業以外にも、今では喫茶店で使うパン類や惣菜類、洋食材料からつまみ類まで卸すまでに拡大しており、直営の喫茶店も商店街と小田原城近くに持ち、新ビルに開店する店を含め五店目になる。次の狙いはレストランの食材や厨房機器である。まだ若いが、開発意欲と行動力に富んだ津田を責任者にしている。

「次は興行事業部です」

興行事業部は、三年前に梅津社長が体調を崩して引退した時に買い取ったキャバレー「カサブランカ」を母体とし、今はパチンコ店数店を加えて事業部としている。責任者は梅津社長時代の支配人戸島次郎をそのまま起用している。

「『カサブランカ』の売り上げは少し低下気味です。ホステスの質・量の不足がサービス低下の原因になっていると考えられます。パチンコの方は全店好調で、今度このビルでオープンする『キャッスル』は、売り上げ、利益とも相当に貢献すると期待しております」

「ホステス不足の原因は何だ」

「実は最近引き抜きが多くて。新人もなかなか集めにくいのが現状です」

哲二は引き抜きと聞いて頭に血が上った。給与は他店よりはずんでいるつもりである。「真介、何か臭うな。調べて対処してくれないか」

「分かった。すぐ取り掛かる」真介には心当たりがあった。最近駅裏に次々と洒落たクラブやスナックができ、手っ取り早い売り上げ増を狙って、売れっ子ホステスの引き抜きが横行し始めているという噂を耳にしていた。どうもその斡旋をする組織があるようだ。

「あまりいい話が出ねえな」と哲二は珍しく愚痴った。「金融部はいいだろうな。年内に六十店舗にする予定は順調か？」

「はい、東の湘南ラインは国鉄沿線沿いに藤沢まで支店が延びまして、今は大船から戸塚の市場調査をしております。夏までには出店すると大月部長は言っております。年内に横浜に上陸する計画は予定通りできるそうです」

「小田急沿いは？」

「海老名、厚木店は予定より業績が伸びております。団地やマンションが増えているのと、意外にも米軍基地の奥さん連中が借りに来ているそうです」

「うむ、よかろう。問題はやはり箱根越えか」と哲二は呟いた。柳は頷いて「御殿場地区は会社や店舗は結構あるのですが、人口密度そのものはあまり高いとは言えません。それに東雲組というやくざ組織がありまして、揉める可能性があります」

「分かった。よしご苦労」柳は一礼して部屋を出ていった。

旧事務所にある警備保障会社については契約先が二百軒を超え、社員も三十人近くになっていた。急成長を遂げていて、報告は聞くまでもなかった。

乾商事の今後の業域拡大のターゲットは熱海・伊豆である。御殿場道は柳の説明通りで問題がある。海岸方面の道を行くには湯河原を通らなければならない。そこにはもっと大きな問題がある。湯河原には早乙女銀次がいるのだ。

新緑の山並みを小さな庭越しに眺めながら、早乙女銀次は縁側に腰を掛け、ひっそりと済ませた息子夫婦の十三回忌の疲れを癒していた。博徒を嫌って堅気の人生を送っていた息子が、妻と娘を乗せてドライブしていて事故に遭い、あっけなく死んでしまったのである。その数年前に銀次の女房が亡くなっており、息子の死を知らないことだけが救いであった。その事故で十一歳の娘、智子だけが軽い傷程度で助かり、唯一の身内である彼が引き取った。当時六十歳の銀次は、人の命のはかなさにすべてが空しくなり、それまで熱海の博徒として、南雲会と勢力を二分していた組織をあっさりと解散し、湯河原の山裾に引っ込んで隠居してしまったのである。十六歳で家を飛び出して以来、切った張ったの命のやり取りで家族を顧みなかった半生を悔い、せめてもの償いとばかりに孫娘を育ててきた。その智子も今は二十四歳になる。

「お爺ちゃん、行ってきました。今お茶を入れますから」坊さんを送ってきた智子が、努めて明るく振る舞って帰ってきた。感傷的になっている老人を気遣ってのことである。二人でお茶を飲みかけた時、車庫に車を入れる音が聞こえ、間もなく古河清三が入ってきた。息子の嫁の実家である金沢から線香を上げに来てくれた遠縁にあたる男を、湯河原駅に送ってきたのである。

「遅くなりました」と律義に部屋の敷居の前で頭を下げた。古河は関西で不始末をしでかし、病気がちの女房を連れて流浪の旅を続けた後、八年前に縁あって銀次に一宿一飯の恩義に預かり、草鞋《わらじ》を脱がせてもらっていたのである。その女房も間もなく亡くなったが、そのまま居着いて銀次と智子の身の回りの世話をしてきたのだ。まだ三十代半ばの若さであるが、若い頃から疾風《はやて》の銀次と言われ、野狐三次と並び称された最後の博徒の生き様に惚れ込み、修行のつもりで出入りさせてもらっているのである。

「ちょうどお茶が入ったところよ。こちらにいらっしゃいな」と智子が声をかけた。

「親分、お嬢さん、お疲れ様でございました」と二人が座っていた縁側に近寄り、少し離れて正座した。

お茶を飲み終わると古河は「弔電の整理がありますので」と仏壇のある居間へ入っていった。

親分はこのたびの法要を、身内のこととして一切公にはしなかったのであるが、さすがに疾風の銀次である。全国の名のある親分衆から弔電と香典が届けられ、盆に山盛りになっていた。寄せられた金額は二千万円を下ることはあるまい。古河は仏壇に手を合わせ、それらの整理に取り掛かった。親分が礼状を書くためのリストを作るのである。

二週間ほどした六月の末、銀次と古河は今度開帳される賭博の打ち合わせをしていた。早乙女銀次は引退したといっても周りが放っておかなかった。箱根の老舗旅館の旦那衆は、若い頃から賭場に出入りしていた遊び好きが多く、世代交代で大旦那として実質引退させられて暇を持て余していた。ある寄り合いで疾風の銀次が湯河原で隠遁生活をしているという情報が出た。それを聞いて、昔銀次の賭場に何度も出入りしたことのある大旦那が、彼の家を訪ねてきたのである。銀次の家は小さいが気の利いた庵風の家で、銀次も昔馴染みということで快く迎えた。古河の入れたお茶を飲みながら昔話に花を咲かせていたが、いつの間にか智子が加わって耳を傾けていた。小さい頃から女らしい遊びに興味を示さなかった彼女が、生臭い男の話を目を輝かせて聞いていたのである。

その噂が大旦那衆に広まり、博打の虫が騒ぎ出して昔のように開帳しようということになってしまったのである。素人では場が立たないので、皆が銀次に要請し、彼も暇があったし古河への指導もあって、手慰み程度と気軽に引き受けたのである。老舗の旅館には、どこにも離れやお忍び用の隔離された特別な部屋があり、そこで月に二、三回開帳しては楽しんでいたのであった。女将や跡継ぎの息子達は最初はいい顔をしなかったが、大旦那の道楽でもあり、第一、銀次が胴元としての上がりのほとんどを部屋代として支払う気前のよさを見せたので、かえって今では歓迎してくれていた。

勝ち気な智子は、時折聞く銀次や古河の渡世の話に夢中になった。あげくには、銀次が開帳する賭場に付いていったりして、ついには古河の助手を嬉々として務めるまでになっていた。最近では古河に替わって胴を取らせろと銀次にしつこく迫って困らせていたのである。この子が男だったらと銀次は思わずにはいられなかった。

来週は「華茗閣」で開帳する予定で、銀次と古河は段取りや出席者の打ち合わせをしていたのであるが、その時智子が血相を変えて外出から帰ってきた。

「お爺ちゃん、南雲会がうちの客を抜きにかかってきたわよ！」

銀次と古河は顔を見合わせた。とうとう来るべき時が来たのである。銀次が盆を立てるようになって三年になるが、慣れてきた大旦那衆が、賭け金の上限に不満を持ち始めていたのである。彼らは金に不自由はしていないが、銀次は博打の本質をよく知っている。次第に熱くなりエスカレートしていって、終いには家・畑までつぎ込んで破滅していった男達を嫌になるほど見てきていた。

だから大旦那の暇潰し程度ということで引き受け、賭け金の上限を厳しく制限してきたのである。銀次は旦那衆の声には耳を貸さなかった。

この噂を聞きつけた東雲組が、時折賭け金無制限の賭場を開いて大旦那衆を集めていたのである。最初東雲組は、御殿場の自分の縄張りで開帳していたが、銀次が何も言わないのをいいことに、最近ではこれ見よがしに箱根でも賭場を立て始めていた。智子にはこれが気に食わなかった。

「東雲組は元々やくざでしょ。博徒でもない奴らが賭博を開くなら、お爺ちゃんに筋を通すべきだわ！」

「わしは引退したのだ。別に縄張りを持ってやっているわけじゃあないんだよ」

「だって疾風の銀次がいる箱根と湯本には、誰も手を出さないという不文律があるじゃないの」

「東雲組はわしが引退したことでのしてきた組でな、そんな不文律は関係ないのじゃろ」と銀次は淡々として言った。

「古河さん、貴方もそれでもいいの？」智子は銀次が取り合わないので矛先を古河に向けた。

古河は困った顔をしたが「親分のおっしゃる通りです。東雲組はやくざじゃありません。やくざはちゃんと筋を通します。彼らは新興の暴力団なんです。暴力団には筋もへったくれもないんです」

「だけど彼らは南雲の盃を貰っているのよ。南雲会はお爺ちゃんが現役の頃に張り合っていたやくざでしょ。古河さんの話はそれこそ筋が通らないわ！」

「分かった分かった」と銀次はお手上げの仕種をした。古河と二人がかりでも、智子が喋り出したら太刀打ちはできない。

銀次は「何とか考えてみよう」と話を打ち切った。智子は言い足りないような表情であったが、これ以上突っ込むと日頃は好々爺を決め込んでいる銀次が本当に怒り出すことを知っていた。銀次を怒らせて殺された男が五人や十人ではないことを以前古河から聞いて知っている。無論女子供に手を掛けるような祖父ではないが、智子はふくれっ面をして台所へ行ってしまった。

「ご免下さい」と表で声がした。古河が玄関に出てみると、年の頃なら三十そこその男が二人――一人は丸顔の柔和な顔立ちで、もう一人は背の高い引き締まった体つきの目の鋭い男――きちんとしたスーツ姿で立っていた。

柔和な顔の方が「こちらが早乙女銀次さんのお宅と聞いてお伺いしたのですが、おいでになりますでしょうか」と丁重に尋ねた。

古河は「うちに間違いありませんが、どちら様でしょうか」と膝をついた。

「失礼しました。私はこういう者です」と挨拶をした男が名刺を差し出した。

背の高い方は黙って頭を下げた。古河はちらりと名刺に目を走らせ「お預かりします。少々お待ち下さい」と言って奥に引っ込んだ。

銀次は名刺を見て首を傾げた。乾商事株式会社社長、乾哲二と書いてある。

聞き覚えのない名前である。住所は小田原と記されている。

「どんな男だ?」

「見掛けない顔で、一見きちんとした男に見えましたが、もう一人は筋者か武道家のような男で、ただ者ではないと見ました」

銀次は時が時だけに東雲組かと思ったが、それも面白かろうと思った。

「いいだろう、通せ」

古河に案内されてきた二人の男は、敷居の向こうに正座した。

「初めてお目に掛かります。突然の訪問にもかかわらず、会って頂きまして恐れ入ります」と丸顔の方が頭を下げた。身なりも言葉遣いも丁寧で、人と会うことに慣れている男である。こちらが社長の乾哲二であろう。

「彼は村下真介といいまして、私の共同経営者です」

紹介された細身の男は「村下です」と頭を下げた。真介は銀次を見て、この人が伝説の疾風の銀次かと、畏敬の念に駆られた。どこにでもいるような老人であるが、何とも言えぬ風格というものは隠しようがない。

銀次は二人を一目見て、組関係ではないなと感じていた。

「わしが誰であるかを知って来たようだが、素人筋の方が何用かな？」

哲二が何か言い出そうとする前に「わしは隠居している身でな。堅苦しいことは抜きにして、こちらへ来ないか？」

ではといわんばかりに哲二が腰を浮かしかけたが、真介に背広の裾を掴まれて思い留まった。銀次はその様子をそれとなく見て微笑んだ。「村下さんとやら、わしも年で少し耳が遠くなっているのだ。側に来てくれぬか？」

側で控えていた古河は腹の中でニヤリとした。親分の耳は、台所で智子と内緒話をしていても聞こえるくらいよいのである。

二度も言われて断ってはかえって失礼である。今度は真介も止めなかった。

「お言葉に甘えて」と二人は軽く会釈をして言葉に従った。

「いらっしゃいませ」と隣の部屋から智子がお茶を持って入ってきた。

なかなかの美人で男好きのする顔立ちであるが、目の輝きが勝ち気さを表している。

湯飲みを四人の男達の前に出してそのまま居座ってしまった。哲二は女性の前で話を出していいのかと少しためらったが、その気配を察して智子が「私は早乙女銀次の孫で智子と申します。ご遠慮なくお話し下さい」と言った。哲二が銀次の顔を見ると、仕方がないなという表情をしていた。

「私は小田原で、十二年ほど前から貸しお絞り業を始めまして、今は警備会社、興行経営、消費者金融などを手掛けております」

「消費者金融？　ああ流行りのサラ金とかいうやつか」

「はい、四年前から始めております。貸しお絞りの仕事でいろいろな所へ出入りさせてもらっているうちに、給料前やちょっとした買い物で質屋に行く人が意外に多いことに気が付きました。ご存じの通り質屋には質種という担保が要ります。大した金額でもないので、そういう人達に間に合わせでお金を貸してあげたりしていたのですが、返してくれる時に皆利子を付けてくれたのです」

「なるほど。それを商売としたわけか」

「はい、世の中には意外に細かい金の出し入れに困っている人が多いものでして、特にサラリーマンや主婦からは便利がられております。ちょっと借りる程度の金額ですので、金利が割り高でも気にされないことがこの仕事の妙味です」

「でも最近、トラブルが多いとマスコミで取り上げられているようですわね」と智子が口を挟んだ。

「それはこの世界に暴力団が乗り出してきたからです。手っ取り早く売り上げを伸ばすために、その人の支払い能力以上に貸し付け、強引な取り立てをするからトラブるのです」

智子は「貴方のところは違うというのですか?」と冷ややかな口調で言った。

「私は多くても給与明細の二十パーセントまでと決めております」と哲二は少しばかり声を強め、智子を正視して答えた。二人の間に小さなさざ波が漂った。

それに気が付かぬ風で銀次は「話は大体分かったが、それがわしとどう繋がるのかな?」と話題を本筋に戻した。

哲二は気を鎮めると「一人に対する貸し付けを制限する私のやり方では、いかに多く得意先を広げるかがポイントになるわけです」と言って、いよいよ本題に入るので身を乗り出して話し始めた。「私どもはいずれは熱海、伊豆を抱える伊豆半島全域に業務を拡大したいと考えておりますが、その半島への最大の入り口がここ箱根・湯河原地区になります。この地区には名のある旅館や商店街も多いので、金融業以外の警備業、貸しお絞り業にとりましても有望地区と見ております。この計画の実現のポイントは、この地区に拠点を設置することにあります。そこで何はさておいても早乙女親分に筋を通すべきとこの村下が申しますので、本日お願いに参じた次第です」

「筋は通っているわ」と智子が言った。

銀次は腕を組んで哲二の目を見つめて聞いていたが「お二方、何か勘違いされておりませんか？」と腕を解きながら言った。

「最初にも言ったが、わしは既に引退している身じゃよ。それに堅気の会社の計画に対して、許すも何も必要はないよ」

「私どもが杞憂しているのは」と真介が初めて説明に加わった。「ご承知の通り、この地区に最近東雲組が御殿場から進出してきております。私どもは賭博には興味がありませんが、彼らのみかじめ料徴収と私どもの警備業が摩擦を起こすことは明白です。東雲組程度は別にどうということはありませんが、彼らの後ろには熱海の南雲会がおります。南雲会長と早乙女親分には、浅からぬ因縁があることを承知しております。親分の足元で店を出した私どもが、近い将来南雲会と事を構える事態が起こった場合、親分に累が及ぶことが危惧されます。そこで事前に話を通しておくべきと存じましてお願いに上がったのです」

銀次は再び腕組みをした。今時珍しい男達だ。「古河、どう思う？」

黙って控えていた古河が親分に意見を求められ「筋が通っております」と一言述べた。銀次は目を閉じて思案した。彼らは先の先まで考えている。しかし基本的には話を聞いたところではやくざではない。急速に事業を広げてきたからには、それなりにきな臭いこともやってきたであろうし、面倒なことにも遭ってきたであろう。が、本質的には堅気の彼らが、やくざ組織とどのようにして張り合うことができるであろうか。彼らの力量はどのくらいあるのか。

やがて銀次は目を開けると「二、三日考える時間をくれないか」と言った。

「もちろんです。いきなり今日来て返事を頂けるとは思っておりません。日を改めまして出直して参ります。今日はこれで失礼させて頂きます」と哲二は答え、二人で頭を下げて帰っていった。

二人が帰った後、銀次は古河に「乾商事を調べよ」と命じて庭に立った。庭木に鋏を入れながら、堅気には惜しい奴らだと自然に笑みがこぼれていた。そんな後ろ姿を見ながら智子は、お爺ちゃんは既に許しているなと感じていた。


哲二と真介は、沢井の運転する車の中でほっとした顔をしていた。ここへ来るまでに散々話し合ってきたのである。哲二はいきなり熱海へ飛ぼうという意見であったが、真介はこの件に関しては頑として譲らなかった。今は引退しているが、元やくざで警備会社の顧問をしていた赤城から、関東最後の博徒、疾風の銀次の噂を聞いていたのである。結局埒があかず、当たって砕けろとばかりに、渋る哲二を説得してやって来たのだ。

「真介、どう思う?」

「感触は悪くなかった。六分四分というところかな」

「うむ、ところで話が違うがいい女だったな、智子とかいう」

「疾風の銀次を前にして女の品定めとは、お前もいいタマだな。それも孫娘だぜ」真介は、相変わらず女に目のない哲二に苦笑した。

「もし銀次親分がノーだったら?」と哲二が聞いた。「直接御殿場を叩くよりしょうがないだろう」と真介。

「勝算はあるのか?」

「まあな。今、駒井に調べさせている」

「相変わらずこういうことになると真介は動きが速いな」


古河は小田原でいろいろな情報を集めてきて銀次に報告をした。二人の言っていることはおおむね間違いないが、ただ引っ掛かるのは、警備会社の前身が解散した桜会であり、みかじめ料を警備費とし合法化しただけであるということと、その桜会解散の仕掛けを真介がやったという噂があるという二点であった。

銀次は真介が「東雲程度は別にどうということはありませんが」と顔色一つ変えずに言ったことを思い起こしていた。あの男なら組の一つくらい潰したとしても不思議はないなと感じていた。消費者金融については、小田原の先駆者として着実に業績を伸ばしており、この業界にしては評判がよいと報告した。

銀次は哲二に意外な形で返答した。ゴールデンウイーク明けの五月晴れの日の午後、小田原駅前の乾ビルに、粋に着物を着こなした女性が入っていった。

応対に出た柳は、また社長に新しい女かと思いながら社長室へ向かった。

「社長、早乙女とかいう女性が面会したいと来て……」皆まで言い終わらないうちに哲二は椅子から腰を浮かせていた。「柳、コーヒーとケーキを俺の部屋に届けさせろ」と命じて慌ただしく階段を駆け下りていった。

息せき切って現れた哲二を見て智子は微笑んだ。「突然お邪魔してご迷惑じゃありませんこと?」

「とんでもない。さあこちらへ」と哲二は社長室へと智子を導いていった。

間もなく運ばれてきたコーヒーを飲みながら「村下さんは?」と聞いた。

「彼は仕事で出掛けておりまして、今日は帰れるかどうか……」

「そうですか」と智子はどちらでもいいような返事をし、コーヒーカップを置くと「この前のお話ですけど」と本題に入り始めた。哲二は身を乗り出した。

「お爺ちゃんは何も言わない、何もしないと言っておりました」

「何も言わない……」と哲二は考える目つきになった。「要するにご自由にどうぞということですの。やくざが事務所を持つというのであれば一言も二言もあるでしょうが、堅気の人が店を出すのに、引退した身の者が何も言うことはないという考えなのです」

「つまり黙認すると……」

「そうでもないようですわ」と智子はにっこりして言った。「彼らは箱根での商売の立地条件、不動産関係などには暗いだろう。智子と古河は頼まれたら力になってやれと言ってましたから」

たちまち哲二は相好を崩し「ありがたい。お嬢さんのお力添えがあれば百人力だ。早乙女親分には宜しくお伝え下さい」と頭を下げた。そして少し考えてから「村下とも相談しなければなりませんが、仲介料というか手数料というか、利益の二十パーセントを差し上げたいと考えておりますが……」と言った。

途端に智子の顔が厳しくなった。「乾さん。お爺ちゃんの前では口が裂けてもそれを言ってはなりません。お爺ちゃんは明治生まれの疾風の銀次と言われた博徒です。博徒は盆からの上がり以外には、特に堅気の人からの物は一切受け取りませんわ。村下さんならお分かりになると思いますけど」とぴしゃりと言った。哲二は慌てて「これは出すぎたことを言いました。そういう世界のことには私は全く暗いもので」とテーブルに両手をついて頭を下げた。

「それでは」と智子は腰を上げた。哲二はまたも慌てて「まだ宜しいじゃございませんか。お食事でもご一緒にいかがですか」と腰を浮かせて制した。智子は微笑みながら「それは次の機会にしますわ。ちょっと行きたい所がございますので」と立ち上がった。

「まさかご機嫌を損じたわけではありませんね」

「それはご心配なく」とドアに向かった。哲二はエレベーターに案内し、ビルの出口まで送っていった。ちょうど帰ってきた真介と毛利が車を降りているところであった。真介は智子と知って「おやっ」という表情をしたが、哲二の嬉しそうな顔を見て察したらしく、軽く会釈をしただけであった。

「いいところに帰ってきた。お嬢さん、この車をお使い下さい」と哲二は言って、運転していた沢井に「ご希望の所へお着けしろ。終わったら湯河原までお送りするんだ」と命じた。智子は遠慮したが、哲二に半ば強引に押し込められるように乗せられて帰っていった。走り去る車を見送りながら、真介がひょいとハンカチを哲二に差し出した。「何だ?」と哲二。

真介の目に珍しくいたずらっぽい光が浮かんでおり「よだれ、よだれ」と言ってニヤリとした。哲二は「うるせえ」と真介の手を払って入り口に向かった。

真介は智子が手を付けなかったケーキを食べながら哲二の報告を聞いた。

「最後につまらぬことを言って、彼女を怒らせてしまったんだ」と哲二はしょげた顔をした。

「何を言った」

「仲介料を出したいと言ったんだ」

「馬鹿」

「馬鹿とは何だ。商売では当然の申し出じゃあねえか!」と哲二は鼻白んだ。

「相手を誰だと思っているんだ。疾風の銀次だぞ。賭場の上がり以外に受けるわけがないだろう」と呆れたような顔をした。

「彼女もそう言っていた」

真介は肩を竦めて話題を変えた。「それよりもこれからの計画は?」

「早速明日箱根に行ってみようと思う。不動産屋を紹介してくれると言っていたから、物件があれば立地や条件を調べてきたい」

「うむ、御殿場の調査をしている駒井の報告では、東雲組は箱根進出に相当力を入れているようだ。気を付けて行けよ。念のため毛利を付けよう」

「分かった」と哲二は頷いて窓際に立った。眼下に小田原駅が見える。

「ところでホステス引き抜きの件はどうだった?」

真介はその用事を済ませて帰ってきたところで智子に出くわしたのであった。

「ホステスにドレスや装飾品をレンタルしている貸し衣装屋だった。迂闊だったが『カサブランカ』にも出入りしていたよ。彼女らから待遇の良しあしや愚痴を聞いて、これは商売になると思ったようだ。引き抜きの斡旋料を経営者から貰っていたんだが、帳簿を見たら結構な金になっていたよ」

「ほう、素直に帳簿を見せてくれたんか?」

「毛利がドレスの二、三枚を焼いただけで、案外素直だったよ」哲二が毛利に目をやると、彼はキャビネットの酒のラベルを一生懸命見ている振りをしていた。哲二は軽く首を振って「バックは?」と聞いた。「ない。どこのヒモも付いていない」

「で、二度としないと言わせてきたんだな?」

「いや、これまで通り情報は集めろと言ってきた。ただしうちに連絡してこいと」

「なるほど。うちにも参考になるしな。来たら金を払ってやろう」

翌日の午後、哲二は毛利を連れて出掛けていった。まず行ったのは二宮神社近くの高級呉服屋である。沢井から、昨日湯河原に送る前に智子が立ち寄ったと聞いていたのである。哲二は店に入っていき、店主と何事か話し合っていたが、やがて包みを抱えて出てきた。湯河原に向かいながら、哲二はなぜかそわそわしていた。

真介は夜七時からの日課の拳法で汗を流していた。五階の倉庫を改造した道場で、柳や駒井達を指導していたのである。真介は警備会社発足と同時に、彼らの指導をしてきたが、駒井らも今では有段者であった。この道場で柳が拳法を教え、格闘技は毛利が先生となった。駒井にも拳銃の技術を指導させた。

拳銃の実地訓練は国内では無闇にできないので、定期的にグアム島やフィリピンに行かせて習練させてきた。ロッカーには、前科のない哲二、真介、柳の名義で買ったショットガンがしまってあり、秘密の金庫には旧桜会所有の拳銃も隠してあった。乾は武器類にはいい顔をしなかったが、暴力団を相手にする以上は止むを得ないという真介の考えで、口出しはしなかった。

「今日はここまでにして、飯を食いに行こう」と真介が言った時、哲二と出掛けていた毛利が入ってきて言った。「社長がいつもの中華屋で待っているそうです」

真介達がシャワーを浴びてから行くと、哲二、毛利、沢井は既に食事を始めていた。稽古をしていた六人が加わって賑やかな食事になった。毛利と沢井は稽古に間に合わなかったことをさかんに残念がっていた。哲二はことのほか機嫌がよく、何杯目かの老酒で真っ赤になっていた。

「真介、あの娘はいい。本当にいい女だ」

「お前のその台詞は聞き飽きたよ」と真介は北京ダックに手を伸ばした。

「いや、今度こそ本物だ。運命の出会いを感じるんだ」

「そうかい」と気のない返事を返して真介は、哲二の前から酢豚を取り上げた。

ひとしきり食べて一息付いた頃、真介が聞いた。「御殿場はどうだった?」

「智子さんが宮ノ下と湯本駅近くの不動産屋を紹介してくれてな。不動産屋は銀次さんの賭場の常連なんだそうだ。二つともいい物件だ」

「銀次さんの賭場?」

「うむ、何でも旅館の大旦那達に請われて、暇潰しの遊びみたいにやっているらしいんだ。この前取り次ぎに出てきた古河という男が説明してくれたんだ」

自分より五つか六つ年上の物静かで隙のない古河を、真介は隅に置けない男という印象を持っていた。

「ところがこの賭場の客を、東雲組が大きな賭け金で引き抜きにかかっていると智子さんが悔しそうに言っていた」

「銀次さんは引退している身だ。相手にはしていないだろう」

「そうなんだ。だから彼女はそれが悔しいようなんだ。古河も口には出さないが、智子さんと気持ちは同じようだったぜ」

「なるほどな」

「なるほどじゃねえぜ。何とかならねえか？」

「お前、また何か変な約束をしてきたんじゃあるまいな」

「図星！　真介に何とかさせますと約束してきた」

真介は溜め息を吐いて言った。「銀次親分をさしおいて、俺に何ができるというんだ。全くお前という奴は……」

「そう言うなって。俺にもいい格好をさせろよ。彼女を喜ばせることなら何だってやるぜ。帯だって喜んでくれたし……」

「何だその帯っていうのは」と真介は聞いた。哲二はしまったという顔をした。

真介には内緒にしておこうと思っていたのだが、酒の勢いでつい口を滑らしてしまったのだ。

「実は沢井が昨日、智子さんが呉服屋へ立ち寄ったと言ったんで、俺も出がけに寄ったんだ。店主の話では時々来るそうだ。気に入った帯があったらしいんだが、買わずに帰ったというんで俺が買った」

「銀次さんに知れたらどうするんだ。全くお前という奴は」と、真介は今日二度目の台詞を吐いた。どうも哲二は今度ばかりは真剣に惚れてしまったようだ。

「いずれにせよ、東雲組がそんな動きをしてるんなら、放ってもおけないな。支店を出す時には俺も行こう」と真介。

「そうしてくれるか。頼むぜ」哲二はようやくほっとした顔になって「前祝いだ。みんな飲みに行こうぜ」と言って立ち上がった。


七月一日に宮ノ下バス停前と箱根湯本駅近くに「消費者ローン乾」が開店した。真介はその二日前から、宮ノ下店に毛利を、湯本店に駒井を警護として配置し、自分は両社の中間地点の旅館に逗留していた。開店の日に、レミーマルタンを持って銀次の庵を訪れた。出店の報告と挨拶のためである。智子と古河は外出しており、銀次が迎えに出て真介を招き入れた。一通りの挨拶が済むのを待ち兼ねたように銀次は身を乗り出して言った。「ところで村下さん、智子と乾さんをどう思う?」

真介は単刀直入な質問で一瞬困惑した。二人が連日のようにデートをしていることは知っているが、銀次の心を計りかねたからである。

「哲二は、いや乾はいい男です。私と同じ孤児院育ちで学はないのですが、頭の回転がよく商才に優れております。いっぱしの男になれる器です」

銀次は腕組みをしてしばらく考え込んでいたが「あの男は智子を幸せにしてくれるだろうか」と呟いた。真介は黙って銀次を見つめていた。

「村下さん。わしは昔から極道者で、家族を顧みたことなど一度もなかったのだ。そんなわしを嫌って息子は飛び出していきおった。堅気の生活をしていて結婚式にも呼んでくれなかった。そんな息子が車の事故で、夫婦揃ってあっという間にあの世に行ってしまった。智子を残してな。わしは息子へのせめてもの償いにと智子を引き取って引退した。男手一つで育てたせいかわがままで勝ち気な性格になってしまったが、何としても幸せにしてやりたいのだ」

真介はなおも黙って聞いていた。「乾さんに言ってくれ。智子を不幸にしたら殺すとな」

真介はようやく口を開いて「伝えます」と短く答えた。束の間二人の男の間に蝉の声が入り込んだ。真介が失礼しますと言いかけた時に銀次が言った。

「村下さん。最近東雲組がこの辺をかき回しておる。わしが気紛れで旦那衆に盆を開いてやったことにも責任があるのだ。収めてもらえるかい？」

「私で宜しければ」

「ぜひ頼む。今夜古河を差し向けるから自由に使ってくれ」

その夜、真介が泊まっている旅館に古河が訪ねてきた。ちょうど毛利と駒井の報告を聞いているところであった。古河が行きつけの店へ連れて行きたいと言い出したので四人揃って出掛けることにした。旅館から歩いて十分足らずの、ちょっと引っ込んだ裏道の「さち」という暖簾をかけた店であった。古河にどうぞと言われて店に入ると、四人掛けのテーブルが二つと数人で一杯になるカウンターだけの、小さいが小綺麗な割烹店である。客はいなかった。古河の顔を見ると、ママが慌ててカウンターから「いらっしゃい」と言いながら迎えに出てきた。三十前後のどこか憂いを含んだ色白の女性である。

「今日はお客さんを連れてきたんだ」

「あらお珍しい。さあどうぞ」とテーブルへ誘った。

「村下さん、お暇な時には使ってやって下さい。ママ、サービスしてくれよ」

ほとんど酒が飲めない真介は、乾杯のビールを半分ほど飲んでグラスを置いた。飲むのはもっぱら毛利の役目である。それと察した古河は何品かの料理を勧めたが、どれも素朴な作りで懐かしさを呼び起こす味であった。これがお袋の味というものだろうかと、母の手料理というものの記憶がない真介は、ゆっくりと味わって食べた。

「村下さん、私は親分から貴方の手伝いをしろとだけ言われております。具体的に何をすればいいのですか?」と古河が聞いた。

「まだ何も決めておりませんが、はっきり言えることは、こちらから仕掛けることはしないということです。東雲の出方次第で考えたいと思っています」

そう聞いて古河は少しがっかりした。すぐにでも東雲組と一戦を交えるのかと期待していたのである。真介は古河の様子を察して続けた。

「早乙女親分に筋を通した我々が、先に手を出しては親分の命を受けて動いたと見られます。それでは南雲会に言い訳が立ちません」

古河は感心した。この村下という男は先が読める男だ。早乙女銀次という〝男〟の面子を汚さないような配慮をしているのだ。村下の言うように、こちらから仕掛ければ、あの疾風の銀次が田舎やくざ相手に現役復帰したと見られ、全国の親分衆から笑い者にされかねないのだ。古河の悩みもそこにあったのだが、この男はそこまで読んでいるのだ。

「ということは」古河はママに酒を注いでもらいながら言った。「どう相手に仕掛けさせるかがポイントですね」

「その通り」と答えて真介はニヤリとして頷いた。

それまで黙って二人のやり取りを聞いていた駒井が「俺が鉄砲玉になって仕掛けるというのはどうでしょうか?　小田原の観光客が騒ぎを起こしたことにすれば、疾風の親分にもご迷惑を掛けなくても済むと思うんですが」

「だめだね」と毛利がすげなく答えた。「お前がやられて乗り出してくるのは結局俺達だ。乾商事なんだ。今は疾風の親分との表面的な繋がりは見えなくても、うちの社長とお嬢さんが一緒になることにでもなれば、すべてが表に出ちまうことになる。ここはやっぱり待ちだろうな」

「なるほど」と駒井は頷いた。

「なかなか優秀なお身内ですね」と古河。

「この二人は昔極道をしておりましてね、その世界には明るいんです。それに今は身内とは言わず社員です」と真介はやんわりと訂正した。

「それは失礼。いずれにせよ毛利さん、駒井さん、貴方達と仕事をご一緒させて頂くことになり光栄です」と古河は言って二人に酒を注いだ。

真介は「ともかく我々はここの事情には暗いので、何かと相談に乗って下さい」と古河に頭を下げた。


毛利が言った待ちの終わる機会が意外に早く訪れた。二日後の夜、真介と古河が「さち」の奥のテーブルで飲んでいた時、数人の男達がどやどやと入ってきた。一目でやくざと分かる風体の連中である。ママの顔に嫌な色がちらりと走ったのを真介は見逃さなかった。

「あのう申し訳ありませんが、ちょっと一杯ですので」とママが言うのを肩で押し退けて入ってきた男達は、三人がカウンターに陣取り、四人目の男が「今日は貸し切りなんだ。皆出ていってくれ」と凄んだ声で言った。先客の三人連れは、相手が悪いと見てそそくさと勘定を済ませて出ていった。

先客を追い出した男は、今度は真介達のテーブルに来て古河の隣に座り、勝手に彼らの前の料理に手を付けながら「お兄さん達、聞こえなかったようだからもう一度言うぜ。今日は貸し切りなんだ。お帰り願えませんかね」と言って自分の肩を古河の肩にぶつけてガンを飛ばした。古河はどうしたものかと真介の顔を見た。真介は微かに首を横に振った。

ママが寄ってきて「今新しいお料理とお酒をお出ししたばかりですから、お止めになって下さい」と、いつもと違うきつい声で言った。

その必死な声で、男は「ふん」と鼻を鳴らすと「まあいいか。それを飲んじまったらさっさと尻を上げるんだぜ」と言って立ち上がり入り口に向かった。

男が戸口で「用意ができました。入って下さい」と声をかけると、ベージュ色の夏服のスーツをばりっと着こなした四十がらみの男が入ってきた。その後ろから、これも真っ黒な夏服のスーツに身をかためた目つきの鋭い三十歳くらいの細身の男が続いて入ってきた。どうやら幹部クラスのようだ。

古河は身を乗り出して真介の耳元で囁いた。「東雲組の金バッジを着けてますよ」

「飛んで火に入る……」と真介は聞き取れないような声で答えた。

後から来たベージュ服の男は、さっきまで先客がいたテーブルに座ると煙草を取り出した。迎えに出た男がさっとライターを取り出して火をつけた。黒服の男は、知らぬ顔をして飲んでいる真介と古河を見つめている。

カウンターの男が「ママさん、まずビールを出して兄貴に注いでくれよ。この前来た時から、兄貴がママにご執心でね」と言った。

「私はそういうことはお断りしておりますの」とママは仕方なくビールを冷蔵庫から取り出しながら返事をした。

「そう堅いことは言わずにさ。そのうちこのあたりは我々のシマになるんだ。そうなったら兄貴や我々が毎日のように来るんだぜ」

ママはそれに答えずちらりと古河の顔を窺った。最初に入ってきた男が、カウンターの中に入り込んでママの腕を取った。「こっちへ来いよ」

ママは男の手を振り払って「ここには入らないで下さい」と声を張り上げた。

その時「やれやれ。大の男が寄り集まって女一人をいたぶるなんざ、見られた図じゃありませんね」と店の隅から声がした。男達が一斉に振り向いた。「上に立つ男が、最近では若い者に礼儀を教えることを知らないようだ」ともう一人の若い方が口にした。「何！」とカウンターの男達が一斉に席を蹴った。

彼らを手で制して黒服が落ち着いた抑えた声で言った。「兄さん方は、我々が誰かを知ってて喧嘩を売っているんですね」

「とんでもありません。私は地元の人間で、皆さんをお見掛けするのは初めてですよ」と年かさの男が答え「私達はただ静かに飲みたいだけでして。御殿場の山猿には芋でも食わせておとなしくさせておいてもらいたいだけなんです」と続けて慇懃に頭を下げた。ここで初めてベージュ服の男が口を開いた。

「本気のようだな。ここでは狭い。表に出よう」と言って真介達に顔を向けた。

外は十一時を過ぎており、しかも裏通りなので彼ら以外の人影は見当たらなかった。真介と古河が表に出ると男達は既に態勢を整えていた。四人が半円形に立ち、兄貴分と黒背広は後ろにいる。真介は黒背広が厄介だなと見ていた。

古河は出しなに調理場から拝借した出刃を懐に忍ばせ、真介の後ろに控えた。

喧嘩は唐突に始まった。正面の三人が一斉に真介に飛び掛かり、わずかに遅れて一人が古河に向かった。真介は真ん中の男に右足の前蹴りを見舞い、わずかに左に跳んで左からの男のパンチをかわし、同時に右拳で顎を痛打した。間髪を入れずに体を一転させ、右からの男に後ろ回し蹴りを見舞った。いつか小田原城下で見せた技と同じである。古河も経験充分な渡世人である。たちまち相手を叩き伏せていた。あまりの勝負の早さに、二人の幹部の対応が一瞬遅れた。

二人が同時に懐に手を突っ込んだが、ベージュ服は拳銃を抜き出す前に、宙を飛んできた不思議な技を使った男の手刀で手首を砕かれていた。黒背広はいち早く拳銃を抜いて兄貴を襲った男に筒先を向けたが、引き金を絞る力が抜けていた。手首に出刃包丁が突き刺さっていたのだ。

勝負はあっけないほど瞬時に終わっていた。ベージュ服と黒背広は、揃って手首を押さえながら、路上で伸びている手下達を呆然と見下ろしていた。四人ともぴくりともしない。真介は戸口で立ち竦んでいるママに聞いた。「この人達のお勘定は?」ママは震え声で「まだ何も出しておくれりませんので。でも前回分を頂いていないのですが……」

古河が黒背広の手首から包丁を抜きながら「我々の飲み分も彼らはご馳走してくれるらしいですよ」と言った。真介がベージュ服の男を見ると、痛みに歯を食いしばりながら頷いた。真介は「ご馳走さん」と言いながらベージュの背広の内ポケットに手を入れて財布と拳銃を抜き出した。中から万札を数枚取り出し「お釣りはいいですね？」と聞くと男は再び頷いた。真介はママに金を渡してタクシーを二台呼ぶように頼んだ。財布を調べると免許証が入っていたので取り出して見た。「吉井四郎か、金バッジだから大幹部なんだろう。組長に言っておきな、猿が山を下りてくるもんじゃあないとな」

「ああ。ところであんたは何者なんだ」と吉井は口を歪めて呻くように聞いた。

「俺か。影とでも覚えていてもらおうか。流れ者でね。明日あたりはお宅で草鞋《わらじ》を脱がせてもらうかもしれないよ」

「おきゃあがれ！」

やがて来たタクシーに彼らを押し込んで帰らせた。真介は取り上げた二丁の拳銃を古河に渡してから店に入った。古河は調理場で包丁の血を洗い流して元の場所に戻した。

ママはまだ震えが止まらないようだった。真介は「奴らはもう来ないでしょう。我々もしばらくは姿を見せないようにしますが、用心のために時々毛利と駒井を寄越します」と言った。

「それにしても村下さん、もの凄い技ですね。初めて見ましたよ」と感に堪えないように古河が言った。真介はそれには答えず「これからどうするかだな」と呟いた。「古河さん、とにかく口火は切った。これで奴らは本気になるでしょう」

「そうですね。我々は待ちから攻めに転ずるべきでしょう。長引かせると南雲会が出てきますから、その前に一気に勝負をつけた方がいいですね」

「明日、毛利と駒井を入れて作戦を練りましょう」

その時ママが入り口の暖簾を外しながら「今日は早じまいにします。どちらか送って頂けるかしら」と微笑んだ。ようやく落ち着いたらしい。

「私は明日、銀次親分のお供で横浜へ出なければなりません。朝が早いのでこれで失礼します」

と古河は、真介が何かを言う前に出て行ってしまった。

「決まったようですね」とママは嬉しそうに受話器を取った。タクシーが来るまで真介は、何となく落ち着きをなくしていた。女性を送るなんて初めてのことだったのである。


トントントントンというリズミカルな音で真介は目を覚ました。見慣れぬ天井が目に入った。あたりを見回すと、小振りな和箪笥と洋箪笥、姿見、それに小さな三面鏡があるだけの質素な部屋である。押し入れの鴨居に自分の濃紺のジャケットが掛かっていた。再びトントントントン。思い出した。ママの部屋である。

送って行くタクシーの中で名前を聞くと友永佐智子と名乗っていた。不覚にもそれまで名前も知らなかったのだ。枕元の腕時計を見ると九時近かった。ここ十数年、真介は六時には起きて朝稽古をするのが日課で、どんなに遅く寝ても欠かしたことはなかったのだが。夏の陽射しが窓のカーテン越しに感じられ、閉め切られた部屋の空気が澱み始めていた。起き上がって手早く身支度を整え、押し入れに布団を畳み入れて隣の襖を開けると、そこは茶箪笥と食器棚、十四インチテレビが載っている箪笥があるだけの六畳の居間で、真ん中に小さなテーブルが置いてあった。玉簾で仕切られた台所らしい部屋から水音が流れてきた。「おはよう」と声をかけると、簾を指先で割って彼女が片目を覗かせ「起こしてしまってご免なさい。洗面所はこちらです」と幾分弾んだ声で言った。

二畳もない台所で佐智子の背中を擦り抜けるようにして洗面所に入った。鏡の前に、歯ブラシを載せた新しいタオルが置いてあった。歯を磨いていると「もうすぐお食事ができますから」と声をかけられた。洗面所を出て、料理をしている佐智子の横顔を盗み見ると、昨日までの憂い顔はなく、楽しげな顔つきをしている。真介は何となくほっとしてテーブルの前に座った。待つほどもなく彼女が朝食を載せたお盆を持って入ってきた。手作りの朝食は、進藤クリーニング店で住み込みをしていた時以来である。真介は茶碗を手にしながら「昨夜は申し訳ありませんでした」と謝った。

「あら、後悔していらっしゃるの？」と返され、言葉に詰まってしまった。

「いや、そういうわけではありませんが……」

「だったら謝って頂きたくありませんわ」

「すみません」と真介がまた頭を下げたので、二人は思わず笑い出してしまった。

佐智子はこの剃刀のような鋭さを持った男に、このような純朴さがあると知って心が和むのを感じた。

食事が済んで真介は、茶箪笥と食器棚の間に電話があるのを見つけた。彼女に断って受話器を取り上げた。

旅館で電話を取ったのは駒井であった。「村下さん、どこにおいでになっても構いませんが、連絡ぐらいは頂けませんか。昨晩は随分探しましたよ」

「うむ、悪かった」

「ようやくさっき古河さんと連絡が取れまして、行き先が分かって安心したところですよ」

「古河さんは朝早くから親分と横浜へ出ると言っていたが……」

駒井は「彼は気を利かせてくれたんですよ。働きづめでしたから今日ぐらいはゆっくりしていて下さい」と意味ありげな含み笑いをして言った。真介は古河にしてやられたことを悟って苦笑いを浮かべた。「そうも言ってられないんだ。賽は投げられたんだ」

「昨晩のことですね。古河さんがたまげていましたよ」

「うむ、展開が急になったんで皆で打ち合わせをしたい。部隊を集めてくれ」と真介は話を打ち切り、テレビをつけて佐智子に新聞を頼んだ。昨夜の件はどちらも報じてはいなかった。「七時と八時のニュースでも何も言っておりませんでしたわ」と佐智子は真介の様子を察して言った。彼女も気に掛けてくれていたのだ。

女性と二人だけの初めての朝食を済ますと、真介は礼を言って立ち上がった。

佐智子は戸口まで送ると「またいらして下さい」と目を伏せながら言った。

真介は海岸沿いの彼女のアパートを出て、タクシーを探しながらも、どうして誘われるまま部屋に上がり込んでしまったのかを思い出そうとしていた。

大磯の近代的なホテルのコンペルームから、真介は海を眺めていた。五階建ての最上階から見下ろすと、海岸線に沿ってパラソルの花が咲き並んでおり、海水浴客に混じって最近流行り始めたサーフィンに興じている若者達も何人か見える。浜辺を縁取るような西湘バイパスをミニチュアのような色とりどりの車が我がちに走っている。右手には、箱根の山々に覆いかぶさるような富士山が望めた。
「遅くなりました」と部屋に入ってきた毛利を背中で感じた。「ご苦労様です」と迎えたのは沢井の声である。既に柳と三人の若者は来ておりコーヒーを飲んでいる。毛利は彼らに手で挨拶をしながら真介の後ろに立った。「ただいま到着致しました」真介は軽く頷くと振り返りもせず
「二人か?」と聞いた。
「駒井は古河さんを拾ってくるそうで」

「古河さんを？」真介は小首を傾げながら振り向いた。古河を勘定には入れてなかったのだ。この戦争に古河が混じっていると、銀次親分に累が及ぶことが考えられたからである。待つほどもなく駒井と古河が到着した。これで全員である。

乾商事の影部隊は真介と、毛利秋男、駒井俊、佐藤武、高橋敏彦、沢井守の旧桜会のメンバーに、真介の拳法の弟子柳春彦、その友人の元ボクサー橋爪良二からなる八人である。会社ではそれぞれが各事業部に属しているが、事が起こると招集されてプロジェクトが結成される。今日は古河の参加で九名となる。彼らは真介の指示で、目立たぬようにばらばらに、リゾートウエアで集まってきた。真介もこのホテルで買った薄いベージュのサマージャケットにレンガ色のシャツ、コットンパンツにスニーカーという軽装である。

ホワイトボードを背にして真介が言った。「古河さん、我々と東雲組との争いに貴方がいては、早乙女親分に迷惑が掛かると思うのですが」

「村下さん、昨晩は私もいたのですよ。今さら外さないで下さい。親分も私を助っ人に出したことで腹を決めているのです。おめおめと帰ったりしたら、破門になっちまいますよ」

「そういうことなら」と真介は呟き「この世界と土地勘に詳しい貴方がいれば助かります」と言って古河に頭を下げ、初めての連中に紹介をした。

「では本論に入ろう。まずこれまでの経緯を説明する」と真介は、乾商事の箱根・湯河原地区進出に先立って早乙女銀次親分に挨拶をしたことから始まり、昨晩の東雲組との争いまでを手短に話した。

「従って我々は当面の敵の東雲組を叩いておく必要がある。戦略を立てるには敵を知ることが第一だ。駒井主任にこれまでの調査結果を報告してもらう」

「では」と駒井は立ち上がってメモを取り出して発表した。

「組長は佐藤神明四十二歳、事務所は東名御殿場の近くです。八年ほど前にチンピラを集めて佐藤組を結成し、三年前に熱海の南雲会から盃を貰い、南雲の東を固めるという意味で東の雲、つまり東雲組と改名しております。代貸の丸山周、若者頭の飯島三太、部長の吉井四郎というのが幹部ですが、吉井は昨晩村下さんが叩いております。兵隊は三十名余りですが、そのうち四人を村下さんと古河さんが病院送りにしておりますので、戦力としては二十数名と見ております。大体こんなところです」

「情報が一つあります」と古河が言い出した。「出がけに熱海の知り合いから聞いてきたのですが、東雲組の要請で、南雲から倉田弘という組員が助っ人として送られたようです。関東では名の知れた拳銃遣いで要注意です」

「ほう、倉田がね」と毛利は溜め息を漏らし駒井と顔を見合わせた。彼らは知っているようである。「厄介な奴だ」と駒井が呟いた。

「ともかく、電撃的に片をつけることが肝心だ。長引くと南雲から本格的に増援が来て面倒になる。何が何だか分からないうちに潰してしまうのだ」と真介は言った。それから夕方になるまでの三時間、細部にわたる戦略会議が続いた。

三日後の午後二時頃、御殿場の総合病院の待合室で吉井四郎は会計を待っていた。二日前のレントゲン検診で、骨は複雑骨折で手術が必要と言われていて気が重くなっていた。それにしてもあの〝影〟と名乗った男の強さは尋常ではない。

六人もいて油断していたことを差し引いてもだ。あっという間に四人がやられ、拳銃を抜こうとした時には目の前に跳んで来ていて、手首をへし折られていた。何者かは分かっていない。幹部会では、最近宮ノ下などに進出してきた小田原の乾商事という会社の連中ではないかという意見が出たが、まともな会社のようであり、なお継続して調べることになった。早乙女銀次も問題になったが、いかに名をなした男とはいえ、今は引退している身で過激に走るとは考えられないということになったのである。今日の午前中の幹部会でも、何も判明していないという報告であった。吉井は午後からの予約で病院へ来ていたのである。

名前を呼ばれ、不自由な左手で会計を済ませて駐車場に向かいかけた時、見慣れぬ男が親しげな笑顔で近寄ってきた。大柄ながっちりした体型の男である。

三角巾で吊った右腕に軽く手を添え「大変でしたね。ところで吉井さん、ちょっとお宅に電話を入れてみませんか？」と小声で言った。

「何だあんたは」

男はそれには答えず「貴方の家に二人の男が向かっています。もう着いている頃ですが。奥さんに電話して、組にごたごたがあって二、三日帰れないから、その間湘南海岸のホテルで早目の夏休みを取ってくれと言うのです。男を差し向けたから連れて行ってもらえとね」

「何だと！　俺の女房になんで……」と吉井は血相を変えて男に詰め寄ろうとしたが、腕を強く掴まれて痛さに絶句した。男は何事もなかったように「奥さんだけでなく、あんな可愛いお子さん達が溺死するのは見たくないんです。貴方だってそうでしょう？」と言って、吉井を公衆電話の方へ導いていった。「へたなことを言うと、貴方がお帰りになった時に、親子心中を見つけることになりますよ。お分かりでしょうが」と男は念を押して受話器を手渡した。

吉井には電話の呼び出し音がやけに長く感じられ嫌な予感がした。「もしもし吉井ですが」という女房の声がした。「俺だ」と言って後を続けようとしたが「貴方、組が大変なんですってね。若い者を寄越してくれてありがとう」と言う声で遮られた。「いや何……。若いもんはどうしてる？」声がかすれた。「一人は……あのう、あなたお名前は？」と誰かに聞いている声がして、「神田さんておっしゃる方が、今翔太を抱っこしてあやしてくれています。もう一人の方が綾美を幼稚園に迎えに行ってくれておりますわ」

「そうか」吉井は無念さを声に出さないように短く答えた。「ねえ貴方、湘南といってもどこなの？」と女房。吉井は受話器に一緒に耳を寄せている男を見た。男は小さく「江ノ島」と言った。「江ノ島だ。じゃあ楽しんでおいで、また連絡するから」と冷や汗で濡れた受話器を置いた。

「もう一本電話をしてもらいます。病院が込んでいて遅くなりそうだ。痛むので終わったら家に帰ると事務所に連絡を入れるのです」と言う男に、吉井は逆らいはしなかった。

電話が終わると、男は吉井を待合室の椅子に連れていって座らせ、自分も隣に腰を下ろした。

「ここに一時間ほど座っていて下さい。動いたり電話をしたりしないことです。この待合室には私の仲間がいて監視しています。変な動きをしたら、貴方は家族の心中を見ることになります。それから家に帰って結構です。誰もいませんがね」と男は腰を上げた。さらに「明日の午後に私から電話を入れます。貴方にはまだやってもらうことがありますので」と言って帰りかけた。

吉井は慌てて「言う通りにすれば、家族の命は保証してくれるのか?」と呼び止めた。男は「私は何も保証はしません」とにべもなく言って背を向けた。

吉井は後を追おうと腰を浮かしかけたが、はっと気付いて座り直しあたりを見回した。三十人ばかりの無表情な顔ばかりで、誰が見張りなのか見当もつかない。あいつはいったい何者なのだ。俺の手首をへし折った奴の仲間なのか。東雲組の部長ともある俺が、いとも簡単に言いなりになるなんて。くやしさで、お気に入りのベージュの背広の裾を固く握り締める手が震えていた。

同じ頃、東雲組代貸の丸山の車は仙石原を抜けた一三八号線にあった。来週の賭場の客の勧誘で、宮ノ下から小涌谷にかけての旅館や土産物店の大旦那を訪れる予定である。これは吉井部長の仕事なのだが、彼が何者かに襲われて病院通いとなり、仕方なく代わりにやることになったのだ。御殿場地区の客は十数人確保してあり、後十人ほど勧誘できれば一億円以上の場が立ち、一千万円ほどの所場代が上がる。悪くない稼ぎだ。煙草に火をつけて碓氷峠の景色に目をやった。道は下りになり曲がりくねっていて左側は崖である。平日の午後で車の量はほとんどない。「急がなくていいから気を付けてな」と丸山は運転手に声をかけた。「へい」と運転手は答えたが、さっきからバックミラーに映っているダンプカーが気になっていた。「後ろのダンプがやけに煽りゃあがる」と呟く。助手席の相棒が首を捩って振り返り「サングラスの兄やんだな。そこら辺で止めな。ちょっとばかり脅かしてやる」と言った。運転手はスピードを落としたが「あっ」と声を上げた。ダンプカーはそのままスピードを落とさず、みるみるバックミラーに大きく映ってきたのだ。ガツンと衝撃があって運転手がブレーキを力一杯踏み付けたが、車は押し出されるように前進を続けた。その時前からもう一台のダンプカーがセンターラインを跨ぐように迫ってきた。運転手は慌ててハンドルを右に切ったが間に合わず、フェンダーに衝突された車は悲鳴と丸山を乗せたままガードレールを突き破って谷底へと墜落していった。

若者頭の飯島は組事務所で退屈をしていた。午前中の幹部会の後、組長は南雲会の会長に会う約束があると言って、客人の倉田と用心棒一人を連れて熱海へ出掛け、代貸の丸山は箱根へ行っている。吉井部長からは傷が痛むから帰るという電話が入っていた。飯島はこの三日間というもの、吉井の襲撃や客人の倉田の受け入れ、緊急会議やらで情婦に会う時間が取れなかった。一カ月ほど前に手に入れた家出娘で、プロのすれた女と違う新鮮さがあった。無性に会いたくなった。代貸から留守番を命じられていたのだが、時計はもう三時過ぎである。今日は誰も帰っては来ないと判断し、若い者に留守を命じて事務所を出た。

パチンコ店の二階の事務所から裏の階段を下りて駐車場に行き、自分の車に乗り込んだ。気持ちが女を囲っているマンションに向いていて、駐車場を出た所からワゴン車につけられていることに気付かなかった。二時間後、飯島は女に送られて六階からエレベーターに乗り込んだ。すっきりした気分でにやついていると三階で止まり、二人の男が乗り込んできた。一人はどこかで見た顔だなと思った時、いきなり腹にパンチを叩き込まれた。うっと呻いて前屈みになった瞬間後頭部を硬い物で殴られ目の前が暗くなった。エレベーターが地下で止まり、ブラックジャックを持ったままの柳が顔を覗かせた。あたりを窺って誰もいないのを確かめ、後ろに向かって頷くと古河が飯島を引きずって出てきた。近寄ってきたワゴンから沢井が飛び出してきて後ろのドアを開け、古河に手を貸して気を失った男を放り込んだ。運転手の佐藤が車を地下駐車場から出す前に、沢井は飯島に猿ぐつわと手錠をかまして毛布を掛け終わっていた。古河と柳は、別の乗用車に乗り込んでほっと一息吐いた。代貸の丸山は予定通りに崖から突き落とされたと知らされている。飯島はこれから夜を待って、早川の海岸から橋爪が用意した漁船に乗せられ、沖で沈められることになっていた。

運転しながら古河は「お宅のボスは今日から鬼になって情容赦なくやると会議で言ってました

が、実に恐ろしい人ですね」と柳に言った。「今まではやくざといえども半殺しで済ませてきたのですが、今回はバックに南雲会という大組織があるので、半端なやり方で長引かせたくないからですよ」と答えて、柳は肩を竦め「本当に鬼になってしまった」と呟いた。古河は「残りは佐藤組長だけですね。倉田という本職の殺し屋が付いているから心配です。村下さんのことですから大丈夫とは思いますが」と言って眉をひそめた。

佐藤神明は頭にきていた。南雲会長からは、熱海に一大娯楽会館を造る計画を持ち出され、東雲組に多額の上納金を要請してきたのである。要請といえば聞こえがいいが、要するに命令である。幹部が襲撃されたことなど自分で解決しろの一言で片付けられた。南雲会長から飯を食っていけと言われたが、そんな気持ちにはなれなかった。車に乗る直前に事務所に電話したところ、代貸はまだ帰ってきておらず、飯島もちょっと出掛けてくると言って出掛けたまま、まだ連絡がないという返事であった。あの女狂いは、どうせ女の所へしけ込んでいるのだろう。ますます頭へきてしまった。「どいつもこいつも話にならん。お前のところの会長も無理を押し付けてくるし」と横に乗った倉田にぼやいてみせた。「南雲さんは俺のボスではありませんよ。俺はただ、草鞋《わらじ》を脱いで一宿一飯の義理があったから、貴方への助っ人を頼まれただけです」と倉田は迷惑そうな顔をして言った。

車は十国スカイラインを通って三四号線の芦ノ湖スカイラインに入った。

ラジオが、碓氷峠の車の転落事故で一三八号線が通行止めになっていると言っており、お陰で道は迂回する車で渋滞していた。熱海を出て四時間もかかって深沢に着き、腹が減ったので東名手前のドライブインに入った。ビールと水割りを三、四杯飲んで御殿場の家に着いた頃には十二時近くになっていた。

既に家族は寝ているらしく、家に明かりはなく庭の水銀灯が鈍い光で庭木の影をつくっていた。玄関前に車が止まり、助手席の用心棒が降りて後ろのドアを開け、家の鍵を取り出して玄関に向かった。その後ろに佐藤と倉田が続いた。

その時何かを察したのか、倉田が玄関横の植込みの暗闇に向かって「誰だ、そこにいる奴は！」と鋭い声を発した。いつの間にか手に拳銃が握られている。

用心棒も慌てて拳銃を抜いた。しばらく何も動く気配がなかったが、やがて植込みの黒い影がゆっくり動いて二つに分かれ、人の形に伸び上がった。ぎょっとしながら佐藤が吠えた。

「何だ、てめえは」と佐藤が言った。「丸山は死んだ。飯島もだ」と影が低い声で答えた。「何だと！　いきなり何を抜かしゃあがる。誰だ貴様は」

「影、と吉井には言ってある」

「ほう、吉井をやったのはてめえか！　俺に何の恨みがあるっていうんだ」

「何も。ただあんたの縄張りが欲しいっていう組織があるんでね」

「何っ！」と佐藤は影に詰め寄った。「今、丸山と飯島を殺ったと言ったな」

その時「親分、奴をどうしましょう」と倉田が落ち着き払って聞いた。さすがに慌ててはいない。「俺の家に押し掛けて来るとは勘弁ならねえ。殺っちまえ」と佐藤は命じた。倉田が引き金を絞りかけた時、背後の暗闇からカチリと撃鉄を起こす音が聞こえて凍りついた。

「ハジキを捨てな」その声も低いがよく通る声である。倉田はやられたと思った。もう一人いたのだ。迂闊だった。勝ち目はないと悟って潔く拳銃を足元に落とした。それを見て用心棒もうろたえながら見習った。

背後の男は「さすがに状況が分かっているな。倉田さん、あんたは客人で部外者だ。黙って消えてもらえませんか」と言うと暗闇から姿を現した。倉田は振り向いてサイレンサーを手にした男を見たが見知らぬ顔である。

「それじゃあ俺の面子が立たん」

「この場は面子より命でしょう」

倉田は少し考えて「それもそうだ」と答えるとゆっくりと門に向かった。

男の銃口が微かに揺れたと見た瞬間、倉田は膝をつきながら体を回転させ、同時に腰の後ろから小型拳銃を抜き出していた。目にも止まらぬ動きであったが、構えた瞬間にプシュッという音がし、倉田の額の真ん中に黒い穴が現れた。

死体となった倉田に「あんたの時代は終わったんだよ」と暗闇の男が呟いた。

佐藤神明は口を開けて声を出しかけたが、ひゅうっという風切り音がして何か硬い物が喉仏と頸骨を潰し、続いて側頭部がグシャッという音を立てた。佐藤が生きて聞いた最後の音であった。

用心棒は、組長の頭を叩き割った男が、鎖で繋がった二本の棒をぶら下げて近付いてきたので、震え上がって目を瞑った。

「お前は殺さない。警察にも南雲にも見たままを伝えろ。ただし誰の顔も見ていない。真っ黒な数人の男達に襲われたと言うんだ。分かったな」と男に耳元で囁かれ、用心棒は懸命に何度も頷いた。門の前の組長の車の中では毛利が運転手の頭に拳銃を突き付けていた。二人が出てきたのを確認すると、台尻で殴り倒して車を降りた。

帰りの車の中で、駒井は拳銃使いで名高い倉田を倒した興奮を抑えようとしていたが上手くはいっていいなかった。まだ肩が微かに震えている。毛利が運転をしながら駒井に聞いた。「お前、奴が村下さんを撃って道連れにしないかとは思わなかったのか？」

「勝負に徹している男は、百パーセント負ける戦いはしない。あっさり負けを認めて油断させ、次のチャンスを冷静に待つものだ」

後ろの座席でヌンチャクに付いた血糊を拭き取っていた真介が「駒井はわざと銃口を逸らしてチャンスをつくってやったのだ」

駒井は「倉田がもう一丁ハジキを隠していることが分かってましたんで。どのみち生かしてはおけない奴ですから」と言って肩を竦めた。

毛利は吉井のマンションの近くの公衆電話から電話をかけた。一回目の呼び出し音で吉井が出ると、家族を預かっている男だが、すぐ行くからドアを開けるようにと言って返事を待たずに切った。

真介を車に残し、毛利と駒井がマンションに入っていった。吉井がドアを開けると、毛利は吉井にも聞こえるように「外で待っていてくれ」と駒井に声をかけて中に入った。

洋間のソファーに吉井が青ざめた顔で座った。テーブルにはウイスキーとグラス、アイスバスケットが載っていた。毛利はキャビネットからショットグラスを勝手に取り出し、吉井の前に座ってウイスキーを注いだ。一口で飲み干し、もう一杯満たすと吉井のグラスにも注いだ。「乾杯しよう。新しい東雲組の跡継ぎに」

「どういう意味だ。それより女房子供は無事なのか？」

「もう夜中の一時過ぎだぜ。遊び疲れて夢ん中さ」と毛利は言ってグラスを空けた。吉井は溜め息を吐いて「明日の午後電話するって言ってたのに早いじゃないか」と抗議した。「すべてが順調に行ったんでね。予定が早まったのさ」

「俺はこれから何をすればいいんだ？」

毛利は懐からハンカチで包んだ手紙を取り出し、触らないようにテーブルに置いた。「ここに二通の手紙がある。一通は二週間前、もう一つは一週間前の日付けになっている。封を切って組長の机に入れておくんだ」

「何が書いてあるんだ」

「横浜のある企業からの依頼状だ。一通目は御殿場に娯楽センタービルを建てるので、東雲組が所有しているパチンコ店を言い値で買い取りたいという内容だ。返事は近日電話でお伺いすると書いてある」

「……………」

毛利は吉井が何も言わないので二通目をさして言った。「こっちのは『先日電話した時によい返事が頂けなかったのは非常に残念だ。我々が本気であることを承知されたい。決心が変わらないかもう一度電話する』という内容だ」

吉井は言った。「そんなこと、誰も信用しねえさ」

「組長は今夜死んだ。家に電話してみな。丸山は碓氷峠で転落死、飯島は行方不明だ。これでも信用しないかな？」

吉井は呆然とした表情で目の前の男を凝視した。それが本当なら生き残っている幹部は俺一人だ。新しい跡継ぎとはこのことなのか……。

吉井は呻くように「それで……」と言ったが後が続かなかった。

「警察には、組長から『どっかの間抜けから、うちの店を寄越せという手紙と電話が二回もあったが、どこのどいつか知らねえがふざけたことを言うんじゃねえ。うちには南雲会がバックに付いているんだ。やれるもんならやってみろと怒鳴り付けておいた』と幹部会に報告がありましたと言うんだ」

「そんなこと、すぐばれちまう」

「誰がばらすんだ？　幹部で生き残っているのはあんただけなんだぜ」

毛利は話は終わったとばかりに立ち上がった。そして「そうそう忘れていた。これがあんたの家族が泊まっているホテルの電話だ。家族のためにも頑張ってやることだ」と言ってメモ用紙を渡した。

毛利は出口で振り返り「俺の顔は忘れることだ。夢にも見るな。龍神会はお前と家族をいつでも見張っているぞ」と言って出ていった。

吉井は、あいつら横浜の龍神会だったのか。最後にぽろっと言いやがったと思ったが、それを考えるよりも家族の安否の方が先だと、手にしたメモの番号に電話をかけた。ホテルの受付が出てきたので、書かれている部屋番号に繋いでもらった。かなり長い呼び出し音の後、寝呆けたような妻の声が聞こえてきた。

吉井は安堵で一挙に緊張が抜け、その場にへたり込んでしまった。

マスコミは、この暴力団壊滅事件を大々的に取り上げた。組長が自宅前で用心棒と殺害され、代貸と組員二人が計画的な事故死という、死者が五人の大事件である。さらに若者頭が消息不明なのだ。

警察は内部抗争の線があるとして、幹部で唯一残っている吉井を厳しく追及したが、碓氷峠の事故の時間には病院にいたことが証明され、組長殺害時間は一人で自宅にいてアリバイは証明できなかったが、利き腕骨折では組長と用心棒をやるのは難しく、容疑は薄いとされた。

組長と用心棒殺害の目撃者の組員と運転手は、薄暗がりの中で覆面をした数人の男に襲われて、顔を見ていないと証言をするばかりであった。

家宅捜査で組事務所の佐藤組長の机から、脅迫状まがいの二通の手紙が発見され、その内容に関するらしい電話を組長が受けて怒鳴り返しているのを見たとの吉井の証言もあり、差出人の特定を急いでいるとの警察発表があった。

また碓氷峠の事故を起こした二台のダンプカーは盗難の届けがあった車で、運転手は逃亡して捜索中であると付け加えられていた。

翌日の新聞では、行方不明の幹部飯島三太が何らかの情報を持っているとして警察では行方を追っており、目撃者がいないかを当たっていると書かれてあった。


札幌は夏の観光客が多く、村下真介と友永佐智子の二人連れは彼らに混じって目立たなかった。札幌市内から始まり、小樽、旭川、阿寒国立公園から摩周湖、釧路湿原を四日間で回り、洞爺湖、登別、長万部、昭和新山、大沼公園を経て函館に入ったのはさらに二日後であった。湯の川温泉で二泊して函館山の夜景、五稜郭、大聖堂、啄木碑、トラピスト修道院などを散策した。真介にとって三十年の人生で初めての旅行であり休養であった。おそらく佐智子も同様であったろう。一週間の旅行で、お互いに過去のことは一切触れなかった。大切なのは今であり、将来のことさえ口にしなかった。函館空港での別れの時も、今度いつ会えるかという話もしなかった。佐智子はそれでも幸せな心を抱いて羽田へ飛び立った。

真介は、東雲組壊滅事件の直後、万が一を考えて札幌に飛んでいたのである。「さち」のママが密かに、真介を追って札幌に行ったことを知っていたのは、古河と乾哲二だけであった。

毛利と柳、駒井、古河なども身を隠した方がよいのではないかという意見が内輪の会合で出たが、乾社長の、出店したばかりの金融会社の幹部が突然姿を消したのではかえって目立つという意見で、平常勤務をしながら様子を見ることになった。

まだ東雲組事件のほとぼりが冷めない七月の下旬、乾哲二と早乙女智子の結婚式が挙げられた。事件には関係ないことを強調するためにも、予定通り決行しろとの真介の意見に従ったのである。実行犯の毛利以下幹部達も、慣れぬ式服で参列していた。挙式後早乙女銀次は若い夫婦を呼び、智子の後見として古河を乾商事へ提供すると言った。哲二は喜んで役員として受け入れると申し出た。哲二は真介がいないことに一抹の寂しさを感じたが、式場に一流ホテルでさえ驚くようなトラック一杯の花が届けられ、会場に華やかに飾り付けられた。

寄贈者の名は記されていなかったが、哲二には誰からなのかは分かっていた。

真介は函館で佐智子と別れた後、十月中旬まで札幌に留まった。その後沖縄へ飛んで冬を越し、春になると中国地方、四国を経て関西のいわゆる三都（京都・神戸・奈良）を巡った。夏になると上高地でペンションを借り、一年振りに佐智子を呼んで一週間ほど二人だけの世界を過ごした。佐智子を帰し、夏が終わると、東北の各地を無計画に歩き回り、今度は冬の北海道を経験しようと札幌に舞い戻った。この間、絶えず柳と連絡を取り、東雲事件が難航しているとの報告を受けていた。最近では地元のマスコミも全く報じていないとのことであった。

十一月初旬の午後、真介の姿は大通り公園にあった。日本中を回ったが、札幌が一番合う。本格的な冬の訪れを告げる寒風が木の葉を巻き上げ、ハーフコートの中で自然に肩が竦んだ。夏の観光シーズンもいいが、冬将軍到来を街全体が身構えているような雰囲気も味わいがある。時計台にでも行ってみようと見当を付けて道を曲がってみたが、一本早かったようだ。大小のビルが、お互いを支え合うように林立していた。ままよと歩いていると、一軒の細身のビルの二階の窓に、喫茶店売りたしという張り紙が目についた。真介は何となくそのビルの細い階段を上っていき、「クローズ」という掛け看板がぶら下がったガラスドアを押してみた。十坪ほどのフロアーの右のカウンターに、中年の男女が腰掛けている。振り向いた二人に「表の張り紙の件ですが」と真介が話しかけた。「あら、それはそれは。こちらへどうぞ」と女性の方が傍らの空いた椅子を指さした。真介が腰を下ろすと男の方が口を開いた。「私はこのビルの持ち主で、こちらは喫茶店のママです。貴方は？」

「私は神奈川の人間なんですが、札幌へ移り住もうと考えていましてね。何か商売をしようと考えていたのですが、たまたま二階の張り紙が目に入りまして」と言って真介は、めったに使わない名刺を差し出した。家主は、こんな若造がビル街の店を持てるはずがないと思ったが、名刺の「乾警備保障株式会社　北条新輔」の肩書きに目を留めた。副社長である。これなら有望かもしれないと考えた。

真介は「私はその名刺の小田原という所で会社を共同経営しておりますが、健康上の都合で現場を退き、空気のいい所で静養するつもりなのです。遊んでいても仕方がないので、先ほど申し上げましたように、体に無理しないような商売なら喫茶店がいいかと考えたのです」と丁寧に説明した。

「私はこの店のオーナーなのですが」と女性が話に割り込んだ。「健康を損なわれてできる仕事ではありませんことよ。お一人でなさるおつもりなの?」「いいえ、実際の切り盛りは婚約者にしてもらうつもりなんです。私は金を出すことと、ちょっとした手伝いをする程度と考えているのです」真介は考えてもいなかったことがすらすらと口をついて出てくることを不思議に感じていた。哲二との長い付き合いで、営業的な口から出まかせが上手くなったようだ。

女性の方はこれで納得したようであったが、家主の方はなお釈然としない顔つきをしていた。それと察した真介は「私が気に入りさえすれば、会社の方からすぐにでもお金が振り込まれます。その名刺の会社に電話して、社長に問い合わせてみて下さい」と提案した。家主はちょっと考える振りをしてから「では失礼ですがそうさせてもらいます」と受話器を取り上げた。

真介が煙草を取り出して様子を窺っていると、電話は女子事務員が取り次いで、哲二に回されたようであった。

「あっ、社長さんですか。突然のお電話で失礼します。私は札幌で貸しビル業をやっている者なのですが、お宅の会社の副社長さんの北条新輔さんとおっしゃる方がおいでになりまして、店を買いたいとおっしゃっておられますが……いえ、二階の一店舗だけですが……、えっ、ビルごと買いたいとおっしゃるんですか？　それはその……。はい代わります」と言って家主は恐縮しながら受話器を真介に渡した。

「哲二か？　俺だ。しばらく札幌で暮らすことにしたよ。佐智子名義で喫茶店を借りるつもりなんだ。ビルごとなんか要らんよ。マンションも借りるので、取り敢えず二千万円ほど俺の口座に入れておいてくれないか」

「何だ藪から棒に。金はともかく札幌にケツを据えて所帯を持つつもりなのか？　俺が寂しくなるじゃあねえか」哲二は気落ちしたように言った。

「年に二、三回はそっちに行くよ。お前だけじゃあ心配だしな」

「なあに、あそこまで叩いてくれりゃあ後は楽なものさ。年内には御殿場にも店を出すし、次はいよいよ熱海さ」と哲二は言い、声を落として「それに例の方だが、警察も目下お手上げの状況でな、当面は心配ないぜ」と続けた。

「あまり事を急ぐなよ。また何かあったら連絡をくれ。トラブルの対処の仕方は毛利や駒井達には教えてあるから、手に負えなきゃあいつらでも呼んでくれ」

「分かった。じっくり骨休めをしてくれ。金は今日にでも手配をしておく。じゃあな」

真介が受話器を置くと、聞き耳を立てていた家主が言った。「北条さんは社長さんを呼び捨てにする仲なんですか」

「先ほど共同経営者と言ったはずですが。遠い親戚で同い年なんです」

「ではこの警備会社の保証で契約して頂けるわけですね？」

「それにもう一つ。私は今、駅前の札幌グランドに泊まっておりますが、マンションを探していますので、それも世話をしてもらえれば手数料を払いますが」

家主はそれこそビルごと買える二千万円の送金を簡単に言う、思いがけぬ飛び込み客に破顔一笑して言った。「すべてお任せ下さい」


十一月中頃には大通り公園を見下ろす瀟洒なマンションに佐智子を迎え入れた。彼女は湯河原の店を畳むと飛ぶようにやって来た。見知らぬ土地であっても、小さな店であっても、真介と一緒にいる幸せには及ぶべくもなかった。

マンションも喫茶店も友永佐智子名義で買い取り、佐智子は家と店の改修に生き生きとして働いた。喫茶店は年末に開店できた。小さいが洒落たインテリア、客あしらいの巧みな美人ママ、無愛想だが哲二仕込みの旨いコーヒーを出すマスターに、喫茶「さち」の評判は上々で客足はよかった。

一九七五年(昭和五十年)春

乾商事の業績は順調というよりも急速に伸びていた。哲二は税理士、会計士をヘッドハンティングしてきて体制を固め、弁護士事務所と高額で契約して法的な戦略を進めていった。御殿場戦争の翌年には、熱海、伊東、修善寺、下田の主要市町に「ローン乾」を開設し、年末には熱海と修善寺に警備保障会社と貸しお絞りの拠点も設置した。

「ローン乾」の出店に目立ったトラブルはなかったが、警備会社は熱海のやくざ組織南雲会とまともにぶつかることになった。最新のセキュリティー機器、きめ細かい巡回、万が一の補償を含んだ契約料は南雲会のみかじめ料よりかなり安く、旅館や土産物店、遊興店などが次々と加盟していった。当然南雲会の収入に打撃を与えたのである。

南雲会の幹部も手をこまねいていたわけではない。代貸の命令で、みかじめ料を払わない旅館に若い者を送って脅しをかけたが、三分と経たずに警備の巡回車が現れ、続いて屈強な警備員をわんさと乗せたワゴン車が到着し、たちまち追い返されてしまった。相手は合法的でしかも力があった。いかんともしがたかったのである。

さらに南雲会を震撼とさせたのは、南雲の経営するレジャービルの近くに、関東の企業が大規模なレジャービルを建設するらしいということと、繁華街のど真ん中に豪華キャバレーができるという情報であった。不動産関係で調査してみるとどうも事実のようで、レジャービルはパチンコ、スロットル、ボーリング、ゲームセンター、ビリヤード、室内ゴルフの他にサウナ付きという巨大な総合レジャーセンターらしかった。キャバレーは既に用地買収も済んでいた。聞き慣れぬ社名や個人名で密かに進められていたので気が付かなかったが、調査の結果、バックは乾興業という会社であった。頭を痛めている警備会社と同系の乾商事の子会社である。

合法的な会社であるから企業進出ということになるが、南雲会にとっては公然たる縄張り荒しに他ならない。


昭和五十年の正月。南雲会長は新年の幹部会で檄を飛ばした。

「乾商事という会社にかなりの打撃を被っているが、本業の売春、麻薬、賭博、ノミ屋の上がりが順調なので、資金的には揺るぎがない。それよりも、熱海から伊豆半島にかけての随一の、関東でも名のある南雲会が、堅気の会社にいいようにされては全国の組織から笑い者になる。面子を失ったら、この先やくざとしては生きていけぬ。乾商事には、本当のやくざとはどういうものかを知らしめる必要がある。組織の名誉と存亡にかけて乾を阻止せよ」

というものである。手段は選ぶなとも付け加えた。新年のお祝い気分など微塵もなかった。形ばかりの宴会の後、早速実行計画の会議に入った。

乾哲二の方針は柳を通じて真介にも伝えられていた。真介はやくざのやり口は心得ているので、以前から哲二には急ぐなよと伝えてあったが、どうも聞く耳を持たないようであった。正月の三日が過ぎて真介は哲二に電話を入れた。

挨拶もそこそこに「哲二。事業拡大は分かるが何をそう急いでいるのだ。お前の性急さは今に始まったわけじゃあないが相手を考えろ。南雲はこれまでのような半端な組織じゃあないぞ。こういう世界に詳しい古河さんの意見をよく聞くことだ」と諭すように言った。

「確かに古河もそんなことを言っているよ。だがな、お前が命懸けで突破口を開いてくれた仕事なんだ。それで遠くへ離れざるを得なくなったんだ。何としても早く開拓して、お前のやってくれたことに報いて呼び戻したいのだ」

「相手はプロの集団だぞ。何を仕掛けてくるか分かったもんじゃあない」

「だがな、今は時流に乗っているんだ。流れに乗った時には一気に行くのが商売の鉄則なんだ。真介、商売は俺の担当だ。任せておけって!」

そこまで言われては真介も説得は無理だと悟った。「分かった、もう言わぬ。だが対策は取っておきたい。古河さんと駒井か毛利を寄越してくれないか」

「うむ、そうまで言うなら二、三日の間に行かそう。じゃあな。彼女に宜しく伝えてくれ。それから真介、新年おめでとう」

二日後の夕方、古河と駒井がやってきた。千歳空港に降り立った彼らは、一面の雪化粧に感嘆の声を上げた。迎えに出た真介との再会は一年半振りになる。

古河の頭に、いくらか白髪が混じり始めていたが、駒井は変わりなかった。

「わざわざ迎えに来てもらいましてすみません」と古河は恐縮して言った。

タクシーで札幌へ向かう途中雪が降り出し、真介は自分の車で来なかったことを正解だったと思った。まだ雪道の運転には自信がなかったのだ。すすきのの小料理屋に着く頃には吹雪混じりとなっていた。奥の小さな座敷に通され、毛ガニや銀鱈で飲み始めた。

「村下さん、熱海は難しい局面になってきました」と古河が言った。

「うむ、ローン会社や警備会社は許せても、レジャービルを目の前に造られては南雲会も笑ってはいられまい」と真介。

「やくざの面子がどんなものか、社長はちょっと甘く考えているようで」と古河は顔を曇らせた。

「戦争を仕掛けてくるでしょうな」と駒井は他人事のようにさらりと言った。

根がやくざの駒井は、組織の本質が分かっているのだ。真介は「合法的に進出しているのだから、こちらから戦争を仕掛けるわけにはいかない。まずは守りを固めることだ。奴らのことだ。いきなり頭を取りに来ることも考えられる。古河さん、哲二の身辺警護に万全を期して下さい」

「今、防弾車を手配してあります。どこかのやくざが発注したベンツがありまして、親分が急死してキャンセルになったやつです。来週にでも入ってきます」

「それはよかった。それには常に腕の立つ者を同乗させておいて、二、三人乗せた護衛車をへばり付かせたいな」

「社長には沢井を付けます。護衛車には私が乗ります」と駒井は答えた。

「いいだろう。それから奴らとしては、以前とは違って本格的に乾警備の契約旅館か遊戯場に仕掛けてくると考えられる。巡回車をいくらこまめに回しても限界がある。防ぎ切れるものではない」

「私もそう思います」と古河は同調した。

真介は頷きながら「やられたら、即座に補償金を支払うことだ。多めの見舞い金を添えてな。契約者へは信用と安心が第一だ。奴らとしては小さい所ではなく、影響の大きい大手を狙うに違いない。大手のめぼしい旅館に監視カメラを設置して攻撃者の写真を撮れるようにしておくんだ。犯人が分かっても警察には知らせない。奴らは堅気の人に恐怖心を与えることが狙いなんだ。逆に奴らに恐怖心を植え付けるようなやり方で、徹底的に報復するんだ。影の部隊の出番だ。それから……」彼らの話し合いは深夜まで続けられた。

戦争は二月に始まった。まず、ある老舗旅館の玄関に火炎瓶が数本投げ込まれ、フロントが燃えて従業員が一人火傷を負った。同時刻にレストランが襲われ、手に手にバットや鉄パイプ、斧を持った数人の男が、店内をめちゃめちゃに破壊した。このレストラン襲撃で死者が出た。通報で乾警備保障のワゴンが到着し、警備員と乱闘になった時に、襲撃者の一人が拳銃を発砲したのである。数発のうちの一発が警備主任の首に命中し、ほとんど即死であった。

乾警備保障では、即座に両店の修理・休業補償を完璧に行った。犯人については、警察も殺人事件でもあり、南雲会を厳しく追及したが、幹部にはすべて完璧なアリバイがあり、知らぬ存ぜぬを押し通して実行犯を出そうとしなかった。

レストランには、監視カメラが乾警備保障によって巧みに隠されたところに設置してあり、警察が検証をする前に外されて乾商事の影の部隊に持ち込まれていた。三日後の深夜、南雲会の事務所の前で車の急ブレーキの音がして、入り口のガラス戸が割られた。組員が飛び出してみると、路上に大きな菰包みが転がっていた。開けてみると、警備員を射殺した組員の死体であった。全身の骨という骨が砕かれた無残な姿である。南雲会では、旅館に火炎瓶を投げ込んだ男も行方不明となっていて密かに探していたのであるが、この件でもう生きてはいないことを悟った。

南雲は驚きを隠せなかった。相手は表向きは堅気の会社で、仕掛ければ弱気になると踏んでいたのだが、案に相違して一人が殺され、事務所の前にこれ見よがしに投げ捨てられたのである。それも見るに耐えないほどの拷問を受けて殺されたのである。敵は受けて立ったのだ。緊急幹部会で南雲は声を荒げた。

「いったい奴らは何者だ。一人殺って二人殺られたんじゃあ計算が合わねえじゃねえか！」七人の大幹部達は下を向いた。「堅気の会社がやることじゃあねえ。どっかの組織とつるんでやらせているに違いねえ。誰も心当たりがねえのか」

沈黙の中、末席から「宜しいでしょうか」という遠慮がちな声がした。長谷川竜造という最近幹部に取り立てられた男で、四十歳手前の学士崩れの男だ。

「長谷川か、遠慮なく言え」

「では」と先輩幹部に遠慮がちに頭を下げて話し始めた。

「昨年、会長の命で乾商事を調べましたが、詳いことは分かっておりませんでした。その後も気になっておりましたので、引き続き私立探偵に調査させておりました。その報告書が先ほど届きました。会議直前でしたので兄貴達にはまだお見せしておりません。ざっと目を通したのですが興味深い内容になっております」と言って長谷川は懐から書類を取り出した。

「見せてみろ」と代貸の久田正則が手を伸ばした。

南雲会長は「皆に分かるように説明せい」と長谷川に命じた。

「社長の乾哲二は今年三十三歳になりますが、十二、三年前に乾商事という貸しお絞りの会社を興し、二年ほどして警備会社をつくりました。乾は解散した桜会の赤城相談役以下数名を引き取って主力の社員としています。今は興行会社、サラ金会社も持っております。前回の調査では、彼らが特にやばい仕事の仕方をしている点は見出せませんでした。そこで今回は、社員の素性を集中的に調べさせましたが、ちょっと気になることが二、三出てきました」長谷川はここで言葉を切り、反応を確かめるように一同を見回した。

「その一つですが、乾商事発足時に村下真介という共同経営者がいたのですが、すぐに名前が抹消されておりまして、その後表には出てきておりませんので調査対象からは外してありました」

聞き慣れぬ名前が出てきて全員が聞き耳を立てた。

「探偵の話では、常に乾に影のように張り付いていた男が確認されております。私はこの男が村下真介と考えております。用心棒的な存在で、かなりの空手の使い手らしいです。さらに乾商事の経歴を詳しく調べますと、幾つかの共通点があることに気が付きました。前にも述べました桜会は、その柱的存在の弓長や主な組員が再起不能の重傷を負ってから解散しております。それから東雲の佐藤組長やうちに届けられた組員が、すべてハジキやヤッパでなくて撲殺されております。おそらく空手じゃあないかと思います。私には偶然の一致とは思えないのです」

「じゃあ長谷川は、どっかの組織じゃなくて、その男が仕組んだというのか。一人でやれる仕事とは思えねえが」と久田が首を傾げながら言った。

「後を続けさせて頂きます」と長谷川は言って書類に目を戻した。「もう一つ見逃していたことがあります。乾が早乙女銀次親分の孫娘と結婚していることは皆さんもご承知の通りですが、その時に親分の所で草鞋《わらじ》を脱いでいた古河清三という男が乾商事に預けられていたのです」

南雲会長が何かを思い出すかのように腕を組んで宙を睨んだ。

「そういえば、銀次の所に目端の利いた渡世人がいたな。確かそんな名前だった。しばらく噂を聞かねえと思ったら、そんな所にいたのか」

久田が言った。「要するに、乾商事の正体の知れぬ空手使いと、早乙女親分の舎弟がくっ付いているというわけか。それに桜会の元組員。なるほど、それだけ揃えばバックがなくても奴らだけで戦争ができるということか」

「うむ、もしそうなら」と南雲は身を乗り出し「組織がバックじゃないとなりゃあ手の打ちようがある。村下と乾を取れば後は何とでもなる」

長谷川が報告した。「村下の行方が掴めていないのです。東雲組の事件の直後から、もう一年半も行方を絶っております。ほとぼりが冷めるまで高飛びしていると考えられます」

「頭さえ取ってしまえば、奴は姿を現すさ」と南雲がニヤリとして言った。

「それは私が」と久田が手を挙げた。


二月の下旬、哲二は午後から孤児院の慈恵園にいた。県の予算の関係で、廃園になるという噂を聞きつけたからである。園長の話では、老朽化した建物と設備の改修費、年間数百万円程度の維持費の予算が県では立てられず、三月末で廃園になる予定とのことであった。園長は寄付があれば存続できるのだが、このご時世ではそんな篤志家もおりませんしねと寂しそうに語った。

哲二は即座に建物と設備改修に一千万円の寄付を約束し、基金を設立して毎月三百万円の維持費を提供することを申し出た。園長は、あの暴れん坊の哲二が、恩を忘れずに慈恵園の救済主となったことは、人生最高の喜びであるということを何度も繰り返し、涙を流して哲二の手を離そうとしなかった。

哲二は園を辞すると、車を蒲鉾の老舗の本店に向かわせた。本社工場を含む全支店のセキュリティー契約が成立したので社長に挨拶に行くのである。沢井守が運転するベンツの助手席には柳が乗っていた。すぐ後ろの護衛車には、駒井俊、佐藤武、高橋敏彦の、影の部隊三人が乗っている。国道一号線に入って間もなく、一台のクラウンが護衛車を追い越し社長車に並びかけた。駒井がやばいと思った瞬間、車の前後の窓が開き、拳銃とショットガンが突き出された。

それに気付いた柳が「会長、伏せて！」と叫ぶと同時に銃が火を吹いた。猛烈な連射であったが、ベンツの防弾設備は見事に役目を果たした。防弾ガラスは幾つかの傷をこしらえたものの弾を跳ね返し、ボディーの内側に張られたケプラーの防弾シートが弾をくい止めた。護衛車を運転していた佐藤武がクラウンの後ろに体当たりをくらわせた。襲撃車は反動で反対車線に飛び出し、対面からきたライトバンに衝突してくるりと反転して止まった。駒井ら三人はすかさず車から飛び降り、ドアを盾にして拳銃を撃ち始めた。その間に沢井は、社長車を日頃の手はず通りに猛スピードで現場から走り去らせた。

駒井の一弾が、襲撃車から出てきたショットガンの男のこめかみに命中し、ぱっと血飛沫《しぶき》が舞って体がふっ飛んだ。後から降りてきた二人の男と猛烈な撃ち合いになったが、彼らは不利と見たか再び車に飛び乗った。佐藤の弾がフロントガラスを突き破って運転手のどこかに当たったらしくのけ反るのが見えた。

しかし男は体勢を立て直して車を発進させ、反対方向に逃走していった。

後にはショットガンの男が残されていた。弾は頭の骨で弾き返されたようで、気を失っていただけで息はしていた。駒井が「奴のショットガンを取れ」と言って振り向くと、高橋は車体に身を預けて座り込んでいた。首から血が流れ出ており、開いたままの目には既に光はなかった。駒井はがっくりと膝をつき、近付いて来るサイレンの音も耳に入っていなかった。


警察は旅館やレストランの襲撃事件で、乾警備保障と対立関係にあることから南雲会を厳しく追及した。会長を重要参考人として身柄を拘束したが、有能な弁護団は、保釈金を積んで処分保留のままの仮釈放を勝ち取り、持病の内臓疾患再発を理由に南雲を熱海の病院に入院させて面会謝絶にしてしまった。間もなく南雲会の準幹部クラスの男が、怪我をした運転手と出頭してきて、撃たれて入院している男と三人で襲撃したと自白した。乾に対する個人的な怨恨で、組には無関係と主張したのである。

駒井俊と佐藤武の二人は、拳銃の不法所持と殺人未遂で逮捕されたが、警察では黙秘を続け、一切口を開かなかった。

乾哲二も参考人として調べられたが、何で狙われたのかさっぱり分からないと繰り返し、弁護士に引き取られて釈放された。

この事件は、ただちに柳から真介に伝えられた。哲二が無事であったことで真介は一安心したが、今後のことを考えると高橋を失い、駒井と佐藤が逮捕されたことは大きかった。暴力団相手とはいえ、二、三年は刑務所から出てこられないであろう。電話を代わった古河が、南雲会も警察からマークされているので、当分はおとなしくしているだろうと言ったが、真介は何か釈然としないものを感じており、油断は禁物であると古河をたしなめて受話器を置いた。


南雲は豪華な病室に大幹部を集めた。「これまでどこの組織からも何も言ってこないということは、代貸の言うようにバックはないと見ていい。しかしなぜ乾を取れなかったのだ」と南雲は久田正則を睨み付けた。

「防弾車を持っているとは思っておりませんでした」と代貸は唇を噛んだ。

しかし失敗は失敗である。このままでは代貸の地位も危なくなる。

「もう一度やらせて下さい」と久田は頭を下げた。

南雲は代貸に鋭い目を向けたまま言った。「事件を起こしたばかりで、この時期に、やばいじゃねえか」

「だからやるんです」と久田は訴えた。「警察でも、まさか即我々が打って出るとは考えていないでしょう。乾も同じです。それに今度はうちに関係のない奴にやらせるのです。私の大阪のダチが、金は高くつくがフリーランスの腕の確かな連中を知っていると言ってくれております。我々が完璧なアリバイをつくっている日に、そいつらにやらせるのです。これまでの乾の出方を見ていると、乾が生きている限り奴らはうちのシマから撤退することはないと考えます。

前の会議でも言いましたが、頭さえ取ってしまえば、我々があくまでも本気だということで、乾商事は撤退すると思います」

南雲はしばらく目を閉じて考えていたが「よかろう。今度は失敗は許されんぞ。そうなったらお前の命もないものと思え」と言って決断を下した。


三月。小田原城の桜が見頃となり、休日ともなると一号線からお城にかけて車の渋滞が出るほどの賑わいになる。この日は平日で通勤時間帯前なので道路は比較的空いていた。乾哲二は接待ゴルフの予定が入っており、小雨がぱらついていたが問題はないと判断し、約束のゴルフ場に向かった。

運転手の沢井は「久し振りの外出ですのに、あいにくの天気ですね」と気の毒がった。同乗していたのは、興行部の次長で今度できる熱海の新キャバレーの店長になる予定の金沢である。そのマンモスキャバレーの建築を請け負うことになっている会社による接待であったので、金沢を同伴したのである。後続の護衛車には、逮捕された駒井と佐藤に替わって、毛利と橋爪良二、そして一年ほど前に採用した元自衛隊員の鎌田充男が乗っている。

沢井は不審車がいないかを確認しながら、車を二五五線に向けた。酒匂川を渡り切った所で、護衛車の後に付いていた大型の冷凍車が加速してきて追い越しをかけ、社長車との間にウインカーもつけずに割り込んできて急ブレーキを掛けた。護衛車を運転していた橋爪は、あっと叫んでブレーキを踏んだが激しく追突してしまった。毛利は衝撃で前のめりになりながらも、トラックのあまりにも無謀でわざとらしい運転に不審を感じた。素早く車から飛び降り、歩道に降り立って社長車を見た。沢井も異変に気付いたらしく、百メートルほど前方で路肩に車を止めていた。その時毛利は、社長車の反対車線の右側の丁字路から、巨大なショベルカーが現れるのを目にした。「沢井、車を出せ!」と叫びながら毛利は走り出した。ショベルカーはスピードを上げて社長のベンツの横腹に突っ込んだ。車は路肩の電柱とショベルに挟まれてくの字に折れ曲がった。ショベルカーはいったん数メートル後退して再度突っ込んだ。今度は後ろの座席を狙ってのものであった。鉄の塊のショベルの歯が座席に食い込み、車体は歩道の手すりに挟まれてアコーディオンのようになった。毛利は走りながら拳銃を抜き、運転席を狙って発砲しようとしたが、まだ数十メートルも先では役には立たぬことに気付き引き金は引かなかった。ようやく車に到着した頃には、運転手は逃げ去っていた。ベンツは車の体をなしていなかった。本来の半分以下に押しつぶされ、鉄屑の塊になっていた。

「社長！」と絶叫したが空しさが込み上げてきた。駆け付けてきた鎌田に「救急車を呼べ！」と命じて中を覗き込んだ。折れ曲がった鉄やシートに血が飛び散っており、衣服らしいものも見えたが誰の物かも分からなかった。鉄板を引っ張ってみたもののびくともしない。橋爪も駆け付けてきたが、呆然と立ち尽くすのみで手の施しようがなかった。やがて救急車が来たが、中の人間を引っ張り出すことは無理と見てレスキューを要請した。レスキュー隊はすぐ到着したが、車体を焼き切って人を救出するのに三十分以上もかかってしまった。

金沢次長は人間の体とは思えないほど無残に千切れていた。沢井は首の骨が折れているらしく、担架に乗せられる時に不自然に曲がっていた。二人とも死んでいることは明らかであった。哲二の体は衝突の反動で、運転席とバックシートの間に挟まっており、救出に手間取ったが微かに息はしていた。救急車には毛利が乗り込み、病院に着くまで「糞ったれ！」と叫んでいた。病院では外科、内科、麻酔科などすべての医療班が駆り出され、ただちに手術に取り組んだ。

急な知らせで女房の智子、古河、柳などの幹部が駆け付けた。手術は夜中まで続けられ、十時間以上にも及んだ。手術が終わっても容体は依然危篤状態であり、集中治療室に収容された。医者は智子の質問に、手を尽くしたものの助かる確率は低いと疲れた表情で語った。

古河からの連絡で、真介も飛行機と新幹線を乗り継いで駆け付けてきた。真介は、南雲会の監視もあると考え、救急隊員の服装でマスクを着けて裏口から入ってきた。あくまで冷静な男である。詰め掛けている警察官も気付かなかった。真介が到着したのは真夜中近くで、哲二が集中治療室に運ばれた二時間後であった。智子は気が張っていて男達にてきぱきと指示をしていたが、真介の顔を見るとわっと泣き出し、控え室のソファーに崩れ落ちた。真介は彼女の世話を柳に託し、古河と毛利を呼んで哲二の病室に入った。

「村下さん、本当に申し訳ありません。油断するなと言われておりましたのに」と古河は頭を下げた。毛利も「俺が付いていていながら……。沢井と金沢が殺られてしまいました」と無念そうに唇を噛んで下を向いた。

「済んでしまったことは仕方がない。それより症状を聞かせてくれないか」

古河の説明によると、哲二の体で無事なのは首と左腕だけで、頭蓋骨陥没骨折、鎖骨、肋骨、右腕、骨盤、両足が骨折しており、肋骨の折れた骨が肺と腎臓に刺さっていて、胃と肝臓には出血があるということであった。今のところ脳には出血がないが、今後のことは分からないという。要するに機械で辛うじて生きているということなのだ。

真介は暗い気持ちになったが、生きてさえいれば、現代の医学で何とかなると気を持ち直した。「毛利、治療室と控え室に目立たぬように見張りを置け。哲二が生きている限り、また狙われる恐れがある」

毛利は「手配してあります」と答えた。控え目なノックの音がして、しなやかな体つきの三十手前の男が、紙コップを載せた盆を持って入ってきた。「コーヒーをどうぞ。柳さんに持っていくように言われました」

毛利は「ちょうどいいところに来た。紹介しておきます。この男は鎌田充男といいまして、一年ほど前に入ってきた者です。元自衛隊員で警備会社の調査部に入れました」

調査部とは、真介が組織した影の軍団のことで、便宜上警備会社に部署を置いてあるのだ。真介は頷いて「村下です」と自己紹介をした。鎌田は微かに目を輝かせた。初対面ではあったが、まるで神のような人と仲間から聞かされていたのだ。

「自衛隊ではどこに所属していたのかな?」と真介が聞いた。

「はい、空挺特殊部隊です。一般にはレンジャー部隊と言われておりますが」

真介は鎌田の体を見直して納得した。無駄な肉が一切付いていない。

「じゃあ武器の扱いや格闘技の心得もあるわけだ」

「侵入、破壊工作、偵察などの技術もです」と鎌田は胸を張った。真介は「嬉しいね」と言って何事か考える顔つきをした。

コーヒーを飲み終わると「毛利さん、しばらく彼を預からせてくれませんか。役に立ってもらいたいことがありそうなんです」と真介が言った。

「どうぞ遠慮なく。貴方の部下なんですから。鎌田、聞いたな」

「はい、光栄です」と元レンジャー隊員は自衛隊式に敬礼をした。

哲二は一週間で二度危篤状態になったが何とか持ち直した。二週間後に意識を回復したが、といっても酸素マスク越しに薄目を開けただけである。智子や古河が声をかけてもほとんど反応しなかったが、真介の声には目に力が宿った。真介は夜中は一人で看病をした。哲二が目を覚ますと耳に口を寄せて励まし、眠ってしまうと無事な方の左手を握り締めて朝まで離さなかった。まるで真介の生気を流れ込ませるように。

朝になると真介は、鎌田を連れてどこかへ出掛けていき、深夜に人目を避けて病室に戻ってきた。毛利はうちのボスはいつ寝ているのだろうかと不思議でしょうがなかった。恐るべき精神力、体力である。

ある日智子は古賀にぼやいた。「うちの人は、私が声をかけても何も反応しないのに、真介さんにだけは嬉しそうな目つきをするのよ。夜は手を握り合って離さないし、あの二人はおかしいんじゃないの」

「お二人は貴方より付き合いが古いのですよ。孤児の時代からです。二人の絆は何よりも深いのですよ」と古河は説明した。

「男同士の仲には、女の入る場所はないのかしらね」と智子は溜め息を吐いた。

警察は二度にわたる乾社長襲撃事件を重く見た。南雲会を追及しようとしたが、南雲は事件の三日前から、長谷川竜造だけを留守番に残し、幹部達を引き連れてラスベガスへ旅行していた。ようやく帰ってきたのは、事件後一週間も経ってからで、帰国そうそう警察の取り調べを受けた。彼らは寝耳に水の出来事で、気の毒としか言いようがないと繰り返すのみであった。代貸は、乾商事は急激に事業を拡大してきたので、他にも恨みを抱く者が多いのではないかとコメントをした。県警では南雲会の仕業に違いないとは見ていたが、何一つ確証が掴めず、ショベルカーと冷凍車の運転手の行方を追うことしかできなかった。長谷川も、事件が発生した時刻には、伊豆のゴルフ場のスタートホールに立っていたことをキャディーが証明しており、完璧なアリバイが確認された。

南雲が帰国した時は、哲二は危篤状態で生死の行方は分からなかったが、殺し屋はいい仕事をしたと評価していた。代貸も幾らか面子を保ち、乾商事の熱海進出も頓挫することを確信していた。

哲二の酸素マスクが外され、スープ程度が口にできるようになったのは五月に入ってからであった。が、まだ話すことはできず、左手で不自由に書いた最初の言葉は「真介ありがとう」で智子を落ち込ませた。しかし医者が危機は脱したと診断したので、これまでの重荷がすっと軽くなった。

ゴールデンウイーク明けに真介は、乾商事の本社ビルに幹部を集めた。古河、柳、毛利を前に、これまで考え抜いてきた方針を伝えた。

「哲二が襲われ、会社創設以来のメンバーである沢井と金沢を失った。駒井も佐藤も刑務所だ。

しかし乾商事の熱海進出は哲二の願望であるし、貴方がた三人が中心となって進めてもらいたい。俺は哲二との約束通り、南雲会という障害を排除する。哲二と死んだ沢井、金沢、高橋の復讐の意味もある」

「それはないでしょう。私も敵討ちに加えて下さい」と古河が真っ先に異を唱えた。毛利も続いて「俺達は一心同体でやってきたんです。なぜ俺達を抜くんですか」と詰め寄った。柳だけは何かを思い詰めるような顔をしていた。「柳だけは俺の考えが分かっているようだな」

毛利は柳を見て聞いた。「どういうことなんだ?」

「村下さんが言いたいのは、会社は昔とは違うということです。乾商事は今や三百人を超す企業です。我々が復讐戦に加わり、死んだり捕まったりしたら、誰が社長を助けていくのでしょうか。南雲も同じ考えで、幹部に実行させて逮捕されたら、警察に潰されることを承知しているのです。そうならないように外部の殺し屋にやらせたのです」

「なるほど、もっともなことだ。じゃあ俺だけが付いていこう。元はといえば俺はやくざ育ちだ。会社の経営なんざ柄ではないんだ。後は古河さんと柳に任せる」と毛利は言った。

「いや、毛利さんも残って頂きたい」と真介は諭すように言った。「乾商事は今後も発展しなければならないんだ。これからも綺麗事では済まされないことも多いと思う。毛利さんは俺の後継者となって障害を排除してもらわなければならないんだ。駒井がいない今、貴方が頼りなんです」

「でも」と言いかけた毛利を制し「もう決めたことだ」真介はきっぱりと言って討議を打ち切った。こうなると誰も反論はできない。

「奴らは殺し屋を使って本気であることを我々に示した。今度は俺の番だ。本当の戦いとはどういうものかを思い知らせてやる。皆にも手伝ってもらわなければならないことがある。計画はこうだ……」


南雲は上機嫌であった。事件後二カ月以上経ったが、懸念していた他の組織の動きもないばかりか、乾商事から古河が和解を申し入れてきたのだ。

「代貸、思い通りの展開になってきたぞ。和解といっても実質は陳謝したいのだと古河は言っている。場所はこちらの指定する所でいいそうだ」

久田も会心の笑顔を浮かべた。この襲撃計画が失敗すれば代貸の地位だけでなく命も危なかったのだ。勝負した甲斐があった。大きな実績を上げたので、子供のいない南雲の後釜はこれで磐《ばん》石《じゃく》である。

他の幹部も一様に笑顔を見せていたが、長谷川だけはもう一つ浮かぬ顔をしていた。目ざとく見つけた代貸は「どうした長谷川。まだ何か心配ごとでもあるのか?」と聞いた。

「いえ、そういうわけではありませんが、どうもすべてが上手く運びすぎているような気が致しまして。乾商事との会合で何か仕掛けてこないかと……」

「お前は頭も切れるし度胸もある。心配症なのが玉に瑕なんだ」と代貸は笑い飛ばした。南雲も笑いながら「長谷川、会合場所はうちの縄張りの中だ。場所と時間を当日まで言わなければ、奴らとて何かを仕掛ける時間もないだろう。俺だってまだ決めていないのだぞ」と言った。

「なるほど」とようやく長谷川も頬を緩めた。


六月の終わりに近い月曜日の昼、南雲会の長谷川から乾商事の古河に会見場所が伝えられた。錦ケ浦の「龍園」という中華飯店で今夜の九時ということであった。

真介は古河から場所を伝えられて鎌田と目を合わせた。哲二の徹夜の看病の後、鎌田と二人で南雲の息の掛かった店を調べ回り、何軒かをリストアップしていたのであるが、「龍園」はその一つであったのだ。鎌田は早速地図と店の見取図を持ってきた。「龍園」は五十坪ほどのこぢんまりとした三階建ての店で、南雲の従兄弟の経営である。一階は一般客用で二階は四つの個室があるが、仕切りのついたてを外すと一部屋の大広間になるのである。三階は四部屋からなる社員寮があり、屋上は物干し場となっている。店の左隣に七階建ての貸しビルがくっ付くように建っており、右隣は道路である。

真介と鎌田は見取図を頭に入れると、かねてから用意してあった備品類をフェアレディZのトランクに積み込み出発した。途中熱海の海岸で魚料理を食べた。真介はこれが伊豆半島で食べる最後の魚になるかもしれぬと思いながら、味わって食べた。鎌田もそれと察して静かに食事をした。ゆっくり走ってきたので錦ケ浦に着いたのは七時前であった。鎌田は車を海岸道路から少し外れた、「龍園」の隣のビルが見える場所に止め、ボックスから小さなオペラグラスを出してダッシュボードの上に置いた。貸しビルの明かりが消えるのを待つのである。真介はシートを倒して目を閉じた。どうしても佐智子を思い出してしまう。真介は二週間ほど前にいったん札幌に帰ってきたのである。佐智子に別れを告げるために……。

佐智子は来るべき時が来たと感じていた。この三年足らずの間、あまりにも幸せすぎた。しかし去年の暮れあたりから真介がふさぎ込むことが多くなっていた。

この人は一カ所に留まって、いつまでも喫茶店のマスターに収まっている人ではない。きっかけさえあれば、また修羅場に戻っていくに違いないと思っていたのである。古河からの電話で、乾会長が殺《や》られたと知らされ、飛ぶように行ってしまった時、もう帰ってこないかもしれぬと覚悟していたのだ。

真介が戻ってきた時の顔で、すべてが終わったことを悟った。真介は言い訳をしなかった。

「俺は行かねばならぬ」と短く言っただけである。佐智子は真介の私物をバッグに詰めながら「幸せをありがとうございました」と言ってうつむいた。真介の「すまぬ」という言葉で、涙を抑え切れなくなった佐智子は真介の胸に倒れ込んだ。最後の夜は空が白むまで愛し合った。

真介がもっと優しい言葉をかけてやればよかったと思っていると「明かりが消えましたよ」という鎌田の声で、頭の中から佐智子の姿が消え去った。

真介は起き上がるとビルに目をやった。いつの間にか雨が降り出しており、フロントガラス越しのビルが歪んで見えた。時計は八時をさしている。

「よし行こう」と真介は鎌田に声をかけ、車を降りてトランクからゴルフクラブが数本入ったバッグとボストンを取り出した。鎌田も雑嚢《ざつのう》を肩に掛け、雨の中真介の後に続いた。表通りを避け、誰にも見られることなく二人は貸しビルの裏の非常階段に取り付いた。屋上に着くと真介は、ボストンからケブラーの防弾チョッキを取り出して素早く身に着け、S&Wの拳銃を取り出してサイレンサーを捩じ込んだ。その銃把から繋いだ紐を首に掛け、さらに手榴弾を三個取り出してチョッキのフックに引っ掛け、最後にアーミーナイフを左足首にくくり付けた。

顔に黒い顔料を塗り終えるとゴルフバッグから、ポンプアクション式のショットガンを引っ張り出して弾を確認した。鎌田は雑嚢からロープの束を取り出して傍らに置き、真介の横に腰を下ろした。準備は完了した。後は待機のみ。

古河と毛利が到着したのは九時を少し回ってからであった。橋爪が道路の反対側の駐車場に車を入れていると、男が近付いてきて窓ガラス越しに「乾商事さんですか」と聞いてきた。助手席の毛利が「そうだ」と答えると、男はさっと二本の傘を差し出し「どうぞ」と腰を屈めた。少なくとも教育はできていると毛利は感心したが、古河は二人と運転手以外に誰もいないこと、武器類を積んでいないことを確認するためだとクールにとらえていた。

橋爪を車に残して二人は店に向かった。入り口にもう一人の男が立っており、古河達が近付くとドアを開けて「ご苦労様です」と挨拶をした。傘を持ってきた男は、入り口の男に並んで見張りに立った。一階には六、七人の組員が緊張した面持ちで立っており、二人が入ると、中から責任者と思われる男が進み出て「恐れ入りますが」と言って前に立ち塞がった。男は古河と毛利の体を念入りに探り終わると「失礼しました。どうぞ」と、先に立って右手の階段に向かった。

二階は階段から真っすぐに廊下が伸びており、突き当たりに三階への階段があるのが見えた。左側に部屋があり、二つのドアの手前の入り口に見張りが立っていた。男はノックしてドアを押し開け、首だけのぞかせて「いらっしゃいました」と声をかけた。「どうぞ」という声で二人は部屋に入った。ドアの陰にも男が立っている。真ん中に、長方形の凝った彫刻をほどこしたテーブルがあり、両側に三人ずつ六人の背広姿の男達、一番奥に一人だけ着物を着た初老の男がテーブルと対の濃い朱塗りの椅子に座っていた。組長の南雲仙市である。

一番手前から男が立ち上がり「私は長谷川と申します。こちらへどうぞ」と、南雲と向き合う位置に置かれた二つの椅子へ案内した。

古河は「遅くなりました。私が古河でこちらが毛利です」と挨拶をした。真正面に座っている南雲の右手側の男が代貸の久田正則、左側は若者頭の田宮啓二で、南雲会きっての武闘派と言われている男である。

「ご苦労様です。どうぞお座り下さい」という久田の声に二人は従った。

南雲は上機嫌で「遠いところをよく来てくれた。まずは乾杯といこう」と言って久田に頷いた。久田の目の合図で長谷川が手を叩くと、奥の扉からチャイナ服の三人の女が、手に手にビールとグラスを載せた盆を持って現れた。

代貸の音頭で、両者の友好関係と乾会長の回復を祈る乾杯が行われ、次いで運ばれてきた料理を前に、座が賑やかになってきた。南雲の上機嫌に合わせて友好的な雰囲気であった。

しばらくして南雲が「乾社長は災難でしたな。どこのどいつがやったのか知らんが、怪我の具合はどうかな?」と尋ねた。

古河は「はい、うちは商売柄敵も多いものですから、まだ犯人の見当もついていないんです。社長の容体は一時危篤になったりしましたが、今は安定しております。とはいえまだ絶対安静の状態です」と答えた。

「犯人さえ分かれば、俺が首をへし折ってやるのですが」と毛利が続けた。

北京ダックが出てきて料理も終わりかけた頃「古河さん、そろそろ本題に入りましょうか」と代貸が言った。古河はナプキンで口を拭い身を正した。

「乾商事としましては、熱海でのレジャーセンターとキャバレーの建設計画を断念することに致しました。それからローン乾と警備保障会社及び貸しお絞りの支店は存続させることをお許し願いたいと思っておりますが」

「それは虫がよすぎやしませんか。ローンはともかく警備会社には我々は大きな損害を受けているんだ」と代貸が脅すように言った。

「もちろんその損害は穴埋めさせてもらいます。五千万円の和解金を支払わせて頂きます」と古河が申し出て久田の顔色を窺った。心なし頬が緩んでいた。予想より大きい金額だったのであろう。

「それから今後三つの会社の利益の三十パーセントを提供致します」と古河が言うと、今度は若者頭が口を挟んだ。「それでは納得できません。三十がお宅の取り分だ」

「それでは我々としましてはやっていけません。特に警備会社はシステムと人件費で投資がかさみますので」と古河は言い訳をした。それまでのやり取りを聞いていた南雲が割って入った。

「古河さん。俺は駆け引きは嫌いでな。五十と五十で手を打とうじゃないか。いいな二人とも」

古河は毛利の顔を見てから渋々頷いた。「親分がおっしゃるのでしたら」

二人が「龍園」を辞したのは、それから三十分ほどの後であった。


車が動き始めると、毛利は「龍園」の隣のビルに目を走らせ、グローブボックスから無線機を取り出して報告した。

「今終了しました。二階の倉庫に鴨は七匹入れてあります。扉の中と外には札を一枚ずつ張っておきました。一階の棚にはミートが八キログラムあり、外にも二キログラムあります。以上です」

すぐに「了解」と言う真介のやや緊張した声が聞こえてきた。毛利は「幸運を」と言ったが無線は既に切られていた。

　真介は毛利の情報を見取図に書き込んで頭に入れた。南雲と六人の幹部は二階の個室におり、部屋のドアの外と中に一人ずつの用心棒がいる。一階に八人、表に二人の組員、合計十九名である。大方予想した通りだ。いかに短時間で制するかが、成否を、自分の生死を決める。

「よし、行くぞ」と鎌田に声をかけ、屋上の縁から「龍園」を見下ろした。雨が間断なく降り続いており、屋上に人影は見当たらない。鎌田がロープを投げ下ろした。真介は体のフックにロープを通し身を乗り出した。ロッククライミングの下降方式で難なく隣の屋上に降り立った。哲二を見舞う合間に、元レンジャーの鎌田に、連日訓練してもらっていたのである。

　ロープを外して階下へ通じるドアに走り寄り、チョッキの胸から鍵を取り出して鍵穴に差し込んだ。鎌田はこれまで「龍園」に二度来ている。最初は客として下調べで来ており、二度目は深夜に来て忍び込み、部屋の見取図と屋上のドアの鍵の複製を作ってきたのだ。侵入から実行、退却、必要な武器を、二人で綿密に計画を立ててきたのだ。鍵が問題なく使えたので鎌田はほっとした。

　中に入って真介は暗闇に目が慣れるのを待った。微かな非常灯が階段を照らしている。左手に拳銃を構えて階段を下り始めた。三階の寮には人気はない。一階の調理場にいるのであろう。

　二階への階段の終わりがけに、用心棒が見えた。距離は約十三メートル。真介は拳銃を両手で構えて二発撃った。サイレンサーが軽い咳払いのような音を出した。撃つと同時に真介はすり足で走り、見張りの体が倒れる前に支えようとした。しかしわずかに遅れた。男の膝が床に当たり、コツンという微かな音を立てた。真介は中は宴会で聞こえなかっただろうと思ったが、猶予はないなと感じていた。

長谷川は皆に合わせて笑顔を浮かべていたが、心中は冷めていた。話がどうも予想以上にできすぎているのだ。その時部屋の外で、微かに物音がしたような気がした。用心棒を振り返ると、彼は窓辺に立って外の雨を見ていて気付いていないようだ。気のせいかと思ったが、念のために外の用心棒に確かめてみようと立ち上がり、戸口に行ってドアのノブに手を掛けた。

真介がドアのノブに手を伸ばした時にノブが回った。ドアが開き始めた瞬間体当たりをした。長谷川は激しくドアに頭をぶち当てられて吹っ飛び、後ろの壁に叩き付けられて崩れ落ちた。薄れゆく意識の端に黒い影が飛び込んできた。後の出来事は音のないスローモーション映画を観ているようであった。

黒い影の拳銃の筒先が二度跳ね上がり、窓辺の用心棒がゆっくりと倒れる。

続いて影の体が反転すると両手の中に長い棒が現れ、幾つもの火が吐き出された。半立ちになった幹部達がなぎ倒されている。代貸が拳銃を抜き煙が立ち上った。影は一瞬ぐらりとしたが、すぐ体勢を立て直して棒から火を吹き出させた。代貸の腕が肩の根元から千切れ飛び、さらに腹から赤いものが吐き出された。長谷川は床に横たわったまま、影男の両足の間から音のない世界を呆然と眺めていた。その足の間から、恐怖が張り付いた会長の顔が見えた。何か言いかけて口を開いたが、その瞬間に口が裂け頭が吹っ飛んだ。長谷川は叫び声を上げたが自分にも聞こえない。影がゆっくりと振り向いた。

長谷川の目の前に真っ黒な顔が現れた。悪魔の目をしている。身を捩って拳銃を引き抜いたが、影男の手にした棒で叩き落とされた。その時何かに気付いたように黒い顔が戸口の方に向いた。

真介は部屋の外で擦るような音がするのを耳にした。ドアは開いたままになっている。窓辺で腹を抱えて呻いている男の襟を掴んで立たせると、戸口まで引きずっていった。真介は一呼吸おいてから男の体を廊下に突き飛ばした。

たちまち激しい銃声がし、男の体が踊るように跳ね上がった。真介は片膝をついて身を乗り出し、ろくに狙いもせずにショットガンを放った。一発目は階段を上り切った所にいた男を吹っ飛ばし、二発目は半分身を乗り出していた男の横の、階段の手すりを砕いた。二人はもつれるように階段を転げ落ちていった。

真介は腰を屈めて手すりににじり寄り階下を覗いた。一人が階段の途中の踊り場で倒れており、もう一人の背中が消えるところであった。真介はチョッキのフックから手榴弾を外し、歯でピンを抜いて投げ落としてさらにもう一個追加した。二個の手榴弾は、ゴロゴロと階段を転がり落ち見えなくなった。すぐに部屋に取って返しドアを閉めた。階下でドーンという爆発音が二度起こり、バラバラと壁や天井から破片が剝がれ落ちてきた。これでしばらくは、下から誰も上がってこないだろう。

長谷川の顔の前に再び黒い顔が現れ、下の方が二つに割れて動いた。何か言ったようだが聞こえない。男の手が伸びてきて、長谷川の両頰にびんたをくらわせた。「聞こえるか?」聞こえたので頷いた。「お前の名は?」

長谷川はもつれた舌で「聞いてどうする。墓に花でも供えてくれるのか?」と言った。黒い顔の二つに割れた両端がわずかに吊り上がった。笑ったようだが、餌にありついたハイエナの方がよほど愛嬌がある。

「長谷川、長谷川竜造」

「長谷川竜造か。心配するな、お前は殺さない。乾に手を出した奴がどうなるか、生きた証人となるんだ」と言って真介は長谷川の目を覗き込んだ。

「これから先も乾を襲った奴は、影のような死に神が現れて、そいつの一番大切なものを奪っていくことになる。分かったら復唱しろ」

「乾に手を出した奴は、影が大切なものを奪う」と長谷川はかすれた声で繰り返した。黒い顔は
「よかろう」と頷き、ショットガンの台尻で長谷川の頭を殴り付けた。ようやく地獄から解放され、長谷川は闇の世界へ入っていった。

鎌田はじりじりとしながら待っていた。一時間も経ったかのように感じていたが、実際は数分と経っていない。風雨で銃の音は聞こえなかったが、二度のくぐもった爆発音は響いてきた。ほどなく「龍園」の屋上に黒い影が現れた。体つきからボスに違いない。鎌田は急いでさっきとは違うロープを投げ下ろした。

登りやすいように、三十センチ間隔に瘤がこしらえてある。間もなく真介の顔が現れ、鎌田は手を貸して引っ張り上げると素早くロープを巻き上げた。

雨で濡れる路面をラジアルタイヤはしっかりとグリップし、フェアレディZは快調であった。一三八号線から一号線を経て沼津インターに出、東名に乗った。鎌田はひたすら運転を続けて名神に入り、一度浜松サービスエリアで顔を洗って食事をとり、ガソリンを補給して米原ジャンクションに到着した。そこから北陸自動車道に入る頃には空が白み始めてきた。カーラジオが、深夜の二時頃から熱海の銃撃事件を繰り返し流し続けていた。複数の死傷者が出たようで、現時点では動機や犯人は特定できておらず、国道や近辺の高速道路に非常線が張られていると繰り返し報じていた。

米原から三十分ほど走って敦賀インターで降り、二七号線の途中のコンビニでパンとコーヒーを買い、国道脇のモーテルに入った。鎌田がテレビをつけると、どのチャンネルもこの事件一色であった。南雲会長以下十一人の死者と五人の重軽傷者が確認され、熱海最大の大量虐殺事件であるとセンセーショナルに伝えていた。十人以上の暴力団風の男達が襲撃したとの目撃情報もあった。

鎌田は一休みすると真介に別れを告げた。彼の仕事はここまでで、この先のことは何も知らされてはいない。真介は、乾や影の部隊に宜しく伝えてくれと鎌田に言い、戸口まで送って握手を交わして別れを告げた。二、三日もしたら中国大陸なのだ。

梅雨が明けて七月になり、哲二はようやくベッドで半身を起こせるようになった。頭の先から尻の穴まで、針鼠のように管で繋がれてはいたが、とにかく動けるのだ。智子や古河達は、哲二に詳しいことは伝えていなかったが、テレビでは事件後二カ月近く経っていても、時折、熱海事件を特集して流していた。

ひと月後にはお粥が食べられるようになり、今朝も智子に食べさせてもらっていると、テレビのモーニングニュースが熱海事件を報じていた。

警察では暴力団関係からは何の手掛かりも得ていないようである。生き残った唯一の幹部で目撃者である長谷川という男は、いきなり数人の黒覆面の男に襲われ、殴られて気を失っている間のことで何も覚えていないと供述していると報じていた。また警察では、当時トラブルを起こしていた小田原の企業を調査していることも伝えていた。先日哲二も取り調べは受けたが、重体の間のことなので、刑事は何も得られないばかりか、逆に自分を襲った犯人を見つけることが先だろうと嫌味を言われただけである。その後は警察の尋問を受けてはいない。

古河が朝の挨拶にやってきた。智子に半分食べ残した朝食を片付けさせてリビングに追いやり、古河に煙草をねだった。古河はちらりと戸口に目をやり、渋々という表情で一本取り出して火をつけ、口にくわえさせてやった。

テレビを見ながら哲二は「真介は俺と死んだ奴らの仇を打ってくれたんだな」とぽつりと漏らした。「それも徹底的にね」と古河が相槌を打った。

「真介は一人でやったのか？　お前達はどうしていたんだ」

「私達にはやるべき仕事がある。社長の方針を継承しろと言って、手助けを許してくれませんでした」

「あいつらしいな。ところであの長谷川という男だけなぜ殺らなかったのかな」

「電話では、乾商事に手を出すと皆殺しになることを後世に伝えさせるためだと言っておりました」

「なるほどな。で、真介はどこに潜伏しているのだ」

「今頃は中国大陸におります。船に乗る時に電話をくれて『哲二を頼む。これが最後の連絡だ』と言われました。何だかもう二度と帰ってこないような口振りでしたが……」

哲二は目を閉じた。真介を失うくらいなら、会社も何も欲しくない。奴は自分の役割を見事に果たして消えてしまったのだ。古河は哲二の目から涙が伝い落ちるのを見てそっと部屋を出た。

背中に哲二の嗚咽が追ってきた。

第三部　逃亡

一九七五年(昭和五十年)夏

真介の逃亡ルートを手配したのは柳である。敦賀港を出た小型漁船の船長は、まだ三十代の若さでこの船を手に入れたのだが、近海漁が思うほど上手くいかず、借金のカタに船を取り上げられそうになっていたという。柳がどのような手蔓でこの男を知ったのか真介は知らないが、とにかく年収に匹敵する前金を渡し、何も見ない、何も言わない、何も聞かないことを条件にチャーターしたのである。当初の計画では、真介を朝鮮半島へ上陸させる予定であったが、心配して同乗していた船長の父親が、南北朝鮮は緊張の度が高く、三十八度線に匹敵するほど海岸線の警戒が厳しいと助言したので、目標を変えることにした。

台湾も検討したが、この小さな漁船では無理ということで、結局上海へ向かうことにした。対馬と済州島で燃料を補給し、黄海横断に船出した。漁師親子は見咎められないように漁をしながら船を南西に向けて走らせた。真介は緊張感が抜けてくると暇を持て余すようになり、漁の手伝いをしたが思いのほか重労働で、二日目には筋肉が悲鳴を上げてしまった。一週間後の深夜、上海の北の無錫《むしゃく》に真介は上陸した。割増金を約束以上に得、親子は笑顔で名前すら知らぬ男に別れを告げて帰っていった。

二日後に潜入した上海は、予想外に日本人が多い。九州や山陰地区だけでなく、四国や関西からも漁船が入港し、夜ともなると繁華街に観光客や漁師達が繰り出してくる。真介は二、三日おきに漁師達の溜まり場に出掛けた。日本の何らかの情報が得られるのではないかと思ったからである。

カウンターの隅で時間をかけてビールを飲みながら、彼らの会話に耳をすました。最初の二週間ほどは熱海事件がよく話題に上り、漁師達は、どうせ暴力団の抗争事件だろうと結論付けて話していた。彼らが持ち込んだ日本の新聞を手に入れたが、それによると警察は暴力団抗争の線は捨ててはいないが、事件前後に南雲会と抗争を起こしていた小田原の企業を調査していると載っていた。

その三日後に手にした新聞には、小田原の企業の元社員を、重要参考人として捜索していると書かれてあった。日本の優れた警察力では、既に自分の名前も掴んでいるであろう。この分では、敦賀港、無錫ルートの解明もされかねない。真介は移動を決意した。より日本人の多い大都会、香港に紛れ込むことにしたのである。木は森に隠せである。

自分に年格好が似ている者を探し、ある夜酒場で見つけた漁師が条件に合いそうなので、言葉巧みに近寄り、酒を飲ませて酔い潰し免許証を失敬した。

これで中古車の目立たないブルーバードを手に入れた。ここでは金さえ積めば日本の免許証でも車が買えた。身の回り品を入れたバッグ一つで上海を後にし、三日間かけて香港に着いた。

それから一年が経った。

モーテルを転々として過ごしてきたが、ある夜車で市内に乗り入れた。不夜城と言われる香港は、夜の一時というのに賑やかである。飯でも食って少し歩いてみようかと、駐車スペースを探してゆっくり車を進めていたら、近くで鋭い爆発音が鳴った。酔客がふざけて鳴らした爆竹かなと思ったが、突然何者かが助手席のドアを開けて倒れ込んできた。男は狂気の目と拳銃を真介に向け、必死に何かを喚き散らした。考える間もなく、再びパンパンという音がしてリアウインドーが粉々に砕け、ボディーのあちこちがブスブスッという音を立てた。

真介は反射的に車を発進させ、強引に車の流れに割り込ませた。クラクションのけたたましい洪水を縫ってジグザグに走り、赤になった信号を無視して右折し、五十メートルほど行ってから細い路地に左折して突っ込んだ。しばらく走って左折するとやや広い通りに出た。車の流れに乗りながら後ろを確認したが、どうやら追ってくる者はいないようであった。真介は軽い吐息をついて助手席の男を観察した。体のあちこちが血で濡れており、シートにぐったりと寄り掛かって目を閉じている。拳銃は床に転がっていた。よりによって厄介なことに巻き込まれてしまった。真介とてやばい身の上なのである。どこか人目につかない所で放り出そうかと思ったが、よく見るとまだ二十歳にもなっていないような、あどけなさの残る若者である。傷の様子を見るために横道に入った。

すると、医と院の二文字の入った看板が目に止まり、その建物の横の駐車場に車を乗り入れた。男を降ろして肩に担ぎ、玄関の呼び鈴を押した。

何度押しても返事がない。無理もない、夜中の二時である。今度は扉を叩いてみた。男の息が弱くなってきている。さらに激しく叩くとようやく玄関に明かりがともり、何やら中国語の声がした。構うものかと日本語で「急患だ。怪我をしている。診てもらいたい」と叫んだ。ちょっと間があって扉が薄めに開けられ片目が覗いた。真介はすかさずその隙間に札束を差し込んだ。片目が真介と札束をたっぷり二往復し、両方とも引っ込むと扉が開けられた。

「そこが病室だ」頭が真っ白なかなりの老人が左手の部屋を指さした。入ってみるとあまり大きくない部屋で、真ん中にスチール製の診察台のようなものがあった。「そこに置け」という声で真介は男をそこに横たえた。小さな台で男の足が膝から垂れ下がってしまう。老人は手早く白衣に着替え、男のシャツを脱がせて横に向かせると「腰を支えていてくれ」と真介に言った。

腰を屈めて傷を覗き込み「弾傷じゃな。一発は背中から入って肺を突き抜け、おそらく肋骨で止まっているのじゃろ。もう一発は右の脇腹を貫通している。致命傷ではないが肺からの出血が多い」と診断した。男をうつぶせにすると「今から病院へ運んでも間に合わんかもしれん。弾を抜いて止血と輸血をしなければ」と呟いた。

「ではやって下さい」と真介が言うと、「手術はできるが輸血用の血液がないのじゃ」と答えた。

「輸血の予備を持っていないのですか？」

老人は怪訝そうな顔をして真介を見た。「獣医が人間の血液を持っているはずがなかろう」

「獣医？」

「お前さん、看板を見なかったのか？　そうか日本人か。読めなかったんじゃな」真介はそれで合点がいった。この診察台は犬や猫用で小さいのだ。真介は中国語は喋ることも読むこともできない。ただ医と院の二字だけで飛び込んでしまったのだ。それからふと二人が日本語で会話をしていることに気が付いた。

「貴方は日本語が達者ですね」

「わしか？　わしは戦前は日本にいて日本の医科大学にいたのじゃ。戦争中は日本軍の衛生兵にさせられていたのさ」老人は一瞬昔を懐かしむような表情を浮かべたが、すぐに真顔に戻し「なぜ獣医になったのかなんていう質問はしないでくれ。いろいろあったんじゃ」

無論真介にはそんなことはどうでもよかった。ただこの男を何とか助けられないものかと考えただけである。老人は男のズボンの尻のポケットから財布を抜き出し一枚のカードを取り出した。「名前はワンか。住所からするとワン大人の親戚筋だな。血液はO型のRhプラス。お前さんの血液型は？」

真介は突然質問され、嫌な予感にとらわれながら「同じです」と答えた。

老人はニヤリとすると「腕を捲れ」と言って注射器と何本かの管を棚から取り上げた。今日はついてない日だと心の中でぼやきながら、それでも素直にシャツの袖口を捲り「手術はできるのですか？」と聞いた。

「なあに人間も動物のうちじゃよ」老人は部屋の隅から細長い木製の机を持ってきて、診察台に並べて置くと真介を促した。

老人の手術は意外に素早かった。真介と男の体を繋いだ管を血液が流れ始めると、男の背中に先の曲がった細長いペンチのようなものを差し込んで弾を抜き出した。その傷跡と脇腹の傷を縫合して消毒をし、カーゼを当てて包帯をした。手術が済むと老人は、部屋の隅の電話を取り上げ、真介には理解のできない言葉を早口で喋った。輸血中で身動きのできない真介は、警察かなと思ったがどうでもよくなって成り行きに任せることにした。

十五分ほどして表に何台もの車が止まる音がし、やがて診療室の戸口を塞ぐような大男が現れた。六十歳くらいの威厳を感じさせる雰囲気の男である。慌てて来たのであろうが、そんな素振りは微塵も見せず、深夜というのにびしっとスーツで決めている。厳しい目つきで診察台の男を見つめ、その目が管を伝って真介を見た。

老人が一言二言語りかけると軽く頷き、診察台に近付いて若い男の顔を覗き込み、それから真介の所に回り込んできた。目からは厳しさが消え、穏やかになっていた。

「あんたが息子の命の恩人か」男は流暢な日本語で話しかけてきた。

「成り行きでそうなっただけです」真介は差し出された手を握り返しながら答えた。

「とにかく感謝する。私はワンだ。貴方は？」真介は免許証の太田という名前を言った。ワンは椅子を持ってきて真介の傍らに座ると「状況を教えてくれないか」と言った。老人が寄ってきて真介から針を抜き、いつの間にか来ていた若い男を呼び寄せて輸血を引き継がせた。真介は起き上がって木の机の端に腰掛け、事の顚末を話して聞かせた。

ワンは難しい顔をして聞いていたが、聞き終わると息子の顔を見つめて溜め息を吐いた。その時白衣を着た数人の男が入ってきて、管で繋がれた二人の男を担架で運んでいった。どこかの病院へ移すのであろう。

「私と一緒に来てくれますか？　お疲れでしょうから私の家に泊まっていって下さい」とワンは真介の腕を取った。

外に出ると大型のベンツが止めてあり、その前後に三台の日本車が控えていて何人もの男達があたりに目を配っていた。走り出したベンツの中で「貴方も日本語が上手なんですね」と真介が言うと、ワンは「わしは日本の陸軍で将校としての教育を受けたのだ。あの医者とは幼馴染みでね。昔はいい腕の医者だったのだが……」と言葉を切った。

車はやがて高台の屋敷に到着した。広大な敷地に大理石をふんだんに使った豪邸である。ワンは「私は病院に行ってきます。ゆっくり休んで下さい」と言ってベンツで走り去った。

真介は召使いに客室に通された。見事な家具類と調度品の揃った部屋で、隣には寝室がある。その奥に浴室があったので早速入ることにした。さっぱりして出てくると、客間のコーヒーテーブルにドーナツと果物、ワインが用意されていた。腹が空いていたことを思い出し、それらを平らげて寝室に行って横になった。ワンとはいったい何者だろうかと考えているうちに眠りに落ちてしまった。

目を覚ましたのは昼近くになってからである。緊張感や警戒心のない睡眠は久し振りで、ぐっすりと寝たので爽快な気分であった。シャワーを浴びて客間に来ると、計ったようなタイミングで、目の覚めるような美人が食事のワゴンを押して入ってきた。主人は帰っているのかと質問をしたが、日本語が分からないようでただ微笑んでいるだけであった。仕方なく食事をしながらテレビをつけたが、何を言っているのかさっぱりなのですぐ消してしまった。食事を済ませてテラスに出てみた。六月の香港のきつい陽射しとムッとする湿気が真介の体にまとわり付いてきた。眼下には玩具のような色とりどりの屋根が軒を連ねる市街が広がり、その向こうには真っ青な海が広がっていて、やや大型の観光船を取り囲むように無数のジャンクとかいう小船がひしめいていた。

「よく眠れましたか?」という声がして昨夜の召使いが入ってきた。真介が礼を言いながら部屋に戻ると、こちらへどうぞと壁に嵌め込んである衣装棚に案内した。扉を開けると何着かのスーツといろいろな素材のシャツ、スラックス類が揃っていた。

「すべてサイズは合うようにしてあります」と召使いは自慢そうに胸を反らした。

真介はベージュの絹のシャツに濃い目の同色のスラックスを身に着け、横の靴棚からモカシンのパンプスを選んだ。なるほどすべて体にフィットしている。召使いが入れたコーヒーに口をつけた時に館の主が入ってきた。

「昨夜はありがとう。息子は意識を取り戻しまして、医者も大丈夫と言ってくれております。貴方のお陰です、村下さん」

真介は本名を言われて驚いた。その顔を見てワンは「昨夜の事件が警察に通報されていましてね、病院に刑事が来たのです。貴方が話してくれたことを説明したのですが、私は警察には手を出さないように言っておきました。犯人は分かっています。私の仕事上のライバルの仕業なのです。私は自分で決着を付けるつもりです」と言ってポケットから葉巻きを取り出した。真介にも勧めたが「私の名前を知ったわけが、まだですが」と硬い表情で言って手を出そうとしなかった。

ワンは葉巻きに火をつけると「その刑事が貴方に興味を持ちましてね、根掘り葉掘り聞くのです。そして何枚かの写真を見せてくれました。インターポールの手配写真でした。貴方のもあったのです」と説明した。

真介の目に鋭い光が走ったが、それに気が付いてワンは「もちろん話してはおりませんが、貴方がたとえここにいることを知ったとしても、彼らは手出しはできません。私は政界にも警察にも顔が利きます。ここはいわば治外法権なのです。しかし一歩ここから出ればたちまち逮捕されるでしょう。この家を四六時中見張っていることは間違いありません」

警察には手を出させないし、復讐は自分でやると断言するワンは、香港では相当な有力者なのであろう。しかも息子が撃たれたということは、まっとうな仕事ではなく、闇の中の権力者すなわち暗黒街の顔役なのであろう。

「そうそう、女房が貴方に礼を言いたいというのでお連れしに来たのです。会ってやって頂けますね？」

一階のダイニングルームはペルシャ絨毯が敷きつめられ、真介には価値の分からない青磁の壺や象牙の置物、古代の彫刻や絵画などのアジア色の濃い雰囲気の部屋になっていた。二人が入っていくと、背もたれが見事な象牙の浮き彫り彫刻になっている長椅子から、五十年配のチャイナ服のよく似合う婦人が立ち上がり、真介に近付いてきて手を取った。若い頃は相当な美人であったことが窺える。

「貴方には何とお礼を言ってよいのか、心からお礼を申し上げますわ」流暢な日本語である。真介の手を引いて座っていた長椅子に導き「お気の済むまでいつまでもここにいらっしして下さい」と言って微笑んだ。あたりが明るくなるような華やかな笑顔である。真介もつられて「ありがとう」と微笑み返した。

しばらく雑談をしていたが、メイドが紅茶を運んできたのを機にワン婦人は立ち上がり、息子を見舞いに行くと言って部屋を出ていった。

真介とワンが紅茶を飲んでいると、二人のいかつい体つきの男が入ってきて、年かさの方がワンに耳打ちをした。ワンは頷くと早口の中国語で何やら命じ、二人は頭を下げて出ていった。

「息子を撃った奴を特定できたようです。我がライバルの組織が雇った殺し屋です」

「ご自分でカタを付けるのですね」

ワンはそれには答えず「香港は二つの組織が微妙なバランスで均衡を保っていたのですが、彼らは私の息子を襲うという直接行動に出てきました。彼らはそれが間違いであったことを今夜にでも悟ることでしょう」と言って庭に面した大きな窓に近寄り、広々とした芝生に目をやった。

その背中に真介は話しかけた。「貴方も何かと慌ただしいようですし、こんな時に警察に追われている私がいては何かとやりにくいこともあるでしょう」

ワンがくるりと振り返って何かを言いかけたが、真介は片手を挙げてそれを制し「私は人の世話になることや、籠の鳥の生活に馴染める者ではありません。今日にでも出ていくつもりです」ときっぱりと言った。

ワンはしばらく考えていたが「ここなら絶対に安全なのですが、貴方は一カ所に留まっているような人でもないようだ。それでは私の提案を受けてみませんか?」と申し出た。

「というと?」

「九龍で身を潜めるのです。昔、私が面倒を見たことのある男がいるので紹介します」

真介も九龍の噂くらいは知っていた。東洋のカスバと呼ばれ、香港の外れにある警察も入り込めない特殊地区になっており、世界の犯罪者の巣窟になっているという。しかしどんな犯罪者でも受け入れられるということでもなく、ただ逃げ込んだだけでは、二日もしないうちに九龍の門の外に死体となって転がっているということである。コネとカネがなければ生きていけない所のようだ。

さすがに真介も考え込んだ。しかし決心は早かった。どうせ日本を追われた一匹狼なのである。とことん行く所まで行くのも自分の宿命なのだろう。

「お願いします」


その日の深夜、真介はワンの屋敷の秘密の裏口から手下の案内で抜け出した。

九龍の門の前で、ワンの知り合いの朴の手下に引き合わされて中に入った。真介は振り返って九龍の門を見た。二度と出られないかもしれないのだ。

中はまるで迷路であった。路地から路地、坂道を上ったり下ったりしながら朴の手下の後ろを付いていった。真介は道を覚えていようと思ったがとっくに諦めた。ようやく一軒の家に入ったが家の中まで迷路になっている。小さな部屋に通されてしばらく一人取り残されたが、どこかから見張られているような気がしてならない。ようやく一人の老人が現れた。小柄で質素な服装であるが、眼光が鋭く、どことなく威厳が感じられた。無言のまま真介を見つめていたが、やがて口を開いた。「私が朴です。義兄弟のワン大人の頼みですので九龍に住むことは認めます。が、生活は面倒を見ません。自分の命と生活は自ら守ることです」なかなか流暢な日本語である。昔日本軍が統治していた名残なのであろう。真介が頷くと「ここでのルールは他の日本人から教えてもらいなさい」と言ってどこかへ行ってしまった。他の日本人？　こんな所にも日本人がいるのか。真介はまた一人取り残され、いったいどうしたものかと考えていたら、いつの間にか戸口に一人の男が立っていた。真介と同年輩の細身の男で、しぶとく生き残ってきたという、ある種のふてぶてしさが油断のない顔つきに表れていた。

男はじろじろと真介をねめ回してから「煙草はあるか？」と聞いてきた。彼がもう一人の日本人なのであろう。真介の差し出した煙草を見て「日本の煙草か。嬉しいね」と一本取り、火をつけて深々と一服すると「俺は石川道夫。北海道の函館出身だ。あんたは？」と尋ねた。

「村下真介。小田原の人間だ」

「うむ。朴さんからここでのルールを教えておいてくれと言われたんだ。まず第一に、ここには朴さんの部下や世話になっている者が大勢いる。彼らが何者でどんな過去があったかなどと詮索してはならない。俺もあんたのことは何も聞かなかったことにするし、これからも知りたくない。他はおいおい教えよう。当分は俺に付いて回るといい。ここの連中に受け入れられる前に迷子になったら、即身ぐるみ剝がされて死体になっちまう」

「頼む」

「じゃあまず飯でも食いに行こう。あんたの奢りでな」

一九七七年(昭和五十二年)夏

九龍に来て二年、村下真介は複雑な迷路もかなり覚え、石川の案内なしでも一人でどこへでも行けるようになっていた。意外に思ったのは、九龍は犯罪者の巣窟というイメージが強かったのであるが、犯罪とは無関係な一般住民も多く、全く普通の場所と変わらない生活をしているということである。どこにでもあるような店があり、どこにでもあるような飲食街もある。ただ、ここには強固な結束を持つ犯罪組織が三つあり、見知らぬ犯罪者が受け入れられることはない。警察に追われて逃げ込んでも、縁故もなく入り込めば、一日とは生きていられないという石川の話は誇張ではなく、これまでかなりの実例を見てきていた。三つの組織とは香港系・ロシア系・中国系のマフィアであり、真介を受け入れてくれた朴は香港マフィアの党首である。彼らの勢力は拮抗していて微妙にバランスが保たれており、末端では時たまトラブルはあるものの、組織を挙げての大きな抗争はめったに起こらない。

マフィアの収入は麻薬や売春・賭博もあるが、基本的には盗みである。香港だけでなく、各地で盗んできた物が故買ルートで捌かれ、九龍の店々や蚤の市などで売られるのである。安いから九龍以外からも商売人や住民が買いに来るので結構繁盛している。ただし同じ組織の仲間うちからは盗んではならないというのが九龍の第二のルールなのである。

石川は知り合って間もなく、自ら「過去を詮索してはならぬ」というルールを破って、己の過去を話してくれたことがある。酒に酔って、同胞という気安さから口が軽くなったのだろう。函館の松風町出身で、小学校時代に洞爺丸台風で両親を亡くし、中学卒業と同時に預けられていた親戚の漁師の家を飛び出したという。その後各地を放浪し、狭い日本に住み飽きて大陸に渡ってきたのが二十五歳の時であったらしい。生きるために盗人仲間に入ったりしたが、結局は馬賊になって暴れ回り、四年前に九龍に来たという。なかなか豪快な生き方をしてきた男である。

ここにはもう一人郷田という日本人がいた。真介が来る一年ほど前に来ており、石川の話では関西のやくざらしい。何か不始末を仕出かして日本にいられなくなったようだ。日本人同士ということで付き合いはするが、自分勝手な性格で、いつも何か画策しているような、どこか信用できないところがあるので、真介は石川とほどは深い付き合いはしていない。

七月のある蒸し暑い日、その郷田明が二人に強盗の話を持ってきた。彼らは朴に住むことは許されてはいるが、命の保証や生活の面倒を見てもらっているわけではなく、酒場や賭博場のパートタイムの用心棒、借金の取り立て、盗品の運び屋などで凌いでおり、いつも金には不自由していた。真介はワンに頼めば金の心配はないのだが、一度として頼ったことはない。何とか食っていければそれでいいと考えていたからである。

真介は郷田の話に興味を持った。タイトロープを渡っているような緊張感を味わうようなこともなく、日々漠然として生活していることに張りを失くしていたからである。石川は最近女ができて金が欲しいらしく、この話に乗り気であった。郷田の計画はロシア人の経営する質屋への押し入りであった。ロシアマフィアの資金源の一つで、盗品の売買もしており、警戒が厳重であることは間違いない。

取り敢えず調査をして、襲撃が可能かを検討することにした。三日間交替で質入れや買い物に訪れて、店内の間取りやボディーガードの人数、警報装置の有無などを調べた。ロシアマフィアの経営であることは皆知っているので、これまで襲った者はいないらしい。逆にそこが付け目である。ボディーガードは二人いるが、安心し切っているようで緊張感がない。三人ではきついかもしれないが、適当な武器と逃走用の車があれば、やれない仕事ではなさそうである。

彼らは計画書を作成した。一番信用のある真介がその計画書を持って朴を訪れた。大きな仕事をする時は事前に組織の党首に報告しなければならないのだ。

それが九龍の第三のルールなのである。勝手にやることはできない。

朴は快く応じてくれた。以前からロシアマフィアとは折り合いが悪く、いつか目にものを見せてやろうと考えていたからである。ロシアマフィアの店を襲ったのが日本人であれば、万が一失敗したとしても言い逃れができる。計画書通りに拳銃三丁とショットガン、トヨタコロナを貸してくれることになった。

ただし料金は安くない。上がりの五十パーセントである。普通は七十パーセントを取られるのだが、真介を見込んでのサービス価格という。

二日後に決行した。夜を待って出掛け、かなり離れた所に逃走用のコロナを置くと路地を縫って歩いていき、物陰から様子を窺った。閉店直前の十時に客を装って押し入った。ボディーガードは、郷田の銃身を切り詰めたショットガンには逆らわなかった。店主を脅かして金庫を開けさせ、十万米ドルをせしめた。

逃げようとした時、偶然資金を預けにきた二人のマフィアと入り口で鉢合わせをしてしまった。驚いた彼らが懐に手を突っ込むより、郷田のショットガンと真介の拳銃が火を吹く方が早かった。彼らの金袋もついでに戴いて路地に逃げ込んだが、発砲の音は意外に追跡を早くした。途中で飛び込んだ納屋に立てこもって銃撃戦となったが、追っ手は十人以上となっていた。長引けばもっと増えるであろう。

真介は郷田に金袋を一つ持たせ、脱出させることにした。ショットガンを受け取って援護射撃をし、郷田が路地の陰に逃げ込むのを確認した。次は石川の番である。先に脱出した郷田が、拳銃による援護射撃をすることになっていたが、何の動きもない。真介はやられたと気付いたが、躊躇している暇はない。弾の残り少ないショットガンを撃ちまくって、残りの金袋を持たせた石川を行かせた。

しかし路地に飛び込む寸前でやられて倒れ込んだ。真介は残りの弾丸を乱射しながら石川に駆け寄り、襟首を掴んで路地に引きずり込んだ。数人の敵が飛び出してきたが、真介の拳銃で二人が倒されると慌てて物陰に引っ込んだ。真介は石川を担ぎ、右手に金袋を抱えて車を置いた所まで辿り着いたが、車はなかった。糞！　と悪態を吐いて路地から路地、物陰から物陰を伝い、必死でロシアマフィアの縄張りから抜け出して一軒の物置に逃げ込んだ。すぐ石川の手当てに取り掛かったが、背中と脇腹に受けた傷の出血を止める手立てはなかった。

真介の励ましの声で、薄れゆく意識を奮い起こした石川は「村下、もう駄目だ。ありがとうよ」と言って真介の手を握り締め「尻のポケットに俺のパスポートがある。持って行け。いつかお前が日本に帰る時に役立つはずだ。何も思い残すことのない、面白い人生だった……」と切れ切れに言って息を引き取った。

異国のぼろ小屋で、大陸を駆け抜けた一人の快男児が短い生涯を閉じた。真介の目から生涯二度目の涙がこぼれ落ちた。迂闊に郷田の話に乗ったのが間違いだった。いや質屋襲撃は間違いとは思わない。彼らを見捨てて逃げた郷田明という男を信用したのが間違いだったのだ。真介は石川のズボンのポケットからパスポートを抜き出し、彼の体をそっと横たえて形ばかりの合掌をした。

早起きの朴は、六時前には起きて裏庭で太極拳を舞う。真介が裏口に現れたのが目に入ったはずであるが、流れるような動きには少しの乱れもなかった。

真介の少林寺は、鍛え抜かれた肉体による目にも止まらぬスピードを神髄とする「動」であるが、太極拳は大河のようなゆったりとした流れを感じさせる「静」である。全く対照的な肉体の動きで、究極の精神を表現しようとするものが存在するのは、中国大陸のみである。

やがて朴は舞い終わると静かに呼吸を整え、真介に頷いて部屋に入っていった。既に簡素な朝食の用意が整えられており、朴はテーブルに座るなりお粥を啜り、わずかばかりの山菜に箸を付け始めた。疲れた表情の真介が黙って前に座る。召使いの女が入ってきて、二つの湯飲みにお茶を注いで出ていった。

真介は昨夜から飲まず食わずで喉が乾いており、お茶が体中に染み透るような気がした。食べ終わった朴が箸を置き「聞かせて下さい」と短く言った。

真介は手にした湯飲みに残ったお茶を見つめながら、一部始終を話し始めた。

話し終えると、足元から袋を取り上げてテーブルに置き、懐と背中のベルトに差してあった二丁の拳銃を抜いて袋の横に並べた。

「この袋は質屋から奪った金で、十万ドルほどあります。郷田が持っていったマフィアの金袋には、幾ら入っていたかは分かりません。拳銃二丁しかお返しできません。ショットガンは捨てましたし、もう一丁の拳銃と車は、郷田に持ち去られました。金はすべて貴方のものです」と言って真介は、金袋を朴の方に押しやった。

「貴方も逃げようと思えばできただろうに」と言って、朴は真介の目をじっと見据えた。

「男は約束を守るものだ」と真介。

朴はこの日初めて笑顔を見せた。「貴方は最近見掛けなくなったサムライね」

立ち上がると真介に近寄り、肩に手を置いて「この裏に私の寝室がある。疲れただろうから休みなさい。私には少しやることがある」と言い、金袋と拳銃を持って出ていった。真介は申し出を受けることにした。もう何をする体力も気力も残っていない。朴の寝室のベッドに倒れ込むように横になり、目を瞑ってみたが石川と郷田の顔が交互に浮かび、なかなか寝付かれなかった。

いつの間にか寝てしまったのであろうか、全身汗びっしょりで目を覚ましたのは昼近くであった。起き上がって、一瞬ここがどこかと見回し、朴の寝室であることを思い出した。戸口の横のテーブルに、いつの間にか洗い晒しのシャツと綿のズボンが置いてあった。不覚であった。泥のように眠っていたのだ。

寝室の横の浴室でシャワーを浴び、血と泥で薄汚れた衣類を屑籠に放り込み、用意された服を身に着けた。

微かな話し声が隣の部屋から漏れてきた。彼が入っていくと、朴が手下から何かの報告を受けているところであった。真介を見て笑顔を浮かべ、手下の横の椅子を勧めた。

「よく眠れたようですね」

「誰かがこの服を置いていったのも知らずにね。武道家として恥ずかしいことだ」

「無理もないことだ。昨夜は大変だったようだから」朴は慰めるような顔つきをし、手下に頷くと彼は一礼して出ていった。

すぐに食事が運ばれてきた。饅頭と野菜スープだけという食事である。真介はここに来て二年になるが、朴が豪勢な食事をしているところを見たことがない。家にしても服装にしても、九龍の香港マフィアの党首でありながら、生活はしごく質素であった。義兄弟のワンとはかなり暮らしぶりが異なる。空腹な真介には旨かった。

「今、貴方の取り分を渡します」食事の終わりがけに朴が言った。真介が怪訝そうにスープから顔を上げると、朴は戸口の方に向かって声をかけた。先ほどの手下が袋を持ってきて食卓に置いた。見覚えのある金袋である。次いでポケットから布にくるまれた小さな包みを取り出して金袋の横に並べた。

「郷田が持っていった袋ね。五万ドルあったよ」と朴は言ってニヤリとした。

真介は頷いて「郷田は？」と聞いた。

「その包みを開けてごらん」

真介はスープ皿を押しやり、包みを引き寄せて布をほどいた。血に染まった一本の小さな指が現れた。

「日本人は、やくざが義理を欠くと小指を切り落とすと聞いている」朴は事もなげに言うとお茶を啜り「香港のやくざは義理を欠くと首を切り落とす」と続けた。

「首は九龍の門の外に転がしておきました。体は今頃豚の腹の中です」と手下が無表情な顔で言った。朴は「ロシアマフィアが石川さんの死体を見つけたそうです。貴方が一緒にいたことも知られているようです。狭い九龍では必ず見つかります。この金を持って出ていった方がよい」と金袋を真介に押しやった。

真介は朴の言う通りだと思った。これ以上迷惑は掛けられぬ。立ち上がると「これまでお世話になりました」と頭を下げ金袋に手をかけた。

朴は「貴方も石川さんも日本人にしておくのはもったいないような男だ。一度に失うのは悲しいことだが、これも人生ね」と言って悲しげに首を振り、両手を合わせて一礼した。

八月も終わりに近い夜、真介は韓国の野球場にいた。ホテルの新聞で、懐かしい写真を見付けて出掛けてきたのだ。地元球団のその長身の投手は、カクテル光線の下で昔と変わらぬ華麗なフォームを見せて見事に完封した。

球場の選手通用口には大勢のファンが群れており、真介もその後ろの方で彼が出てくるのを待っていた。間もなく歓声に迎えられて出てきた彼は、嫌な顔をせずに幾つも差し出されたノートやパンフレットにサインをしていたが、誰かに胸のポケットに何かを押し込まれて顔を上げた。人込みをかき分けて去っていく男の背中がちらりと見えた。

一時間後、投手は韓国ヒルトンホテルの最上階にあるレストランの入り口にいた。ボーイは彼を認めると、窓際のテーブルに導いていった。何人かの客が彼に気付いて、控え目な拍手をしたりグラスを掲げたりして、今夜の活躍を祝福してくれた。彼は軽く礼を返しながらボーイの後に続き、一人の男が立って迎えてくれているテーブルに近付いた。

「村下か、本当に真介なんだな」

「新村、久し振りにいいピッチングを見せてもらったよ」

二人は小田原での成人式の日以来の再会の握手を交わした。新村はポケットに押し込まれた紙切れを取り出し「新村君、ヒルトンホテルで待つ。真介」と読み上げ「これだけで本当に真介とは思わなかったよ。まさかと思った」と顔をほころばせた。

二人の話は尽きることがなかった。新村はビッグスターズでエースとして十年ほど活躍した後、力の衰えを理由に契約を更新してもらえず、去年から母国の球団に入ったという。もう一度日本で野球がやりたいとも言った。真介はクリーニング屋を辞めてから商事会社に勤め、韓国には一週間前から商品の仕入れで来ていると話した。定時制高校での夜間のピッチング練習の思い出は、二人にとって最も楽しく懐かしい、青春そのものの思い出であった。気が付くと、客は彼ら二人だけになっており、ボーイ達が何となくそわそわしていた。「そろそろ引き揚げようか」と真介はボーイに勘定書を持ってこさせ、多額のチップを添えて支払った。

新村はおさまらなかった。今度は自分がご馳走すると言ってきかず、ホテルの出口でドアマンにタクシーを呼ばせると、真介を無理やり押し込んだ。

タクシーは市内を通り抜け、住宅街を過ぎて間もなく幾つもの倉庫が立ち並ぶ一画に出た。潮の香りがするので海岸近くなのであろう。新村が命じて車が止まったのは、倉庫に挟まれたレンガ造りのがっしりとした建物の前であった。

日本やドイツ製の乗用車、ランドクルーザーに交じり、客待ちのタクシーもある。真介は新村の後に続き、レンガで縁取られた扉の前に立った。入り口の上に小さな看板が掛かっているだけで、ネオンもなく普段なら見過ごしてしまうだろう。頑丈そうな分厚い木造りの扉の、目の高さの所に小さな覗き穴が付いている。新村のノックでその覗き穴が開き、眠たげな細い目が現れた。新村を認めると、内側でボルトを外す音がして扉が開き、目の持ち主が戸口を塞ぐように立ちはだかった。入り口と全く同じ体型の大男で、空気さえ入り込めないほどぴったりと収まっている。冷蔵庫に頭が付いているようなものである。

新村のためにわずかに体を開き、彼が通ると再び蓋をするように正面に向いた。

真介が入ろうとしても身動き一つしない。新村が声をかけると、渋々という表情で体を斜めにした。真介が擦り抜けようとすると、意外に素早い動作で手が伸びてきて両脇を撫でられた。武器の有無を探っているのだろうとは思ったが、次いで股間に下がってきたので真介はその手首を掴み「そういう趣味は持ち合わせていない」と囁くように言った。

冷蔵庫は手を動かそうとしたが、なぜか力が入らない。一瞬目に殺気が走ったが、新村がさらに一声かけるとたちまち消え、唇の端がわずかに吊り上がった。

これでも愛想笑いのつもりなのだろう。中にはもう一枚の扉があり、新村が開けると喧騒とアルコール、煙草の煙が溢れ出てきた。フロアーには十二、三個のテーブルがあり、ほぼ満席でちらほらと派手な衣装の女達も交っていた。

入り口の右側には長いカウンターが奥に向かって伸びており、数人の男達がグラスを持って喋ったり笑ったりしている。入り口近くの止まり木に、大柄な白人とその半分くらいの細身の体の、鼠のような顔の東洋人が並んで腰掛け、それぞれビールを飲んでいた。

カウンターの中から、中年の男がエプロンで手を拭きながら出てきて挨拶をした。この店のマスターのようだ。今夜はいい投球だったと言いながら新村と握手をし、伸び上がるように店内を見回して空いたテーブルを探した。真ん中あたりにそれを見つけ二人を案内した。ヒルトンホテルでと同じように、席に着くまでにあちこちから声が上がり、今日のピッチングを称えられた。

席に座ると同時に、ボーイが二本のビールと半分ほどなくなっているジョニ黒のボトルを持ってきた。

「これは私の気持ちです」マスターは二人のグラスにビールを注ぎながらウインクをした。グラスを満たすと店内を見渡しながら何事かを大声で言った。客達が手に手にグラスを持って一斉に立ち上がり、マスターの音頭で新村に向かって「カンペイ」と叫びグラスを掲げた。新村は立ち上がるとグラスを挙げて一礼した。地元の英雄として人気者なのだ。

二人はホテルでの昔話の続きに花を咲かせ、何杯ものウイスキーをあおった。

二時間ほどして二本目のジョニ黒の底が見えてきた頃、一人の女が上気した顔つきでよろよろと二人のテーブルにやってきて、二人の間に崩れるように座り込んだ。かなり酔っている。真介が店に入った時に目にした、カウンター近くの白人三人連れのテーブルにいた女であった。嫌な予感を持ちながら白人のテーブルを窺うと、案の定、二人の男が真っ赤な顔をしたもう一人と、今来た女を指さしながら笑っている。女は新村のグラスに自分のグラスをぶっつけるようにして一気に酒を飲み干し、彼の肩にしなだれかかってけらけらと笑った。

新村もつられて酔った笑顔になった。二人に囃し立てられた白人がふらふらと立ち上がるのを真介は目の端に捉えた。それと察したボーイが彼の行く手に立ち塞がったが、腕の一振りで跳ね飛ばされてフロアーに尻餅をついてしまった。白人はゆっくりと二人のテーブルに近寄ると、何かを言いながら女の腕を掴んで引き立たせた。新村が白人の腕を払い除けて立ち上がった。白人も大男であるが、新村は身長では負けていない。真介が腰を浮かしかかった時、いきなり白人の右拳が一閃し新村の顎を捉えた。酔っているとは思えない鍛えられた素早いパンチで、新村はかわす間もなく吹っ飛ばされ、隣のテーブルに激しい音を立てて倒れ込んだ。真介が止める暇もなかった。たちまち店内が静まり返り客達の視線が彼らに集まった。白人は真介を睨みつけ、次いであたりをゆっくりと見回した。誰も掛かってくる様子もなく、客達は目が合うことを避けて自分のグラスに向き直った。白人は勝ち誇ったようにニヤリとすると女を引きずるようにして自分のテーブルに戻っていった。二人の仲間が拍手と歓声で迎え入れた。

真介は新村を助け起こすと椅子に座らせ傷を確かめた。唇の左端が裂け血が流れているが、それほど酷くはなさそうである。しかしすぐに冷やさないと腫れ上がってしまう。

「氷を取ってくる」と言って真介はテーブルを縫ってカウンターに向かった。

客達は新村の連れが白人のテーブルに向かっていったので、話を止めて目で追った。白人達にも緊張が走った。しかし真介が彼らには目もくれずにカウンターに着いてしまったので、部屋全体に失望の溜め息が広がった。

真介はマスターに氷を頼み、アイスバケットを受け取りながら、低いがよく通る韓国語で何事かを言った。客達が一斉に笑い声を上げ、マスターは困ったように下を向いた。白人達は自分達のことを言われたとは感じていたが、言葉が分からないので互いに顔を見合わせた。その時、カウンターの隅にいた鼠男が真介の言ったことを英語で通訳した。

「この男は『酔っぱらいにしか勝てない白豚では、ベトナムで勝てるはずがない』と言ったのだ」

真介は東洋人に顔を向け「白豚ではない。チキンハートの白豚と言ったのだ。伝えるなら正確に頼む」と韓国語で言った。チキンハートが臆病者をさす言葉であり、外国人が特に嫌うことを真介は知っていたのである。東洋人はニヤリとすると再び通訳した。隣に座っている白人は知らぬ顔をしてビールを口に運んでいる。

真介がバケットを持ったまま振り向くと、新村を殴った白人が行く手を塞ぐように立ち上がっていた。後の二人は座ったまま、にやにやしながら見ていた。

大口を叩いても、こんな痩せっぽちの東洋人くらいは、一人で充分と思っているのだろう。

真介は構わず立ちはだかる男に向かって歩き出した。白人は両手を広げて真介に掴み掛かった。真介は一瞬立ち止まってから一歩後ずさった。白人の手が真介の首に掛かろうかというところでがくんと膝を折り、急所に手をやってうずくまって苦しげにのたうち始めた。真介はバケットを両手に持ったまま何事もなかったような顔をしている。

残りの白人には何が何だか分からなかった。大男の背中の陰になっていて、真介の左足が仲間のみぞおちと股間に素早い二段蹴りを入れたのが見えなかったのだ。しかしこの細身の東洋人が何らかの方法で仲間を倒したことは事実である。何かの使い手でかなりの達人であるらしいことは分かった。

一人が立ち上がりざまにビール瓶を取り上げ、椅子の背に叩き付けてギザギザの割れ目を真介に向けた。もう一人はブーツの中からナイフを取り出し、真介の右側で身構えた。背の部分が鋸状の大型のアーミーナイフである。

真介はバケットをカウンターに置き彼らを見つめた。かなり場慣れた構えで手には武器を持っている。素手では厄介そうである。左手を腰の後ろに回し、シャツの下のベルトに挟んでおいたヌンチャクを取り出して顔の前で水平に構えた。韓国人の客達は一様にほうっという歓声を小声で上げた。日本人がヌンチャクを取り出すとは思いもしなかったのである。じりじりと近付いてきた二人の白人は、見慣れぬ武器が現れたので一瞬動きを止めて顔を見合わせたが、頷きを交わすと再び前進を始めた。

左の男が素早くビール瓶を突き出した。同時に真介の左手から鎖で繋がれた棒が蛇のように伸びて手首を打ち、次の一振りがこめかみに炸裂した。すかさず右からアーミーナイフが迫ってきたが、わずかに体を開いてやり過ごし、瞬時に右手に持ち替えたヌンチャクを伸び切った肘に叩き込んだ。次の瞬間には右足の爪先が相手の腹にめり込んでいた。真介がヌンチャクを背中に戻し、バケットを取るためにカウンターに振り向いた時に二人が同時に倒れる音がした。

客達が全員立ち上がり、歓声と拍手が湧き上がった。真介は平然とテーブルに戻ったが、客達が我れ先に酒を注ぎに押し寄せてきた。真介が氷をタオルで包んで新村の顎に押し当てている時に「店の奢りだ。皆一杯やってくれ」というオーナーの大きな声が飛んだ。再びどっと歓声が上がり、真介達のテーブルを中心に大騒ぎとなった。騒ぎの元になった女が真介の手からタオルを受け、新村の介抱を引き継いだ。客にビールを注いでもらいながらカウンターの隅に目をやると、知らぬ間に通訳した東洋人と白人の二人連れは姿を消していた。どうも気になる。用心棒の冷蔵庫男が倒れた白人の足を引きずって、一人ずつ店の外に放り出しているのが目の隅に入った。新村の目はまだ焦点が定まっていないようで、女の肩に頭をもたせかけてぼうっとした表情をしていた。真介は何人かの祝杯を受けた後マスターを呼んだ。勘定を頼んだが、新村に怒られるからと首を振って受け取ろうとしなかった。やがて新村に肩を貸して立ち上がり、客達の歓声に送られて戸口に向かった。出口で冷蔵庫男が無表情のまま握手を求めてきた。

扉のボルトが閉まる音を背中で聞きながら、真介は新村を抱き抱えて外へ踏み出した。東の空が薄明るくなり始めていた。その時誰かの視線を一瞬感じ取った。何くわぬ顔でまだ客待ちをしていたタクシーを呼び、新村を押し込んだ。

行き先は運転手が知っていると言う。車の尾灯が消え去るのを確認してから煙草を取り出し、ジッポーで火をつけながら神経をあたりに放った。今度も気配を感じるが、殺気はないと見た。真介は自分の感覚に自信を持っている。

一口大きく煙を吸い込み「俺に用か?」という声を煙と一緒に吐き出した。しばらく何の動きもなかったが、やがて右手のランドクルーザーの陰から男が現れた。カウンターにいた小柄な東洋人である。ゆっくりと近付いてくるが油断のない身のこなしである。先ほど見た真介の恐るべき技が飛んできても、充分かわせるだけの間を開けて立ち止まった。

「我々のボスに会って頂きたい」流暢な日本語である。

真介はこの申し出に考え込んだ。ボスとは一緒にいた白人であろうか。さし当たってすることもないので受けることにした。真介が頷くと「こちらです」と背を向けてランドクルーザーに近寄り、助手席のドアを開けた。

真介は煙草を踏み消しながら「そこにはあんたが乗ってくれ」と言って後ろのドアを開けて乗り込んだ。

「用心深いことだ」と東洋人は呟いて助手席に滑り込んだ。

後部荷台には三人の白人が折り重なるように押し込まれていた。まだ気を失ったままのようである。運転席には思った通り、カウンターの白人が葉巻きをくわえ、甘い香りを車内に撒き散らしていた。真介が座ると胸ポケットから出した葉巻きを肩越しに差し出したが、首を振られて元のポケットにしまい込んだ。

東洋人が体を斜めにして後ろを向いて話し出した。「彼はデュロン少佐で後ろの三人は部下です。私も部下でリーといいます。我々は傭兵なんです」

リーは傭兵という言葉の反応を見ようと真介の目を覗き込んだが、何の表情も浮かんでいないので微かに肩を竦めて続けた。「ここには休暇で遊びに来ていたのですが、後ろの彼らが飲みすぎまして、貴方のお友達に乱暴したことを少佐がお詫びしたいと言っております」

デュロン少佐は首だけを後ろに回し、少ししゃがれた低い声で「アイムソーリー」と言って首を左右に振り、聞き慣れない言葉で何かを続けて言った。どうやらフランス語のようだ。

「お友達には謝っておいてほしいと言っております」リーが伝えた。

「話は分かった。それだけの用事なら帰らせてもらう」と言って真介はドアのノブに手を掛けた。

慌ててリーが「待って下さい。もう一つ大事な用があるのです」と声をかけ「気の短い人だ」と呟いた。

「傭兵が俺にいったい何の用があるというのだ」真介の言葉をリーがデュロンに伝えると、少佐は振り返って真介に語りかけた。

「貴方をリクルートしたいという申し出です」とリーは通訳してから「実は我が部隊には格闘技

の教官がいたのですが、先月アフリカで戦死してしまったのです。地雷を踏んづけてしまいましてね」と言って真介の顔を覗き見た。今度は真介の目に微かな驚きの色が浮かんでいた。
「なるほど、後任のリクルートというわけか」
デュロン少佐が再び話し始め、終わるとポケットから封筒を取り出して真介に渡した。リーは
「返事はゆっくり考えてからでいいそうです。ただ我々の休暇は今日までですので、その気になったらその封筒の中に書いてある所まで来てもらいたいそうです。話は以上です」と言って車を降り、後ろのドアを開けた。真介が車を降りると同時に少佐はエンジンを掛け、リーが乗るのを待ってスタートしていった。

真介はモーテルに帰るとシャワーを浴び、ベッドに寝転んで染みだらけの天井を見上げた。新村と明け方まで飲み明かしたのだが、思わぬ傭兵の誘いがあったりして頭は冴えていた。これまで真介は、過去も未来も見ない生き方をしてきた。以前、過去を知るために三崎港を訪れたことがある。偶然、真介親子の過去を知る地元の老人に出会い、母の悲惨な生い立ちを聞かされた。その時以来、意識して過去を振り返らないようにして生きてきた。乾哲二と再会して会社を興したが、哲二が将来を見据えて次々と事業に取り組む一方、真介は今を乗り切る、つまり現実主義を貫いてきた。葦が風に揺らぐように生きてきたのだ。
真介は自分では気付いていないが、彼の強さの秘密はここにあるのだ。無論卓越した才能は備

わっているのだが、それだけなら世界にはいくらでもいる。過去を振り返らない、未来に夢を持たないということは、失う物も何かを得たいという欲望もないのだ。この無欲が強さなのだ。幾多の名人、達人と言われた先人達が、「無」という神髄を得るために鍛えに鍛え、考えに考えてきたのだ。真介は図らずしてその神髄を身に付けていたのである。

日本を飛び出してから三年が過ぎ、年も三十四になった。日本を離れた当初は、生涯の友乾哲二の動向が気になり、密かに柳に連絡を入れたりしていたが、ここ一年以上それも止めた。ただ一人愛した友永佐智子も、とっくに心の中から放り出していた。故郷というものを持たない真介には、望郷の念もない。

そんな真介も、さすがに傭兵の誘いには考え込んでしまった。傭兵のことは小説や映画の世界でしか知らない。テレビで観た『外人部隊』や『モロッコ』が傭兵を扱ったものと思ったが記憶は定かではない。九龍時代に読んだ『戦争の犬たち』は傭兵が主人公だったが……。もっとしっかり読んでおくのだった。

真介は起き上がると、デュロンから受け取った封筒を取り出した。中には航空券と三千ドルの小切手、デュロンのサインがしてある通行許可証とおぼしき書類が入っていた。手紙類はない。「何が待ち受けているか知らないが、これも俺の人生か」と心の中で呟き、唇の端に皮肉な笑いを浮かべて再び寝転んだ時には、真介の心は決まっていた。

三日後の午後、真介はバンコク国際空港二階のラウンジでコーヒーを飲んでいた。乗り継ぎの飛行機を待ちながら一階のロビーを見下ろしていると、様々な人種がせわしげに行き来している。どこかの国の軍人らしい一団も見える。

小旗を掲げた娘を先頭にした、華やかな行列が目を引いた。男達は一様に首からカメラをぶら下げ、女はみな、ありったけの宝飾品で着飾っている。一目で日本人と分かる。完全に周りから浮いているのだ。香港でも韓国でも大勢の日本人観光客を目にしたが、どこでも同じである。近年日本人観光客が強盗や誘拐に遭う事件が多発しているが、発展途上国で金持ちを体中で表していては、狙われて当たり前なのだ。欧米人の観光客もよく見掛けるが、彼らはみな質素な出立ちである。一番よく分かるのは靴だ。日本人は、男女とも洒落たピカピカのブランド靴を履いているが、欧米人のそれは、何年も履き古したような頑丈な代物である。

目指す飛行機のアナウンスで、残ったコーヒーを飲み干して立ち上がった。

小さなボーイング機で、一時間のフライトでスマトラ島のメダンに着いた。インドネシアの何百という島々の中でも大きい方であり、真介が思っていた以上に都会であった。気候のせいもあるのだろうが、街全体が韓国よりも明るく感じる。タクシーに乗り、行き先を書いたメモを運転手に見せると、嬉しそうに頷いてアクセルを踏み込み、車は熱気の中へ飛び出した。三キロメートルほどは舗装された道路で快適なドライブであったが、街中を抜けるといきなりデコボコ道になった。運転手にとっては舗装道路もデコボコ道も関係なく、スピードこそ車の命といわんばかりの運転である。真介が何度目か天井に頭をぶつけ、尻の痛さに限界を感じ始めた時、前方に広大な湖が現れた。トバ湖である。真介は運転手の肩を叩いて岸辺を指さし、水を飲む真似をして見せた。運転手は肩を竦めてスピードを緩め岸辺に車を止めた。真介は、この車にもブレーキが付いていることを初めて知り、吐息を吐きながら車を降りた。靴を脱ぎ、ガラスのような透明な水に足を浸すと、むっとするような熱気と長旅の疲れが癒されていく。小さな三角帆をはためかせた船が数艘、右手一キロメートルほど先の集落を目指していた。

朝からの漁を終えて、家族の元へ急ぐ漁船なのであろう。

一息入れると、車は再びラリーに戻った。トバ湖を北へ迂回し、幾つものジャングル地帯と殺伐とした平野を通り抜け、真介がこのままではインド洋に突き抜けてしまうのではないかと思い始めた頃、ジャングルの切れ目で突然急ブレーキが掛けられた。タイヤが吹き上げた砂塵を透かして見ると、有刺鉄線が張られたフェンスで行く手を遮られたのである。運転手はフェンスに沿って右に曲がり、今度は地雷原を走るかのようにゆっくりと車を走らせた。間もなく髑髏《どくろ》とぶっちがいの骨の看板が掛けられたゲートの前に出た。

運転手はゲート横の小さなボックスを指さした。真介は車を降り、二度ほど屈伸をしてから示されたボックスに近寄った。扉を開けると電話が入っていた。

ダイヤルが付いていない内線用である。受話器を取り上げるとどこかに繋がり、ハローだかアローだとか言って、続いて早口の外国語が流れてきた。

真介は少佐にもリーにも名前を告げていなかったことに気が付いた。通じるかどうか分からないが、とにかく「アイアムジャパニーズカンフーマン。アイウォントミート、ミスターデュロンオアミスターリー」とカタカナ英語で話してみた。しばらく間が開いたので、通じたのかなと心配になったが、電話の向こうで何やら話し合う声が聞こえ、間もなく短い言葉で何かを言われてぷつんと切れてしまった。そこで待つようにと言われたようなニュアンスなので、車に戻ってそうすることにした。

運転手は首を竦めたが、不満は言わなかった。

ほどなく彼方から土煙が上がるのが見え、二人は顔を見合わせて頷き合った。

やがて三菱パジェロが現れ、ゲートの前で止まると半袖の軍服を着た小柄な男が降りてきて、鼠そっくりの歯を見せてにっこりした。真介はほっとして車を降り、運転手に約束の料金と多めのチップを支払った。車はラリーを忘れたかのようにゆっくりと帰っていった。

リーはゲートの鍵を開けて手を差し出した。「よく来てくれましたね」

真介は握手を交わしながら「自分でもなぜやってきたのかよく分からないんだ」と肩を竦めて言った。運転をしながらリーは「少佐との賭けに勝ちました。彼は来ない方に賭けていたのです」と言って真介に笑顔を向けた。

間もなく滑走路が見えてきた。輸送機と二機のヘリコプターが駐機している。

道路の反対側には、数棟ずつ固まった蒲鉾型兵舎が幾つも見受けられ、数台の戦車と機関砲を積んだトラックなどもあった。真介は、傭兵というものは小規模なゲリラ部隊という認識だったのだが、予想外に大規模である。

真介の驚きと珍しげな表情を横目で見てリーは言った。「結構大きい部隊でしょう。私も初めて来た時は驚きました」

パジェロは、滑走路の端にある格納庫裏の二階建てコンクリートの建物の前で止まった。リーは真介を促して車を降り、入り口の二人の衛兵に敬礼をしながら中に入った。目的の部屋は突き当たりの右側で、ドアにはホフマンと書かれたプレートが貼ってある。リーは軽くノックをし、返事を待ってドアを開けた。六メートル四方ほどの広さで、スチール製のデスクと幾つかの大小のキャビネット、ラック類という機能一点張りの部屋である。デスクには大柄で赤ら顔の白人が座っていた。彼がホフマンなのであろう。頭のてっぺんが禿げ上がっており、その周りを白っぽく見える金髪が取り囲んでいる。五十歳前後であろうか。リーが敬礼をして何かを報告した。彼は立ち上がってデスクを回り込んできて手を差し出した。

「彼はこの傭兵部隊の隊長でホフマン大佐です」とリーが紹介し「貴方をミチオ＝イシカワと紹介すればよいのですか？」と聞いた。真介は頷いて大佐と握手を交わした。大佐はにこやかな表情で話しかけ、リーの通訳を待たずにデスクに戻ると目の前のフォルダーを取り上げた。会見は終わったようだ。

リーは敬礼をすると真介の肘を取って部屋を出、入り口の手前を右に曲がって別の部屋に入った。何人かの将校や兵士達が、あちこちにグループをつくって食べ物や飲み物を前にくつろいででいた。喫茶室のようである。

「お腹が空いているでしょう。何か食べますか？　食堂は別にあるのですが、ここはティールームで軽いものしかありませんが」

外はまだ明るいが夕方の六時過ぎである。真介は空腹を覚えていたので、サンドイッチとコーヒーを頼んだ。リーは真介が頼んだものと自分のコーヒーをカウンターから取ってきて、近くのテーブルに腰を下ろした。真介は腹を満たしてコーヒーをお代わりし、それから煙草に火をつけてリーに尋ねた。

「どこで俺の名前を？」

リーはしばらく真介の目を見つめていたが「我が隊には情報部があります」と言ってコーヒーを一口飲んだ。「タクシーを調べ、貴方が野球選手の新村とヒルトンホテルから乗ったことを突き止めました。そこのレストランで、石川道夫の名で席が予約されていたことが分かりました」

「なるほど」

「情報部の調べでは、石川道夫という男は、馬賊をしていて中国軍に追われ、九龍に逃げ込んでいたということです」

真介の煙草を持った手が止まり、きらりと目が光った。リーは気付かぬ風を装って続けた。

「彼は香港マフィアの首領の朴の元におりましたが、やがて郷田という男と知り合い、さらに二年後、村下という男が加わって行動を共にするようになったようです。同じ日本人ということで気が合ったのでしょう」

煙草を揉み消して、真介はコーヒーカップを手にしながらリーを見つめた。

リーの目には何の色も浮かんでいない。

「九龍の中で縄張り争いがあり、郷田の首が九龍の門の所で発見され、村下という男も死んだようです」

真介は幾分ほっとしたが、すぐにその気持ちが吹っ飛んだ。リーが胸のポケットから折り畳んだ紙を取り出し「情報部が、中国軍から手に入れた石川道夫の手配写真をファックスしてきました」と言ったからである。

「似てないようですがご覧になりますか？」とリーは紙をテーブルに置いた。

真介はコーヒーカップを置いてファックスに手を伸ばしかけたが、首を振って引っ込めた。

「調査はここまでで打ち切らせました。手配写真もこれしかありません」

リーはファックス用紙を取り上げ、ゆっくりと破り始めた。細かく千切るとテーブルの上においてあった真介のジッポーで燃やして灰皿に入れた。二人はしばらく無言で小さな炎を見ていたが、やがて灰になるとリーは言った。「貴方が何者かは我々にとってはどうでもいいことです。貴方が石川というのなら石川ですし、村下と名乗るならそれでも結構です。何の問題もありません」

リーは「さて部屋へ案内しましょう」と言って立ち上がった。

宿舎は指令部からパジェロで二、三分の所の、数個並んだ蒲鉾型兵舎の右端であった。リーは車から降り、真介のバッグを持って入り口を開けた。中はすぐ通路が延びており、両側に三つずつ部屋があった。リーは左側の真ん中の部屋の前に立つと、鍵を取り出して扉を開け中に入った。部屋にはむっとした熱気がこもっていた。見回すと、大佐の部屋をやや小さくしただけで、備え付けの家具類とキャビネット類の位置はほとんど同じであった。右側にも部屋があり、開いているドアからベッドの裾が見える。事務所兼用の部屋なのだ。

リーが入り口横の壁のスイッチを入れると低いモーターの音が聞こえてきた。クーラーのようである。「この兵舎は教官棟で他に五人おります。貴方が引き受けてくれれば六人になります。決心が付くまでここを使って下さい。シャワーは寝室の横にあります」リーは荷物を置き、鍵を真介に渡すと「明日は七時に迎えに来ます。朝食の後、施設を案内します。今日はゆっくり休んで下さい」と言って部屋を出ていった。

真介は窓に近寄りカーテンを開けた。日が沈みかけ西の空が赤く染まり始めていた。とうとう来るところまで来てしまった。さっきリーに「なぜやって来てしまったのか、自分でも分からない」と言ったのは正直な気持ちであった。

これが俺の運命なんだなと肩を竦め、シャツのボタンを外しながらシャワー室に向かった。

翌朝、リーが時間より早めに迎えに来た時、真介は兵舎前の空き地で半裸になって少林寺の稽古をしていた。リーは声をかけるのも忘れて見とれてしまった。これまで知っている空手や柔道とは動きが違う。全く無駄のない筋肉が躍動し、無言の気合いが刺すように広がる。彼はやがて鎖で繋がれた二本の棒を取り出し、目にも止まらぬ早さで操り出した。韓国の酒場で見た武器だ。シュッシュッという音が空気を切り裂く。しばらくして脇にぴたりと棒が収まり、一礼して稽古が終わった。真介はタオルを拾って振り向き、汗を拭きながらリーに近寄ってきたが、息は少しも乱れていない。

「少し待っていてくれ」と言って、返事を待たずに兵舎に入っていった。間もなくモスグリーンのTシャツとコットンのスラックス姿で出てきて、パジェロの助手席に乗り込んだ。リーはエンジンをかけてスタートさせた。

十五分ほど滑走路の反対方向に走り、小高い丘の頂上に着いた。眼下の右手には鬱蒼としたジャングルが広がり、左手にはサッカー場ほどの切り開いた空き地がある。「あのジャングルでは昨夜から二つの部隊が訓練しています。ナイフだけで攻め合っているのです。貴方には見えないでしょう」真介は目を凝らしてみたが、枝葉一つ揺れていない。

「左の空き地は射撃訓練場です。間もなく始まります」

リーが言い終わらないうちに二十人ほどの兵隊達が一列になって現れ、腹這いになってライフルを構えた。二百メートルほど先の土手に標的が見える。一斉に射撃が始まり、土手に土煙が舞い上がった。一番遠くの四人は機関銃を撃っており、タタタタタという断続音がここまで聞こえてきた。

真介の目を引いたのは、射撃地の横に滑走路のように延びている細い道である。広場の二倍ほどの長さがあるので四百メートル以上はあるであろう。二人の兵隊が現れたが、訓練している兵隊達のライフルより一回り長く、スコープが付いているのが遠目にも分かる。片膝立ちに構えると、ここからでは小さ過ぎて見えない標的に向かい交互に撃ち始めた。一発撃っては傍らの筒を覗き込んでいる。望遠鏡で結果を見ているのだ。

「次に行きましょう」車が丘を下る途中で、どこからか断続的に大小の雷鳴のような音が聞こえてきた。

「あの音の大きい方は対戦車砲です。小さいのは手榴弾でしょう。午後から行ってみますよ」

真介はいったいどのくらいの広さがあるのかと聞こうと思ったが止めにした。どうせリーはエーカーで答えてくるだろう。何千エーカーと言われたところで見当もつかぬ。

爆音が聞こえてきて、彼方の滑走路に輸送機が着陸しようとしているのが目に入った。迷彩色をほどこしたずんぐりした機体である。

パジェロはやがて幾つかの建物群の中に入り、ひときわ大きな蒲鉾型兵舎の前で止まった。体育館であった。二人は車を降り、扉を開けて入っていった。

五十畳ほどのマットが敷かれたコーナーが二つあり、それぞれ十数人の若者達が稽古着で訓練をしていた。手前側が格闘技、その向こうでは銃剣を稽古している。

指導者らしい男が時々檄を飛ばしているが、何か気合いの入らない稽古である。二人は黙って見学していたが、やがてリーが「教官が戦死したので有段者の軍曹が指導しているのです」と言った。

「空手のようだが、俺にはお嬢さんのダンスにしか見えないが」と真介。

リーはニヤリとすると軍曹を呼び付けて何事かを耳打ちした。軍曹は険しい目を見知らぬ男に向けると踵を返して戻っていき、若者達に大声で怒鳴った。

彼らはぴたりと動きを止め、軍曹の言葉を聞いて顔を見合わせた。若者の中から一人が進み出、興奮した口調で軍曹に何事かを話している。異様な雰囲気になってきた。軍曹がやってきてリーに報告した。

リーは頷くと「ミスター石川。あの若い伍長が、我々がお嬢さんではないことを貴方を相手に証明したいと言っているそうです」と面白がった表情で通訳した。真介はリーを睨みつけたが、言ったことは事実なので仕方なく頷いた。

肩を竦めるとマットに向かい、スニーカーを脱ぎ、Tシャツを脱いでマットの中央に進み出た。リーは真介のしなやかな筋肉質の体を見るのは今日二回目である。伍長が真介の前に出、一礼して構えに入った。他の若者達はマットの縁に並んで座った。銃剣術の訓練をしていた者達も、稽古を中断してマットの周りに集まってきた。伍長のブルーの目には緊張感と怒りが溢れている。百八十センチを超す体を中腰に屈め、右足を前に出して構えている。左利きの、なかなかいい構えである。

真介は別段構えも取らず、全身の力を抜いて両腕をだらんと垂らしたまま伍長を見つめていた。伍長の目に殺気が走った途端、真介の腰がわずかに沈んだ。「キェー！」という気合いを発し、伍長の体が飛び込んできた。左手の拳が真介の心臓に向けて鋭く突き出された。真介は体をかわすこともせず、右の掌で伍長の拳を受け止めた。まるでキャッチャーミットに収まったボールのようである。

伍長は拳を引き抜こうとしたがびくともしない。仕方なく右拳でパンチを放ったが苦もなく払い除けられた。今度は苦しまぎれの右足の蹴りを放ったが、空しく空を切って倒れ込んでしまった。しかもなお左の拳は握られたままである。

起き上がろうとしたが拳を締められて身動きできない。まるで万力で締め付けられたようだ。ついに拳の骨が軋み出し、伍長の口から苦悶の声が漏れ、頭の芯が痺れて目の前が暗くなり始めた。

真介は彼の目を覗き込んでいたが、焦点が定まらなくなったので力を緩めた。

伍長は拳を抱え脂汗を浮かべて座り込んでしまった。誰も口をきかなかった。

この東洋人は、特に何をしたというわけではない。まるで子犬でも扱うように右手一本で大男をあしらってしまったのである。リーが周りの兵隊達に何かを言うと、一様に驚きの表情を浮かべて目に畏怖の色を浮かべた。続けて命令口調で言うと、彼らは一斉に練習を再開した。今度は皆が真剣な態度であった。

二人は体育館を後にして外へ出た。

「リー、何を言ったんだ？」

「三人の仲間を病院送りにしたのがこの人だと言ったのです」

その時パジェロの無線機が鳴った。リーは応答して無線機からの声に耳を傾け、返答すると真介に言った。「デュロン少佐が、食堂で朝食をご一緒したいそうです。さっきの輸送機で帰ってこられたようです」

二人は昨日行った指令部の隣の建物に着いた。食堂は百人くらいが一度に座れるほどの広さがあったが、閑散としていた。壁の時計は八時をさしており、兵隊達の朝食の時間は過ぎているようであった。左の隅の方に、将校専用のコーナーがあり、制服姿の三人の男がいた。真介はリーに従って調理コーナーに並び、ベーコンエッグにサラダとスープ、クロワッサンとバターをトレイに載せて将校のテーブルに向かった。コーヒーは将校テーブルにポットが置いてある。

三人はホフマン大佐とデュロン少佐、もう一人は初めて見る顔である。彼らは既に食事を始めており、デュロンが目で座るように合図をした。

大佐は口をナプキンで拭うと「昨日は忙しくて素っ気ない態度で失礼した。こちらは情報部のマルカン中尉。少佐とは会っているね」とリーの通訳を通じて話しかけた。真介はテーブル越しに手を差し出してきたデュロン少佐と握手を交わしたが、マルカンと紹介された情報将校は、差し出された真介の手に目もくれず、軽く鷹揚に頷いてコーヒーポットに手を伸ばした。努めて無視しようしているようであったが、かえって意識していることを細身の体の緊張ぶりが物語っている。グレーがかった鋭い目には疑り深そうな色が浮かんでいる。

真介の過去をほじくり出したのはこの男であろう。

大佐は食事を終えるとコーヒーを飲みながら、昨日の慌ただしい会見時とは異なって、くつろいだ顔つきで少佐やリーと談笑した。彼らの言葉は英語ではない。若い頃に観た映画で聞いたフランス語である。どっちにしろ分からないので、黙々と食事を続けた。やがて大佐は真介に何事かを早口で語りかけ、リーの通訳を待たずに中尉と席を立った。

「貴方の経歴の最終報告をマルカン中尉から聞いたが、何も問題はない。貴方が格闘技の教官として、ここに残ってくれることを期待していると言っていたのです」とリーが説明をした。

ポケットから葉巻を取り出したデュロンは、大佐の要請に対する真介の反応を見るような目つきで火をつけた。真介は肩を竦めただけでコーヒーポットに手を伸ばしていた。

真介が何事かを考えながらコーヒーを半分ほど飲み、顔を上げるとデュロンがこっちを見ていた。

「聞いておきたいのですが、前の教官は戦死したそうですね。教官も前線に出るのですか？」と真介が質問し、リーの通訳で二人の会話が始まった。

「前任者は小隊長で教官を兼ねていたのです。前線で戦うことが優先任務だったのです」とデュロン。

真介は少し考えてから言った。「しばらくは格闘技の教官として引き受けたい。と同時に、一兵隊として武器の扱い、戦闘術の訓練を受けたいと思います。自信が付いたら実戦に出してもらいたいのだが」

デュロンは大きく頷くと「これで決まりだ。報酬は週八百ドル。来週からでも開始してくれ。細かいことはリーから説明を受けてもらいたい」と言って出ていった。

皆が出ていったので、リーはほっとした表情で「新教官を歓迎します。ようこそ地獄の底へ」と言って握手を求めた。

「二、三決めておきたいことがあります。まず貴方の名前ですが、どちらにしますか？　石川道夫か村下真介の」

リーのもっともな質問に真介は返答に詰まった。

「説明しておきますが、ここには様々な動機で入ってきております。どこかの国の正規の軍人であった者が、戦争が終わっても戦闘中毒から抜けられず、戦いを求めて入ってきたり、国を追われて逃げ込んできた犯罪者もいます。それから、生きるか死ぬかの究極のスリルを求めてきた者もいます。極限の刺激がなくては生きている気がしないのでしょう。また金が目当ての者もいます。給料の他に、戦闘に参加すれば特別手当てが出ますし、勲章ものの戦功を立てればボーナスも出ます。三年生き残れば、十年間は遊んで暮らせるくらいは稼げるのです」

リーは冷めかけたコーヒーを口に運んで真介の反応を窺った。熱心に聞いているようなので後を続けた。

「貴方の国の兵隊も三人いますよ。平和ボケした国の、実戦のない訓練だけの軍隊、貴方の国は自衛隊と呼んでいるようですが、他の国から見れば立派な軍隊以外の何ものでもないのですが、それに飽き足らずにここに入ってきているのです。いつか会うこともあるでしょうが、なかなか優秀な兵士達ですよ」

真介の表情に変わりはない。

「いろんな事情、いろんな過去を背負ってきた者ばかりですので、偽名を使っている者の方が多いのです。私にしても例外ではありませんしね。ここではそんなことは一切問われません。戦う兵士がいるのみです」

真介は小さく頷くと言った。「真介と呼んでもらおう。ただのシンスケだ」

「宜しいでしょう」

「それにしてもリーさん。貴方の日本語は完璧だ。どこで覚えたのかな」

リーはにっこりして言った。「タイから日本のハイスクールに留学していたことがありましてね。後は言いません。ここでは過去を聞かないことです。それから、ここでの共通語は基本的にフランス語です。私的にはどこの言葉を使おうと構いませんが、訓練や命令、報告などの軍用語はすべてフランス語です。

当面は私が通訳しますし、訓練の合間にカリキュラムを組んで教えます。早く覚えて頂きます」

翌日から本格的なキャンプ生活が始まった。午前中は各部隊に格闘技を教え、午後からは、新兵としての訓練とフランス語の講義を、最近入隊した新兵達と一緒に受けるのである。

初日の午後はナイフ使いの訓練であった。十数人の兵士達の端に整列していると、リーがやってきた。親切にも通訳に来てくれたのかと思ったが、考えが甘かった。

リーは「今日はど素人が一名いるので、ナイフ投げの基本を行う」と言って、前に置いてある台の上に、持ってきた二十本ほどのナイフを並べた。彼は教官だったのだ。

一本を取り上げて、皆にかざしながら説明を始めた。

「このナイフは銃剣とは異なる。投げる専門のナイフで、そのようなバランスで造られている。刃先は特殊合金でできていて、鍋くらいは簡単に突き抜ける。軍服などは、チーズを刺すようなものだ」

流暢なフランス語で、無論真介には理解できなかったが、何となくニュアンスは伝わった。リーはグリップを握って振り向いた。後ろのフィールドには、およそ三メートル、五メートル、七メートル間隔で的が立っている。投げて見せるようだ。一本を右手に持ち、左手に二本持って自分の立っている所から目で距離を合わせ、腰をわずかに屈めた。

右手が一閃し、間を置かずにさらに二度振り下ろされた。くるくるっと輪を描いて、三つの光が走った。三本とも、それぞれの的の真ん中の赤丸に突き刺さっていた。兵士達の口から感嘆の吐息が漏れた。鍛えられた真介の目から見ても、神業としか言いようがない。見事な腕である。

真介は、韓国の酒場の前でリーと戦わなくてよかったと思った。薄暗い車の陰から彼のナイフが音もなく飛んできたら、果たして避けられただろうか。

リーは真介を前に呼んで日本語で言った。「投げナイフの射程距離は、せいぜい五メートルまでだ。それ以上になると威力が半減してしまい、第一、命中精度が悪くなる。私なら十メートル先でも殺せるが、今のシンスケには不可能だ。やってみなさい」

真介がナイフを選んでいる間に、リーが今言ったことを兵士達に伝えた。

真介は、リーが握ったやり方の真似をして身構えた。わずか三メートル先の的であるが、中心の赤丸はテントウ虫ほどの大きさにしか見えない。

「えいっ」と気合いを入れて投げたが、ナイフは回転しながら的の上をかすって行き、数メートル先の乾いた土に砂埃を巻き上げて転がっていた。

「もう一度やらせてくれ」と真介は頼み、今度はやや下を狙った。的には当たったものの、グリップの方が当たって力なく下に落ちた。

リーの号令で、兵士達が代わる代わる練習を始めた。彼らは初めてではないようで、近い的にはほとんどが命中していた。

リーが近寄ってきて言った。「一カ月で、一番近い的に当てられるようにして下さい」

一年が瞬く間に過ぎた。

兵隊の格闘技術は、真介の呵責ない訓練で格段の進歩を見せた。彼自身も様々な技術を身に付けた。戦略や戦術などの指揮術の他に、大小の火器類、爆薬類の扱い、ジャングルなどでの接近術などの実技である。接近術とライフルによる狙撃は、もともと才能があったとみえ、教官を凌ぐほどに上達した。

二年目からは実戦にも時々随行して経験を積んだ。

三年目には、小隊を率いて本格的な戦闘に赴いた。彼らの戦いぶりは凄まじく、たちまち傭兵部隊きってのエースと呼ばれるようになった。

戦場には事欠かなかった。アフリカではコンゴ、ルワンダ、ジンバブエなどでの民族紛争、アラビアンナイトの国では石油戦争、インドとパキスタンの国境紛争、ベトナム戦争にその後のカンボジア内戦、イスラエルとアラブ諸国のモーゼ以来の二千年にわたる宗教戦争、ロシアのアフガン侵攻、アメリカとコロンビアなどの麻薬戦争等々、世界に戦争の火種は尽きることがない。

真介は世界を飛び回って戦い続けた。何人もの部下も失ったが、出兵回数からみて戦死者の数は異例の少なさであった。

真介の卓越した戦闘術と、危険を察する動物的な嗅覚が、幾度となく窮地を救ってきたのだ。

彼自身も何度も負傷した。銃傷、火傷、刺し傷は体中に及んでいる。今では不死身のシンスケと呼ばれるようになり、完璧な殺人マシーンと化していた。

一九九二年(平成四年)春

真介が傭兵になって十六年の年月が流れた。あと三カ月で五十歳である。

真介は、なぜか階級は固辞していたが、教官長は引き受けて総括責任者となっていた。リーが真介の副官を勤め、大尉に昇級していた。デュロンは三年前に大佐となり、傭兵部隊の隊長になっている。

四月になったある日、真介は長官室にリーを呼んだ。リーが入室した時、真介はファイルに目を通していた。

「リー。最近兵士の損失が大きい。この一年は、それ以前の三年分の死者数を上回っている。原因の分析はしてあるのか?」

「はい。我々は最新式の高性能武器で武装しておりますが、各地の反抗勢力もそれに劣らず近代化しております。またゲリラも、以前は烏合の衆だったのですが、今は非常に組織化され、訓練されておりますので、必然的に損害が多くなっているのです」

「武器も戦術も変わらないとなれば、あとは個々の資質の問題なのか？　我々はそれが劣っているのか？」

「そうは言っておりません。我が部隊は最強です」

「じゃあ何だ」真介は幾分鼻白んで言った。

「最近はイスラエルやアフガンへの派遣が多く、ご承知の通り、あの地域は宗教的対立地帯で、死ねば天国に行ける、英雄になれるという教育が徹底しています。戦闘での被害より、自爆テロによる被害が多いのです。検問は徹底してやっているのですが、女子供はうまくすり抜けてしまうのです」

「情報部の分析はどうなっている」

「今のところ、これといった対策はないようで……」

「人の過去や経歴を探ることは一人前でも、戦闘分析は半人前だな」

真介は傭兵入隊時、情報部に徹底的に経歴を調査されたことを思い出して、珍しく皮肉を言ったのだ。

真介はもう一度ファイルに目を戻した。リーは落ち着かない気分になった。言い訳を最も嫌うボスなのである。まさに自分は言い訳をしているのだ。

真介はファイルから目を離さずに言った。

「リー、気が付かないか？　この報告書によると、傭兵部隊の本部が、雇い主の本部の中に設置してある。自爆テロの格好の目標になって当然と思わないか？

もちろん現地では部隊長の判断に委ねているが、傭兵の本分が忘れられているように思われる。傭兵は、正規の軍がやれないことを引き受けているのだ。目立たない所に拠点を設置し、一発の爆弾では全滅しないように居所を分散しておくべきではないのか」

リーは返事に詰まって唇を噛んだ。指摘の通りなのである。

真介はしばらく考えていたが「大佐に会ってくる」と言って立ち上がった。大佐が今日は外出の用事がなく、部屋にいることは知っていた。

「大佐。お願いがあるのですが」真介は部屋に入るなり、前置きなしで話し始めた。デュロンは真介をリクルートして以来、性格は心得ているので驚きもしない。胡麻塩交じりの髭に手をやって「まあ座れ」と落ち着いた声で言った。

「最近の兵士の損失の多さは、ぜひ解決しなければなりません」と真介は単刀直入に切り出した。

大佐ももちろん、今最も懸念していることであり、昨日も将校会議で討議したばかりなのだが、これという解決策がなくて頭を痛めていたことなのである。

「シンスケは、昨日は出張で会議には出ていなかったが、何かいい考えでもあるのか」

「今朝がたマニラから帰ってきたばかりですが、先ほど会議の議事録とイスラエルでのひどい損害報告書を読ませて頂きました。気が付いたことを二、三申し上げたいのですが」

デュロンは葉巻きを取り上げて注意深く頷いた。シンスケが敬語を使って切り出した時は要注意である。彼は上下関係が嫌いで、そのために将校にならずにいることは明白なのである。将校になれば、上からの命令は絶対服従が第一条件である。それがなければ軍隊とは言えない。シンスケは性格からいって、誰とでも対等に発言できる立場でいたいのだ。

「第一に、最近の将校はイエスマンが増えていて、異を唱える者が少なくなっている。まるで大佐独演の報告会で会議の体を成していない。幹部の多くがデスクワークが得意の屁理屈屋ばかりになっているのが原因だ」

最近の真介は、何かいらついているようで、言い方もストレートになってきている。教練した兵士達の死傷が増えているので気持ちは理解できるが……。

「それは言い過ぎではないか？」

「いや、これでも遠慮して言っている」

さすがにデュロンもむっとした。「私の将官選びに問題があると聞こえるが」

「そう聞こえるように言っている」真介はすまして答えた。

デュロンは肩を竦めて葉巻きに火をつけた。確かに最近の幹部で、真介のように自分の意見をはっきり言える者は皆無といっていい。

「もう一つ」真介は、大佐の顔が苦虫を噛んだようになっているのを無視して続けた。「将校の実戦現場での指揮力が低下している。これがいたずらに兵士を死なせている最大の原因と考えている。兵士の戦闘能力は問題ない」

真介は最初は敬語を使っていたが、気持ちが高ぶってきて、いつものストレートな口調になっていた。

デュロンはそれを咎める風もなく「再教育が必要と言いたいのか」と聞いた。真介は頷いて「それも将官と兵士が一体となった訓練をだ」と言った。

デュロンは真介の言いたいことがよく分かった。彼の指摘通り、最近の将校教育は、コンピュータ教育や情報操作などの机上教育が多すぎ、実戦訓練がおろそかになっているきらいがあるのは感じていた。将校は命令を伝達するだけで、兵士とのコミュニケーションが足りなくなっているのだ。

「我々は大国の軍隊ではない。傭兵であるということを、もう一度考え直す必要がある」真介は言いたいことを吐き出して、幾分落ち着いて背もたれに寄り掛かった。

「分かった。もっともな意見だ」とデュロンも同意して葉巻きを吸い込んだ。

「今度のサラエボは俺に行かせてほしい」

デュロンはむせながら煙を吐き出した。「何も教官長自らが行くことはあるまいに」

「実戦現場での直接指導に勝る教育はない。戦場では走れないと、即、死につながることは常識だ。俺自身、ここ二、三年は実戦に出ていないが、走力は若い者にはまだ負けぬ。もちろん気力も体力もだ」

言い出したら、絶対後に引かない男であることはデュロンは承知している。

「よかろう。だが条件が一つある。少なくとも二週間は、若い兵士と訓練し直してくれ。彼らに引けを取らない体力があると判断できたら許可しよう」


真介は、若者達と同じ訓練を消化するかたわら、部隊の編成を始めた。特に優秀な者を集めようとしなかった。真介独特の考え方である。何かの本で読んだのだが、どの部隊でも、十パーセントの優秀者と、十パーセントのできの悪い者が出る。そこで上位十パーセントの優秀者だけを集めて部隊をつくってみると、しばらくすると同じように十パーセントの優秀者と、同率の出来損ないができてしまうという。真介は、実際に幾度か傭兵部隊で実験してみたが、ほぼ当たっていたのである。そこで真介は、これまで出兵の部隊編成に際し、特別な選別隊をつくろうとはしなかった。出来の悪い兵士を徹底的に鍛えて、全体の底上げをする方法をとってきた。今度の部隊編成も同様である。

派遣を要請されたサラエボの戦場、戦況に合わせて、要員と武器類を用意した。偵察、重火器、小火器、爆薬、格闘技、通信などの技能を習得した者を、七人編成の小隊に振り分け、三小隊で中隊として少尉を長とした。その中隊を七組つくり、大隊長に少佐、副官を二名、若手の士官を教育のために数名配置した。

真介自身はアドバイザーとして参謀的立場にいた。

猛烈な二週間の訓練を終え——無論真介の体力を疑う者は一人もなく——彼らは出征していった。

地中海は有史以来、様々な民族の侵略、独立が繰り返されてきており、近年に至っても民族紛争が絶えたことがない。ボスニアヘルツェゴビナにしても、平和の祭典である冬季オリンピックが開かれた首都サラエボが、今や荒れ果てた戦場と化していたのである。

民族間の熾烈な抗争を他人事のように見ている国で、信教の自由も保障されている日本人である真介には、理解しにくい戦争である。が、別に理解しようとも思わない。今大切なのは、膠着した戦況を、いかにして雇い主側に有利に展開していくかという一点である。

傭兵隊が到着して十日ほどで劣勢を挽回し、さらに攻勢をかけるべく打ち合わせが行われた。部隊長の少佐はなかなか優秀で、兵士達もよく戦っていたが、限られた兵力にしては、戦線が広がりすぎているきらいがあった。

攻撃のポイントが、西地区にあることは少佐も真介も分かっていた。少なくとも前線から三キロメートルは前進し、庁舎とその横の小さな教会を確保する必要がある。それができれば、総攻撃で中央突破を決めている正規軍の本隊を横から援護できるのである。三十六時間後の総攻撃までに確保できないと、大きな被害が出るに違いない。敵もそこは承知していて厚い布陣を敷いている。これまで二回、正規軍も傭兵隊もアタックしているが、被害のみ多くて実効を上げていない。

真介は自らが出撃することにした。少佐は、少なくとも二中隊は必要で、それだけ回せる兵力がないと言った。それも真介にはよく分かっていた。

真介は、傭兵隊と正規軍からの一小隊ずつ、二小隊で落とすと言って少佐を驚かせた。自殺するようなものだと思ったが、彼もミスターシンスケの頑固さは知っていた。


真介は、傭兵隊の小隊の中から志願者を募った。真っ先に名乗り出たのは、オーストリア人のシューマン軍曹であった。まだ二十五歳の彼は勇猛果敢な性格で、訓練では常に上位の成績を上げていたが、まだここに来てからは目立った戦功を立てていない。血の気の多い彼としては、それが我慢できなかったことと、伝説のミスターシンスケと一緒に戦える栄誉を考え、一番に身を乗り出したのである。正規軍の小隊の合流を待ち、軍備を整えて真介は夜を待った。この小人数では真正面からでは戦えない。数時間のロスがあっても、夜のゲリラ戦法しかなかったからである。

敵が制圧している小さな村の入り口に近付いた彼らは、打ち合わせ通り傭兵隊が二人一組となり、三組別々に荒れ果てた畑に忍び入った。残りの一人は、真介の横でいつでも飛び出せる構えで待機した。侵入班は拳銃と手榴弾、ナイフだけという軽装備で、その後を正規軍の小隊が軽機関銃を持ち、数メートル間隔でついていった。彼らは次々と、声も立てさせずに見張りの喉を裂きながら前進していった。真介も暗視スコープ、消音器付きの狙撃銃を持ち、彼らの最後尾から援護していって、傭兵隊からは見えない見張りを仕留めていた。見張りがいないことに気付かれるまで、おそらく十分ほどしかないはずである。先頭の軍曹と部下は、あらかじめ敵の指令部と見当を付けていた、村長の家近くの木立ちに到達した。見張りが二人入り口に立っているので、中隊指令部と確信が持てた。軍曹はすぐ後ろの闇にいる部下に頷き、拳銃の先に消音器を捩じ込んだ。部下も同様にし、装着し終わると見張りに狙いを定めた。軽い衝撃音とともに見張りが崩れ落ち、同時に二人は飛び出した。家に駆け寄り、窓から二個ずつの手榴弾を投げ込むと闇雲に逃げ出した。数秒後の農家の爆発音を合図に、等間隔で一列に隠れていた正規軍の兵士が、左右に一斉射撃を始めた。

たちまち両側から一斉に反撃が始まった。侵入隊は身辺に弾が飛んでくると、一目散に撤退した。真介の所まで逃げてきて振り返ると、左右の陣地に火花が飛び交っていた。狙い通りの同士討ちが始まったのだ。彼らは戦場を迂回してさらに奥へ進んでいった。朝までに目標までの三分の二ぐらいまで進んだが、明るくなるとスピードが落ちた。彼らが侵入したことは知れわたっており、姿を現さざるを得ない日中では、必然的に激しい撃ち合いになった。彼らはよく戦ったが、圧倒的多数の敵に押され、傭兵も正規軍も二人ずつの戦死者を出していた。

夕刻前には完全に包囲されていた。

真介は決断した。自分達の位置を目標に迫撃砲での援護を依頼したのだ。敵が接近しすぎていて、敵だけの目標が定められなかったのだ。部下達は、真介の命令で岩陰や太い木の陰に穴を掘り始めた。戦闘を続けながらの作業なので、思うような深さに掘れなかったが、これ以上は待てないところで砲撃開始の無線を送った。

数秒を経ずして、砲弾が飛来する風切り音がし、真介達の周りに次々と着弾した。彼らの周りに、土くれや石、木っ端が雨のように降り注いだ。五分ほどで砲撃が止んだ。立ち込める煙の中を軍曹がそっと頭を持ち上げると、たちまち弾丸が襲ってきた。真介は再び砲撃を依頼した。今度は数倍の量と時間の砲撃であった。彼らは頭を上げるどころか、目も開けていられなかった。ただひたすらヘルメットを抱えて、今まで助けてもらったことのない神に、今度こそは助けてくれと心からの祈りを捧げていた。

十五分は経ったであろうか、再び砲撃が止んだので、真介はまず五体を確かめてみた。手足は付いている。穴の縁から目だけを覗かせたが、煙幕を張ったようで何も見えぬ。

「シューマン軍曹、無事か？」と怒鳴った。やや間を置いて「はい！　左腕にかすり傷を受けましたが、大丈夫です」と軍曹の元気そうな声が聞こえてきた。

やや震え声であったが無理もない。真介でさえ恐怖で口がカラカラなのだ。

「小隊の点呼を取れ。正規軍もだ」

すぐに名前を呼ぶ声と返事が、煙の中を飛び交った。傭兵一名と、正規軍二名の返事がないことに気が付いた。これで半数を失ったのだ。

真介はゆっくりと立ち上がった。この静寂は、敵が退却したことを物語っている。あちこちで兵士達が体を起こすのが、煙を通して微かに見て取れた。

まるで幽鬼のようである。全員が真介の周りに集まってきた。といっても、残りは彼を含めても八人だけである。傭兵は曹長を、正規軍は軍曹を失っていた。これだけで残り三キロメートルを走破し、目標の庁舎を落とさなければならないのだ。退却することは考えていなかった。生き残った正規軍兵士三名も、さすがに何年も戦ってきた猛者である。弱音を吐く者はいなかった。彼らの国であるから、当然かもしれないが。

幸いなことに、生き残った者は、ほとんどが何かしらの負傷をしていたが、歩けるし戦えるようであった。猛烈な砲撃の中、奇跡に近いといえた。

真介は生き残りの七人で小隊とし、シューマン軍曹をリーダーとした。

武器を調べると、重機関銃一丁があり、軽機関銃、弾薬と手榴弾は、戦死者のも合わせると充分といえた。ただし無線機が曹長もろとも吹っ飛ばされていて、使い物にならないのは痛かった。

西に移動して、森の中で暗くなるのを待った。昨夜から戦いづめで、初めての束の間の休憩であった。携帯食を食べ、二時間ほどの仮眠を取ると幾らか生きている実感を取り戻した。

暗闇の森の中、敵兵に注意しながらの前進で、わずか三キロメートル進むのに明け方近くになってしまった。小人数で敵に遭遇すれば、また戦力を失うことになり、成功は断念しなければならなくなる。

森の端でようやく目指す村が見えてきた。正規軍の兵士の一人が、この村をよく知っているとのことで偵察に行かせた。彼は軍服を脱ぐと、背嚢から農夫用の粗末な衣服を取り出して手早く着替え、上着の下のベルトに拳銃、足首にナイフをくくり付けて、朝靄の中に消えていった。

殺られてしまったのかと気を揉み始めた二時間後、彼が帰ってきた。

報告によると、真介が思っていたほど敵の数は多くなく、数十人という。近いうちに総攻撃があることを察知し、兵力を分散して前線に送り出したようだという。真介と軍曹は、偵察の情報をもとに敵兵の位置を地図に書き込み、戦略を練った。とはいえ、味方の戦力が戦力だけに、大した計画は立てられない。

総攻撃開始までの時間も、残り二時間ほどしかない。問題は百メートルほどの間隔にある二つの機関銃座である。真介はそれぞれの機関銃座に二人ずつで向かわせ、軍曹達三人で中央をアタックさせることにした。強引な突破ではなく、敵を引きつけておく陽動作戦である。その間に真介は小さな教会を占拠し、狙撃で敵を撃ち崩す計画なのである。

軍曹の合図で攻撃が始まった。たちまち激しい戦闘になった。真介が瓦礫の陰から飛び出そうとした時、味方の兵士が一人撃たれたのが目に入った。足を押さえて倒れたのだ。おかしい。無理をするなと言ってあったので、足を撃たれるほど身を乗り出していたわけではない。上から狙撃されたのだ。

高い建物は、真介が目標とした教会しかない。真介がスコープを覗いて建物を舐めた。いた。尖塔のチャペルの窓の隅でちらりと影が動いたのだ。真介が狙撃の場所に選んだのだ。敵も同じ考えであっても当然なのだ。軍曹に注意を促し、頭を低くしておくように命じて、チャペルの窓にスコープの照準を合わせた。動きを待ったが、敵も熟練したスナイパーのようで二度と姿を現さない。

膠着した時が流れた。時間をくえば圧倒的に不利であり、総攻撃の時間も迫ってくる。

その時、軍曹が突然立ち上がり軽機関銃を乱射し始めた。すぐ身を隠したが再び同じことを繰り返した。意図は明白である。チャペルの窓に動きがあり、狙撃銃に続いてヘルメットの黒い影がわずかに現れた。これで充分である。

真介はスコープの照準をヘルメットの天辺に合わせた。距離四百メートルでこの射角なら、数センチ着弾が下がる。ゆっくりトリガーを絞った。一秒の何分の一後、狙撃兵のヘルメットが弾かれ、銃とともに窓から消えた。真介は走った。体の近くの壁や地面に何発もの弾が飛んできて、乾いた埃を舞い上げた。

真介の体は、まるで野を駆ける兎のように素早いものであったが、現実には肺が焼け付くようで、目がクラクラしていたのだ。何とか教会の窓の下に辿り着いた時は、荒い息が止まらず立ち眩みさえしていた。煙草を止めなければと反省しつつ、手榴弾を取り出して窓から放り込んだ。狙撃銃をストラップで背中に背負い、拳銃を抜いて爆発と同時にドアを蹴破って飛び込んだ。

緊張の一瞬であったが中には誰もいない。左手に階段があったので、拳銃を構えながらそろそろと上っていった。アドレナリンが体中を駆け巡り、自分自身の心臓の音が聞こえてくる。二階にも誰もいなかった。続いて三階への階段も慎重に上った。何に使う部屋か知らないが、木製の机や椅子が散乱しているだけで人の気配はない。チャペルの塔へ続く梯子を見つけ、そっと覗き見上げると、敵が半身を乗り出して見下ろしていた。はっとして身を隠したが何の動きもない。もう一度頭だけ出して観察すると、開けたままの目に光がなく、頭の半分がなくなっていることに気付いた。真介は吐息をつくと階段を上っていった。死体を下に蹴落としてチャペルの窓に取り付き敵陣に目をやった。ここなら絶好のポイントである。二つの機関銃座も見通せた。狙撃銃を構え次々と連射していった。射的の的のようである。たちまちのうちに四名を撃ち倒した。敵も勇敢である。狙撃に気付いて数名が、次々と教会の下に突進してきた。真介の銃はそれを許さず、辿り着く前に全員が餌食となった。

敵兵はたちまち乱れて退却を始めた。身を晒すのでさらに十人近くが、真介と突撃をしてきた傭兵に背中を撃ち抜かれて倒れた。残りは庁舎に逃げ込んだ。

傭兵達は、庁舎の数十メートル手前の建物の陰に散開して身を潜め、窓や入り口に向けて発砲した。誰一人撃ち返してこない。傭兵も撃つのを止めた。唐突に音がなくなり不気味な静寂が訪れた。無為な時間が流れていく。真介は焦らなかった。このままの膠着状態を保っていれば、総攻撃が始まって、半日もすれば援軍が現れるのだ。

しばらくしてどこかからエンジンのかかる音がし、庁舎の裏からトラックが飛び出していった。逃げたのかと思ったが何かおかしい。小型トラックなのである。

敵は半数以上倒したのだが、それでも二十人近くはいるはずである。全員が乗れるわけがない。その時シューマン軍曹が、一人を連れて庁舎に突進して行くのが見えた。真介はあわててチャペルの窓から「軍曹行くな！　罠かもしれんぞ」と怒鳴った。二百メートルは離れているので声は届かなかった。

二人は何の反撃も受けずに入り口に辿り着き、手榴弾を投げ入れて爆発と同時に飛び込んだ。すぐに部下も消えた。数秒後に激しい銃撃音がし、ぱたっと止んだ。待機していた伍長が、真介の突撃の合図を求めるかのようにチャペルの真介を見上げた。真介はそれを手で制し様子を見ることにした。何かがおかしいのだ。数分後、一人の兵士が両手を挙げて庁舎の裏側の中庭に出てきた。

真介がスコープで覗いて見るとシューマン軍曹であった。足に負傷しているらしく足を引きずっている。

十メートルほど歩いて庭の真ん中に立った。その時乾いた銃の音がし、軍曹の右足から血が飛び散るのが見えた。軍曹は倒れたが気丈にも片手をついて半身を起こした。再び発砲音がし左手首が千切れ飛んだ。真介は援護しようと銃の筒先を振ったが、無論敵は姿を現しはしなかった。

今度は瓶のような物が飛んできて、倒れている軍曹の膝のあたりで砕け散った。火炎ビンであった。火は軍曹の足で燃え上がり、じわじわと上半身へと燃え移っていく。軍曹は不自由な体を転げ回して火を消そうとしたが、無駄な努力であった。なぶり殺しにして、傭兵が助けに現れるのを待つつもりなのだ。

真介には軍曹がチャペルを見上げて何か叫んでいるように見えた。スコープに大写しになった軍曹の口の動きが読み取れた。「こ、ろ、し、て、く、れ」

そして自分の頭を指さしたのだ。真介はためらった。辛苦を共にしてきた可愛い部下なのである。しかし今の苦しみから解放してやるには、撃つしかないのだ。真介はスコープの十字を軍曹の額に重ねた。一瞬後、軍曹の頭から吹き出した血潮がスコープに写った。

真介はスコープから目を離した。傭兵になって初めての涙が頬を伝い落ちた。

この行為は、真介が傭兵になって初めて犯したミスであった。目を離して下を向いたわずかな隙に、中庭に現れた敵兵を見落としたのだ。敵はロケット砲を担いでチャペルを見上げた。真介の対応がわずかに遅れた。銃を構え直すより一瞬早く砲弾が放たれた。狙いがわずかに上に逸れたが、チャペルの窓のすぐ上に着弾し、爆風と破片と瓦礫が真介を襲った。目の前が真っ白になり、真介の体は吹き飛ばされた。同時に床が崩れ落ちて瓦礫とともに落下していった。地獄の底へ。闇。

百老滙舞廳

第四部　光明

一九九五年(平成六年)春

小田原駅前は、お城の花見や動物園へ行く観光団体や家族連れで賑わっていた。声高にバス停の場所を聞いている声、小さな旗を掲げ、集合図を叫んでいるバスガイド嬢、どこで昼飯を食うかで議論しているおばさん連れ、母親の手を離れ走り回る子供達。

雑踏の中、風采の上がらない、みすぼらしい初老の男が歩いていた。足取りが多少ふらついているせいで、誰かにぶつかっては怒鳴られている。乾ビルの前に来て立ち止まり、しばらく戸惑うような表情で眺めていたが、やがて一階のパチンコ店横の階段を上っていった。三階の乾商事の事務所にいた原田は、ノックもせずにドアを開けて入ってきた男に気が付いた。「いらっしゃい」と言いかけ、男の姿を見て声をのみ込んでしまった。

白いものが混じり始めた短めの髪、グレーのシャツに形の崩れたジャケット、よれよれのズボンに擦り切れたスニーカー姿は、最近小田原でも増えてきたホームレスにしか見えない。針金のような細い体が絶えず揺らいでいて疲れ切っているようだ。焦点の合わない目が事務所の中をさ迷っている。アル中かヤク中の目だ。その目がある一点で止まった。おもむろに指をさして「哲二だ。あいつに用がある」と掠れた声を出した。

原田は男の指先を追い「あの写真は我が社の会長だ。あんたに会っている暇なんかないんだよ」と言いながら近付いていった。

奥の席に座っている三十代中頃の男が「また飯を食いっぱぐれた浮浪者だろう。鍋島、これをやって引き取ってもらえ」と言って、ポケットから千円札を取り出した。鍋島と呼ばれた事務員は、面倒臭そうに立ち上がると金を受け取り、原田の横に行って「これで飯でも酒でも買いな」と金を差し出した。

男は手を出そうとせず、目の前の二人の男も目に入らない様子で、乾哲二の写真を見つめている。

「しょうがねえな」と呟きながら、鍋島は千円札を握らそうと男の右手に手を伸ばした。瞬間、鍋島の体は宙を舞って開いたドアから廊下に放り投げられていた。あっと声を上げて原田が掴み掛かったが、同じように投げ飛ばされ、鍋島の体に重なって倒れた。

書類に目を通していた金を出した男が、物音に気付いて顔を上げた時には、二人の部下が消えていたので怪訝な顔をした。事務所にいた数人の男達は、信じられないものを見てポカンとしていた。この何ということのないおっさんが、わずかに手を振っただけで二人の大の大人が投げ飛ばされたのである。

金を出した係長の川崎は、椅子から腰を浮かせて「な、何者だ!」と怒鳴り、机を回り込んで油断なく男に近付いていった。川崎は入社して以来、柳本部長の少林寺道場で鍛えており、腕には覚えがあった。この初老の男は、何事もなかったように相変わらずぼんやりと会長の写真を眺めている。川崎は飛び掛かろうと攻撃の体勢を取った。が、仕掛けられなかった。隙がないのだ。ただぼんやり立っているようだが、どんな攻撃にも対処できる自然体なのだ。有段者だけに分かるのである。川崎はもしやと気が付いて「きぇー」と気合いの声を発した。男の体がピクッと動き、自然に防御の型を取った。まさに柳本部長得意の少林寺の構えである。

川崎は目を疑った。本部長から以前、酒の席で言われたことを思い出したのだ。

「昔、天才的な少林寺拳法の使い手がいて、その人が俺の師匠なんだ。乾会長の友達で共同経営者でもあったのだよ。昔は暴力団の嫌がらせが随分あってな。ことごとく一人で完膚なきまでに叩き潰した人なんだ」

川崎の「今その方は、どこにいらっしゃるのですか」という問いに「最後に大仕事をして姿をくらましたのだ。影男の伝説を残してな」と柳は懐かしそうな目つきをしたのだ。もう二十年以上にもなり、会長も手を尽くして探してきたが、何の手掛かりも得られていないということであった。

川崎はひょっとしたらと思い、構えを解いて話しかけた。「おじさん。乾会長の知り合いかい？」

男も構えを解くと「哲二は友達だ」と言って再び写真に目をやった。

「おじさん、会長がどこにいるかすぐ探すから、こっちで待っていてくれないか」と川崎は言って、男を手招きして応接室の方へ向かった。男は素直に付いていってソファーに腰を下ろした。

川崎は向かいに腰を下ろすと「ところでおじさんの名前を聞かせてもらえないか」と聞いた。

男はしばらく意味が分からないような顔つきをしていたが、やがてもそもそと体を動かして、尻のポケットから赤い手帳を取り出して差し出した。川崎が受け取ったのは、ぼろぼろに擦り切れたパスポートであった。開いてみると、とっくに期限切れになっていて、写真も折れた筋や剝げたところもあって、本人とは見分けがたい。名前は石川道夫で一九四二年生まれとなっている。

川崎が「石川さんというのですね」と聞くと、男は初めて聞いたような顔をして首を傾げるばかりであった。どうやら自分の名前もよく覚えていないのでは、という疑問が湧いてきた。少々お待ち下さいと言って川崎は応接室を出た。

投げ飛ばされた原田と鍋島が、腰や肩をさすりながら心配そうな顔で待っていた。「警察を呼びましょうか」と原田が言ったが、川崎は首を振って「いいんだ」と答えて机に座り、すぐ受話器を取り上げた。

ゴルフカートに乗ったボディーガードの携帯電話が鳴ったのは、乾会長がOBを出して、不機嫌そうにティーグランドを下りた時であった。古河清三は「これで今日はいただきだ」とわざと大きな声で言い、にやにやしながらドライバーをバッグから引き抜いた。

「会長、小田原支店の川崎係長から電話です。緊急とのことですが、いかが致しましょうか」と乾警備保障の主任が声をかけた。

傘下の会社が増え、それにつれて社長も増えたので、二年前から会長となっている哲二はますます忙しくなっており、腹だたしいので携帯電話は持ち歩かない主義であったが、部下やボディーガードが持っているので結局は捕まってしまう。哲二は差し出された携帯をひったくるようにして耳に当てた。

「俺だ。本当に緊急なんだろうな」と、半分脅すような口調で返事をした。

しばらく川崎の報告を聞いていたが「石川と書いてあるんだな。……パスポートは本物か？……分かった、すぐ帰る。柳と毛利にもすぐ行くように連絡を取れ」と言って通話を切り、携帯電話をボディーガードに放り投げるとカートに飛び乗った。「古河、帰るぞ。何をもたもたしてるんだ」

会心のショットをフェアウェーのど真ん中に放ち、それ見たかと会長を振り返った時に言葉をかけられた古河は、たちまち顔をしかめた。運転席に座った哲二は、古河が乗り込むと同時にカートを発車させた。キャディーが待ってと追い掛けるのを無視してクラブハウスに向かった。古河が振り向くと、ボディーガードのカートがキャディーを拾っているのが見えた。

古河は腹の中で「これでこの大箱根カントリーでは、会員の除名になるな」と考えていた。

「真介らしい男が現れたのだ」会長の興奮した声で、さすがに古河もゴルフのことが頭から飛んだ。会長はどんな忙しい時でも、真介の情報が入るとすべてを中断してしまうのだ。これまでも二、三度あったのだが、いずれもガセネタでそのつど落胆していた。

二人が着替えもせず、ロッカーから私物を取り出して玄関に出た時には、会長車のベンツは既に待機していた。

「真佐人、小田原支店だ。急げ」と言うと哲二は腕を組んで目を閉じた。運転手の杉本真佐人は、まだ二十歳の若者で、哲二がわけあって預かっている男である。「本物だといいが」と隣に座った古河に、言うともなく呟いた。

一時間もしないうちに、ベンツと護衛車のセンチュリーが着いた。事務所に駆け上がると、川崎が慌てて出迎えた。

「どうしてる?」

「さっきあんまり静かなんで覗いてみましたら、ソファーに横になってお休みになっておられるようで」

うむ、と頷いて哲二はそっと応接室のドアを開けた。何の警戒心もなく寝込んでいる男の顔を食い入るように見つめながら、向かいのソファーにそっと腰を下ろした。やつれて頬骨の浮き出た顔、苦労を思わせる皺、似ているようでどこか違うような気もする。本物の真介なら、人が入ってきても寝ているような男ではないはずだが。

「どう思う?」横に座った古河に尋ねた。

古河も判断が付きかねるような顔をして首を傾げた。

ドアがそっと開いて川崎が顔を覗かせた。「会長、毛利社長がお越しになりました」

「来たか。柳はどうした」

「申し遅れましたが、本部長は協会の総会で金沢に行っておりますようで」

川崎の顔が引っ込んで、代わりに乾警備保障の社長、毛利秋男の大柄な体が入ってきた。会長と相談役の古河に目礼して、すぐ寝ている男の顔を覗き込んだ。しばらくして「面影はありますね」と言って古河の隣に座った。やはり確信はないようだ。

「起こして確認してみましょう」と古河が腰を浮かせた時、「起きている」と言って男は目を開け、むっくりと身を起こした。目の前の三人の男の顔を順に見て「哲二はどこだ」と聞いた。

「俺が哲二だ。分からないのか?」と哲二が少し落胆しながら言った。

「違う。哲二の顔にそんな傷はない。あそこの写真とも違う」と男。

哲二は思い当たった。真介は、俺がトラックに押し潰されて意識不明の間に姿を消したのだ。その後、潰れた顔の整形手術が二度も行われ、すっかり顔が変わっていたのだ。事務所の写真は、その前の若い頃のものなのだ。自分が真介を判断できないのと同様に、彼も俺を判断できないのだ。

「隣は古河だ。早乙女銀次の舎弟だった男だ。その横が毛利だ。警備会社を起こした時の仲間だ。思い出せないか?」と哲二は焦点が定まらない男の目を見て語気を強めて言った。

「古河……早乙女……毛利……」男は呟くように言って首を傾げている。

哲二の声がさらに大きくなった。「真介、村下真介という名前に覚えがないか」

「シ、ン、ス、ケ…」何か思い出そうとして苦しげな表情をしたが、男は下を向いてしまった。

「これじゃあ埒があかねえな」と哲二があきらめかけた声を出した時、ドアをノックして川崎が顔を出した。

「下からコーヒーを取り寄せました」

「うむ、一息入れよう」と言って哲二は煙草を取り出し、何か真介を証明できることはないのかと思案しながら火をつけた。

テーブルに並べられたコーヒーに、古河が手を伸ばしてシュガー袋を破って入れ、次いでミルクの小さな容器の蓋を剝がして入れた。会長が砂糖もミルクも使わないことを知っていたので、無遠慮に会長のコーヒーの受け皿からそれらを取って自分のコーヒーに入れた。それを見るともなく見ていた男がポツリと言った。「昔、コーヒーはブラックに限ると哲二が言っていた」

コーヒーカップに手を伸ばしかけていた哲二の手がぴたりと止まった。

「い、いつのことだ」哲二は身を乗り出した。声が上擦っていた。

男は何かを思い出そうとする表情をし、一口飲んで「小田原城で、哲二が半殺しにあった日だ。このブルマンは、あの時哲二と飲んだのと同じ味がする」

哲二は文字通り飛び上がった。その拍子に膝がテーブルに激しくぶつかり、コーヒーが引っくり返って古河達のズボンを濡らした。

「真介だ！　真介だ！」二十年余の歳月が、一気に飛び去っていた。

哲二はびっこを引きながらテーブルを回り込み、男の体に飛び付いて肩を引き寄せた。涙がどっと溢れ出て声も出ない。男にも、哲二に抱かれて分かったようだ。ほっとしたのだろう、哲二の肩に頭をもたせ掛けながら「哲二、俺は疲れた。休ませてくれ」と言って目を閉じた。


それからの哲二は阿修羅のようであった。

「古河！　元木に特別室を用意させろ。智子にも連絡だ。毛利！　事務所の連中に箝口令を敷け。今日のことは一切漏らしてはならん。漏らした奴は、俺が八つ裂きにして心臓をえぐり出してやる！」

哲二は真介の体を支えてエレベーターに向かった。誰にも手伝わせようとはしなかった。川崎は呆然としてその様子を見ていた。やはりあの男が伝説の男なのだ。一人で十人以上を殺し、暴力団を壊滅させたことは噂では聞いていたが。会長が事務所を出ていく時「川崎！　よくやった。明日から課長だ」と声をかけられ、はっと我に返って会長車を呼びに階段を駆け降りていった。

毛利は自分の車に乗り込んだ。乾会長の車とそっくり同じ白のベンツである。万が一の時のダミー車として使うからである。その後を、助手席に古河、バックシートに会長と真介を乗せた会長車が続き、さらにいつもの護衛車が連なる。

国道一三八号線を西に向かい、湯本から宮ノ下を経由して、やがて箱根神社前に出た。芦ノ湖畔を左に見ながら五分ほど走り、土産品売店の角を右折して山道に入った。少し上った所で目指す六階建ての白い洒落たビルが見えてきた。屋上の湖畔側のフェンスに、元木医院の看板が掲げられている。三台の車は地下駐車場に入り、職員専用と書かれたエレベーターの前に止まった。このエレベーターは背中合わせに四機ある。いち早く毛利が車から降り、一号と表示されたエレベーター横のコンソールボックスの蓋を開けた。パネルに四桁の番号を打ち込むとドアが開いた。

哲二は車中ずっと寝ていた真介を起こし、肩を抱き抱えてエレベーターに乗り込んだ。古河と毛利が続いて乗り込み、後は周囲の警戒のために散っていった。このエレベーターは、最上階にある四部屋の特別室専用で、それぞれの部屋に引き込まれている。ドアが開くと、そこはリビングになっており、元木院長と専用看護師が移動ベッドを用意して待機していた。元木が哲二に手を貸して真介をベッドに寝かせると、看護師が部屋続きの病室へ押していった。

元木が「真介さん、お久し振りです」と声をかけたが、誰だか分からないようであった。無理もない、四十年振りなのだ。元木と看護師は、診察前に寝間着に着替えさせようと真介の胸をはだけ思わず息をのんだ。銃創や刺し傷、火傷跡などが七、八カ所もあるのだ。哲二、古河、毛利の三人も顔を見合わせた。

いったいどんな生き方をしてきたのだろうか。真介は目を開けていたが、診察の間はおとなしくしていた。白衣には抵抗感がないようだ。

やがて診察が済み、元木は聴診器を外しながら「今のところ特に問題はないように思われます。心臓にも肺にも異常は感じられません。精密検査をしてから判断しますが、当面は疲れを取るのが先決でしょう。ブドウ糖と栄養剤、鎮静剤の点滴をしておきます。何かあったら呼んで下さい」と言って、看護師を促して出ていった。

ダイニングルームに戻った哲二は、疲れが一度に出てソファーに崩れるように座った。すぐに備え付けのキャビネットから、毛利がブランデーをグラスに満たして持ってきた。三人はしばらく黙って飲んでいた。

やがて哲二が口を開いた。「あの体中の傷を見ただろう。よほどひどい生活を送ってきたに違いない。それがもとで、記憶喪失になったのかもしれぬ」

誰にも答えられない疑問であった。その時エレベーターのドアが開き、智子が真佐人を従えて入ってきた。

智子はもうすぐ五十歳になるのだが、引っ詰めにした髪は顔の皺を伸ばす効果を上げており、幾分昔より太くなった体型をワインカラーのスーツで決めていて、四十歳そこそこにしか見えない。立ち上がった古河と毛利に目で挨拶を返し、哲二の前に腰掛けると矢継ぎ早に質問をした。「貴方、本当に真介さんなの？　どこにいたの？　元気にしてたの？　会ってもいいかしら？」昔と変わらぬ早口である。

哲二はうんざりした口調で答えた。「一つ目の答え、イエス。二つ目の答え、どこにいたかは

郵便はがき

恐縮ですが
切手を貼っ
てお出しく
ださい

1 6 0 - 0 0 2 2

東京都新宿区
新宿 1－10－1
(株) 文芸社
ご愛読者カード係行

書　名			
お買上 書店名	都道府県　市区郡　書店		
ふりがな お名前		大正 昭和 平成　年生	
ふりがな ご住所	□□□-□□□□		性別 男・女
お電話 番　号	(書籍ご注文の際に必要です)	ご職業	

お買い求めの動機
1. 書店店頭で見て　2. 小社の目録を見て　3. 人にすすめられて
4. 新聞広告、雑誌記事、書評を見て(新聞、雑誌名

上の質問に 1. と答えられた方の直接的な動機
1. タイトル　2. 著者　3. 目次　4. カバーデザイン　5. 帯　6. その他(

ご購読新聞　新聞	ご購読雑誌

芸社の本をお買い求めいただき誠にありがとうございます。
の愛読者カードは今後の小社出版の企画およびイベント等
資料として役立たせていただきます。

本書についてのご意見、ご感想をお聞かせください。

) 内容について

) カバー、タイトルについて

今後、とりあげてほしいテーマを掲げてください。

最近読んでおもしろかった本と、その理由をお聞かせください。

自分の研究成果やお考えを出版してみたいというお気持ちはありますか。

る　　ない　　内容・テーマ（　　　　　　　　）

ある」場合、小社から出版のご案内を希望されますか。

する　　しない

ご協力ありがとうございました。

ブックサービスのご案内〉

社書籍の直接販売を料金着払いの宅急便サービスにて承っております。ご購入希望がざいましたら下の欄に書名と冊数をお書きの上ご返送ください。　（送料１回210円）

ご注文書名	冊数	ご注文書名	冊数
	冊		冊
	冊		冊

まだ聞いていない。三つ目の答え、相当疲れている。四つ目の質問は何だったっけ」

智子は哲二の素っ気ない返事を気にする風もなく「ちょっと見てくるわ」と言って病室に入っていった。相変わらずてきぱきとしている。智子は真介のことはよく知っている。哲二と二人で祖父の早乙女銀次の所へ来た時からの付き合いである。乾商事が今あるのは、真介のお陰であることは充分すぎるほど心得ていた。ただ、智子が男だったらと銀次が言うほどの男勝りの性格で、また喋り出したら止まらないという性癖なので、いったんそうなると哲二は困っている女の所へ逃げ出してしまうのだ。智子は博徒の孫だけあって、男には一人二人の女がいても仕方がないという太っ腹のところがある。ただし哲二がどんなに隠しても必ず見つけ出し、会いに行って乾商事会長の女にふさわしいかどうかを判定するのである。眼鏡にかなわぬ女は手切れ金を掴ませて放り出していた。

「よく眠っているわ。それにしてもやつれているわね」と智子は浮かない顔で戻ってきて言うと、哲二の横に腰を下ろした。

「ご心配には及びません、姐さん」と古河が声をかけた。「院長が、しばらく静養すれば回復すると言ってましたよ」

「それならいいけど」と智子は真佐人が持ってきたブランデーを受け取り、ソファーに背をもたせ掛けた。智子は夫に厳しいが、古河には一目置いている。

古河清三は祖父の早乙女銀次の舎弟だった男で、祖父の信頼の厚い博徒だったのだ。

智子が哲二に嫁いだ時、銀次が哲二の将来性を見込んで譲り渡したのである。

古河はその時以来、智子を姐さんと呼び、哲二が奥さんと言えと言っても従わなかった。博徒の習性が残っているのだ。古河は乾商事が暴力団と渡り合う時に、彼らの考え方や行動の仕方を助言し、自らも先頭に立って戦ってきたのだ。哲二が専務にすると言ったのだが、柄にもないこと受けようとせず、元親分の銀次が亡くなると、義理は果たしたとして現役を辞し、相談役となって文字通り哲二の相談相手、遊び相手として気ままに過ごしてきたのである。それでも今も厳然とした影響力は持っており、本部長の柳や乾警備の毛利社長でさえ頭が上がらない。

智子は哲二に顔を向け「貴方とは兄弟以上の仲なんですから、何としてでも元気にさせなくちゃあね」とグラスを置きながら言い「それはそうと貴方、あの子には言うつもり？」と入り口に控えた真佐人を目で指して小声で聞いた。

「当分は言わないでおこう。落ち着いたら時期を見て話すよ」

「そうね、それがいいわね」

「さてと、今日俺達にできることは何もない。引き揚げるとするか」と言って哲二は立ち上がった。智子と古河も一緒に立ち上がったが、毛利は後始末がありますのでと言って残ることにした。

三人が帰ると毛利は、地下で待機している部下に携帯を入れ、二人の男に上がってくるように命じた。「お前達、交替で寝ずの番をしろ。二人同時に眠ったら、永久に眠ったままにしてやるぞ。あの人が目を覚ましたら、すぐに院長に連絡するんだ。それから欲しがるものは何でもやれ。たとえお前達のケツを欲しがってもだ」

二人は話し合い、一人が病室横の付添室に、もう一人が入り口に陣取った。

真介は三日三晩寝続けた。四日目の朝目覚めると、薄いお粥と野菜スープを看護師に食べさせてもらい、また一日眠ってしまった。次に目を覚ますと、ただちにＣＴスキャンやエコーを始め、最新器具で頭の先から爪の先まで徹底的に調べられた。真介は元木の指示に一切逆らわず、移動ベッドにおとなしく横になっていた。診察室から病室はもちろんのことトイレまで、金魚のフンのように付いてくる二人の若者が少々目障りであったが、哲二の指示で付き添っている者だという元木の説明があったので、何も言わなかった。

五日目の夜、真介はベッドに二人の若者を呼んだ。

「君達、少し歩いてみたいんで手伝ってくれ」

二人は顔を見合わせたが、何でもやってやれという毛利社長の命令もあるので、はいと答えて真介の両腕を支えて体を起こした。真介はベッドから下りて床に立ったが、眩暈に襲われてすぐにベッドに座ってしまった。

「無理をしないで下さい」という若者の声に、逆に意地になって立ち上がった。

頭はふらふらし足ももつれてはいたが、両腕を支えられて病室を出、続き部屋のリビングに入った。見回すと思ったより広い部屋である。三十畳はあるだろう。真ん中に豪華な応接セットがあり、酒類と各種のグラスが納められたキャビネット、大型テレビにステレオ、書棚に花台などが揃っている。天井に嵌め込んだ照明が、淡い光をそれらに投げ掛けていた。

慎重に部屋を一周してベッドに戻った。それだけで額にうっすらと汗が浮かんだ。一息つくと「もう一度だ」と言って手を伸ばした。同じコースを回り終わると、ベッドではなくてソファーに座ると言い出した。真介は座るなり、長髪で背の高い方に煙草を要求した。火をつけてもらいゆっくりと吸い込んだ。久し振りの煙草で、今日二度目の眩暈に襲われた。「君の名前は?」「はい、若林と言います。彼は同僚の春日です」

「哲二の命令で来ているのか?」

「出所はそうかもしれませんが、我々は毛利社長から指示を受けております」

「毛利?　どんな指示だ」

「何があっても貴方を守れと言われております」

「守れ?　ということは、俺は誰かに狙われているのか?」

「分かりません。そこまでは聞いておりませんので」と若林。

真介は考え込んだ。俺は狙われているのか?

「そこの春日君だったな。コーヒーを入れてくれないか」

「宜しいんですか、コーヒーなんか」と春日は言ったが、真介にじろりと睨まれて慌てて厨房室へ入っていった。

真介はいれたてのコーヒーを半分ほど飲んで口を開いた。

「ところで君達の仕事は何なんだ」

「乾警備保障というセキュリティー専門の会社の社員です」と若林が答えた。

「会長が乾で毛利が社長です」と春日が補足した。

「君達に聞くのも変なんだが、俺の名前を聞いてるか？」

若林は「石川道夫さんと聞いております。なぜか皆さんは真介さんと呼んでおります。仕事上余計な詮索は致しませんが」と答えた。

真介の頭の中で何かがよぎったが、すぐに消えてしまった。

俺はいったい何者なんだ。石川道夫？　真介？　頭が混乱して痛み出した。二人の若者は、真介の顔色が青くなったので、急いでベッドに連れていって横にならせた。間もなく寝入ったようなので持ち場に戻った。翌日の午前中に、哲二が君子と毛利を伴って見舞いに訪れ、真介に会う前に院長室を訪れた。

「元木、診察結果を教えてくれ」

元木はＣＴやレントゲン写真、カルテを見ながら説明を始めた。

「まず外傷関係ですが、銃創、火傷、裂傷が全身に十二カ所ありました。古いものは十年以上前のもので、新しいものは三年ほど前のもので、ほとんどが裂傷です。

最初は自動車事故か何かの傷かと思っていましたが、レントゲンに細かい異物が何個か写っておりましたので、二個だけ取り出してみました。これがそうです」と言ってデスクからシャーレを取って皆に見せた。五ミリに満たない程度の小片である。

哲二は「何だそれは」と覗き込んで聞いた。

「鉄です。おそらく爆発物でしょう。たとえば爆弾のような」

哲二は毛利と顔を見合わせた。しかし現段階では答えが出るはずもない。

「続けてくれ」と哲二は先を促した。

「体の内部関係では、頭、循環器、消化器とも特に問題はありません。ただ相当疲れているので、しばらくの静養は必要です」

「そうか、それなら一安心だ」と言って哲二が立ち上がりかけたが「まだ問題があります」と言う元木の言葉で座り直した。

「他に何だ」

「強度の自律神経失調症と健忘症が見られます」

「何だそりゃあ」と毛利。

「平たく言えば精神病とか記憶喪失症です」

哲二はやっぱりなと思った。俺以外の者は何も分からないようなのだ。会社設立時に共に苦労した古河や毛利が分からないのだ。おそらく智子も明日帰ってくる柳も分からないだろう。

「私はその分野には明るくありませんので、精神科の専門医を呼んであります。明日来る予定で、しばらくカウンセリングしてもらって、処置法を教えてもらうつもりでいます」と元木は言った。

「信頼できる奴か？　あまり外部の者を入れたくないんだがな」

「若いけど、この分野では第一人者です。精神科の医者には守秘義務があって、患者のことを漏らすことはありません。念のために、かなりの報酬をはずんだ方がいいでしょうが」

「金のことはどうでもいい。何なら第二人者も第三人者も呼んでいいぞ」と言って立ち上がり、真介を見に部屋を出ていった。

　真介の部屋で見張りの若者に出迎えられ「ご苦労。元気そうか」と尋ねた。

「はい、今はチョコレートパフェを食べておられます」

「何だそりゃあ」と言って病室に入っていった。

　真介はベッドに起き上がり、旨そうにガラス容器からクリームをすくい取って食べていた。顔色は前より相当よい。

「あらあら子供みたいね」と言った智子を見て、怪訝そうな顔をした。

　哲二が女房の智子だと紹介したが、真介は頷いただけで、特に感慨はなさそうに再びクリームに注意を戻した。智子はさっき元木に症状を聞いたばかりなのだが、ひょっとしたら私だけはという期待も持っていたので少しがっかりした。真介はパフェを食べ終わると哲二に「話がある」と言った。

哲二が「何だ」と答えると、しばらくの間、窓の外の芦ノ湖に目をやって考えている顔つきをした。やがて決心したのか、おもむろに口を開いた。

「俺はいったい誰なんだ。何も思い出せないんだ。心の中にはただ一つ、哲二に会え、哲二なら助けてくれるということだけしかなかったんだ。俺は気が狂っちまったのかな」と言って目を伏せた。

哲二が言葉に詰まっていると「あの若者達に聞いたところ、俺には二つの名前があるようだ。石川道夫と真介というそうだ。俺はいったい何者なんだ」と真介は続け、哲二にすがるような目を向けた。運び込まれた時の焦点の定まらない目ではなく、ひたむきな澄んだ瞳をしている。

哲二は元木に尋ねるように顔を向けた。元木は首を振って「明日精神科医が来ますので、専門家の立ち会いのもとで決めたらいかがですか」とそっと言った。

それを聞いて真介は「やはり精神病なのか」と呟いた。元木は慌てて「そうではありません。精神が病んでいるのではなく、記憶喪失症と私は見ているのです。あなたの体中の傷跡から見て、何かの大きな衝撃でそうなったのではないかと推測しております。極度の疲労が原因かもしれません。それを専門家に診てもらって治療に役立てたいと思っているのです」と説明した。

真介は納得したのかどうか、黙って横になると目を瞑ってしまった。

哲二は「真介、まずは体の回復が先決だ。あらゆる角度から専門家に見てもらって徹底的に治すんだ。時間をかけてな」と言った。真介が微かに頷くのを見て続けた。「今日は帰る。また明日来て専門家の許しが出たら、順を追って説明しよう」

三人が帰ると、真介は起き上がって二人の若者を呼んだ。

「トレーニングの時間だ。今日は五周やる」


翌日の午後、組合の懇親旅行から帰った柳本部長と古河が見舞いに訪れた。

特別室のリビングに入った時、病室から乾社長と元木の声に混じり、女性の声が聞こえてきた。低く落ち着いた声は智子ではない。迎えに出た若林に古河が「誰なんだ」と聞くと「精神科の先生です」と言った。

「女？」

「はい。少々年増ですが、なかなか別嬪さんですよ」

それを聞いた柳がニヤリとして言った。「インテリの年増の別嬪さんか。古河さん好みだ」

「うるせえ」と言いながらも古河の顔が緩んだ。古河は早乙女銀次の所に草鞋《わらじ》を脱いだ時に、惚れ抜いた女房を連れていた。その女房が苦労の末若死にして以来、ずっと独身を通してきたのだ。現役を離れて相談役になった頃から人間が丸くなり、ちょいちょいクラブなどに出入りして、浮いた噂も出るようになっていた。柳はそれをからかったのである。

古河が病室に向かいかけた時、柳が診察を邪魔しては何だからと言ったのでリビングで待つことにした。ソファーに腰を下ろしながら「若林、いつからやっているんだ」と聞いた。

「およそ一時間前からです」

「どんなことをやっていたんだ」

「さあ、ここからではよくは見えませんが、問診みたいなことと、何か絵か写真のようなものを見せて、何に見えるかなんて質問をしていたようです」

二人が春日がいれてくれたコーヒーを飲みかけた時「この辺で一休みしましょう」と言う女の声がした。病室から現れた女医は、おそらく四十は越しているであろうが、紺色に白のストライプのスーツを身に着けたスタイルの際立った女性で、三十代半ばにしか見えない。若林が言った以上の美人である。見とれている古河に婉然と微笑みかけ、化粧室へ入っていった。続いて乾が「よう、お前達も来てたのか」と言って、我慢していたのであろう煙草を取り出した。

元木も入ってきてソファーに座った。間もなく女医が帰ってきたので、元木が二人に紹介をした。

「こちらは精神科の藤崎恵子先生です。古河さんと柳さんです」

お互いに宜しくと言ってソファーに腰を下ろした。若林のいれたコーヒーを飲みながらしばらく談笑していたが、古河の目はどうしても女医に行ってしまう。素晴らしい脚だ。柳は場所柄笑いもできず、奥歯を噛み締めていた。

一段落して元木が女医に聞いた。「藤崎先生、患者が過去のことを教えてくれと昨日言っていたのですが、どうなんでしょうか」

女医は少し考えて「いいでしょう。肉体的、精神的に強靭なところがあるようですから、かえって治療に役立つかもしれません」と言った。

哲二が「藤崎先生が立ち合うのはどうしたものかな」と意見を述べた。

「あら、どういう意味かしら」と女医の目つきが険しくなった。

「彼だけでなく、私や古河、柳、毛利、要するに乾商事という会社そのものが、かなり、何と言うか厳しいことをやってきたことまで話さなければならないのです。院長もある程度のことは心得ていますが、貴方は部外者なのです。知られたくないことが多いのです」哲二はさすがに代表者である。もっともな懸念をはっきりと言った。

すぐに女医が反論した。「貴方は精神科医をご存じないようですね。私は医者になって以来、一途に守ってきたことがあります。患者のプライバシーの守秘義務です。たとえ裁判になっても漏らすことはありません。何があってもです。もし信頼頂けないようでしたら、私はこのまま失礼させてもらいます」

彼女はハンドバッグを引き寄せると憤然と立ち上がった。

柳が素早く立って「申し訳ありません。会長は貴方を疑ったわけではないのです。我々は過去には貴方が想像もしないようなことを、決して褒められるようなことではないいろいろなことをやってきました。しかし今では千人を超す社員を抱える会社なのです。一つでも外部に漏れると、会社の存亡にかかわるようなことにもなりかねません。確かに気を悪くさせるような言い方をしてしまったかもしれません。謝ります。でも会長の立場もご理解願いたいのです」と言って深々と頭を下げた。

藤崎は柳の言葉に納得したわけではないが、裏に隠れた事情と、患者の過去に俄然興味が湧いてきた。もともとが好奇心が強いのだ。考え直したようにゆっくりと座り直すと、男達の顔を改めて見直した。よく見ればどの顔も一癖ありそうな面構えである。さっきから自分の顔を、緩んだ表情でちらちら盗み見ていた古河という男も今はきりっとした顔であった。真剣さが伝わってくる。

「分かりましたわ。私も大人気ないことを申してしまいました。お詫びします。でも私のことも理解して頂き、信用して頂きたいのです」女医はそう言って艶やかに微笑んだ。一気に空気が和んだ。

「どうやら結論が出たようだな」と言う声で、皆が一斉に振り向いた。いつの間にか病室の戸口に真介が立っていた。

元木が駆け寄ろうとしたのを手で制し、真介は意外にしっかりとした足取りでソファーに近付き腰を下ろした。

「いつ始めてもいいですよ」と言ってテーブルの煙草セットに手を伸ばした。

哲二は若い者には聞かせたくないと言って、二人のガードマンを地下に追いやり、その間に話す順序を組み立てていた。

何か質問があったり思い出したりしたら、いつでも声をかけてくれと前置きして哲二は話し始めた。

「お前の名前は村下真介だ。昭和十七年七月生まれで、あと三月したら五十三歳になる。俺と同い年だ。お前は確か小学校五、六年の時に小田原城近くの慈恵園という孤児院に入ってきた。無口な子で友達もあまりいなかった。

中学二年の時だったと思うが、ここにいる元木が、いじめっ子に泣かされているのを見つけて俺が止めに入ったんだが、こてんぱんにやられちまったんだ。そこへお前が通りかかって同じように止めに入ったんだ。そいつは自分でやらずに、子分をけしかけたんだ。少し頭の働きの鈍い図体のでっかい、ウシと呼ばれている乱暴者だった。二人の喧嘩はあっという間に終わった。お前の体が宙を飛んで地面に下りた時には、ウシは口から泡を吹いて立ったまま気絶していた。その夜元木と一緒にお前の部屋へ行って、義兄弟の約束をしたんだ」

ここまで話して哲二は、真介の反応を見るように中断した。真介は真剣な眼差しで自分の手を見つめていた。古河や毛利、柳も初めて聞く話で、身を乗り出して聞いていた。哲二は再び話し始めた。

「翌年慈恵園を卒業して、俺は平塚の鉄工所、お前は早川のクリーニング店へ就職した。俺はその後仕事を転々とし、二十二歳の時に貸しお絞りの会社を興したんだが、地元のやくざ、いや暴力団に目を付けられて、みかじめ料を要求されていたんだ。断り続けていたんだが、翌年の夏の夜、そいつらに捕まって小田原城へ連れていかれ袋叩きに遭ったんだ。そこへ偶然男が通りかかって、ものの数秒で四、五人の奴らをやっつけちまった。何とそれが真介だったのだ。

パトカーのサイレンが聞こえてきたので俺達は逃げ出した。俺の小さな事務所に行ったんだが、そこで飲んだコーヒーがブルーマウンテンのブラックなのさ。真介が思い出した唯一の出来事だ。二人だけが知っていることなのだ」

なるほどと古河と毛利は納得した。このことで会長が真介を本物と断定したのだ。

「その後お前が仕事を手伝ってくれることになり、俺が商売、お前が厄介事の処理ということで共同経営を始めたのだ。人も増やした。喫茶事業部長の津田部長はその時の入社だ。仕事の拡大には、みかじめ料を要求してきた暴力団がどうしても障害になった。ほとんどの幹部を障害者にして組を解散に追い込んだのが真介、お前だ。俺はその組、桜会といったが、残党を集めて警備会社をつくった。

その残党が赤城、毛利、駒井それに佐藤、高橋、沢井なんだ。少し後で、真介の弟子の柳、今の本部長が橋爪を連れて入ってきた。沢井と高橋はその後の抗争で殺られちまった」哲二は残りの冷めたコーヒーを飲み干し、唇を湿した。

「仕事は順調だった。お前はその後、毛利や駒井達と平塚の猪口組、御殿場の東雲組を叩き潰した。東雲組の時はついに殺しをやった。俺はそこへお絞りや警備の支店をつくっていったのだ。次のターゲットは、大きなマーケットを持つ熱海だ。そこへ進出するには湯河原を通らなきゃあならねえ。湯河原には博徒の早乙女銀次親分がいた。引退はしていたが、一声かけりゃあ、あっという間に何百人という命知らずが駆け付けてくるという人だ。そこでお前と俺で筋を通しに挨拶に行った。いろいろあったが許可してくれた。その時俺は親分の孫娘といい仲になり結婚した。それが智子だ。それにまだ半人前の俺を心配して、というより、お前という人間に惚れ込んで、舎弟の古河をくれたんだ」

皆が古河の顔を見た。古河は腕組みをして頷いていた。

「そん時お前は、小料理屋の女とねんごろになって――藤崎先生失礼。つい下種《げす》な言い方で――つまり惚れた女ができたのだ。名前は友永佐智子といって、これは古河が仲立ちしたそうだ。東雲組壊滅のほとぼりが冷めるまで、二人で札幌へ高飛びしていた」

哲二は真介を見たが、相変わらず手を見つめていて反応がない。

「それから熱海に進出した。そこに縄張りを持っていたのが南雲会だ。これは本格的な組織で、これまで潰してきた組織なんか南雲に比べりゃ小学生みたいなもんだ。お前は急ぐなと忠告してくれたんだが、今まで上手くいっていたんで、俺は調子に乗ってしまったんだ。お前がいなくてもできることを見せたかったんだ。

甘かったよ。奴らは直接俺を狙ってきた。二度襲われたよ。二度目には命を落とすところだった。ショベルカーに車を潰され、頭も体も骨折だらけになって意識不明の重体さ。もちろん覚えていねえが、二、三度危篤になったらしい。俺がそんな目に遭ったんで、真介、お前が帰ってきた。お前は乾商事に嫌疑が掛からねえように、一人で南雲会に乗り込み、会長以下の一人の幹部を残して皆殺しにした。確か十人以上殺ったはずだ」

藤崎女医が息をのむ声がしたが、哲二は気が付かない風を装って後を続けた。

「お前は鎌田、今は調査部の駒井部長の代理だが、彼の運転で敦賀港へ脱出し、そこから柳の手配した漁船に乗って大陸へ渡ったのだ。それが昭和四十九年、今から二十一年前のことだ。そこからの村下真介の消息はプッツリ途絶えたのだ。お前が再び現れた時に持っていた石川道夫名義のパスポートは、俺には説明がつかない。以上だ」

長い話が終わり、皆は一斉にソファーの背もたれに寄り掛かった。男達は哲二の話に興奮して顔が上気していたが、藤崎女医だけは顔に血の気がなかった。

あまりにも衝撃的な内容だった。乾会長が、自分には聞かせたくないと言った意味がよく分かった。村下真介というクランケを改めて見直した。このどちらかといえばおとなしい無口な性格の男の裏に、こんな凄まじい過去があったなんて。真介は何も思い出せないらしく、依然として無表情に手を見つめていた。

やがてショックから立ち直って藤崎恵子は「よく分かりました。想像もしなかった内容をよくぞ話して頂きました。この上は、私もこの道では少しは名の通った医者です。全身全霊を打ち込んで村下さんの治療に当たりましょう。お約束しておきますが、この話が私から他に漏れることは決してありません」と毅然として言った。

毛利は「もちろん漏らしたら命がないぞ」と警告しようかと思ったが、素人を脅かせばかえって逆効果になると考えて口にしなかった。

元木が発言した。「今日は少しばかり刺激的な内容になりましたし、かなり長時間になってしまいました。真介さんも完全に体が回復したわけではありませんし、藤崎先生もお疲れになったことでしょう。続きは明日にしましょう」

この言葉で真介を除く全員が立ち上がった。

「先生には湖畔の老舗の旅館を取ってありますので、そちらへお送りします」と元木が言い終わらないうちに、「俺が送る」と進み出たのは古河であった。

エレベーターに向かいかけた古河を柳が引き止め、耳元に囁きかけた。

「お楽しみもいいんですが、やることをお忘れなく」

古河は「俺を誰だと思ってるんだ。彼女が漏らす素振りを見せた時は死ぬ時だ」と言って女医の後を追った。この様子を見ていた毛利が柳に近付いてきた。「大丈夫。さすがに古河さんは心得ていますよ」と柳が小声で言うと、毛利は男達の考えが一致していることに安心し、片頬に笑みを浮かべて頷いた。


翌日古河は、藤崎女医を迎えに行って十時に元木医院へ現れた。既に柳が来ていて、女医が真介の病室に入ると早速側に寄ってきた。

「昨夜の戦果は？」

「馬鹿野郎。お前達のような盛りのついた若造じゃあねえ。紳士はじっくりプロセスを楽しむもんだ。昨日は旅館の近くでフランス料理を食べて、丁重にお送りしただけだ」古河はしたり顔でウインクすると、二時頃終わるそうだから迎えにくると言って帰っていった。柳もしばらく組合の旅行で留守をしていたので、入れ違いに入ってきた元木に後を頼んで本部へ帰ることにした。

藤崎恵子はそれから三日間通ってきた。もちろん古河の送り迎えで。診察中は男達が見舞いに来ても一切病室に入れなかった。時たま元木を呼んで、何事か相談をしていたが、二人の医師は彼らには何も言わなかった。送迎している古河が聞いても、話題をはぐらかされるだけで口は固かった。

四日目は藤崎女医は大体の診察は済んだので、文献を調べてくることと、溜まっている仕事の処理があるのでいったん帰ると言い、来週また来ることを約束して帰っていった。

約束通り、彼女は五日後の午後やってきた。二日間また病室に閉じこもって診察をした後、夕方になって乾商事の幹部を集めた。診察結果を報告するという。

女医は乾会長、古河、毛利、柳、元木を前にして、やや緊張した面持ちでカルテを開いた。

「最初は私の質問に、何の反応もせずにむしろ拒否反応を示しました。それは前の日に、乾会長がお話しした村下さんの過去の経歴のことで頭が一杯だったからです。会長さんの話の中から、自分一人で本当の自分を捜し出そう、思い出そうと苦悶していたのです。二日目頃から、私が村下さんの記憶回復のお手伝いをしているということが理解できたようです。そこでまず、精神科医が使う一連の絵や写真のパネルを見せて反応を見ました。そこで反応したのが、オリンピックの柔道の写真でした。観察していると、彼の興味はオランダの選手と日本人が戦っていることではなく、着ている柔道着だったのです。おそらく彼自身が、そういう関係のことをやっていたのではないかと考えました」

男達は顔を見合わせて頷いた。この先生、なかなかやるなという表情で。

「その次に反応を示したのが、総理大臣の何枚かの写真のうちの一枚です。それは自衛隊を閲兵しているものでした。他の総理大臣の写真には何の反応もしませんでしたので、自衛隊か彼らの武器類に反応したと分かります。最初の四日間ではここまでしか分かりませんでしたが、きっかけは掴めました。そこで一度帰京し、幾つかの症例を調べ研究しました。そしてこの二日間、柔道や空手の写真を見せ、さらに戦争の写真とビデオを集中的に見せました。かなり興奮している様子でした。その興奮が覚めないうちに、元木先生に頼んである睡眠薬を投与して頂きました」

そこで元木が口を挟んだ。「昔、捕虜やスパイに対して使われたもので、自白作用のある薬です。害はありません」

「私は普通、患者さんをリラックスさせて催眠状態にして記憶を引き出すのですが、村下さんの場合は、催眠状態でも非常に拒否反応が強くて無理でした。そういう訓練を受けていたことが、後になって分かりました。それで元木先生に相談したのです」

「害がないと元木が言うんならそれでいい。続けてくれ」と哲二が先を促した。

「まず、順序として子供時代の記憶を引き出しました。物心がついた時は、城ヶ島近くの三崎港にいたようです。そこで母親を亡くしていますが、かなり悲惨な生活を送っていたようです。細かいことは省きまして、小田原の孤児院時代に、拳法というものを習っていたことが分かりました。成人してからも続けていたようですが、何か禁止されていることをやって破門されたみたいです。それが心のどこかに引っ掛かっていたようですね」

柳が「あのことか」と呟いた。

女医は「心当たりがあるのですね」と言って、返事を待たずにカルテに目を落とした。

「成人してから日本を脱出するまでのことは、乾会長のお話がありましたが、まだ思い出せる段階にはないようです。ここは別の機会に致しましょう。次に、記憶喪失に関係ありそうな内容に移ります。戦争関係です」

「戦争関係？」思い掛けない言葉に哲二が顔を上げた。

「彼が心を開くまでのことについては専門的になりますので申し上げませんが、結論から申しますと、村下さんは傭兵隊にいたのです」

哲二が驚きの声を上げた。「傭兵隊？　何でそんな所に……」

「入隊した経緯までは分かりません。とにかくそこでは指導者だったようです。おそらく、先ほどの拳法という格闘技を教えていたと考えられます」

「なるほど」と柳が再び呟いた。

「同時に戦闘技術を学んだようです。尋問や拷問に耐える訓練もしたようで、それで私の催眠術程度では通用しなかったのです」

女医は肩を竦めて男達を見回したが、何の反応もないので先を続けた。

「村下さんはそこに十数年いたようです。ここが肝心なところなんですが、彼は後年、何かの理由で戦場に行っております。そこではかなりの激戦になったようで、激しい口調で叫びました。フランス語でした」

「フランス語？　何を叫んだんだ」と哲二。

「『軍曹、行くな、罠だ』と言いました。私はフランスに留学していましたので分かりました」と女医。

「そこで記憶が途絶えております。私はいろいろなケースを推測してみましたが、戦闘中に彼の近くで爆弾が破裂したと考えるのが一番有力と思います。そうすれば、体中の傷の説明がつくのです。その爆弾の衝撃が記憶喪失の原因と考えられます。推測というよりも確信していると申し上げても宜しいでしょう」

女医がカルテを閉じたので、男達は一斉に煙草を取り出し、ほっと溜め息を漏らした。誰も口を開く者はいない。

立ち込めた煙の中から再び女医の声がした。

「いずれにせよ彼は帰ってきたのです。記憶を失った頭でおよそ三年間、どこをどうさ迷っていたのか分かりませんが、意識の中に哲二という名前だけが残っていたのです。まさに会長さんとの『男の絆』が呼び寄せたのでしょう」

哲二はうんうんと頷きながら、必死で込み上げてくる涙を抑えていた。

「藤崎先生、真介さんの記憶は戻るでしょうか」と肝心なことを元木が聞いた。

「院長さんと診た頭のＣＴスキャンでは、何も異常が見られませんでした。ということは、外科及び内科的治療では治せないと考えます。永久に治らないとは言いません。ある時ふと戻ることもありますし、何かの衝撃で我に返ることもあります。そのような症例は幾つも見ております。問題はそれがいつかということです。明日なのか、一年後なのか、一生駄目なのか。残念ながら現在の医学レベルでは断言できないのです」

「分かりました」と言って哲二は傍らのバッグから小切手帳とペンを取り出し、金額を書き込んで藤崎女医に渡した。「先生、長い間ご苦労様でした。目鼻が付いたような気がします。この金額では不足でしょうか」

女医は金額を確かめて目を丸くした。年収分に匹敵する。

「こんなに頂いて宜しいのでしょうか」と言いながらも、あっという間にハンドバッグに仕舞い込んだ。

「もちろん、ここでのことをすべて忘れて頂くことを含んでいますが」

「あら、私は物覚えは非常に宜しいのですよ。でも皆様方はどちら様かしら」と言って女医は立ち上がった。

同時に古河が立ち上がって言った。「お送りします」


翌日、哲二は仙石原の別荘地帯に向かっていた。午前中に元木医院へ寄って真介を見舞い、その足で傘下の乾不動産が三カ月ほど前に買い取った別荘を見に来たのである。運転する真佐人に「この道は、これから時々来ることになるから、よく覚えておけよ」と言った。「はい」と答えて真佐人は道筋を覚えておこうとあたりを見回した。といってもそれほどややこしい道ではない。元木医院から芦ノ湖畔を北に向かい、国道七五号線に入ってうねうねとした道を下り、大涌谷を過ぎて大箱根カントリークラブ前のバス停に出てきただけである。その信号を左折し、二本目の辻を右折して緩やかな山道に入った。上り初めには、左右に別荘が幾つか見られたが、十分ほど走ると次第に道は細くなり、雑木林が両側から覆いかぶさってきた。哲二のベンツと護衛車がやっと通れるくらいの幅だ。やがて道は突き当たりになり、低い鉄柵の開いたままの門を入っていった。数十メートル先に、白い洋風の二階建ての建物が見える。車回しには白のベンツとセドリックが止まっていた。乾警備の毛利社長と乾建築の白土社長は既に来ていたのだ。車の止まる音で、玄関から二人が出てきて頭を下げた。

この別荘は、大手企業の会長が保有していたもので、その会長が亡くなり、相続税対策で家族が手放したものであった。白土の案内で哲二が見て回ったところでは、三十坪ほどの建物はよく手入れされていて大切に使われていたようである。玄関の右側に、二台分の車が入る車庫がくっついている。庭は五十坪ほどあり、植木や石で巧みに造園されていたが、しばらく放置されていたのか雑草が芝の頭を追い越して生えていた。

一階のリビングで、設計図を前に打ち合わせを始めた。

「毛利、守るには狭くないか？」と哲二が聞いた。毛利はしばらく設計図と庭を交互に見ていたが「庭が狭いですね。奥行きがこのリビングから二十メートルしかありません。少なくとも倍は欲しいですね。ちょうどそのあたりに百五十センチほどの段差がありますので、そこまで買い取ればいいと思いますが」と言った。

哲二は白土に「すぐ買い取れ」と命じ「他には？」と毛利に再度聞いた。

「庭は全面芝張りにし何も置きません。隠れる所をなくすのです。家の後ろと横は、コの字型に三メートル高さのコンクリート塀で囲い、庭の周囲は有刺鉄線と赤外線センサーを張り巡らせます。門も三メートルの高さの鉄柵にしたいですね。監視カメラが五台。照明器が三基。このあたりです」毛利は図面で場所を示した。「ところで、地下も造るのですね」と白土が遠慮がちに尋ねた。哲二は頷いて内ポケットから書類を取り出し「設計図はこれだ。お前のところでやれ」と言って白土に渡した。

「いずれにしろ毛利、最新式の警備機器で固めて、それでいて中からも外からも普通の別荘としか見えないようにしてくれ。年内に完成しろ」と哲二は指示して玄関に向かった。ドアを開けながら振り向き「ところで古河が来てないが？」と毛利に聞いた。

「携帯の留守電には入れてあるんですが、昨日からマンションにも帰っておりませんし、連絡がつかないんです」

「昨日からっていうと、あの女医さんを送っていってからか？」

「そうです」と毛利は困惑した表情で答えた。

哲二は「六十近くなってからの色恋じゃあしょうがねえな」と苦笑いしながら玄関を出ていった。


哲二が熱海の乾商事本社に帰ったのは三時を回っていた。海岸に面した旅館街の一角に本社を移したのは、南雲会壊滅後三年ほどしてからである。ローン業、警備業、クラブ、パチンコなどの興行業が安定成長し、小田原より市場が広いので、ホテルを買い取って改造し移転してきたのである。

五階の社長室へ行くのに相談役室の前を通るとドアが開いていた。首を覗かせると、古河がドリンク剤を飲んでいるところであった。

「ご老体、無理しない方がいいと思いますよ」と声をかけると、古河はむせながら「会長、申し訳ありませんでした。急用ができまして、それが朝までかかっちまいましてね。ちょっとの間寝ておこうとしたら昼過ぎまで寝てしまいました。留守電に気が付いた時はもう間に合わないんで、こちらに来てしまいました」と恐縮して頭を下げた。哲二は「特に大事な用件ではなかったんですが、貴方の意見も聞いておきたいと思いましてね。詳細は毛利に聞いておいて下さい」と言ってドアを閉め「朝までかかる急用か」と呟いて自室に入っていった。

入れ違いに柳本部長が古河の部屋に来た。ソファーに座りながら「古河さん、目の下に隈ができてますよ」と言った。

「冷やかすな柳、俺は参ったよ」と古河はまんざらでもない顔つきで柳の前に座った。乾商事創世期から苦楽を共にしてきた二人は、性格は異なるが不思議に気が合う。南雲会へ命懸けで折衝に行ったのはこの二人である。

「あの先生を熱海駅まで送っていく途中で、おいしいステーキを食べさせる店があるから行きましょうと言い出してね。俺も腹が減っていたんで行ったのさ。最初はワインで軽くやっていたんだが、途中からウイスキーになって二人とも酔ってしまって、妙な雰囲気になっちまったんだ。このままお別れするのは忍びないって言い出したのは先生の方なんだぜ。こっちとしても断る理由なんざありゃしねえ。駅前のモーテルへご案内したんだ」

「古河さんは体は鍛えているし、男前ですからね」と柳は煽るように言った。

「部屋へ入るなり服を脱ぎ出して、俺の服まで剝がしにかかったんだ。あの乱れようといったら、タイタニックの沈没なんか揺り籠みてえなもんさ。乗り物酔いするかと思ったぐれえだ」

「古河さんもすぐ沈没したんですか」

「馬鹿言え。俺だって久し振りで二回戦に突入したさ。それからシャワーを浴びてビールで一息ついたらまた襲われたんだ。何とかお勤めを果たそうとはしたんだが、肝心のナニが言うことを聞きゃあしねえ。そうこうしているうちに、新幹線の最終が終わったんで泊まると言い出して、結局朝まで付き合わされたのさ」

呆れたように柳が「寝させてくれなかったんですか？」

「明け方うとうとっとしたんだが、体が重いんで目が覚めたら彼女が上に乗っかっていたんだ。新幹線の時間までまだあるって言うんだ。女は怖い。あんなインテリに限って夜は妖怪だ」と言って古河は大きな溜め息を吐いた。

柳は「何が女は怖いだ。真っ昼間から聞くんじゃなかった」と言って呆れたような顔をして部屋を出ていった。ドアが閉まると同時に弾けるような笑い声が聞こえた。


真介の回復は目覚ましかった。藤崎女医の処方による精神安定剤は一週間で服用を止め、食事も普通食になっていた。二週間後には軽いトレーニングを始め、一カ月経つと筋力トレーニングに汗を流していた。七月の暑い盛りにランニングをすると言ってきかず、結局サングラスと帽子で変装して外へ飛び出していった。護衛の若林と春日は、真介の子供といってもよい年であるが、十日もすると真介のスピードとスタミナについていくのがやっとというほどの回復ぶりであった。

八月のある日、真介は二人の護衛にリビングを片付けさせて少林寺拳法の型を始めた。二人の若者は乾警備の者で、それなりの訓練を受けていて自信があったのだが、真介の型を見て格段の差があることを思い知らされた。二人は即座に弟子入りを願い出た。


一九九五年も年の瀬になったある日、哲二が毛利を伴って真介を訪れた。

「真介、クリスマスのプレゼントがある」

「この退屈さを紛らわせてくれるものなら何でも大歓迎だ」

「不自由させてすまなかったが、ようやく真介の家ができたんだ」

哲二の言葉に真介の顔がぱっと輝いた。

「何！　家を造ってくれたのか。それは何よりのクリスマスプレゼントだ」

「元木の了解は取ってあるから、今から見に行こう」


「真佐人、いつもより慎重じゃあねえか」真佐人は、影と呼ばれる伝説の男を乗せているので、いつもより慎重に気を遣って運転しているのを会長に冷やかされたのだ。高級車を運転するのが楽しくて、ついスピードを出しすぎていつも会長に叱られていたのである。真佐人は柳本部長の命令で、会長がいつ狙われるか分からないので、万が一に備えてA級ライセンスを取得しており、運転は多少荒いものの腕は確かである。

間もなく大箱根カントリーが見えてきて、やがて別荘の門に到着した。真佐人が窓からリモコンを持った手を突き出してスイッチを押すと、背の高い鉄柵の門がゆっくりと開いた。

「真介、この門の入り口の柱の陰にカメラがあるのが見えるだろう。家の中から、誰が来たかが見られるようになっているんだ」と哲二が説明した。真介は興味深そうに目をやった。

ベンツが門を通ると門が自動的に閉まった。玄関前の車寄せに車が止まると、後続の護衛車から毛利がいち早く降りてきて玄関の鍵を開けた。

「この扉は、中身が鉄板になっております。ハジキの弾くらいでは貫通しません」と言いながら毛利は扉を開けた。玄関は二畳ほどの広さで、右側に目立たないドアがある。「こちらのドアは車庫に繋がっています。申し訳ありませんが、こちらに履き替えて上がって下さい」と言って、毛利は傍らのダンボール箱からスリッパを取り出した。

一階のリビングは四十畳ほどの広さがあり、家具がないので余計に広く見える。

奥にカウンターで仕切られたキッチンがあった。

ウッド調の落ち着いた内壁で、床は桜材でフローリングされている。毛利は入り口の反対側の壁の嵌め込み式のキャビネットへ近寄り、どこかを触るとキャビネットの後ろの壁がするすると上にスライドした。中から横に並んだ六台のテレビが現れた。

「このモニターで、門と庭の奥二カ所、家の両サイド、裏の塀が映し出せます。

門以外の五台は、赤外線のセンサーに何かが引っ掛かると自動的に信号音が鳴り、ここに映し出されるようになっております」と毛利は特に得意がる風も見せずに言った。もっともこれが本職なのである。

「センサーの場所は後でご案内します。こちらを見て下さい」と毛利は哲二と真介をキッチンへの入り口へ案内し、壁にくっつくように置いてある食器棚の前に立った。棚の横に打ち付けてある飾り釘の一つを押すと、この棚がするすると壁に沿って移動した。ぽっかりと開いた穴に階段が見える。

毛利が先頭になって急な階段を下りた。三メートルほど下りた所に分厚いドアがあり、それを開けると真っ暗であった。毛利の手が壁を探り、パチンとスイッチが入って地下室が浮かび上がった。奥行きが三十メートル、横幅が十メートルほどの細長い部屋であった。

「使い道はいろいろでしょうが、会長のご要望で造りました」と言って毛利は哲二の顔を見た。真介は怪訝そうな顔をしていた。

「奥にドアが見えるが、どこに通じているんだ」と真介が尋ねた。

「敷地を斜め後ろに横切り、裏の塀の外に出られます。出口は雑木と岩でカモフラージュしてあります。万が一の脱出口となっています」

リビングに戻って真介は哲二に問いただした。

「いったい何でここまでするのだ」

「お前は記憶を失っているから平気だろうが、お前は伝説の影男として名が知られている。お前を殺れば、超一流の殺し屋となれるのだ。名を上げたい奴は大勢いる。万が一素性がばれた場合、ここはお前の砦となる」

真介は何かを思い出そうとするような顔つきをしたが哲二は構わずに続けた。

「それにもう一つ。俺が移動中に襲われた場合の避難場所にもなる」

「お前も狙われているのか?」

「乾商事は今は合法的な企業だが、裏ではかなりやばいことをやってきた。それはこの前話しただろう。正直言えば今でもやっている。と同時に、うちを狙っている奴も多いのだ。その中には、俺達がやってきたような裏の方法、つまり力づくで攻めてくる奴がいる。戦争はこれからも続くのだ」

帰りの車には毛利も同乗させ、真佐人に湯本に向かうよう命じた。車中で哲二は「毛利、真介の住民票を作ってくれ」と言った。

「それはやばいんじゃないですか」と毛利は難色を示した。

「もちろん村下真介の名前じゃあやばい。石川道夫で作るんだ。パスポートがあるから難しい話じゃあない。それが済んだら真佐人、真介に運転を教えてやってくれ。免許証を取らせるんだ。あんな山の中じゃあ車がいる」

「分かりました」と答えて真佐人はにんまりした。いつも会長の車ばかり運転していると、襲撃車に絶えず気を配らなければならないので神経を遣う。また、会長のあちこちの愛人の所へ行くたびに、内緒にしているつもりでも、なぜか奥さんに嗅ぎ付けられて厳しく詮索を受けるのだ。最近では言い訳の種も尽きかけていた。しばらくはそんな緊張と煩わしさから解放されるし、また、この興味ある伝説の殺し屋の側にいられるのだ。

湯本の料亭で食事をして毛利を帰し、哲二は真介を飲みに誘った。湯本駅近くの、旅館街の裏通りに面した「久美」というバーである。ボックス席が二つと数人掛けのカウンターだけの小さな店で、二人が入っていった時には三人の若い客が、中年の女性と若い女の子を相手にカウンターで飲んでいた。

年上の方が哲二を見て急いでカウンターから出てきて「いらっしゃいませ。お待ちしておりましたのよ」と満面の笑みで挨拶をした。四十歳にはなっているだろうが、照明の関係もあってかなり若く見える。男好きのする顔でなかなかのグラマーである。

哲二は「ママ、彼がこの前話した石川道夫だ」と真介を紹介し、既に三人分のセットがしてあるテーブルに座った。「まあ、お聞きしていたよりずっといい男ね。ご贔屓お願いします」とママは言って小さな名刺を差し出した。真介は名刺を受け取りながらぺこりと頭を下げた。渡辺久美とある。久美がいい男と言ったのはあながちお世辞ではなかった。長身の引き締まった体にどこか憂いを含んだ細面の顔で、渋味のある二枚目といえる。本名は別にあると聞いてはいたが、そんなことはどうでもよい。昔の記憶をなくしていることも聞いていた。

カウンターの客の一人がふと振り向き、哲二の顔を見て驚いたような顔をして隣の仲間の肘を突いた。隣の年かさの男も哲二を認めると慌てて立ち上がり「お勘定を頼む」と女の子に言って哲二に挨拶をした。彼らは乾警備の箱根支店の社員なのだ。まさかこんな小さな場末のバーに、親会社の会長が来るとは思ってもみなかった。哲二は「お前達か。まだいいじゃないか」と口では言ったが、目はそうは言っていない。

「ママ、彼らの勘定は俺に付けといてくれ」と哲二が言うと「会長、ご馳走になります」と挨拶をして三人はそそくさと出ていった。

ママの気をそらさない巧みな話術と哲二の温かいもてなしで、真介はいつになく飲めない酒が進んでしまった。一時間ほどして新しい客が来た。女の子にコートを預けながら「外は寒いですよ。小雪がちらつき始めました」と言ってテーブルに近付いてきた。「お二人ともいい顔色ですね」元木は真介の顔色を診察でもするような顔つきで見ながら座った。

「みっちゃん、今日は上がっていいわ。帰る時に看板を休みにしておいて」とママは言って、二つ持ったブランデーグラスの一つを元木に渡し、自分は真介の隣に座った。

男達の話題は必然的に慈恵園の時代になった。他の客も女の子もいなくなったので、哲二も元木も真介と呼んだが、ママは気にする風もなかった。彼女とて全くの素人ではないのだ。

「ママ、孤児院時代の元木は、いじめられてばかりいた泣き虫小僧でね。ある時宿舎裏で、餓鬼大将に泣かされていたんだ。確か田所とか言ったっけ。俺が気が付いて止めに入ったんだが、逆にこてんぱんにやられちまったのさ」と言う哲二の言葉を引き取って、元木が「哲二先輩はあの頃から男気があって、弱い者を見過ごすことができない質《たち》だったんだ」と言った。

哲二は「俺がやられちまった時に、この真介が割って入ってきたんだ。ろくに口も利いたことがなかった男なんで驚いたもんだ。真介は、悪餓鬼の子分のウシと呼ばれた図体の馬鹿でかい奴と戦う羽目になってな。決着は一瞬だった。真介の体が浮いたと思ったら、ウシは口から泡を吹いて引っくり返っていた」と遠くを見つめるような目をして言った。元木は真介の顔を見ていたが、興味深そうな顔つきはしたが、何かを思い出したような顔ではなかった。

哲二は元木とママに、真介のために仙石原に家を買ったことを話した。真介は「元木先生、退院してもいいのかい？」と聞いた。

「体は全快していますから、何も心配いりません。ただし記憶以外はですが。自然な環境の中にいれば、突然回復することがあるかもしれませんよ」

それを聞いて真介は、この男には珍しく心底嬉しそうな顔をした。それから二時間ほどして真介は酔い潰れてしまった。ふと気が付くと、ボックス席のソファーで横になっていた。体に毛布が掛けられている。起き上がってあたりを見回したが、哲二と元木はいなかった。ママがカウンターの椅子に腰掛けて、何かの書類に目を通していた。

「あらご免なさい。電卓の音で起こしてしまったのかしら」と言ってママは椅子から滑り降りた。

「奴らは帰ったのか。どのくらい寝ていたんだろう」

「かれこれ一時間くらいかしら。もう十二時になりますもの」

「それはすまなかった。見掛けによらずアルコールには弱いもので」と謝りながら真介は立ち上がった。しかしすぐに眩暈に襲われて座り込んでしまった。

　久美は笑いながら「お送りするよう言われておりますから、ちょっとお待ちになって」と言ってカウンターの奥のドアに消えた。間もなく毛皮のコートを羽織って出てくると、真介に肩を貸して立ち上がらせ出口に向かった。

　扉に鍵を掛け、その扉に真介を寄り掛からせて「ちょっとお待ちになって。車を出してきますから」と言って久美は緩い坂を上っていった。一人取り残された真介は、煙草を取り出しながら本能的に何かの視線を感じ取った。随分昔、同じようなことがあったような気がした。酔って扉の外に立っていた時に、鋭い視線を感じたことが……。煙草に火をつけながら細目であたりを窺った。いた！　二十メートルほど左へ坂を下った道路の反対側、街灯の光の切れた所に黒っぽい車が止まっている。車の後ろから微かに白煙が立ち上っている。エンジンがかかっているのだ。真介の体にアドレナリンが駆け巡ってきた。

　酔いは飛んでいた。真介はゆっくりと扉から身を離すと、手にしたコートを羽織りながら、うっすらと粉をまいたように積もりかけた雪の坂道を、千鳥足で下っていった。車から数メートルに近付くと、その車の後ろにタイヤの跡がなく、ボディーが白化粧をしているのが分かった。雪が降る前から止まっていたのだ。

真介は、運転席のドアロックが掛かっていないのを確認すると一気に飛んだ。ドアを引き開けると運転手の喉を掴んで引きずり出した。男は白目をむき出して暴れながらも手を懐に突っ込んだ。真介がその手を押さえると、ガシャンと音がして足元に黒い物が落ちた。拳銃である。やはりただの男ではない。

真介はますます手に力を込めた。ものの数秒で窒息するよりも首の骨が折れるであろう。その時ヘッドライトが迫ってきて車が急停車し、久美が飛び出してきて叫んだ。「真介さん止めて！　この人は貴方の護衛をしているのよ。会長の命令なの」

腕にすがりついた久美の顔を見て、ようやく真介の力が抜けた。男はずるずるっと崩れ落ち、ぜいぜいと口を開けて懸命に酸素を求めていた。

久美は屈み込んで男の背中をさすり「ご免なさい、大丈夫？」と声をかけた。

真介は悪かったとも言わずに男を引っ張り上げ「自分の身は自分で守る。哲二に余計なことはするなと伝えろ」と耳元に囁くように言って久美の車に乗り込んだ。ポルシェは真介の足には窮屈であった。

車が動き出すと、真介が病院には帰りたくないと言ったので、久美はどうしたらいいか迷ってしまった。元木に真介の病室まで送るように言われていたのだ。久美は何か言いかけたが、真介は再び酔いが戻ったのか眠ってしまっていた。ままよとハンドルを切った。

真介が目を覚ましたのは翌日の昼頃であった。目を開けると、カーテンが掛かっているせいか薄暗かったが、天井は見慣れた白ではない。ベッドも柔らかく広い。体を起こすと見たこともないパジャマを着ていた。頭がズキズキする。ベッドを下りて隣の部屋へ入っていった。リビングのようで、真っ白なソファーが目を引く。洒落た家具が適当に配置され、どうやら女の部屋のようだ。

ようやく真介は思い出した。ママの部屋に違いない。声をかけてみたが誰もいないようだ。真介は眩暈をこらえてソファーに座った。端の所に毛布が畳んで置いてあった。どうやらママはここで寝たようだ。テーブルの上にガラス製の煙草セットがあったので、一本取って火をつけた。その時ドアの鍵がカチャッと鳴ったので、真介は円筒形の重みのあるガラスのライターを取った手を止めた。「あら、起きてらしたの。お昼の買い出しに行ってきましたの」と言いながらママが入ってきたので、真介はそっとライターを元の場所に戻した。

「世話を掛けて申し訳ない」という真介に、久美は笑顔を返して「シャワーはそこよ」と目で示してキッチンに入っていった。

真介は火傷しそうな熱いシャワーを浴びるとかなり気分がさっぱりした。脱衣所の棚に、タオルと新しい下着と靴下が並べられていた。寝室に戻ってクローゼットを覗くと、昨日着ていたモスグリーンのタートルネックのセーターが畳んで置いてあり、ジャケットとスラックスが吊り下げられてあった。気の付く女だ。着替えてリビングルームに入っていくと食事の用意がしてあった。

ローストビーフのサンドイッチとコーンスープ、目玉焼きにコーヒーというメニューである。簡単だが久し振りの手作り料理で旨かった。二杯目のコーヒーを飲みながら真介は「下着まで用意してもらって申し訳ない」と礼を言った。

「時間がなかったのでコンビニで買いましたのよ」

「よくサイズが分かりましたね」

「あら、裸にしてパジャマを着せたのは私ですのよ」

真介がその意味を考えているうちに久美が聞いた。「仙石原の新しい家には家具はお揃いですか」

「いや全然」

「今度お暇な時に見に行きませんこと？　これでも私、若い頃はインテリアデザイナーを志したことがありますのよ」

「それはありがたい。その前に家を見ておく必要があるでしょう。部屋の広さとか壁や天井の色とか」

「もちろんそうね。いつ見せて頂けますの？」

「いつでも」と答えた時、真介はママの名前が久美であることを思い出した。

一九九七年(平成八年)春

宮ノ下のマンションから国道一三八号線を西に向かっていた赤いポルシェは、ガラスの森美術館の前を過ぎ、仙石原交差点を左折して七五号線に入った。すぐ右側のスーパーの駐車場に車を入れ、十五分ほどで買い物を済ませて渡辺久美は再び車を七五号線に戻した。

ポルシェ記念館の前はスムーズに通り抜けたが、ススキが原で渋滞に掴まった。ゴールデンウィークを忘れていたわけではなく、これでも早めに出てきたのである。もうすぐなのにと呟いて久美はハンドルを軽く叩いた。早く会いたかった。

二年前の年の瀬、馴染みの客である元木医院の院長から、ある患者の面倒を見てくれないかと相談され、時々来ていた乾商事の会長からも高額の金額を提示されて、とにかく会うだけ会ってみましょうと受けたのであったが、初めて真介に会った時から引き付けられてしまったのだ。記憶喪失だけが気掛かりではあったが、一九九五年に元木医院に入った時からのことは覚えているのだ。

久美にとってはそれで充分であった。過去に何か重大なことをやってきたらしく、そのため本名の村下真介を名乗らず石川道夫の名前でいるが、別にそれも気にならない。五十歳を越しているにもかかわらず、これまで久美が相手にしてきた男達など比べようがないほどの、素晴らしい強靭な肉体を持ち、その上彼女にはこの上なく優しいのだ。この一年半ほど、週に二、三回通っている。

元木や乾会長が、一緒に住んだらと言ってくれるが、自分にも気に入った生活があるし、真介もそれは望んでいないように思えるのだ。今の関係がベストと割り切っていた。そんなことを考えているうちに車が流れ出した。事故渋滞であった。初老の男が観光バスの運転手にさかんに頭を下げており、その横で派手な服装の若い女がふくれっ面をして煙草を吹かしていた。

ポルシェは大箱根カントリーの手前のカーブを右に曲がり、二本目の小道に入って山道を上っていった。幾つかの別荘群を通り抜け、間もなく私道となって道幅が狭くなり、傾斜も強くなってきた。

ビーンという電子音で、真介は窓際のカウチで読んでいた『再び消されかけた男』を閉じ、傍らのコーヒーテーブルからリモコンを取り上げた。赤いボタンを押すと、リビングの壁のパネルがするすると上がってモニターテレビが現れた。三台ずつ二段になった左端の上のモニターに、門の前に止まった赤いポルシェが映し出され、久美が手を振っていた。真介はモニターの下のコントロールパネルに近付いてボタンの一つを押すと、鉄柵の門が内側に開いた。

パネルを閉じて籐のテーブルから煙草を取り上げ、革製のソファーに座った。

立ち上る煙草の煙を目で追い、太い丸太の梁が組み合わされた天井を見上げた。どこかの古い農家から持ってきたという梁は、年月を経た味わいがある。ほどなく玄関前の車寄せに敷き詰めた砂利を踏み付けるタイヤの音が聞こえた。玄関の扉の開く音と、久美の声が重なって聞こえてきた。「遅くなってご免なさい。すぐお昼にしますから」

朝から鳥の声しか聞こえていなかった静かな部屋が、にわかに目覚めたようだ。スーパーの大きな紙袋を抱えた久美が現れ「ススキが原で事故があったの。お妾さんを連れたおじさんが、バスに追突したようなの」と忌ま忌ましそうに言うとあっという間にキッチンに消えた。「いいよ、ゆっくりで」と真介は言ったが、今日初めて喋ったので掠れ声になってしまった。

大画面のテレビをつけると、中学生くらいの女の子達が、中学生の学芸会程度の歌と踊りを披露していた。今人気のスピードとかいうグループだ。これでも歌っているつもりなのかとチャンネルを変えた。今度は異様なコスチュームと化粧の男達が、鶏冠《とさか》を逆立ててがなり立てていた。ハードロックかパンクを気取っているらしい。声量がないのを無理に絞り出しているので、締め殺される鶏そのものだ。どうやら日本には、本物の音楽をプロデュースできるディレクターや、音楽評論家がいないようだ。真介は馬鹿らしくなってテレビを消し、ステレオプレーヤーの所に行ってCDラックを覗いた。ホイットニーとシーナを取り上げたが、結局はポール＝アンカがシナトラに贈った『マイウェイ』にした。

部屋の三方の壁に埋め込まれたスピーカーから柔らかな歌が流れてきて、真介はソファーに背を預けて目を閉じた。聴き入っているうちについうとうととしてしまい「できましたわよ」という久美の声ではっと我に返った。曲はいつの間にか彼女の好きなエンゲルベルト＝フンパーディンクに変わっており、小鳥を包み込むといわれる甘い声が流れていた。

「テラスで頂きましょう。ドアを開けて下さらない？」と言いながら、久美が両手にトレイを持ってキッチンから現れた。

「今日は北海道のグリーンアスパラがありましたの」

アスパラと椎茸、虫眼鏡が必要なくらい小さく切ったベーコンのバター炒めに、蝶ネクタイのようなマカロニを使ったサラダが添えられており、コーンスープとコーヒーが、表面が寄木細工のテーブルに並べられた。竹製のバスケットには、箱根の老舗ホテルのレーズンパンが盛ってある。もう一つ、ソーセージと魚の煮付けが入ったボウルがあったので、真介がフォークを伸ばすと久美に手をぴしゃりと叩かれた。

真介は食べさせてもらえないことが分かっていて手を出したのである。元木が久美に与えた食事のレシピは、ほとんど菜食主義者のものである。

真介が、アスパラの陰にベーコンが隠れていないかとフォークで掻き回していると「今日は出てこないのかしら」と言って久美は広い庭の左右に目を走らせた。「朝から見掛けていないね」と真介は答え、ベーコンの探索をあきらめてパンを取り上げた時、「来たわ」と彼女が歓声を上げた。

真介が目を上げると、なるほど庭の芝生の切れ目の藪から、狸が顔を出しているのが見えた。注意深くあたりを窺い、じりじりと進んできた。そのすぐ後から、二頭の子狸が縺れ合うようにしてついてくる。

去年の春先は一頭だけだったが、いつの間にか家族を連れて出てくるようになっていた。最初は真介を見ると、素早く植込みの陰に隠れていたのだが、しばらくすると真介を無害な動物と見たらしく、ちらりと一瞥して悠々と庭を闊歩し出したのである。久美が面白がって餌を与えているうちに、食事時間になると決まって現れるようになったのだ。

久美がボウルを取っていつもの椿の根元に歩いていくと、親狸は本能から一歩尻込みするが、子狸は何の警戒心も持たずにボウルが置かれるのを伸びをして待っていた。親狸はボウルに顔を突っ込みながらも、片時も真介から目を離さない。真介は親指と人差し指でピストルの形を作り「バーン」と撃つ真似をした。「お止しなさいな」と久美は真介の手を押さえて睨んだ。

「狸が脂の乗った魚と肉で、俺が兎のような野菜の食事か」と真介は腹の中で思ったが口には出さなかった。おまけに久美は淡路島生まれで、関西風の薄味である。関東の漁師町で育った――真介の記憶にはないが――彼には物足りなかった。たまには脂の乗ったトロか、血の滴るようなステーキが食べてみたいのだが。いっそのこと狸汁にして……。

以前うっかりそれを口に出したら、久美が皿を投げ付けて帰ってしまったことがあって、真介は大いに反省したのだ。

楽しそうな久美。住み心地の良い環境。平和な時の流れ。

しかし真介の心には、どこかに穴が空いていていた。

この二年間以前の俺はいったい何なのだ。哲二や元木が俺の過去を話してくれるが、記憶にない人生がお前のだと言われても――彼らが嘘偽りなく話してくれているとしても――何か空しく釈然としない。俺の過去はどこへ行ったのか。こんな自問を何度繰り返したことか。しかしいつも答えは見つからぬ。

「貴方、また怖い目になっているわ。焦っては駄目なのよ。私は今の貴方が好きなの」と言う久美の声で、真介の目に穏やかな光が戻った。

久美は結構男の世界を知っている。高校を出てからデザイナーを目指して上京したが、夢も破れ、好きな男にも捨てられ、やけになって身を持ち崩して仕事や男を転々としているうちに、ついには温泉町の場末のバーのホステスになってしまったのだ。男の中には背中に入れ墨や過去を背負った者もいた。随分泣かされても来た。三十歳も半ばになって人生をあきらめかけていた頃、あるきっかけで温泉宿の旦那に見初められ、今のバーを持たせてもらって何とか立ち直ったのだ。その旦那も三年前に他界している。男にはもう懲り懲りしていたはずなのだが、馴染み客の元木先生にこの人の世話を持ち掛けられ、気が付いたら今では心底惚れ込んでいた。今の幸せに、この人の過去などは要らない。過去を探ろうと苦しんでいる真介は見たくないのだ。

「すまん。つい考えてしまうんだ。もうしない」

その夜二人は時間をかけて愛し合った。満ち足りて深い眠りに入ったが、窓を開け放っていたので夜明けに寒くなり、久美は起き上がって閉めに行った。

その時真介が小さな声を出した。「佐智子」

久美は「えっ」と振り返ったが、それっきりである。確かにサチコという名を口にしたのだ。この二年ほど、真介に私以外の女がいなかったことは確実である。とすると、それ以前の記憶をなくしている間の女性である。母親か、妻か子供なのか。こんなことは初めてであった。もしかしたら、閉じられた過去の扉を開く鍵になるのか。朝になったら聞いてみようとも考えたが、この女性がもし妻であったら、真介がその女性の元へ帰っていくのではないか。彼を失うことには耐えられない。久美は聞かなかったことにしようと心に決めた。

乾哲二には最近気になることが二つあった。一つは息子の修一郎のことである。修一郎は哲二が南雲会に襲われて大怪我をした一九七五年の十月に生まれている。智子との間にできた子ではない。小田原の芸者に産ませた子である。

数年は智子にも気付かれなかったが、ちょっとした経緯でばれて大騒ぎになったのだ。すったもんだの末、結局哲二夫婦が引き取ることになったのである。

智子は最初大むくれであったが、その後子宮筋腫がもとで子供が産めない体になってからは、目に入れても痛くないほどの可愛いがりようであった。その修一郎も今年二十二歳になる。現在乾商事の平塚支店の責任者にしているが、まだ若いので、会社創設時に柳本部長が連れてきた橋爪良二を顧問として付けていた。

その平塚地区でトラブルの種が芽生えているのである。藤沢から鎌倉、大船地区にかけて、以前から数組のやくざ組織があり、それほど大きくはないし、乾商事に直接被害を与えていたわけではないので気にも留めてこなかったのだが、最近得体の知れない男がこれらを束ねて、新しい組織、湘南連合を立ち上げたという。その男が、横浜最大の組織、龍神会に盛んに近付いているという噂が広まっているのだ。それ自体は珍しいことでもないが、その湘南連合が修一郎の平塚に縄張りを広げようとしているというのだ。ここ数年、乾商事としては安定期にあり、生臭いトラブルはほとんど起きていない。昔、真介のつくった影の組織、現在の調査部の責任者である駒井俊と鎌田充男は、最近の平和を嘆いているくらいであった。駒井は昔銃撃戦をやって、殺人未遂と拳銃不法所持で捕まり七年間服役したことがある、乾商事きっての拳銃使いである。鎌田は自衛隊のレンジャー部隊の経験があり、真介が大陸へ逃れるのを手助けした男である。この猛者にとって平和は退屈であった。哲二は湘南連合など屁とも思っていないが、龍神会がバックとなれば、事は簡単には済まないのである。

もう一つの悩みは杉本真佐人のことである。一九七六年生まれの二十一歳のこの若者は、最近ますます母親似になってきている。気付かれなければと気が気ではない。いつか機会をみて話そうとは考えているが、果たしてそれがいつ訪れるのか。

夏。朝から黒雲が千切れるように流れている。雷を伴った大型の台風が近付いているという予報である。夜半には伊豆半島に上陸するらしい。

今日も午後から久美が真介の家に来ていた。台風ということで、早々と店の休業を決めてやってきたのである。しかし真介の様子というか雰囲気がいつもと違っていた。もともとが静かな性格なのだが、『テイク・ファイブ』や『モーニン』などの好きなモダンジャズを聴いていても、そこに心がないように黙り込んで宙を見つめている。時折久美が声をかけても生返事しか返ってこない。あきらめて彼女は、最近始めた毛糸の手編みに没頭した。秋までに間に合わせて真介に着せるのだ。

夜に入るとますます雨風が強くなり、雷も徐々に近くなってくる。十時頃早めに寝ることにして二階の寝室に入った。久美は台風の音でなかなか寝付かれずに何度も寝返りをうったが、真介は目を天井に向けたまま身動きもしない。彼の肩に頭を乗せ、ようやく眠りについたのは十二時を回ってからであった。

夜半に久美はふと目が覚めた。隣に手を伸ばしたが真介がいない。半身を起こすと、真介は窓の側に立ってじっと外を見つめていた。強風が窓のすぐ外の銀杏の大木の枝を、雨と共に窓ガラスに叩き付けている。絶え間なく稲妻が走り、雷鳴がまるで繋がっているように響いていた。

いつからそうしていたのだろうか。「真介さん」と声をかけて久美は起き上がり、歩み寄って彼の顔を覗き込んだ。目が異様に光っている。久美は怖くなって真介の腕を掴み、激しく揺すって名前を呼んだが何も聞こえていないようだ。

稲光。雷鳴。叩き付ける雨。

真介は腕を払って久美を突き飛ばし、掛け金を外して窓を開けた。たちまち強風が雨と小枝を部屋の中に躍り込ませ、真介の体に襲いかかった。倒れ込んだ久美が「真介さん！」と絶叫した。真介は吹き荒ぶ嵐にたじろぎもせず、何かを見据えたまま両腕をじりじりと持ち上げ、何かを構えるような姿勢を取った。ライフルの構えだ。その時、あたり一面が浮かび上がるような白熱の光が走り、耳を聾する大音響と共に銀杏の木が真っ二つに裂けた。真介の口から絶叫が迸《ほとばし》った瞬間、爆風が真介を吹き飛ばした。闇。


翌日の午後、真介の体は元木医院のベッドにあった。銀杏の木に落ちた雷の爆風で、窓ガラスの破片が顔や体に刺さっていたが、それほどの大怪我ではなく命に別状はなかった。それよりも、その時以来目を覚ましていないのだ。哲二と久美が心配顔で覗き込んでいた。「元木、大丈夫なのか？」という哲二の問いに「頭の中のことですから、はっきりしたことは分かりません。外傷は見ての通りで大したことはありません。数メートル先の落雷ということで、鼓膜が破れている恐れがあったのですが、聴覚テストに反応しましたのでそれも大丈夫です」と元木は答えた。「少し静かにしていた方がいいでしょう」と言ってリビングに向かった。久美は真介の手を握ったまま椅子に座っていた。

元木の後を追った哲二は、煙草に火をつけながら「何とも真介にはいろんなことが起こるもんだ」とぼやいてソファーに座った。「でも案外きっかけになるかもしれませんよ」と言って元木も座り、後を続けた。「久美さんの話では、落雷の瞬間真介さんが叫んだ言葉は、外国語のようだったそうです」

「何？　すると例の女先生が聞き出したフランス語か？」

「おそらくそうでしょう」と元木が答えた時、「先生、目が覚めそうよ」と言う久美の声がした。

急ぎ足で二人がベッドに近寄って覗き込むと、なるほど真介の瞼がぴくぴくと細かく痙攣し、時々薄目を開いたりしていた。

しばらくして真介の目がはっきりと見開いた。その目が天井を見上げ、それから覗き込んでいる三人の顔に移っていった。以前とは違う焦点の合った澄んだ目である。やがて哲二の顔に止まると、何かを思い出そうとするような表情になって、じっと見据えた。

「あんたは俺の知っている男によく似ている」

「俺もあんたによく似た男を知ってるぜ」と哲二は言って身を乗り出した。

真介はさらに穴の空くほど見つめて言った。「老けたな。それに顔が歪んでいるようだが乾哲二に違いない」

「老けたのはお互い様だ、真介。この顔はな、昔ダンプで潰されて整形したんだ」哲二の声は感激で震えていた。ついに思い出してくれたのだ。

「そうか……。昔、熱海の南雲会にやられた時か。俺が大陸へ逃げた時は、お前はまだ意識不明だったからな。つい昨日のことのようだ」真介は懐かしそうな顔をして言った。それから手を握られていることに気付き「久美、俺の名は村下真介だ。これからも宜しく頼みます」と挨拶をした。堪え切れずに久美はわっと泣き出した。その肩を優しく叩きながら元木が真介の目を覗き込みながら言った。「真介さん、私が誰だか分かりますか？」

「ここで俺の体をいじくりまわしていた先生、元木さんだろう」

「慈恵園の二級下にいた元木源一ですよ」

真介はもう一度元木を見上げ「あのいじめられっ子の頭のいい子か？」

元木はにっこりして言った。「もう大丈夫です。すべてを一気に思い出すのは難しいでしょうが、時間が記憶の穴を埋めていくでしょう」

「ところで真介」哲二はかねてから思っていた疑問を口にした。「石川道夫という名前はどこで仕入れたんだ」

真介はしばらく考え込んでいたが、やがて記憶の糸が繋がり始めたのか、ポツリポツリと話し出した。「石川は、俺が香港の九龍にいた時に知り合った大陸浪人の名だ。ロシアマフィアの店を襲った時に撃ち合いになり、やられたんだ。

死に際にパスポートを差し出して、日本に帰る時に役立つだろうから持っていけと言ったんだ。確か函館生まれでいい奴だった」

「そうか、いろいろ苦労したんだな。それにしてもよく帰ってきてくれた」と哲二はしみじみと言った。

真介は目を閉じて静かに言った。「少し疲れた。眠らせてくれないか」

元木に促されて哲二が出ていくと、真介の閉じた瞼の端から一滴の涙が流れ落ちた。人前では涙を見せたくない真介。久美だけが見ていた。

三日後に真介は退院して仙石原の家に戻った。哲二は噂が広まるのを恐れ、訪問は妻の智子に古河、毛利、柳の幹部に止めた。この五人が代わる代わる訪れて、真介が大陸へ逃れた後の乾商事の経緯を話した。真介も大陸へ渡ってから、香港、韓国を経てインドネシアのスマトラ島へ渡り、傭兵部隊の一員になった話をした。しかし最後の出撃で、教会の窓にロケット砲を撃ち込まれた瞬間から、日本へ帰り着くまでの三年間はどうしても思い出せなかった。


秋。午後二時過ぎに真介と久美が仙石原近くのゴルフ練習場から帰ってきた。

退院して間もなく、哲二が買ってきてくれたゴルフセットの試し打ちに行ってきたのだ。サウスポー用は数が少ないらしく、あちこちのプロショップへ行って探してきたという。ホンマのドライバー、キャロウェイのフェアウェイウッド、プロギアーのアイアンという組み合わせは、結局自分のと同じ組み合わせであった。真介は傭兵時代の休暇日に、よく将校達とやっていたのでかなりの腕前であり、好きでもあった。距離と風向きを読み、神経を集中させてターゲットを狙うことは狙撃に通ずるところがあり、運動能力と集中力に優れた真介は、三年足らずでシングルプレイヤーになっていたのだ。久美は客との付き合いで多少の心得があった。今度哲二とコースに出ることになっているので、ブランクを埋めるために練習してきたのだ。

　二人が帰ってきて間もなく門のセンサーが鳴った。モニターには運転手の真佐人、後部座席の哲二夫婦が写し出され、護衛車も見える。約束の時間通りにやってきたのだ。

　出迎えた久美と哲二夫婦の挨拶の声が聞こえ、「やあ」と短く言って哲二が、続いて「お元気そうね」とにこやかに挨拶して智子が入ってきて、並んでソファーに腰を下ろした。

「お前も入れ」と言う哲二の声で真佐人も入ってきたが、真介に一礼すると入り口のドアを背にして立った。煙草を取り出しながら哲二が「どうだ、クラブの調子は。少しは練習しているか」と聞いたが、心は何かに気を取られているようで気持ちが入っていない。「まあな」と真介も、いつもと違う哲二の気配を悟って曖昧に答えた。智子は落ち着かなげに調度品を見回していて真介と目を合わそうとしない。ぎこちない雰囲気になりかけたが、タイミングよくキッチンからコーヒーポットとカップを載せたトレーを持って久美が現れた。入り口に突っ立っている真佐人に、明るい声で座るように言い、トレーをテーブルに置いてコーヒーを注ぎ始めた。真佐人は哲二の了解の頷きを確認してから入り口近くの椅子に腰を下ろした。久美はコーヒーをそれぞれの前に置くと真介の横に座った。哲二夫婦の緊張ぶりが伝わり、誰もが黙ってやたらにカップを口に運んでいる。

　ようやく真介が切り出した。「どうしたんだ、哲二。電話では重大な要件と言っていたが、身内ばかりなんだから遠慮なく話したらどうなんだ?」

哲二はそれでも迷っているような顔つきである。話の糸口が見つからないようだ。真介は苦笑いを浮かべて誘いをかけた。「真佐人を連れてきたということは、彼に関することなのかな?」

単刀直入の真介の問いに、決心がついたのか哲二は「うむ」と頷いてせわしなく吹かしていた煙草を揉み消した。智子にちらりと目をやって半身を乗り出し空咳を一つして話し出した。「察しの通り、こいつのことなんだ」と真佐人を顎で示し「実はな真介、この杉本真佐人の母親は友永佐智子なんだ」

大概のことには表情を表さない真介の顔に驚きの色が走った。佐智子のことは無論忘れてはいない。彼が初めて惚れた女なのだ。若い頃古河の紹介で知り合い、ある事件のほとぼりを冷ますために札幌へ行き、そこで二人で小さな喫茶店をやっていたのだ。二年ほどの短期間ではあったが、真介の阿修羅のような青年期にあって、唯一平穏な幸せと言える日々だったのだ。しかしその後は世界を駆け巡り、戦いに明け暮れするうちに、いつしか心の中から消え去っていたのだ。もう二十年以上になる。突然思いもかけずに彼女の名前を告げられ、真介はどう答えてよいのか戸惑いが先に立った。もしよい伴侶を得て、幸せな生活を送ってくれていたらいいがとは思ったが……。

それに目の前のこの若者が佐智子の子供だという。改めて見直せば、目元に佐智子の面影がある。

「佐智子は杉本姓になっていたのか。そうか、結婚していたんだ」と真介は幾らかほっとしたように言った。

哲二はそれに答える前に久美を見て言った。「ずっと昔の話なんだ。気を悪くしないでくれ」

「そんなおぼこい娘ではありませんよ。今の真介さんは私のものよ」と久美はにっこりして言い、真介の腕に手を置いた。

真佐人は母のことを持ち出されて困惑していた。しかもこの目の前の伝説の男が母の知り合いだったらしいのだ。

「お前には悪いんだが、当時俺は意識不明で入院していて、手術の繰り返しで皆がばたばたしていたんで、佐智子さんのことにまで誰も気が回らなかったんだ。俺が起き上がれるようになって、彼女のことを聞いたんで初めて皆が気付いたような有り様だったんだ。二カ月経っていた」

「真介さん、勘弁してね。私がいけないの。主人が生きるか死ぬかの瀬戸際で、私がすべてを采配しなければいけない立場だったのに……」と智子が言った。

「いや、彼女のことは俺個人のことで、皆に気を遣ってもらうことではない。そっとしておいてもらってよかったのだ」と真介は智子を気遣って言った。

「俺としてはそうは言っていられない。俺のために命を懸け、国外に逃れたお前の恋人を誰が放っておけるものか。俺は古河を札幌にやったのだが一足遅かった。一月ほど前に店もマンションも引き払って消息を絶ってしまっていたんだ。家主にも行く先を言わなかったらしい。古河も探偵を雇って探したんだが足取りは掴めなかった」

真介は、佐智子ならそうしただろうなと漠然と思った。

哲二は煙草に火をつけて一息入れ、煙を吐き出しながら再び話し出した。

「今から七年ほど前、この真佐人が俺を訪ねてきた。慈恵園の園長の手紙を持ってな。その手紙には、この杉本真佐人は杉本佐智子という女性から、ある事情があって預かった園児であると書かれてあった。おとなしくて冷静な性格だが、意志の強い子だとも書いてあった。当世の経済情勢ではなかなか就職が決まらないので、今年も乾商事でお願いできないかという内容だった。慈恵園は二十年ほど前に、県の財政難で廃園にされそうになったんだが、俺が資金援助をして存続させたんだ。何せ俺とお前の出会いの孤児院だからな。その後毎年卒園者をうちで引き取ってきたんだ。もう二十人は超しているはずだ。お前に付き添っていた若林と春日もそうなんだ」

「哲二にしては上出来だ」と真介がぽつんと言った。

皮肉なのかと哲二は真介の顔を見たが、そんな色は表情にはなく、真介独特の賞賛の仕方と分かって気が和んだ。

「とにかく真佐人を雇うことに問題はないが、ある事情というのがどうも気に掛かって調べてみたんだ。俺は慈恵園に出掛けていって園長に会ってきた。園長は俺達がいた頃の養護主任だった人だ」

そう言われても真介には思い出せなかった。心を閉ざしていた時代で、先生達の顔と名前は一人として思い出せなかったのだ。

「園長はなかなか真佐人の母親のことを喋ろうとしなかったが、基金設立者の威厳をちらつかせてようやく話を引き出したんだ。俺宛ての手紙を預かっているというんだ。万が一、乾社長が真佐人の生い立ちを知りたいと言ってきたら渡してくれと言われていたそうだ。これがそうだ」と言って、哲二は手提げバッグを引き寄せて中から手紙を取り出した。

真介は手紙を受け取って宛名書きを見つめた。乾哲二様とある。裏を返すと友永佐智子と書かれてあった。紛れもなく佐智子の字であった。

「読んでみろ」という哲二の声がしたが、この男にしては珍しくなぜか躊躇した。佐智子のことは、知りたくもあり知りたくもない、そっとしておきたい気持ちが強いのだ。しかし……。封筒に指を差し込み手紙を取り出した。

「拝啓。社長様、奥様には一方ならぬお世話を頂きながら、ご無沙汰を致しておりまして、心より お詫び申し上げます。社長様にはあの大怪我からご回復され、その後のご活躍は風の便りに聞き及び、我がことのように嬉しく存じます。

さて、このたびは私の近況をお知らせするとともに、まことに勝手ながら一人息子の真佐人についてのお願いを致したく筆を取りました。

あの日、貴方様が襲われた日、真介さんは去っていきました。無二の親友が生死の谷間をさ迷っていると聞かされて、黙っているような男でないことは充分承知しておりました。またそのような男でなければ、これほど命懸けで愛したり致しませんでした。引き留めは致しませんでした。男女の情愛よりも、お二人の男の絆の方が幾倍も強いことは紛れもない事実なのですから。

あの人の『すまない』の一言で、二度と帰らないと決心していることが分かりました。復讐が失敗すれば命を落とすでしょうし、成功しても官憲は言うに及ばず、彼を仕留めて名を上げたい輩に一生付け狙われることは目に見えております。そのような生活に私を入り込ませることは、真介さんの性格からあり得ないことなのです。

一人残された後、私は千葉の実家に帰り旧姓の杉本に名を戻しました。友永は私が昔、結婚した相手の名前で、死別した後もそのままにしてあったのです。

すべてを忘れるために旧姓に戻したのです。真介さんも私の旧姓を知らないはずです。自分の過去を話さない人で、私の過去も聞こうとしなかったのです。

実家では歓迎されませんでした。もともとが千倉温泉の小さな土産物屋で、決して裕福ではありませんでしたし、家を飛び出して地元では評判のよくなかった友永と一緒になりましたので、厳格な父は許そうとはしてくれませんでした。母だけが何かとかばってくれ、とにかく家には置いてくれました。

私はすぐに千倉温泉の旅館の仲居として働き始めました。しかし間もなく妊娠に気付き、体調も崩しまして寝込んでしまいました。父は激怒致しました。

家出娘が帰ってきたばかりというのに、父親が誰とも知れない子を宿したのですから、世間体もあって怒りは当然です。中絶するよう迫られましたが、私は聞き入れませんでした。仕方なく父は、子供を産むまで置いてやるが、その後は出ていくようにと言いました。

翌年の昭和五十年一月三日に生まれたのが真佐人です。その月末には家を出まして木更津へ行き、札幌の店と家を処分した資金の残りで小さな喫茶店を買いました。店は食べていけるくらいには流行りまして、真佐人も病気一つせずに育ちました。しかし息子が小学六年の終わりになる頃、私が病にかかってしまいました。半年ほど前から体調が思わしくなかったのですが、お店で倒れて病院へ運び込まれ、お医者様から肝臓癌を宣告されてしまいました。すでに肺にも転移しているとのことです。

今病床でこの手紙を書いております。おそらくひと月ももたないでしょう。

私自身の一生には何の悔いもありませんが、真佐人のことだけが心残りです。

ふと思い出しましたのが、社長様と真介さんが小田原の孤児院育ちということを聞いたことがあったということです。すぐ調べまして慈恵園と分かりました。

園長さんにお電話して、お二人のことも持ち出しまして真佐人をお願い致しました。今後の真佐人がどのような人生を歩むかは分かりませんが、もし道に迷うようなことがありましたら、社長様のお力添えで一人前にして頂けたらと、母として願うばかりです。

もうお分かりと存じますが、真佐人は私の愛した村下真介の忘れ形見なのです。真佐人の「真」は真介さんから、「佐」は私の名前の一字を取って付けたのです。真介さんの消息、生死すら分からない今、おすがりできますのは社長様だけでございます。どうか愚かな母親の願いをお聞き届け下さいませ。

末筆ながら社長様、奥様のご多幸をお祈り致します。

かしこ」

真介は最後の文章をもう一度見直した。目が離れなかった。

真介が読み終わったとみて哲二が声をかけた。「要するにそういうことだ。真佐人はお前の子なのだ」

真佐人が顔を上げた。困惑の表情を浮かべて真介と哲二を交互に見て言った。「何ですって？　もう一度言って下さい」

それに答えたのは智子であった。「貴方は真介さんの子供なの。私もその手紙で知ったのよ」

「俺は母さんから、父さんは俺が生まれる前に事故で死んだと聞かされていました。どんな人だったかと聞いても、ただ男らしい強い人で、私には本当に優しい人だったとしか言いませんでした。いきなり目の前の村下さんが、お前の父親だと言われましても、俺にはどう考えていいのか……」

「真介さん。その手紙を真佐人にも見せてあげて」と言って智子は手を差し出した。真介は何かを考えている顔つきのまま黙って手紙を渡した。

真佐人が食い入るように母の手紙を読んでいる間に智子が言った。「真介さん。貴方が入院した時に、念のために元木さんに頼んで二人の血液を調べてもらったのよ。ＤＮＡは完全に一致したの」

真介にはそんなことはどうでもよかった。佐智子の手紙だけで充分である。その手紙を読んでいる若者の持っている何かが、自分の子であることを告げていた。

体を流れる血が、血の絆が訴えている。

群れを離れ、世界を駆け巡り、阿修羅のような生き方をし、そして疲れ果てて帰ってきた孤狼に息子がいたという。何事にも動じない真介が、生まれて初めて動揺していた。

真介は突然立ち上がると、哲二に目配せして庭に出ていった。庭の真ん中に立っている真介の背に「何だ真介。黙っていたのは……」と言った時に、真介がくるりと振り向いていきなり右のパンチを哲二の顎に見舞った。さすがにプロの一撃である。哲二は膝から力が抜けて尻餅をついた。頭を振って遠のく意識を引き戻し「何をしやがる。育てた礼は言われても、こんな仕打ちを受ける筋合いはねえぜ」と怒気を含んだ声で吠えた。

「哲二、今のは俺の息子をやくざに育てた怒りの一発だ」

「何を言やあがる。真佐人を引き取って立派に高校を卒業させたんだぞ。東京の大学にも行かせたんだが、部活の先輩とやりあってそいつを殴り倒して中退しちまったんだ。しばらくは連絡も寄こさねえ状態になったんだが、俺は若い時分にはありがちのことと放っておいた。だが智子はお前の形見の真佐人に何かあったんじゃ申し訳が立たないと言ってな、私立探偵に探させて見つけ出したんだ。少しばかり無鉄砲なところがあるんで、俺の手元に置いてお前の冷静さを教育してきたんだ」

哲二の話を聞いて真介は手を差し伸べて言った。「悪かった」

真介の手を振り払って立ち上がりながら哲二はぼやいた。「何だよ。いきなり一発くらわせておいて、悪かったの一言かよ」

「本気で殴ったわけじゃあない。本気なら利き腕の左でやる。そしたら今頃は三途の川を泳いでいる」

「俺は金槌だ。船頭を買収してこっちの岸に戻させるさ」

智子はテラス越しに二人の男を見ていたが、いきなり哲二が殴り倒されて腰を上げかけた。しかしすぐに話し合いをしている様子で、間もなく何事もなかったように戻ってきたので安堵の息を漏らした。

哲二はリビングに入るなり「今日はいろいろあって皆の頭も混乱しているようだ。無理もないがな。少し冷静になる必要があるんで今日のところは帰る。真佐人も来るんだ。真介、二、三日したら真佐人を来させる」と言って玄関に向かった。智子は「だってあんた……」と言いかけたが、哲二がさっさと出ていってしまったので、挨拶もそこそこに久美に送られて後を追った。真佐人も複雑な顔をして一礼して出ていった。

久美は何も言わずに真介を見ていたが、彼は眉間に皺を寄せて何事かを深く考えており、鉄門の扉を出ていく二台の車が映っているモニターに顔を向けていた。しかし目には何も映ってはいないようであった。

智子から真佐人が向かったという電話が入ったのは三日後の昼前である。真介は真佐人が来るまでの間、何となく落ち着かなげであった。コーヒーはあるかとか、お茶菓子がどうとか、日頃気を遣ったことがない男が久美に何かと問いただしていた。あげくに昼飯は何がいいのだろうかと言い出し、久美に私に任せておいて、落ち着いてCDでも聞いていらっしゃいと苦笑しながら言われる始末であった。

間もなく真佐人が来たが、二十年の余、お互いの存在さえ知らなかった二人が、突然父だ子だと言われたところで、すぐに分かり合えるものではない。会話や態度がぎこちなくなるのも無理はなかった。久美は努めて明るく振る舞い空気を和ませはしたが、一気に氷は溶けはしなかった。

哲二が仕向けたのであろう、真佐人は三日にあげず訪問した。数回目頃にはかなり打ち解けてはきたが、真佐人にはまだ「父さん」と呼べる勇気が出なかったし、真介もいきなりできた息子の扱いに戸惑っていた。十一月に入って間もなく、真介は二、三日前から考えていたことを真佐人に切り出した。

「真佐人、お前は確か来年の正月には二十二歳になるな。大学を卒業する年だ。これからの進路について何か考えているのか？」

「特に考えてはおりません。会長が秘書兼運転手として俺を身近において、乾商事全般の仕事を教えてくれております。いずれは跡を継ぐ修一郎さんの片腕になるようにと言われておりますが」

「哲二と俺の関係みたいにか？」

「そうかもしれません」

真介は考え込んだ。乾商事は今では合法的な企業集団の会社であるが、裏では暴力的な力で対抗勢力を潰してきたのである。今でもそのやり方は、表面には出ないが、業績拡大の有力な方法として健在である。従って今後も哲二と修一郎は狙われ続けるであろうし、側にいる真佐人もそれなりの覚悟をしていなければならない。しかし、覚悟だけで防げるものではない。

「立場上哲二には危険が纏わりつく。お前に哲二を守る技術はあるのか？」

真介の本心は、真佐人に自分自身を守る技術があるのかと言いたかったのだが、それは控えた。

「ハジキはいつでも持ってます」

「使ったことは？」

「会長のクルーザーで沖合に出て練習はしました」

この分では大した腕前ではあるまいと真介は思った。「そうか」と言ってこの話題を打ち切り、ちょうどできた久美の手作りの昼食を一緒に食べてから真佐人を帰した。

翌日真介の要請で哲二がやってきた。今日は久美が来ない日だったので、真介がいれたコーヒーを飲んでから話し合いになった。真佐人は外の車の中で待機させられている。

「哲二、今後のことで二つほど聞いておきたい」

「うむ。俺もお前が治ったことだし、その話し合いをしようと思っていたんだ」

「そうか。ちょうどよかった。まずはお前のことだ。これから会社をどの方向に向かわせようとしているのかを聞きたい」

哲二はしばらく切り出し方を考えていたが、おもむろに口を開いた。

「会社の柱は今、ローン、建設、警備、遊興の四事業だ。すべて合法的な会社組織になっているが、まだまだ裏では力仕事を必要としている。その方面はお前がつくった陰の組織、今の調査部が担当だ。実務は駒井と鎌田がやるが総指揮は警備保障の社長の毛利が取っている。俺が商売、お前が障害排除という基本型は今でも引き継がれているのだ。お前がいなくなった後も、勢力拡大に様々な障害があったが、すべてこれで乗り切ってきた。今でもトラブルの種は尽きないのさ。いずれ修一郎が継ぐ頃には、合法的な部分だけにしたいとは思っているが、現状ではそうもいかない」

「マフィアの形態にしたいのか?」真介が口を挟んだ。「マフィアは誰でも知ってるように、血と暴力で勢力を拡大してきた。今では立派な合法的企業となっているが、しかし今でも裏では力で制圧しているんだ」

「俺はマフィアではないが、形としてはベストと思っている。誰からも押されない仕組みにしたいのだ。今はまだ発展途上と考えている」

「問題はないのか?」

「ある。一番の問題は皆年を取ったということだ。お前は柳や毛利、駒井、橋爪などの後継者を残してくれた。今は幹部として支えていてくれるし、まだ彼らも五十歳そこそこだから二、三年は前線にも立てるだろうが、正直言って若いとは言えない。これという跡継ぎが若い者の中にいないのだ」

真介には哲二の腹が読めてきた。この家の過剰とも言える防御設備、それに不必要なほどの広さの地下室。哲二はここを若手育成の場にしたいのだ。そしてその教官を俺にやってもらいたいのだ。

「俺にさせたいのだな。それに真佐人を俺の後継者にしたいのか」

「それは決めていない。この前お前は真佐人をやくざにしたと言って俺を殴ったが、そんなことはない。手元に置いて彼の資質を見ているところなのだ。孤児として育った割りには変に優しいところがあってな。今のところ、お前の狼の血より母親の血の方が強く出ているようだ。修一郎にしているように、経営者としての帝王学を学ばせた方がよいのかもしれん。いずれにせよ本人次第なんだ」

「うむ」と真介は頷いて二杯目のコーヒーを作りにキッチンに向かった。

モカをミールで挽いている真介に「ところで二つ目の聞きたいことって何なんだ」と言いながら哲二がマグカップを持ってキッチンに入ってきた。

「最初の質問の中に入っている。真佐人をどうするかについてだったんだ」

「そうか。いずれにせよお前が望む方向に持っていこう。お前の子供なんだから親子で話し合ってくれ」

真介は哲二のマグカップにコーヒーを注ぎながら言った。「この前は言えなかったが、真佐人の面倒を見てくれた礼を言う。ありがとう」

「よせやい気持ち悪い。お前に礼を言われるなんて、長い付き合いで初めてだぜ」哲二は照れくさそうに苦笑いを浮かべた。

間もなく哲二は真佐人を残して帰っていった。二人きりになったのは初めてである。これまではいつも哲二か久美が側にいたのである。

「真佐人、お前のことについて哲二と話し合った。俺の考えを言うから、意見があったらいつでも口を挟んでくれ」二人の話し合いは深夜まで続いた。

真佐人はじっと耳を澄ました。相変わらずススキをなびかせて通り過ぎる風の音がするだけである。この窪みに身を潜めてから十分にはなる。月が雲間に隠れたのを機に場所を移動しようと腰を浮かせた時、背後から伸びてきた腕に首を締め付けられた。またやられた。もう三週間にもなるが、一度として背後を取ったことがない。それどころか先に見つけたこともない。

真介は腕の力を抜いて「いくらか腕を上げたな。今日は見つけるのに十五分かかった」と言って立ち上がった。真佐人もつられて立ち上がった瞬間、襟首を掴まれて投げ飛ばされた。

「優位に立った敵と同時に立ち上がる場合には二つの方法がある。一つは相手が飛び込んできても対応できる位置まで離れた所に移動する。飛ぶか転がるかしてな。二つ目は相手の体に擦り寄せて立つのだ。あまり近すぎると攻撃しにくいものだ。こちらが優位の時は、突きや蹴りの届く距離に立つ。これを間合いというのだ」

したたかに腰を打って倒れていた真佐人は素直に頷いた。全く油断も隙もない。今度は二度転がって素早く立ち上がり、受けの構えを取った。

「今日はこれまでだ。ランニングで帰ろう。負けた方が風呂当番だ」と言うなり真介はいきなり走り出した。この接近術の訓練を行っているススキが原から真介の家まではおよそ二キロメートルである。真佐人はニヤリとすると跡を追った。初めて勝てる訓練であった。案の定、家まであと一キロメートルの坂道で真介に追いついた。並びかけたと思ったらあっという間に抜き去った。真介も懸命にピッチを上げたが差は開く一方であった。肺が破裂しそうで、晩秋の冷たい夜風にもかかわらず、どっと吹き出た汗が目にしみる。

今度こそ煙草を止めようと決心しながらようやく家に着き、荒い息を吐いてリビングに入っていくと、真佐人は既にコーヒーをいれる準備をしていた。汗一つかいていない。

「お前、陸上でもやっていたのか？」

「これでも高校長距離の神奈川チャンピオンですよ」

「どんなタイムで走るんだ？」

「高校生としては、五千メートルで十五分を切れば一人前でしょう」

「お前は？」

「十四分十六秒です」

真介は納得がいった。抜いていった真佐人の後ろ姿は、どう見ても素人の走り方ではない。ランナーではなくレーサーなのだ。

コーヒーを飲んで一休みすると、真介はキッチンの入り口に行って棚の後ろの飾りボタンを押した。食器棚がスライドして地下室への入り口が現れた。真介に続いて真佐人が階段を下りてきて、入り口を閉めるボタンを押した。

奥行きが三十メートルの地下室で、三つの仕切り板でセパレートされたカウンターがあった。入り口横の棚には、数種類の拳銃、三丁のライフル銃、二丁のショットガン、何本もの長短のナイフが掛けてある。真佐人の拳銃の腕はかなりの素質が窺える。命中率はまだ真介には及ばないものの、抜き撃ちはもう凌いでいるかもしれない。ナイフの扱いは、格闘技との併せ技なのでまだ未熟であった。

真介は一丁のリボルバーを持ってくると、一本の細いドライバーで分解してしまった。「今日は組み立てをやる。よく見ておけ。一度しかやらないからな」と言うとたちまちのうちに組み立ててしまった。まるで手品のようである。もう一度分解すると「やってみろ」と真佐人にドライバーを手渡した。

「何のためにやるのですか？」

「拳銃は機械だ。機械は壊れることがある。直せないと命取りになる。それと何度も繰り返すことで手に馴染ませることができる。指を動かすのと同じくらいに扱えるようにすることだ。当面は一分でできるように練習しろ。分からなくなったら棚の引き出しに設計図があるから見てもよい」と言って真介は地下室を出ていってしまった。真佐人はバラバラになった部品を見ながら不平を漏らした。「村下さんは左利きだから、俺とは反対じゃないか」

肩を竦めるとそれでもグリップを取り上げて取り組み始めた。


六月。今日も雨。梅雨の最中とはいえ三日連続である。雨雲が走るように流れている。背ほどに伸びた夏草の中、真介は十五分前からその場に潜んでいた。

朝六時にススキが原に入り込んでから今日は四回場所を移動した。音を立てず、草を揺らさぬよう細心の注意を払った自信があった。真佐人の居場所はまだ確認できていない。あいつも腕を上げたものだ。四月は三回に一回の割りで先に見つけられ、先月は五分五分であった。今月の二週目に入ってからは二連敗である。この原っぱで接近術の訓練を始めてまだ八カ月目というのに、既に俺を越えている。接近術とは要するに隠れんぼである。この広大なスキが原の両端から入り込み、相手より早く見つけるだけのことだ。いかに己の気配を消すことができるか、そして相手の存在をいかに早く感知するかが勝負の分かれ目となる。無の心境になることと、集中力を研ぎ澄ますことが鍵になる。

しつこい蚊の攻撃に悩まされながらも迂闊に動くことはできない。出がけに塗った虫除け剤は雨に流れ落ちて効き目はなかった。草を揺らさぬよう迷彩帽をわずかに上げてあたりを窺った。二十メートルほど先で、風にそよぐ草の動きとは異なる流れを認めた。しかし真佐人とは限らない。この辺は野生動物が多く、特に猪と狸が繁殖しているのだ。

「おかしいな」と呟いて頭を引っ込め、もう少し我慢してから探しに行こうとしゃがみ直した。五分後、移動しようと腰を上げた瞬間肩を叩かれた。

真介はそのままの体勢で唸るように言った。「いつからだ」

「おかしいなと呟く五分ほど前です」

完全にやられた。実戦ならとっくに死んでいるのだ。真介は中腰のまま素早く振り向き足払いを放った。既に真佐人は二メートルほど先に跳びすさっていて足は虚しく空を切った。これで三連敗である。

「真佐人。これで卒業だ」と言って真介は立ち上がった。

家に帰ると真介はそのまま地下室に下りていき、幾つかの拳銃を持ってきた。

リビングのテーブルにそれらを並べて「好きなのを持っていけ」と言った。

真佐人はためらわず三十二口径のベレッタを取り上げた。真介は傭兵時代の経験から、少しくらい的がずれても大きな打撃を与えられる大型銃が好きで、マグナム四十四のオートマチックを愛用していた。真佐人は扱い易さと素早い抜き撃ちを意識して選んだのだ。

「もう一つ欲しいものがあるんですが」

「ホルスターなら銃架台の引き出しにある」

「それもそうですが、アーミーナイフの小型のやつなんです」

真介に取ってこいと言われて真佐人は嬉しそうに地下室へ向かった。

真介は去年の十月の終わりに、真佐人と今後の進路について話し合ったことを思い出していた。乾商事の幹部候補として歩むか、影の組織として生きるか、他の道を進みたいのかを二人で数時間にわたって話し合ったのだ。結局真佐人は真介の歩んできた道を選択したのだ。しかし〝やりたい〟のと〝できる〟とでは大きく違う。真介は息子に素質があるのかを確認するために厳しい訓練を施したのである。予想以上であった。やはり俺の血を引き継いでいるようだ。

真佐人が戻ってきてホルスターを左脇に吊し始めた。次いでアーミーナイフを右足首に固定すると、ぺこりと頭を下げて「これまでありがとうございました」と礼を述べた。

真介は「明日からはもう来なくていいが、たまには練習に来い」と言ってキッチンに向かった。「俺も手伝います」と真佐人も続き冷蔵庫のドアを開けた。ベーコンエッグを作りながら真介が聞いた。

「ところで真佐人。お前はなぜ陸上を続けなかったのだ？　いい才能を持ちながら」

真佐人は一瞬返事に詰まったが、もう過去のこととして話し出した。

「俺は慈恵園時代から足が速くて、中学から本格的に陸上長距離を始めました。全国大会にも出場して四位になり、そのお陰で高校も推薦で入れました。県内では負けたことがありませんし、三年生になってインターハイを目指しました。その県予選の二日前の夜、練習からの帰り道に男二人に喧嘩を売られてぼこぼこにされたんです。集中的に足をやられて骨にひびが入ってしまったんです」

「足が速いんだから逃げりゃよかったのに」

「マネージャーが一緒にいまして、そいつが捕まっちまったんです」

「なるほど。それで止むなく戦ったのか」

「ええ。でも奴らは喧嘩慣れしてるようで、とてもかないませんでした」

「ついてなかったな」真介は珍しく同情するような顔をして言った。

「俺は狙われたんです」と真佐人はその時を思い出して悔しそうに唇を噛んだ。

「狙われた？　どういうことだ」

「県予選が終わって十日ほど経った休みの日に、そのマネージャーが横浜へ遊びに行ったそうなんですが、偶然駅近くのゲームセンターで奴らを見掛けたんです。私服だったんで思い切って跡をつけてみたら、西口のデパート裏のビルに入っていったそうです。確認したら龍神会の看板が掛かっていたんです」

「龍神会。この前哲二が話していた横浜の組織のことか?」

「そうです。湘南地区の幾つかの暴力団を束ねて湘南連合をつくった奴がいて、そいつが龍神会に盃を貰ったと乾会長がお話ししていましたね。その湘南連合が、修一郎さんの平塚事務所に仕掛けてきて、何かとトラブルが続いていて会長も頭を痛めているのです」

真介もその話は聞いていた。龍神会は横浜最大のやくざ組織で、現在の三代目組長はこれまで川崎、鶴見を制圧し、戸塚、大船まで進出してきていたが、なぜか湘南、小田原地区には足を踏み入れてこなかったらしい。湘南連合を傘下に入れたということは、いよいよ小田原上陸に本腰を入れたのかと乾哲二の頭痛の種になっていたのだ。正面切って戦うには大きすぎる相手なのだ。

「ということは、龍神会が乾商事にちょっかいを出すに当たって、哲二の反応を見るために息子同前のお前に手を出したということなのか?」

「それがそうではなかったんです」

「どういうことだ」

「俺がマネージャーの話を、よせばよかったんですが会長にしてしまったんです。会長も猛烈に頭にきていましたが、微妙な時期なんで表立って龍神会に探りは入れられません。そこで駒井さんに密かに調べさせました」

「なるほど。駒井ならうってつけだ」

「どう調べたのか分かりませんが、とにかく意外なことを突き止めてきたんです。俺を襲った奴らは、龍神会の幹部の平泉の命令でやったらしいのですが、その平泉に頼んだのが仙波宗善という県会議員だったのです」

「何か複雑な話だが、面白くなってきたな」真介はでき上がった朝食をテーブルに運びながら言った。

　真佐人もコーヒーポットとトーストをテーブルに並べて腰を下ろした。

「その仙波宗善の息子が、俺がいるために万年二位の陸上選手なんです」

「ほう」と真介は言って思考を巡らせた。「そうか。お前の怪我でその息子がインターハイに行けたんだな」

「でも勘違いしないで下さい。あいつはそのことを知らなかったんです。親父が息子可愛さに勝手にやったことなんです」

「どうして分かる」

「うちのマネージャーがこの話を嗅ぎつけて、あいつに直接ばらしたんです。あいつはインターハイで四位になって、それが認められて法明大学に内定していたんですが、それを知って親父と大喧嘩して家を飛び出したんです。大学も行きませんでした。この前電話があって、今は埼玉でスーパーに勤めながら専門学校に通っていると言ってました。親父のやったことをさかんに詫びていました。あいつはライバルでしたが、スポーツマンらしいいい男なんです」

真介はこの話を聞いて幾らかほっとした。子供の世界に親が首を突っ込むと碌なことがないという典型的な話なのだ。

「それに、龍神会の平泉は俺が乾会長に育てられていることは知らなかったようです。名前も杉本ですし」

「それが幸運だったかもしれん。知っていたらよくて半殺し、へたすりゃ殺されていたかもしれない」と真介は呟いた。

「どうしてです。なぜ俺が殺されなきゃあならないんです?」

「哲二の身内を痛めつけりゃあ、乾商事としても黙っちゃあいられない。平泉か命じられたちんぴらに復讐すれば、龍神会にとっては乾への戦争の絶好の口実になる。昔の駒井ならやっていただろうが、あいつもそれぐらい分かる年になっていたんだな」

「なるほど」と真佐人は真介の読みの鋭さに感心した。

「しかし許せないのはその県会議員の親父だ。哲二は何か手を打ったのか?」

「ええ。社長としては直接表に出られないので古河さんに折衝させたのです。古河さんも、仙波議員のバックに龍神会がいることは分かっておりますので、かなり微妙な交渉になったようです。会長も手は振り上げたものの、下ろしどころに苦労したみたいです」

「それでどう決着したのだ」

「結局は、乾建設が横浜のみなとみらい博覧会の跡地の整備工事の指定業者になるということで手が打たれました」

「その議員にそんな力があったのか?」

「ええ。仙波議員は建設出身で、神奈川県の開発事業の有力者なんです。みなとみらい博も彼の力が大きかったらしいです」

真介は哲二の考えも理解できた。系列子会社の乾建設の事業として、横浜進出は大きなメリットがあっただろう。しかし納得はできない。俺の息子の犠牲を踏み台にした決着なのだ。

真介の顔色を見て真佐人が言った。「会長は俺に何度もすまんと言ってくれました。俺にとって親代わりの会長です。腹の虫は抑えました」

「お前の立場としては仕方がなかったろうが……」と真介は言って何事か考え込む顔つきになった。

翌日真介は駒井を呼びつけた。昨日真佐人から聞いた話をすると、駒井は困った顔つきで言った。

「もちろん私も納得した決着とは思っておりません。ましてや真佐人が真介さんの息子と分かっていたら、ひと思いに平泉も仙波もぶち殺していたでしょう。会長としても苦渋の決断だったと思いますよ。事実乾建設は当時赤字会社だったのですが、あのＭＭ21の整備事業以降立ち直って、今は独り立ちできているのです。事業家としては止むを得なかったと言えるでしょう」

「うむ。ところでその議員は今どうしている？」

「仙波は今では県議会議長を務めていまして、来年は衆議院に立候補する予定でいます。建設大臣に相当献金していて、もちろん金の出所は龍神会ですが、その後ろ盾もあって当選確実と言われているようです」

「そうか」と言って真介は腕を組み、昨夜考えた計画を頭で整理した。

しばらくして「駒井、力を貸せ」と身を乗り出した。


師走に入って伊勢佐木町の通りにも、あちこちでクリスマスの飾り付けが増えてきていた。夜の十時を回ったばかりなのに意外に人通りは少ない。バブル後の不景気の影響であろう。一本裏の路地にある飲食店専門ビルの前に高級外車が止まり、数人の男達が降りてきた。エレベーターで五階に上がり、若い者が「銀馬車」と書かれた扉をノックした。細目に開いた扉の隙間からボーイの目が現れ、彼らを認めると大きく開けて慇懃に頭を下げた。

中は会員制の高級クラブらしい洒落た雰囲気である。カウンターには客の姿はなく、七つあるボックス席には三人連れの一組の客がいるだけで、二人のホステスを相手に静かに飲んでいた。若い者が彼らを値踏みするように目をやった。二人は中年の男で一人は若く、いずれもばりっとした背広を着こなしている。見覚えのない男達だが、どこかの会社の役員が秘書を連れて飲みに来ているように見えた。

龍神会幹部の平泉は、先生どうぞと言って仙波議員を奥に座らせた。すぐ横に、この店のナンバーワンと思しきホステスが付く。平泉と三人のボディーガードが二人を囲むように座った。ママが商売用の取って置きの笑顔で挨拶に来ると賑やかに乾杯が始まった。

一時間ほどすると空いているボックスもほぼ埋まり、あちこちから談笑が聞こえ賑わってきた。先ほどの三人連れの中から一人の中年男が立ち上がり、少しふらつく足で洗面所に向かった。議員達の側を通る時にボディーガードが目で追っていたが、男はちらりとも目をくれずに通っていった。やがて男がお絞りで手を拭きながら出てきたが、少しよろけてボディーガードが通路側に出していた足を踏ん付けてしまった。

ボディーガードが「痛え」と声を上げたが、中年男は謝りもせず、さも何か汚い物を踏んだようにお絞りで自分の靴の底を拭き、そのお絞りをボディーガードの膝に放り投げていこうとした。

「野郎、待て!」とボディーガードが立ち上がって男の肩に手を掛けたが、男が振り向くと同時にボディーガードの腹に激痛が走り、膝の力が抜けて男に倒れかかった。二人の態勢がくるりと入れ替わり、男はさもボディーガードに押されたかのように議員達のテーブルに大袈裟に倒れた。ウイスキーやグラスやつまみなどが飛び散って派手な音を立てた。中年男は立ち上がろうとしてもがき暴れ、平泉や他のボディーガード達の顔や腹を殴ってしまった。

男達は「何をしやがる」と口々に叫んで中年男を殴り付けた。よく見ていると男達のパンチは、手数は多いものの中年男の急所はことごとく外れている。

巧みに避けているのだ。逆に中年男は無茶苦茶に手を振り回しているようだが、確実に一人一人の急所に打撃を与えていた。修羅場になっていたが、中年男が殴られてテーブルに手をつき、頭が仙波の目の前に突き出された。その時タイミングよく隣のホステスが仙波にビール瓶を手渡したので、思わず受け取って男の頭に振り下ろした。ガシャンと瓶の割れる音がし、男はウーンと唸って頭を抱えたが、たちまち指の間から血が滴り落ちてきた。男は頭を抱えたまま出口に向かって逃げていった。レバーに強烈な一撃をくらって腹を押さえていた平泉が「奴を追え」と叫んだが、三人の手下はなぜか皆うずくまったり倒れたりして動けない状態にあった。逃げた男の仲間の二人も帰りかかったが、もう一人の中年男が横を通りしなに平泉の顎に蹴りをかまして出ていった。文字通り平泉は目から火を吹いて伸びてしまった。

真介は車の中で血糊代わりのケチャップを拭いながら「真佐人、写真は撮れたか」と聞いた。真佐人はハンドルを握りながらポケットから小型のカメラを取り出し「バッチリです」と答えて助手席の駒井に手渡した。

駒井も「ＡＳＡ＝１０００番のフィルムですから、あの暗さでも大丈夫です」と言ってフィルムを巻き戻した。

「平泉にもう少しダメージを与えたかったんだが」と真介が残念そうに言うと、「私が蹴りを一発かましてきました。顎の骨が確実に砕けていますので、一、二カ月は口もきけないでしょう」と駒井は澄まして答えた。


翌日の報道各局は一斉に朝のニュースのトップで取り上げていた。何せ県議会議長のクラブでのご乱行に加え、龍神会という暴力団の幹部と一緒の写真がテレビ局に送られてきたのである。仙波がビール瓶で男を殴り付けて、瓶が砕け散った瞬間と、血だらけになった男の生々しい写真で、いずれにも平泉の顔が写っているのである。

各新聞の夕刊にも、同じ写真付きの記事が載せられていた。被害者の匿名の男が頭を包帯でぐるぐる巻きにしている写真も添えられており、その男が仙波議員と平泉を告訴したとも書かれていた。三大紙には、仙波が建設大臣の後押しで、来年予定されている衆議院議員選挙に出馬することも記事にしていた。

記者達はどっと建設大臣に見解を求めて押し寄せたが、秘書を通じて「仙波議員とは何の関係もなく迷惑している」というコメントを発表して姿をくらませてしまった。その夜、建設大臣の秘書から仙波に電話が入り、新聞と同じコメントが伝えられた。仙波はすべてが終わったと悟った。

仙波議員の辞表提出の新聞を読みながら、乾哲二は苦り切った顔をしていた。真佐人のことが真介に漏れ、彼らしいやり方で息子の復讐を果たしたのだ。同時に、俺が真佐人にしてやれなかったことを物言わずに批判したのだ。

哲二は新聞を投げ捨てると車を手配させ、真介の家に向かった。車の中で言い訳を考えてきたのだが、真介に会うと言葉が出てこなかった。真介も何しに来たのかという顔で迎え、仙波や真佐人のことを一言も持ち出さずにゴルフの話に興じていた。哲二が帰りがけに「すまん」と言ったが、「お前の立場は分かっている」と真介は答えて片目を不器用につぶってみせたのである。哲二は男はこうありたいものだと感心して帰っていった。


七月。渡辺久美はキッチンで昼からケーキ作りに奮闘していた。三時間かけた出来栄えはかなりのもので、酒がほとんど飲めず甘い物が好きな真介は旨そうに食べた。誕生日祝いという年でもないよと言いながらも二つ目に手を伸ばした。

五十六歳か。人生を振り返ったり年齢を意識したことがない真介だが、時折鏡を見て、白いものが交じり始めた髪や深さを増してゆく皺に気付くと、時の流れを感じずにはいられなかった。

紅茶のカップを持ってテラスに出た。昼頃に降った雨のせいで案外涼しい。久美がケーキの切れ端をボウルに入れて持ってきて庭の真ん中に置いた。そういえば最近狸の親子を見掛けていない。二人はテラスの椅子に座って待ったが気配はなかった。夏ばてでもしているのか。

「真介さん。この夏に北海道に行きません？　どこか湖の側にコテージでも造って静養しましょうよ」

「なんだ突然に。ここでも充分静養できてるよ」

久美は首を振りながら「そうは思えませんわ。ここへ来てからも会長を始め乾商事の人がひっきりなしに来られますし、あげくに息子さんまで現れて、一年近くも毎日のように何かを教えていらしたでしょう。最近は何とかいう代議士を蹴落として新聞を賑わせたり、とにかく記憶が戻ってからの方が飛び回っているような気がしますわ」と言った。

真介は久美の言うことが理解できた。記憶を失っている間はともかく、自分の身の回りでは絶えず何かが起こっていた。己の存在自身が周りを落ち着かなくさせているようにも思われるのだ。

久美は続けた。「旅行するのも気分転換になりますわよ」

「うむ」と真介は気のない返事をしたが、気持ちは動いていた。しかし真介は近いうちに何かが起こることを感じていた。修羅場を生き抜いてきて身に付いた第六感に触れるものがあるのだ。それが何かは確信がない。自分自身にか、哲二にか、あるいは真佐人にか、それともすべてにか。ここまで哲二は俺がいない間立派に会社を維持し、それどころか大きな組織にしてきたのだ。俺がいなくても、何かあっても乗り切れるに違いない。側近にも腕利きの連中がいるのだ。

心配のしすぎなんだろうか。

迷いを振り切るように真介は「行ってみようか」と答えて頷いた。

「あら本当ですの」久美は顔を輝かせて上擦った声を上げた。

真介は北海道と聞いて友永佐智子、真佐人の母を思い出していた。幸せにしてやれなかった女。初めて惚れた女。

真介はこれまでの戦い続けてきた人生において、死んでいった男、殺した男に大きな感慨を持ったことはない。真介の住む世界の男達は、命をやりとりする世界に自ら飛び込み、自らの人生と命を賭けたのだ。タイトロープが切れた時、死んでいくのは当然のことなのだ。これが男の世界なのだ。

真佐人とて例外ではない。彼が俺と同じ道を歩むと決断した夜から——生き残れるような技術は教え込んだが——たとえ死ぬようなことがあっても、これまでの男達と同様に悔いは残さぬと真介は決めた。息子であってもだ。

女は違う。優しくし愛しむべきものなのだ。女を愛するということは守ってやるということである。多くのやくざや極道者が妻を持たないのは、愛する自信、守ってやる自信がないからである。男は愛する者、守らねばならぬ者を持たないから戦い続けられるのだ。守りに入った男は弱くなる。

俺に尽くしてくれる女は大切にしたい。しかし戦うことを止めない男に愛する資格はないのだ。戦い続けたために佐智子を不幸にしてしまった。二度と恋はしないと心の扉に閉じ込めたのだが、鍵を持って久美が現れた。彼女のためを思うのなら、戦うことを心の中から追い出さねばならないとは分かっているのだが……。

一週間後、真介と久美は函館にいた。北海道に行くと決めてから地図を買い込み、湖の側ということで阿寒湖や洞爺湖を候補に上げたが、あまりにも観光地化しているので止めにした。迷ったあげく大沼がいいということになり、とにかく見に行くことにして出掛けてきたのだ。函館空港から湯の川の旅館に入り、夜を待って函館山に登った。予想外に風が強かったがエイのヒレのように広がる街の灯りは素晴らしいの一語に尽きた。久美がせがむのでタクシーの運転手に写真を撮ってもらった。帰りにロシア正教のライトアップされた教会を見、それから運河の側の倉庫の店舗街を散策した。久美は二人の旅行が嬉しくて真介の腕にすがって離そうとしなかった。真介はいい年をしてと照れくさかったが、思うようにさせていた。

翌日はレンタカーを借りて五稜郭に行き、土方歳三の終焉の地を見てから大沼に向かった。着いた時はあいにくの小雨交じりであったが、落ち着いた雄大な景色は気持ちを和ませ、二人はたちまち気に入った。夏休みの観光バスが目に付いたが、気になるほどではない。

前もって知らせておいた現地の不動産屋に行き、大沼小沼が見通せる高台の新築の別荘を案内してもらった。丸木造りの二階建てのコテージで、周りはナナカマドや名も知らぬ雑木に囲まれ、隣とは少なくとも数百メートルは離れているという。リビングの天井はかなり高く、剝き出しの丸太の梁が縦横に組み合わされていた。レンガの暖炉も風情がある。ダイニングキッチンも寝室も広さは充分である。二階は客用寝室が二部屋あり、それぞれにベランダが付いていた。

外にはガレージもあり、別荘としては大きい部類である。久美は大いに気に入ったようだ。目の輝きが証明している。真介は照明やセントラルヒーティングの冷暖房装置の設置を指示し、不動産屋に戻って改造費兼手付金として一千万円の小切手を渡した。帰りに函館市内の家具屋に寄り、久美が二時間以上かけて家具やカーテンを買い揃えるのを辛抱強く待っていた。嬉しそうに店内を駆け回る久美を見ているだけで、真介は心が和むのを感じていた。

九月の末。箱根の山は朝からどんよりとした厚い黒雲に覆われていた。午後になると雨も降り出し風も強まってきた。夜中に上陸する台風の影響であろう。

三時過ぎに哲二がやってきた。早速久美が自分で撮ってきた大沼の別荘の写真を広げながら、嬉しそうに説明を始めた。改装工事に家具類の搬入、登記から支払いまですべてが十日ほど前に終わっている。

「紅葉の頃に行こうかと思っている」と真介は久美の話に割り込んで言った。

「冬を越すつもりか?」と哲二。

「それは決めていない。俺は大陸でも冬を過ごしたことがあるし、札幌にも住んだことがある。

寒さには慣れているが久美が耐えられるかどうかによる」

「あら、私は真介さんと一緒ならどんな所でも平気ですわ」と久美は笑顔で言った。

「へっ、二人ともいい年をして、その熱さじゃあ雪も溶けるだろうさ」と哲二は冷やかした。

「留守中に湘南連合と揉めることがあったらいつでも連絡をくれ」

「そんなこと気にすんな。落ち着いたら智子と行ってみようと思ってる」

「しばらくお会いしておりませんが、智子さんはお元気？」と久美が聞いた。

「昨日人間ドックから帰ってきたところだ。あいつも五十を越してあちこちに更年期障害が出てきているらしい。元木はどこも悪くないと診断してくれたんだが、どこかでしばらく静養した方がよいと言うんでね。伊豆の別荘でもいいんだが、どうせならお二人の函館に行こうと智子が言い出したんだ」

真介はにっこりして「それは歓迎するぜ」と言った。そしてふと思い出したように「ところで元木といえば、どうやって再会したんだ？ いつか聞こうと思っていたんだが」と尋ねた。

哲二は「あれ？ 言ってなかったかな」と言って小首を傾げた。

「もう十五年は経つだろう。ある日俺が夜中に腹が痛くなってな。それが半端な痛みじゃあねえ。脂汗流して七転八倒したんで、智子が慌てて呼んだ救急車で市民病院に担ぎ込まれたんだ。その日の夜勤の医者が痛み止めの点滴をしてくれてアホみたいに治っちまってな。尿管結石だったらしい。その若い医者が、『この程度の痛みで大騒ぎするとは、昔の哲二さんとちっとも変わりませんね』とぬかしゃあがった。この若造がと思って『俺を知っているのか』と聞いたら、『元木ですよ。慈恵園の後輩だった泣き虫源一を覚えていませんか』と懐かしそうな顔で言ったんだ。もちろん忘れはしねえさ。昔から頭はよかったんだが医者になっていたとはな」

真介も頷いて言った。「それは奇遇だったな。元木は小さい頃から本ばかり読んでいてよく勉強していたっけな」

「うん。よく見りゃあ昔の面影はあったんだ。今でも童顔だがな。それはともかく、レントゲンで俺の腎臓にパチンコ玉大の石が二つあることが分かったんで、しばらくしてから元木に手術してもらったんだ。音波で破砕するやつよ。その入院中にお互いに昔話をしたんだが、あいつは相当苦労して医者になったようだ」

「そりゃあそうだろう。孤児院育ちだからな」と真介は相槌を打った。

「ところが医者にはなったものの、この世界は学閥と金がものを言うんで、地方の医科大学出身の貧乏人じゃあいつまでも救急医だとこぼしていたよ。他の医者や看護婦達に聞いてみたが、元木はかなり腕のいい外科医とのことで患者の評判もよかったんだ」

ここで哲二は久美がいれてくれたコーヒーを飲んで一息つき、煙草に火をつけて再び話し始めた。

「退院して間もなく、俺は芦ノ湖の側の病院が売りに出ているのを聞きつけてな。俺は前から思っていたんだが、俺達の世界じゃあ弾傷や刀傷を迂闊に医者に見せることができねえ。警察に連絡されるからな。内々で治療することができないかと思案していたんだ。そこで元木に相談した。俺の頼みを聞いてくれるなら病院を買ってやるとな」

「なるほど、考えたな」

「元木は喜んで同意した。智子を理事長にして今の病院に改築したんだが意外な効果もあったよ。病院を持つということは社会的にも地位が高いということなんだ。それとな、大きな声じゃあ言えねえが、代議士や財界の大物が結構問題を起こして隠れるのに使うんだ。それも大金を現金でな。これは儲かる」

真介は改めて哲二の商才に感心した。たった一人で貸しお絞りの会社を興し、キャバレーやパチンコ、ゲームセンターなどの娯楽、警備に不動産、建設などの会社に加え病院経営まで一代で手を広げたのである。

話が一段落したと見て「会長さん、夕飯を召し上がっていって下さいな。すぐ支度しますから」と久美が申し出た。

哲二はロレックスにちらりと目をやった。「おう、もうこんな時間か。ありがたいがそうもしていられないんだ。真佐人のことで相談しようと思ってちょっと寄っただけなんだ。真介、真佐人のことではこの間悪いことをした。あの当時は建設会社の立て直しがあったんで、県会議員に手出しができなくてな」

「お前の立場は分かっている。もう済んだことだしそれなりにカタも付けた」

「相変わらず見事な手並みでな。まあ真佐人には辛い思いをさせたんで、今度平塚事務所に行かそうと思っているんだが、どうだろうか？」

「修一郎の所にか？」

「うむ。橋爪がよく守りをしてくれているが、同年代の相談相手も付けてやりたいんだ。修一郎はちょっと短気なところがあって、カッとなると目先が見えなくなるきらいがあるんだ。真佐人はお前に似て冷静な性格だ。もちろん平塚事務所のナンバーツーという立場でだが」

修一郎は確か真佐人より一つ年上のはずだ。養子ではあるが、将来の乾商事の跡継ぎである。腕の立つ者が側にいた方が安全ではあろう。

「俺は構わないが、真佐人はまだ若すぎると思うが」と真介は率直な意見を言った。

「真介、考えてもみな。俺達がこの商売を始めたのは二十歳そこそこの時だぜ。あいつらより若かったんだ」

「それもそうだ」と言って真介は苦笑いを浮かべた。彼らが若すぎるのではなくて、俺達が年を取ったのだ。近いうちに彼らの時代になるのだ。今から責任を負うのも勉強だろう。

「それで決まった」哲二は珍しい真介の笑顔を見て言った。

「今日は真佐人は連れてきていないのか？」

哲二は腰を上げながら「小田原事務所に行っている。俺もこれからそこへ行くんだが、仕事の途中で通り道だったからちょっと寄らせてもらったんだ。久美さん、晩飯は次の機会にご馳走になるよ」と言って玄関に向かった。

夜の八時。雨風はますます強くなり雷も徐々に近付いてきていた。夕食の後片付けをしながら久美は「貴方が記憶を取り戻した時みたいね」と真介に声をかけた。真介は立ち上がってベランダに面した窓に歩いていき庭を眺めた。家を取り巻いている木々が、倒されまいと枝を揺すって風に立ち向かっている。

その時電話がけたたましく鳴った。「俺が出る」と真介はキッチンにいる久美に声をかけてリビングに戻った。受話器を取り上げるなり哲二の緊迫した声が耳に飛び込んできた。

「真介、やられた！」

「どうしたんだ」ただならぬ様子に真介の声にも緊張が走った。

「修一郎がさらわれた！」

「何！　どこでだ」

「事務所の若い者の話では、湘南連合との話し合いがあると言って駅前のクラブへ出掛けたらしい」

真介は腹の中で舌打ちをした。この時期に無謀な行動だ。

「橋爪は付いていったんだろうな」

「もちろんだ。何があったかよく分からねえが、とにかく橋爪は殺されて、死体が平塚事務所の前に捨ててあったらしい。首の骨が折られていたそうだ」

「修一郎は？」

「橋爪の口にメモが突っ込まれていて、さっきファックスで取り寄せたんだが、平塚から大磯までの縄張りを譲り渡す同意書にサインしに来いと書いてある。来なけりゃ修一郎は橋爪と同じ運命だそうだ」

「日にちと場所は？」

「藤沢駅北口の湘南連合の事務所だ。今夜十二時」

あと四時間のうちに何ができるか。真介の頭が忙しく回転し始めた。

黙り込んだ真介に、業を煮やした哲二がきっぱりと言った。「俺は行くぜ。シマなんかくれてやるさ」

「早まるな。ちょっと考えさせろ」と真介は押し留めた。しばらくして考えをまとめ、哲二に話すというよりも自分自身に言い聞かせるように言った。

「奴らの狙いは修一郎やシマじゃあない。お前なんだ。湘南連合が力で押してきたということは、相当計画的な行動と言っていい。お前が小田原にいるということも知っているに違いない。事務所の近くで見張っていることだろう」

「それがどうしたんだ。見張りなんざ構やしねえ」

「いいか哲二。奴らはお前が飛び出してどっちに向かうかで対策を考えているに違いない。そこから国道へ出て江ノ島方面に行けば奴らはおとなしく跡をつけるだけだ。熱海に向かった場合に備えてどこかで待ち伏せを計画しているはずだ」

「どうして分かる」

「俺ならそうするからだ」

「俺はどうすりゃいいんだ！」と哲二はいらいらして叫んだ。

「奴らの計画を狂わせる。お前は熱海に向かえ。途中、箱根湯本から俺の所へ来るんだ」

「俺が逃げ出したら修一郎が殺される」

「お前が死んだと確認するまでは殺しはしない。お前が生きている間は修一郎を餌に脅し続けられるからだ。そのためにも、何としてでもここへ生きて辿り着くことだ」

「その計画で大丈夫か？」と哲二はすがるような口調で言った。

　真介は励ますように「陰の仕事は俺が担当だということを忘れちゃあいないな。俺が一度でも間違えたことがあるか？」と諭すように言った。

「分かった。お前に賭ける」

「よし、行動に移るんだ」と言って真介は電話を切り、すぐに駒井の携帯に呼び出しをかけた。

連絡があったとみえ、駒井は熱海本部で待機していた。

「駒井、湘南連合の本部は知ってるか？」

「知っています。藤沢駅の北口にあります」

「よし。七、八人連れて向かってくれ。着いたらすぐ事務所を急襲しろ。湘南連合はそれほど大きな組織じゃあなかろう。修一郎の誘拐や哲二の待ち伏せ、小田原の監視に人を割いているから本部は留守部隊だけで手薄のはずだ。まさか本部が襲われるとは思ってもいないだろうから難しくはない。皆殺しにしても構わないが、幹部を一人生け捕りにして、どんな手を使ってでも修一郎の監禁場所を吐かせるんだ」

「分かりました」

「そこに柳はいるか？　本部が狙われる可能性もあるから警戒するように言え。それに毛利を小田原事務所に行かせて前線の指揮を取らせるんだ。鎌田を平塚事務所に行かせろ。橋爪が殺られて若い者しかいない。古河もいるのか？」

「小田原事務所です。真佐人も一緒です」

「それならいい。古河なら役割を心得ているだろう。よし、以上のことを迅速にやってくれ」

「了解しました。それから一つ言わせて下さい」

「何だ」

「ボス、待ってましたよ。お帰りなさい」

　哲二が車に飛び込むと続いて古河も乗り込んできた。真佐人も助手席に滑り込みすぐ拳銃の点検を始めた。哲二が運転手の若林に「一号線を熱海に向かえ。途中から一三八号に入って真介の所に行くんだ」と命ずると、ベンツは猛然と雨風を割いて飛び出した。急加速でバックシートに背中を押しつけられながら、哲二は車内の男達が妙に落ち着いているのに気が付いた。高ぶるでもなく神経を尖らせている様子もない。彼らは役割を心得ているのだ。真介のつくった伝統なのだろう。哲二の車の後ろにはいつもの護衛車が付いている。

哲二達の二台の車がスタートすると、ビルの陰にいたランドローバーが追跡を始め、さらにその後ろからバイクが跡を追い始めた。ランドローバーの男は乾の車が熱海方面に向かっているのに気付き携帯を取り上げた。

「ボス。ボスがおっしゃったように熱海に向かっています」

「やっぱりな。乾の頭なんかそんなものさ。待ち伏せ部隊には俺から連絡しておく」と言って田所は携帯を切り、猿ぐつわをされ椅子に縛り付けられている乾修一郎に振り向いた。持っているショットガンが豆鉄砲のように思える大男が横に立っている。

「おい坊主。お前の親父の命も、あと一時間だ。俺はこの日を四十年も待っていたんだ」と言って田所は、睨みつけるしかできない人質にニヤリと頷いた。携帯を取り上げ、待ち伏せ部隊のリーダーを呼び出して「予定通りだ」と短く伝えた。田所はこの事態を予測していて、真鶴道路の湯河原インター近くに十二名からなる殺し屋を差し向けていた。乾の車が来たら、故障を装って止めてあるトレーラーをぶつけて防弾車体を潰し、乾を仕留める計画である。この台風では車も少なく、成功を確信していた。

真佐人の携帯が鳴った。数秒間聞いて「分かった」と答えて切ると「会長、尾行されていると護衛車から言ってきました」

哲二は振り返ってみたが、土砂降りの雨でわずかに護衛車が確認できるだけで、その後ろまでは見通せなかった。「真介の言った通りだ。もっとスピードを上げて振り切るんだ」

若林は早川の交差点に来ると方向指示機をつけずにいきなり右折し一三八号線に入った。前もって聞いていた護衛車も続いたが、追跡していたランドローバーはわずかに対応が遅れた。てっきり真鶴道路に向かうと思い込んでいた上に、激しい雨で前が見えにくかった。あいにく直進車があったので交差点の真ん中で待たされ、十数秒遅れて一三八号線に飛び込んだ。

「ボス、奴らは宮ノ下へ向かいました」

追跡車からの連絡を受け田所は首を傾げた。乾は本部以外に逃げ込む場所はないはずだ。仙石原の交差点近くに乾のローン会社の支店があるが、普通のサラリーマン二人と女事務員だけの小さな事務所だし、こんな台風の夜間では開いてもいない。追跡に気付いてどこかで迎え撃つつもりなのか。奴らは乾の車と護衛車で七、八人いるがランドローバーに乗っているのは五人だけだ。だが武器では勝るはずだ。奴らは拳銃と、あってもショットガンだけだ。ランドローバーには、真鶴道路で挟み撃ちにした時に使う予定の重機関銃を載せている。防弾ガラスなんかは豆腐に箸を刺すようなものだと武器商人が能書きを垂れていたのだ。攻撃しても勝てる公算が強い。

田所は箱根の地図を思い浮かべた。乾はターンパイクか箱根新道に入って追跡を巻く計画かもしれぬ。

「よし、もう少し追跡を続けろ。奴らは有料道路に入る可能性がある。そのまま宮ノ下に向かうようなら、どこかで攻撃を仕掛けろ」

「了解しました」とランドローバーの男は答えて携帯を切ると、後部座席の部下に「マシンガンの用意だ」と命令した。


真介は地下室からショットガンやライフル、ウージーを取ってきて、点検しながら考えていた。修一郎のいる平塚事務所と藤沢で新しく組織された湘南連合が、時々揉めている話は聞いていた。湘南連合をまとめた田所とかいう男が、神奈川県最大の龍神会に盃を貰ったということも聞いている。哲二や古河が来た時に話していたからだ。真介はこの世界ではよくあることだという程度の認識しかしていなかったし、哲二も別に真介に手伝ってもらいたいとも言ってなかったので、あまり真剣に受け止めていなかった。龍神会の親玉の名前さえ聞いていない。

それがいきなりの直接攻撃なのだ。田所という男が乾のシマを乗っ取り、龍神会に差し出して自分の地位を高くして幹部に納まりたいという野望を持ったとしか考えられない。湘南連合だけでは乾に太刀打ちできるほどの戦力はない。

従って龍神会の了解と応援を得ての攻撃実行なのだ。真介は当面の戦いをどうするかというよりも、その後の龍神会にどのような対応をするかが重要だという考えに行き着いた。半端な相手ではない。関東の二大勢力の組織の一つなのだ。真介は携帯を取り上げて熱海本部に連絡を入れた。柳本部長が出てきた。

「柳、龍神会の資料が欲しい。組長以下幹部の名前とできれば住所、勢力、資金、何でも調べられるだけ調べてもらいたい」

柳は驚いた。乾会長が今、湘南連合からの必死の逃亡をしているというのに、どうやら真介はその次の手を考えているのだ。

「分かりました。大方の資料は持っていますが、整理してお届けします。私もそうなんですが、真介さんも龍神会との戦いは避けられないとお考えのようですね」

「どっちが潰れるかの大戦争になるだろうな」

柳は期待を込めて言った。「真介さんが指揮を取ってくれるのですね」

「戦い方を知っているんでね。じゃあ頼むぞ」

「真介さん。ありがとうございます。それに、お帰りなさいボス」

真介は柳に駒井と同じ台詞を言われ、ニヤリと不敵な笑みを浮かべた。

乾達の車は強羅に差し掛かっていた。ランドローバーの男は、ターゲットが仙石原に向かっているので襲撃を決意した。

早川の交差点で遅れを取った間に、護衛車との間に一台の乗用車が入り込んでいた。暴風雨なので慎重によたよたと走っている。ランドローバーはいきなり乗用車の右後ろにバンパーをぶつけた。あわてた乗用車は急ブレーキを踏んだが、ランドローバーは構わず加速して押していった。乗用車は次第に車体が左に傾き始め、ついに道路を外れて道沿いのガソリンスタンドに突っ込んでいった。ランドローバーの男は、後ろのガソリンスタンドで爆発音がしたのを気にも留めず、乾の車との差がついたので「追うんだ！」と怒鳴った。

間もなく護衛車の後ろに追い付き、窓を下ろしてショットガンと拳銃を撃ち始めた。護衛車の四人の男達も、追跡車が猛然と近付いてきたので用意はしていた。たちまち銃撃戦が始まった。ランドローバーは攻撃しながら護衛車を追い抜こうとしたが、一車線しかない細い道では難しかった。護衛車もそうはさせじと蛇行運転をしている。一キロメートルほどのカーチェイスで次第に優劣が出てきた。護衛車はリヤーウインドーがほとんど砕け散り、追跡車からの銃弾が雨滴《しずく》の数に負けないくらい飛び込んでくる。既に後部の一人と助手席の男がやられていた。それでもしぶとく反撃を止めない。やがてランドローバーのサンルーフが開き、重機関銃を構えた男の半身が現れた。マシンガンの威力は凄まじかった。

たちまち護衛車のトランクが吹っ飛び、銃弾がバックシートを貫いて男達の体にめり込んだ。ガソリンタンクにも命中し、後部から煙と炎が上がり出した。運転していた春日は辛うじて生きていたが片腕を撃たれていた。春日は入院していた真介の護衛を、会長車の運転をしている若林とともにしていた男で、二人は親友でもあった。最早これまでと悟った春日は、観念したかのように車を左に寄せてスピードを落とした。勝ち誇ったランドローバーが追い越しをかけた時、春日は残った片腕で思い切りハンドルを右に切り体当たりをかました。

凄まじい金属のぶつかる音がし車体がぐらつきはしたが、ランドローバーの男は慌てる風もなく「よし右側の崖に突き落とせ」と運転手に命じた。重量に勝る追跡車は護衛車を右に押していきガードレールにぶつけた。ここでランドローバーに計算違いが起こった。ランドローバーの頑丈なバンパーが護衛車の右後部の車体に食い込んで離れなくなってしまった。春日はアクセルを踏み込んで車を崖に向かって加速させ「若林、会長を頼むぞ！」と絶叫し、ランドローバーを引きずったまま崖から墜落していった。数十メートル下で護衛車の炎が燃え移り、二台の車が大音響とともに爆発した。

「護衛車がやられたようだな」と後ろを振り向いた古河が言った。若林もバックミラーを見て「ランドローバーも見えません。どうやら春日達が食い止めたようです。あいつ無事ならいいが」と呟いた。

哲二は「そうか」と短く言って目を閉じた。誰も間隔を開けてついてくるオートバイには気付かなかった。

モニターで門の前に映っている哲二のベンツを確認した真介は、いつもついている護衛車が見当たらないので眉をひそめた。おそらくやられたのであろう。

彼らは戦うのが仕事で、やられたのは仕方がないと割り切っているが、ここの防衛に彼らの戦力を必要としていたからである。

リビングに飛び込んできた哲二、古河、真佐人、若林の四人は無事のようであった。哲二は護衛車がやられたと喚いていたが、古河はテーブルに並べられていた武器類の中からライフルと暗視スコープを取り上げて、黙って二階に上がっていった。真佐人もウージーを取ってベランダの窓に近寄り、若林と二人でソファーやテーブルなどでバリケードを造り始めた。哲二は改めて男達の役割を心得た動きに感心すると同時に、心強く感じて落ち着きを取り戻した。真介は当然のことのように黙って見ている。

久美はこれで函館行きも夢だったかと落胆しながらも、気丈にショットガンを手に取り、これも無言でキッチンにコーヒーを作りに向かっていった。

「真介。奴らはここも攻撃してくるだろうか」と哲二は煙草に火をつけながら聞いた。

「必ずな」と真介は頷いて答えた。

「しかし」と哲二は首を傾げながら続けた。「奴らはここを知らねえはずだぜ」

「もう知っている。早けりゃ一時間で攻撃を仕掛けてくる」

「どうやって知るんだ。俺も他の奴らも、ここへは尾行がないことを確かめてから来ていたんだ」と哲二は鼻白んで言った。

「お前の追跡車の後ろに、もう一台目立たない車で跡をつけさせる。たとえばオートバイか何かで」

「何でそこまで分かる？」

真介は静かに今日二回目の台詞を言った。「俺ならそうする」


真介の家の鉄柵の門から離れた所で、オートバイに跨がった男が携帯電話を耳に当てていた。

「ボス。追跡車はやられましたが、乾が逃げ込んだ家を確認しました」

田所は待ち伏せ部隊に連絡を入れた。「予定変更だ。部下を連れてこれから言う場所に向かえ」

風雨はますます強さを増してくる。稲光と雷鳴の間隔も近くなってきていた。

守る男達は、これからの戦いに向かってますます緊張度を高めていた。そんな中、真介一人は、哲二達が到着する前に柳から届いたファックスの内容に気を取られていた。龍神会の会長の名前である。長谷川竜造。

夜中の十一時少し前。一台のモニターテレビが反応した。真介は、暗い背景に白っぽい人影が、庭の有刺鉄線を乗り越えているのを見ていた。続いて二台目、さらに三台目のモニターも反応し、ざっと十人ほどが塀を乗り越えて庭の外れの木立ちや岩の後ろに身を潜めたのを確認した。敵は真っ暗な家の様子を窺っているのだろう。

有刺鉄線の外側を回り込んで、家の裏側を調べてきた男がリーダーに報告した。「裏は高さが三メートルほどのコンクリート壁で、その上に電線が張ってあります。高圧電流が流れていると思われます。まず無理でしょう」

リーダーは黒く塗った顔をしかめた。家の両サイドも陶器製のレンガ塀で囲われていて、この雨では滑って登りにくい。上手く上がれたとしても身を晒すことになり、射的の的より簡単に撃ち落とされるに違いない。庭からの正面攻撃しかない。しかしこの庭は、部下達が隠れている茂みから母屋まで、およそ五十メートルあり、真ん中の大きな庭石の他に遮蔽物が全くない。その庭石とて、二人が隠れるだけで一杯の大きさしかないのだ。防御をよく考えた造りである。

なかなか攻めてこないのにじりじりして、哲二が「あんな大勢なのに何をためらっているんだ」と緊張した声で言った。

「毛利がよく考えて造った庭だ。攻め倦《あぐ》んでいるのだ。しかし奴らは真正面から来るしかない。皆いいか。敵は防弾チョッキを着ているはずだ。銃火の少し上を狙え」真介は普段と変わらない落ち着いた声で指示した。

リーダーは攻撃を決意した。「三番、あの岩の後ろまで走れ。着いたら手榴弾をぶち込むんだ。よし、全員で援護射撃！」

殺し屋達が一斉に射撃を開始した。短機関銃やショットガン、ライフル、拳銃の弾丸が雨のようにリビングの窓に向かって降り注いだ。たちまち窓ガラスが砕け、中からも数カ所から火花が散って反撃が始まった。三番と呼ばれた男が、射撃の合間を縫って飛び出しジクザグに走り出した。もう数歩で岩に辿り着くというところで、突然頭が跳ね上がり棒立ちになってゆっくりと膝から崩れ落ちた。リーダーの目は、母屋の二階の窓で何かが光ったのを認めた。「糞！　二階だ、二階の窓を撃て！」

いち早く古河は窓から頭を引っ込めた。まだ腕に衰えがないことを知って満足した。

真介は男が倒れるのを見て頷いた。当分あの庭石まで突っ込んでくる奴はいないだろう。怖いのは手榴弾だが、この距離を届かせるのはそうはいない。

しばらく単発的な交戦の後、突然静寂が訪れた。真介達はマガジンの入れ替えを手早く済ませ、第二波の攻撃に備えた。嵐はますます激しくなり、雨風が破れた窓から吹き込んでくる。光が走ったので全員が頭を下げたが稲光であった。その光を見て攻撃隊のリーダーにアイデアが閃いた。奴らは暗視スコープを使っている。

「誰か照明弾と煙幕弾を持ってこい」

しばらくして真介達は、庭の向こうの数カ所で火がつくのに気が付いた。それらがすぐ庭の中央に向かって飛んできて強烈な赤い火を吹き始めた。暗視スコープを覗いていた真介と古河は、強烈な明るさで目の前が真っ赤になった。続けて何かが幾つか投げ込まれ、たちまち赤や青や白い煙を吐き出して庭を覆い始めた。

「突っ込んでくるぞ。撃て！」と真介が叫んだ。たちまち銃撃戦が再開された。

煙の中から二人の男が飛び出してきた。一人は真佐人の拳銃で頭を撃ち抜かれて倒れたが、もう一人は若林に蜂の巣にされながらも防弾チョッキで致命傷を免れ、倒れ込みながらも手榴弾を投げ付けた。

「やばい。伏せろ」という哲二の声で、皆が遮蔽物のソファーやテーブルの陰に這いつくばった。爆発とともに猛烈な爆風が襲い掛かった。瞬時を置かず二人の男が拳銃を乱射しながら飛び込んできた。窓際で起き上がった若林が腹を撃ち抜かれて仰向けに引っくり返った。真佐人が一人に組みついて倒れ込み、足首からアーミーナイフを抜いて頸動脈を切断した。真介がもう一人の敵の腿に銃弾を撃ち込み、倒れたところに飛び掛かってライフルで頭を粉砕した。

さらに煙幕を割って二、三人の男が飛び込んでこようとしたが、哲二と久美の激しい連射を受けて退却していった。またも静寂が訪れた。攻撃隊のリーダーも真介も、この銃撃戦の音が漏れて警察に知らされる心配はしていなかった。

このあたりはほとんどが別荘で、時期外れの今、住んでいる人は少ないのだ。たとえ人がいたとしても、隣家まで一キロメートルは離れている。この暴風雨と雷鳴では聞こえるはずもない。

「誰か怪我は？」と真介が聞いた。

「腕をやられた」という哲二の声がした。久美が駆け寄って見てみると二の腕から血が流れていた。ハンカチで縛りながら久美は「大したことはないわ。まだ戦えるわ」と励ました。

「若林がやられました」と真佐人が悔しそうに言った。

真介は「五人をやったがまだ七、八人はいる。次の攻撃を防ぐのは難しいな」と言った。そして「哲二と久美でできるだけ応戦してくれ。真佐人、決着をつけるからついてこい」と命じてキッチンに走り、戸棚をスライドさせて地下室への階段を下りていった。二人は手早く顔を黒く塗り、拳銃にサイレンサーを捩じ込んで紐で首から吊り下げ、アーミーナイフを手にして地下室の奥へ走った。突き当たりの階段を上り頭上の板を押し上げた。この出口は家の裏のコンクリート塀の外の藪と石の陰にある。二人はそっと抜け出し、音を立てぬよう塀沿いに左に進んでいった。暗闇の敵を見つけるために暗視ゴーグルも持ってきていたが、この絶え間ない稲光では役には立たない。やがて真介は庭の角に到着し、稲光で木の陰に二人の敵がいるのを見つけた。真介は真佐人に敵を指で示して自分がやることを伝え、もっと向こうに回って別の敵を探すように指示した。真佐人は親指を立てて了解を示し、暗闇に消えていった。

真介は手前の敵の背後に忍び寄り、右手で口を塞ぐと同時にナイフで首を横一文字に切り裂いた。音を立てぬように死体を横たえ、もう一人の敵の背を見つめた。飛び掛かるにはちょっと距離がありすぎる。首から吊って背中に回していた拳銃を手繰り寄せ、後頭部を狙って引き金を絞った。プシュッと低い音がし、男は木に頭をぶつけて倒れ込んだ。

攻撃隊のリーダーは、次の攻撃で決着を付けようと決意した。それにはまず二階のライフルを制圧することと、手榴弾の届く庭石の所に兵隊を送り込む必要があった。

第二波の戦法が有効だ。まず煙幕を張って二人を庭石まで進ませ、手榴弾で攻撃をする。その時必ず二階の男がライフルで狙うために身を現すはずだ。リーダーは一つ深呼吸をすると、ライフルで二階の窓に照準を合わせて攻撃命令を発した。煙幕弾が投げ込まれ、同時に二人の男が飛び出した。一階からの反撃と同時に二階の窓から男が体を現した。リーダーのライフルが二度火を吹いた。

一発は古河の腕に当たり、ライフルを落としそうになって身を乗り出した。

二発目が胸に命中し、古河はたまらず後ろに倒れ込んだ。口から血の泡が吹き出していた。岩陰に到着した二人の男が手榴弾を取り出した時、何かが足元に転がってきたのに気付いた。それが何かを知った時は遅かった。ドーンという爆発で、二人の男は体がバラバラになって吹っ飛んでいた。真佐人は今投げた手榴弾の結果を確認する暇もなく、立ち上がった三人の男に拳銃を撃ち込んだ。二人は倒したが三人目は間に合わない。やられると観念した時に、横から押し殺したようなサイレンサーの音が立て続けに鳴り、男が頭から血を吹き出して倒れるのが見えた。藪の中から真介が立ち上がり、真佐人に向かって親指を立てた。

リーダーは呆然としていた。計画通りまず二階の敵を倒したのだが、手榴弾攻撃の二人がなぜか吹き飛ばされ、三人の突撃者があっという間に倒されてしまったのだ。どこから攻撃されたのか見当も付かなかった。そこでうろたえたリーダーは致命的なミスを犯した。

「誰か残っているか？　返事をしろ」と怒鳴ったのである。

真介と真佐人はとっさに体勢を低くした。まだ残りがいたのだ。二人は目配せをすると声のした方向ににじり寄っていった。リーダーはしばらく返事を待ったが、木々を揺する風の音と葉を叩く雨の音しか聞こえてこず、誰一人の声も聞こえてこないので恐怖に駆られた。逃げようと腰を浮かした時、左からこめかみに拳銃、右から首にナイフを突き付けられた。

リビングで哲二が、捕虜に修一郎の監禁場所を問い質している間に、真介と真佐人は二階に駆け上がって古河の様子を見に行った。胸と腕に銃弾を受けていたがまだ息はあった。二人で抱えて階下に下ろしソファーに横たえた。久美が救急箱を取ってきて応急措置をしたが、早く病院へ運ばなければ出血多量で死んでしまうのは明らかであった。真佐人は窓際に行って倒れている若林の側に屈み込んだが、既に事切れていた。

「真佐人、元木に救急車を寄こさせるんだ」と命じて真介は、哲二に変わって捕虜の尋問をすることにした。真介は傭兵時代に養った尋問の仕方を心得ている。ガラスの破片を拾って来て「どっちの目からにする?」と男の顔を覗き込んだ。リーダーの男は自分を捕まえた、同じように顔を黒く塗った男が、本物の殺し屋であることに気付いた。体が震え出したのは寒さのせいだけではなかった。その時キッチンの棚の上で携帯電話の鳴る音がした。地下室へ行く時にそこに置いていった真介の携帯であった。真介は捕虜に肩を竦めて「電話が済むまでの間に考えておくことだ」と言って立ち上がった。

携帯を耳に当てると駒井の声が流れてきた。「真介さん、修一郎さんの居場所が分かりました」

「おお、よくやった」真介は気掛かりなことが一つ解決してほっとした。

「どうやったんだ？」

「時間がないんで突っ込もうかと考えていたんですが、たまたま奴らの事務所に入っていこうとする寿司屋の出前持ちを見つけまして、そいつの割烹着を借りてドアを開けさせたんです。部下と雪崩れ込んだのですが、真介さんが言うように数人の留守番しかいませんでしたので、ほとんど無抵抗でしたよ。幹部は割りと協力的で、三本目の指を切り落とすところで白状しました。場所を言いますが、そこには田所と元プロレスラーの手下がいるそうです」

真介は駒井の言う住所を復唱して「そこの事務所に火をつけて引き上げろ。ご苦労」と言って電話を切り捕虜に向き直った。

「お前には用がなくなった」と言い終わらないうちに男の喉に強烈な蹴りを入れた。古河と若林の敵討ちの意味もあったし、どうせ殺すつもりでいたのだ。

男は骨をへし折られ、後ろに倒れる前に死んでいた。

見ていた久美は驚いた。本当の真介の姿を見たのだ。彼のやり方には容赦というものがない。敵であれば無抵抗の者でも、表情一つ変えずに殺してしまうのだ。先ほどまで何人も殺してきた真佐人すら思わず目を伏せてしまった。

哲二が顔を輝かせて言った。「修一郎の居場所が分かったようだな。今電話で言っていた場所か？」

真介は頷いて「住所からいって小田原城の近くだな。奴らはよく考えたものだ。藤沢でさらったのだから、誰でもその周辺を探す。俺達の足元に隠すとはな」と感心して言った。

「慈恵園と同じ住所だ。よし俺が行く」と言って哲二はショットガンを取り上げて立ち上がった。

「止めておけ。お前が太刀打ちできる奴らではない。俺と真佐人で助けてくる。それより哲二、死体の始末をどうする。半端な数じゃあない」と真介が聞いた。

「その心配はしなくていい。心当たりがある。それより修一郎を頼むぞ」

「分かっている。真佐人、車の用意だ」と言って真介は真佐人に続いて嵐の中へ出ていった。

「やめたやめた。猛雄、ちょっと出掛けてくるぜ」梅津英貴は受話器を叩き付けるように置くと、隣のデスクでパソコンを覗き込んでいる弟に声をかけて立ち上がった。

「何もこんな日に出掛けなくてもいいじゃないか。もう少し考えてくれよ」と猛雄は幾分険のある声で返事をした。

「これだけ電話しても、みんな断るか居留守を決め込みやがる。もうどうにもならねえよ」

兄弟で経営しているライト自動車は、小田原駅への入り口の角にある国道一号線に面した中古車販売会社である。場所もよく、口の達者な兄の営業で結構繁盛していたが、英貴は生来の賭け事好きで、あちこちのノミ屋に借金をつくり、加えてクラブ通いが趣味という道楽者で稼ぐ以上に浪費が絶えず、経理を担当する弟をいつも悩ませていた。借金返済の期限が迫っていて、三日以内に七百万円をこしらえないと会社は人手に渡ってしまうのだ。今度ばかりは英貴も堪えたとみえ、午後から金策の電話をかけまくっていたのだ。しかしとうとう万策尽きて受話器を放り出してしまったのだ。気分転換に唯一つけの利くスナックへ出掛けようとしたのである。

「こんな大嵐じゃあ店も開いていないだろうに」と弟。

「さっき確かめてある」と言って兄は携帯電話と傘を取り上げて出ていってしまった。

一人取り残された猛雄は、椅子に背を預けて溜め息を吐いた。この会社は父親が興したのである。祖父が昔、駅前通りでキャバレーを経営していて、何かの事情があって乾商事へ売り渡したらしく、その金で父が中古車屋を始めたという。そんな関係で父は、よく乾商事へ出入りして車を買ってもらっていた。

英貴は父に連れられて乾商事にも一緒に行っていたが、成人するにつれて乾の若者達と付き合うようになり、次第に極道者になっていったのであった。柳という幹部とも知り合いになり、彼からあるきっかけでやくざの死体の始末を頼まれたことから、今では乾商事の裏仕事を引き受けるようになっていた。無論猛雄も知っていて手伝いをしたし、かなり金になる仕事でもあったが、最近ではやくざ業界も何となく収まっていて、しばらく開店休業状態であった。猛雄はどこかで戦争でも始まらないかと淡い考えをしているうちに眠り込んでしまった。

しきりに鳴るベルの音ではっと目を覚ました。どのくらい寝込んでいたのか、時計を見るともうすぐ十二時であった。台風はまだ荒れ狂っているようだ。猛雄はぼうっとした頭で受話器を取った。

「柳だが、車の始末を頼みたい」

猛雄の眠気が吹っ飛んだ。本部長自らの依頼なのだ。

「分かりました。何台あるのでしょうか」

「はっきりしないが十二、三台あるらしい」

猛雄は思わず受話器を取り落としそうになった。前代未聞の数なのだ。

場所が仙石原であることを確認し、一時間で行くと約束して電話を切ると、急いで英貴の携帯に連絡を入れた。何回目かの呼び出しで、もうすぐ留守電になる寸前で「もしもし」という兄の眠たげな声が流れてきた。

「兄さん、本部長から始末の依頼が来たよ」

「いくら柳さんだからと言って、こんな大嵐の晩じゃあ勘弁してもらいてえな。お前やっておいてくれ」

「一人じゃあ十三台は無理だよ」

「何！　もう一度言ってくれ。何台だって？」今度は英貴の眠気が吹っ飛んだ。

数を確認すると「『キャッツ』まで迎えに来てくれ。道具と雨具を忘れるな」と言って、シャワーで頭をはっきりさせるために飛び起きた。

猛雄は事務所裏の車庫に急いだ。ワゴン車に雨具と長靴、それに死体袋を投げ入れ、英貴用のバッグと短く切ったショットガンを持って運転席に滑り込んだ。

十分ほどで兄がスナックの女の子としけこんでいるホテルに着いた。

助手席に飛び込んできた兄は「条件を聞いたか」と尋ねてきた。弟が首を振ると「肝心なことじゃあねえか。だけどこの天気とそんな台数じゃあよほど割り増しを貰わねえとな」と呟いた。

猛雄が「これで借金は返せそうだよ」と言うと、英貴は「だからいつも言ってるだろう。真面目にやってりゃ何とかなるもんだって」と言ってニヤリとした。欠点の多い兄だが、こういう楽天的なところが猛雄は好きであった。

一時間後。兄弟のワゴンは教えられた山道をゆっくりと上っていた。激しい雨の中、ヘッドライトを消していたので猛雄は慎重に車を進めていった。突然稲光が、鉄柵の門の前に止まっている二台の車を浮かび上がらせた。猛雄は後ろのビッグホーンの数メートル手前で車を止め、座席の下からショットガンを引っ張り出した。英貴はバッグから拳銃を取り出し、車内灯のスイッチを切って素早くドアを開けて降り立つと身を屈めて横の薮に入っていった。猛雄もウインドーを下ろしたドアを開け、それを盾にしてショットガンを構えて援護の姿勢を取った。

随分長く感じられたが、兄がビッグホーンの後ろに現れたのは二分ほど後のことである。英貴はサイドミラーの死角沿いに忍び寄り助手席を覗き込んだ。

誰もいないのを確認すると、今度は車の後ろに回り込んでバックシートを調べた。ここにも何もなかった。次いで前の車、レガシーに取り付き同様の手順で調べていった。何もない。英貴は肩の力を抜き、猛雄に手を振って安全を知らせた。二人はワゴンに戻り車を前進させた。鉄柵の門の前に来ると音もなく開いた。見られていることを全身に感ずる。英貴は監視カメラを探してキョロキョロ見回したが、上手くカモフラージュされているようで見つけられなかった。

猛雄は緊張しながら車を進めていった。五十メートルほどで白い別荘風の家の前に出た。真っ暗である。猛雄がハンドル横のスイッチを入れると、車の屋根に取り付けたハロゲンのスポットライトが点灯され、強烈な光が玄関の扉を浮かび上がらせた。すぐに扉が開いて左手を吊った男が現れ、右手で手招きをした。見覚えのある乾会長である。

兄弟がリビングに入ると会長が電気をつけた。室内は足の踏み場もないほどの荒れようであったが、天井の嵌め込み電灯の一本だけが無事であった。壁や柱は弾痕で削られており、ガラスの破片とともに床一面に散乱していた。部屋にいたのは会長と一人の女性のみであった。まさかこの二人だけで十人以上の者達と戦ったわけでもあるまいが、兄弟はいらぬ質問などはしなかった。

乾会長は引っくり返っていたテーブルを起こし、転がっていた椅子を持ってきて腰を下ろした。二人にソファーに座るように言ったが、兄弟は血だらけのソファーを見て遠慮した。

「お前達は昔キャバレーをやっていた梅津さんの孫だってな。親父さんも知ってるよ。先日のご両親の七回忌に行けなくて申し訳なかった」と哲二は言いながら、テーブルに置いたルイ＝ヴィトンのハンドバッグから小切手帳を引き出した。会長は兄弟の両親が交通事故で亡くなったことを知っていたのだ。恐縮している兄弟に「ところで幾らで引き受けてくれる？」と背広の内ポケットから万年筆を取り出しながら聞いた。

英貴が一人当たり五十万円プラス特別手当て十万円と申し出ると、会長はさらさらとペンを走らせ、印鑑をついて英貴に手渡した。英貴は金額を見て一瞬驚いたような顔をして猛雄に渡した。一千万円が記されていた。

「他には何かないか？」と会長が聞いたので、猛雄が遠慮がちに申し出た。

「会長のクルーザーをお借りしたいのですが。これだけの数ですと、沖合で沈めるのが一番と思いますので」

会長は「よかろう」と答え、再びバッグを探ってキーを取り出して猛雄に放り投げた。

「さあやろうぜ」と英貴は弟に声をかけて庭に向かった。庭もその先の木立ちも、リビングに引けを取らないくらい荒れ果てていた。死体を藪の中から引っ張り出しながら英貴は、これはプロの仕事だなと思った。全員が防弾チョッキに身を固めていたが、大方が首を切られているか頭を撃ち抜かれているのだ。

次々と死体袋に詰め込んでいると「兄さんちょっと」と弟が呼んだ。

「何だ」と猛雄の所へ行ってみると「こいつまだ生きてるよ」と足元に倒れている男を指さし

た。

英貴は「どれどれ」と屈み込んで男を覗き込んだ。後頭部が割れて流れ出た血が雨に薄められていた。おそらく頭蓋骨が銃弾を跳ね返し、致命傷は免れたが衝撃で先ほどまで気を失っていたのだろう。

「頼む、助けてくれ」と男は黒く塗った顔を上げて、苦しげに訴えた。

「分かった。すぐ楽にしてやるから」と男の耳元で優しく囁くと、英貴は男の背に膝をつくと両手を顎に添えて一気に捻った。ぐきっといういやな音がして首が折れた。「あいにく当社では、生きているものは扱わないんでね」と呟いて、男の襟首を掴んで死体袋の方へ引きずっていった。

兄弟のワゴン車は数個の袋で一杯になってしまったので、会長の許可を得て襲撃者のビッグホーンも使うことにした。まだ新しいので二百万円で売れるなと猛雄は胸算用をしてほくそ笑んだ。

一時間ほどして死体と武器類を車二台に乗せて始末屋が帰っていったが、哲二は浮かぬ顔をしていた。修一郎が気になっているのだ。じっと携帯電話を睨んでいた。やがて携帯電話の着信ランプがちかちかと瞬いた。

真夜中過ぎ。真介はようやくそれらしき家を見つけた。近所から少し離れた二階建ての小さな一軒家であった。三軒ほどやり過ごした所に空き地があったので、真佐人は車をそこに乗り入れてエンジンを切った。襲撃者のレガシーはまだ別荘の門の前にあった。「三分後にお前は裏から忍び込め。俺は正面から行く」と真介は言うと、サイレンサーが付いたままの拳銃を掴んで車から降りた。真人は拳銃から邪魔なサイレンサーを外して左脇のホルスターに納めた。どうせこんな台風の中では音は聞こえまい。車を降りて時計を確認し真介の跡を追った。

田所は二階の寝室で愛人の女を抱いていた。襲撃のリーダーからの連絡が遅いのが気掛かりだったが、あの人数で失敗することはないと確信していた。間もなく電話が入るだろう。当面することもないので、修一郎の見張りを牛田に任せて一戦に及んだのだ。

真介は家の周りを見てみたが、窓はカーテンが引いてあって中を覗くことができなかった。玄関に回り、鍵穴に細いスチールを差し込んでピッキングを始めた。傭兵時代の訓練でこの程度の鍵なら一分とはかからない。真佐人にも教えてあるので大丈夫なはずだ。間もなくカチッという微かな音がして鍵が外れた。

そっと開けてみたが危惧していたドアチェーンは掛かっていない。拳銃を手に素早く入り込んで息を殺した。真っ暗な中、奥の扉の下から一条の明かりが漏れている。足元に注意しながら忍び寄り、扉に張り付いて中の気配を探った。

何かを注ぐ音、何かを置く音、喉をならす音がする。酒かお茶を飲んでいるのだ。油断をしているに違いない。真介はロレックスの夜光時計で時間を確認すると、いきなり扉を開けて飛び込み中腰に屈んで拳銃を構えた。驚いた男が持っていたグラスを落として椅子から立ち上がった。二メートル近くはある大男だ。驚きはしたが何をすべきかは心得ていた。とっさに持っていたショットガンを、侵入者に向けずに傍らの椅子に縛り付けられている捕虜に向けたのだ。

大男は「何者か知らねえが、お前が撃つとこいつも死ぬ」とたどたどしい口調で言った。真介はその話し方でこの男を思い出した。牛田だ。慈恵園で一緒だった乱暴者だ。その時吹き抜けになっている二階のベランダから、騒ぎを聞きつけた田所が姿を現した。一目で状況を悟ると、持っていた拳銃で黒ずくめの男に狙いを定めた。まさに引き金を引く寸前、鈍い発射音がして横の柱が削られた。田所の拳銃からもほぼ同時に弾丸が発射されたが、柱に気を取られた分狙いが逸れ、男の後ろの扉に穴を開けただけであった。田所ははっとして裏口を見た。いつの間にかもう一人の黒ずくめの男が入り込んでいて拳銃を向けていた。慌てて部屋に飛び込み扉を叩き付けるように閉めて鍵を掛けた。

この騒ぎにも真介と牛田は、睨み合ったまま目を逸らそうともしなかった。

真介が唇を微かに開いて「追え」と短く言った。真佐人は頷くと階段に走り慎重に上っていった。

「ウシ、相変わらず無抵抗の弱い者苛めを続けているようだな」と真介は揶揄するように言った。

牛田は渾名を呼ばれ、侵入者の真っ黒な顔を怪訝な顔つきで見つめた。

「そんな黒い奴、知らない」

「慈恵園でお前が弱い者をいたぶっていて、強い奴に叩きのめされたことを忘れたのか。あの時蹴られた頭が熱くなって、少ない脳味噌の残りが蒸発してしまったようだな」

牛田は必死に記憶を辿っていたが、やがて「俺に勝ったのは村下という男だけだ」と言った。

「俺がその村下真介だ」

牛田の目が光った。子供の頃唯一負けた男のことは忘れていなかった。

「俺はプロレスラーになった。もっと強くなった。もう負けない」

「強い男が、縛り付けた男に武器を突きつけたりするものか。この弱虫め。俺が怖いのか？」と言って真介は薄笑いを浮かべた。

「俺は弱虫じゃあない。今度は負けない」牛田は真介の狙い通りに乗ってきた。

「それなら勝負してやろう。ただしあの時のように素手でだ。武器を置け」

牛田は首を傾げて考えていたが、やがてまともなことを言った。「その手には乗らない。お前が先に銃を置け」

今度は真介が考えた。「分かった。同時にそのテーブルに置こう」

「それならいい」と言って牛田は、銃口を修一郎に向けたままゆっくりとテーーブルに向かっていった。真介も油断なく近付き、二人同時に武器を置いた。

途端に牛田がテーブルを押し倒して頭から突進してきた。いきなりの先制攻撃に真介の反応がわずかに遅れた。辛うじて体はかわしたが、振り回してきた牛田の拳が腹に決まった。胃袋への直撃は避けたものの脇腹をしたたかに打たれて真介の体が吹っ飛び壁に背中を打ち付けた。何という力だ。思わず息が詰まり前屈みになった。その隙をついて牛田が飛び掛かってきた。真介は左に跳びながら右足を牛田のレバーに送り込んだ。手応えはあったが体が流れていたので思うほどの打撃ではない。牛田は勢い余って壁板に頭を激突させ、そこに大きな裂け目を作ったが、全く痛がる素振りも見せずに素早く振り向き、両手を広げて真介を追った。牛田は真介の左の突きを右腕で払い、左手を胸倉に伸ばしたが手首を手刀で決められた。普通の男なら骨が砕けるような一撃だが、牛田は手首を軽く振って痺れを取り、今度は両手を大きく開いてジリジリと前進してきた。

真佐人はちらりと二人の戦いに目をやったが、真介に任せておくより仕方がない。男の逃げ込んだ部屋の扉には鍵が掛かっていたので、拳銃を二発撃ち込んで思い切り蹴飛ばして開けた。さっと身を沈めたが中から撃ってこない。低い姿勢で部屋に飛び込み、片膝立ちで拳銃を構えた。ベッドから裸の半身を起こした女が金切り声を上げた。男の姿はない。窓が開いていて風と雨が吹き込んでいた。走っていって窓から首を覗かせた時ガラスが砕け散った。拳銃を構えた路上の男を街灯が照らしていたが、踵を返して逃げていった。真佐人は窓から飛び出し二階の屋根から飛び下りて跡を追った。

素手で戦う二人の男には、二階で真佐人の撃った拳銃の音など耳に入らなかった。いつもは余裕を持って戦う真介だったが、目の前の敵にはそれはなかった。大きな図体にもかかわらず実に動きがシャープでおまけに力も相当なものだ。

　戦い始めてからずっと受け身に回っている。プロレスでよほど鍛えてきたのだろう。何度となく突きや蹴りを入れ、二、三発は決められたが腕や腿でブロックされていて有効打にはなり得ていない。牛田が一歩踏み込んだ。真介は跳び下がった時に、先ほど牛田が落とした丸いグラスを踏んでしまいバランスを崩してしまった。この機を見逃す牛田ではない。真介がしまったと思う暇もなくさっと跳び付き、腕を掴んで懐に手繰り寄せると両腕の外から抱き抱えた。真介の背中で手首を掴むとたちまち強烈な力で締め上げ始めた。プロレスで熊をも締め殺すという、ベアハッグと名付けられた牛田の得意技である。真介は暴れようともがいたが、まるでびくともしない。牛田は勝ち誇ってニヤリとして言った。「これで最後だな」

　真介の体はじりじりと持ち上がっていった。足で蹴ろうとしても空を切るのみである。両腕が痺れ肋骨が軋み出した。脂汗が滲み出し胸の圧迫で呼吸も苦しくなって意識が遠くなりかかった。その時、椅子に縛られていた修一郎が、そのままの格好でそろそろと立ち上がり、牛田の足に倒れながら体当たりをした。

　椅子の角が、体を反り返し足を踏ん張って真介を締め上げていた牛田のちょうど膝裏に当たった。思わずよろけて力がわずかに緩んだ。真介はこの一瞬の隙に大きく息を吸い込み、反っていた頭を思い切り牛田の鼻柱に叩き付けた。ぐしゃっという骨の砕ける音がし鼻血が飛び散った。

さすがの牛田も「ぐえっ」という声を出して腕の力が抜けた。真介は最後の力を振り絞って身を捩り左腕を抜くことに成功した。すかさず人差し指と中指でV字をつくり、牛田の両目に深々と突き刺した。ギャーッと叫んで牛田は真介の体を放り投げて顔を覆った。真介は体を倒したまま荒い息を吐いていたが、すぐに深呼吸をしてよろよろと立ち上がった。態勢を整えると悲鳴を上げている牛田の後ろに回り、膝の裏に強烈な蹴りを入れた。がくんと膝をついた牛田に、真介は横から「俺はここだ」と囁くように声をかけた。牛田は見えないまでも真介を掴もうと手を伸ばした。その瞬間、真介の必殺の左回し蹴りが喉に炸裂した。折れた骨が気管を裂き、首の後ろから突き出した。牛田は四十年前の復讐を果たせぬまま、どっと倒れて息が絶えた。

真介は椅子に縛られたまま転がっている修一郎を助け起こし、縄を解きながら「よくやった」と声をかけた。修一郎はかなり殴られてあちこちに傷があるようであったが、致命的な傷ではなさそうであった。その時玄関から飛び込んできた男がいた。真介は咄嗟に床に落ちている拳銃に飛び付き男に向けた。腰だめに拳銃を構えた真佐人であった。真介は状況を確認しないまま飛び込んできた無謀さを注意しようと思ったが、何も言わずに立ち上がり拳銃をベルトに差し込んだ。胸が疼く。この痛さでは肋骨の一、二本が折れている感じだが、顔に出すような男ではなかった。

真佐人は「ご無事でしたか」と安堵しながら言ったが、真介に睨み付けられて「いえ、負けるはずはないと信じてはいましたが」と慌てて付け足した。真介は苦笑を浮かべて「田所は？」と聞いた。

「あいつが組長の田所ですか」

「そのようだ。こいつは牛田といって、これを使えるのは田所しかいない。俺と哲二と同じ慈恵園にいたのだ」

「奴はその慈恵園に逃げ込みました。追おうかとも思ったのですが、修一郎さんの安全確保が第一と思い直して戻ってきました」

真介は「それでいい。田所は俺がやる。お前は修一郎の手当てをして哲二に無事を伝えてやれ」と言って真介は玄関から飛び出していった。真佐人はどこか痛めているような真介の後ろ姿に声をかけようとしたが、また睨まれそうで肩を竦めて携帯を取り出した

真介は横殴りの雨の中、街灯の明かりの届かぬ所から懐かしい門を見つめた。建物は改築されていたが、門は昔のままであった。思い出に浸る暇もなく正門を避けて右側の木立ちに入っていった。間もなく小さな庭の柵の横に出、身を雑草の中に潜めてあたりを窺った。宿舎の角に昔通りに明かりがついていたが、今は裸電球ではなく蛍光灯になっていた。どうやら切れかかっているようで、ついたり消えたりする明かりが周りの影を踊らせている。真介は五分ほどそのままでいたが、やがてその明かりが届くか届かない所に立っている大きな楠の根元に神経を集中した。昔は電信柱くらいの太さであったが、今は抱えるほどになっており、その根元がやや不自然に太

くなっているのだ。その時強い風が吹き木の横から何かがはためいて見えた。どう見ても着物の裾である。

真介はさらに二分待ってからそろそろと体を起こし、低い柵を跨ぎ越すと楠と蛍光灯を結ぶ陰の部分に入った。田所が木のどちら側から現れても対応できるように、拳銃を軽く揺らしながら身構えて進む。十メートルを切った所で一度止まり、右側に跳ぼうと足場を固めた時に、宿舎の左端の窓に微かな動きを感じた。はっと拳銃を向けたが遅かった。閃光が閃き真介の左太腿に激痛が走った。横倒しになった真介は、それでも銃口を窓に向けようとしたが「止めときな」と言う声で敗北を悟った。「ハジキを捨てろ」と再び闇から声がし、真介は半身を起こすと拳銃を楠の方に放り投げた。

田所は宿舎の窓をゆっくりと跨いで現れた。真介の手の届かない所まで来ると立ち止まり「牛田が来ないということは、お前が倒したのか?」と聞いた。

真介は「ウシだけじゃなく、箱根の襲撃隊も来ない。残ったのはお前だけだ」と言って足の傷を押さえるふりをして左手を足首の方に伸ばした。ナイフがくくり付けてあるのだ。「無駄なことはしないことだ」と田所は言いながら真介の足元に近付いていき、傷を負った左足を思い切り蹴った。真介が痛さで呻き声を漏らすのを見ながら屈み込み、素早く足首を探ってナイフを抜き取り後ろに下がった。

「襲撃隊もやったのか?」

「そのナイフでな」

田所は握ったナイフを見つめながら信じられないような顔をして言った。

「貴様は牛田の呼び名も知っていたが、いったい何者だ」

「覚えがないか？　村下真介だ」

「ムラシタ……シンスケ。ここの同級生だった？」

「ウシをやっつけたのはこれで二回目だ」

田所は思い出した。それと同時に乾哲二がのし上がってきた陰に、凄腕の殺し屋がいたという噂も聞いていたし、昔熱海の組織を一夜にして殲滅《せんめつ》させて姿をくらませた男――今や伝説となっている――の話も知っていた。それ以来二十年以上も姿を見せていないので、巷では死んだと言われていたのだ。

「そうか、貴様が影男だったのか」と田所は呻くように言った。

「田所、お前はお終いだ。乾の首を土産に龍神会に取り入ろうとしたのだろうが無駄だったな。組も全滅したしな」

「うむ。だがな村下、俺は殺し屋としても一流だ。伝説の影男を殺った男として、どこでも尻尾を振って迎えてくれるぜ」

「お前が一流？」真介は田所を蔑むように見て「お前は一流とは程遠い。一流の殺し屋なら手傷を負わせた相手は一気に殺す。いつ邪魔が入るか分からないからだ。俺がなぜお前の詮索話に付き合ったと思う?」と言うと、田所の後方に目をやって頷く素振りをした。

田所は後ろを振り向こうともせず、せせら笑って「その手にゃあ乗らねえぜ。それじゃあご忠告に従おう。あの世で牛田と三回目を戦いな」と言うと銃口を真介の額に向けた。その時風の音とは違う、金属と金属の擦れる音が後ろから聞こえた。明らかに撃鉄を起こした音だ。田所はそのままの姿勢で凍り付いた。いつの間にか何者かに背後を取られていたのだ。

「そういうことか」と田所は観念し「こうなったら、影男を殺った男として名を残して死ぬより仕方がないな」と言った。

「チャンスをやろう」と後ろの男が口を開いた。

「チャンス? どういうことだ」

「俺と抜き撃ちの勝負をするんだ。一流とはどういうものかを教えてやるよ」

田所は内心ニヤリとほくそ笑んだ。活路が見出せたのだ。後ろの男は圧倒的に優位な立場を自ら放棄しているのだ。村下の言う一流とは程遠い男なのだ。

真介も同じことを考えていた。俺を助けるためとはいえ甘い。甘すぎる。

「面白い」と言って田所はゆっくりと振り向き、拳銃をホルスターに収めた。

男が楠の陰から姿を現した。宿舎の上の蛍光灯で逆光になっているので見分けにくいが、若そうな感じである。手にしている拳銃はかなり小ぶりである。彼もゆっくりと拳銃をホルスターに収め、両手をだらりと垂らした。

田所は「苦しまねえように胸の真ん中を頼むぜ」と言ってニヤリと笑った。

数瞬の時が流れた。この時ばかりは台風もはたと止んでいた。田所の右腕が素早く動き拳銃を掴んで引き抜いた。いや抜こうとした。半分ほど抜いたところで田所の目は、相手の銃が既に自分に向けられているのを捉えていた。

次の瞬間、男の手元から閃光が走り、田所の右目から鮮血がほとばしっていた。「うおっ！」と叫びながら、それでも田所は拳銃を抜き終わり、相手を見定めようと残った左目をかっと見開いた。次の弾丸がその目を貫いた。田所はがくっと膝をつき何かを探すように首を振っていたが、とどめの一弾で喉を裂かれて仰向けに倒れた。真佐人は拳銃を構えたまま近付いてきて田所を見下ろした。

はだけた胸から防弾チョッキが現れていた。

真介は、真佐人の無謀なやり方を苦々しく思ったが、抜き撃ちの速さと正確な射撃の腕には驚いていた。礼や労《ねぎら》いの言葉もかけずに真介は、ベルトで太腿を縛り付けて止血し、差し出された真佐人の手を無視してよろよろと立ち上がると「馬鹿め」と呟いた。真佐人には、真介が自分に言ったのか田所に言ったのか判断がつかなかった。多分両方にだろう。

その時携帯電話の呼び出し音が鳴った。二人のではない。田所のポケットからであった。真介は「取れ」と真佐人に言い、受け取ると受信スイッチを入れて耳に当てた。

「田所、結果はどうなってる。襲撃隊からも連絡がないぞ」といきなり話しかけてきた。どこかで聞いた記憶のある声である。

真介は数秒待ってから答えた。「田所も襲撃隊も皆死んだ」

相手はしばらく黙っていた。今の言葉の意味を考えているのだろう。やがて「お前は誰だ」と唸るように言った。

真介は電話の主の声を思い出した。「俺の声を忘れたのか、長谷川」

再び沈黙が流れた。

「熱海で命を助けてやった男の声が分からないのか？」

電話の向こうではっと息をのむ気配がした。「か、影の男か？」

「思い出してくれて嬉しいぜ。ついでに俺との約束も思い出すことだ。俺が行くまで命を大切にしな」と言って真介は「待ってくれ！」と絶叫している携帯電話を切りもせず、柵の向こうの草むらに投げ捨てた。

エピローグ

一九九九年(平成十一年)一月

横浜駅の西口から歩いて十分ほどの、岡野町交差点近くにある高級割烹「越後」の前の通りは、新年を迎えた人の行き来で賑わっていた。

七日の午後八時、「越後」の控え室にあてがわれた座敷では、三十人ほどの男達が抑えた口調で新年の挨拶を交わし、また目礼を交わし合っていた。全員が黒のスーツ白ネクタイの正装で、和やかな中にもある種の緊張感が漂っていた。例年ならもっと賑やかなのであるが、今年は会長から重大発表があると前もって知らされていたので、何となく浮わついた気分になれなかったのである。

やがて用意ができた旨を伝えに来た女将について、全員が一様に服を整えながら会場に向かった。五十畳敷きの大広間には床の間を背に主賓席がしつらえてあり、両側に十五席ずつの盃と座椅子が並んでいた。両側の主賓席に近い席に、代貸の木崎と会長の息子で若者頭の竜一が座り、以下本部長、事務局長など序列に従って腰を下ろした。

「会長がお見えになりました」と廊下で世話係をしていた若者が会場に声をかけた。ざわついていた男達が一斉に居ずまいを正す中、上座側の襖が開いて六十代半ばの紋付きを着た男が入ってきた。上座に座り慣れた男の鷹揚さで腰を下ろしゆったりと一座を見回した。龍神会会長の長谷川竜造である。会長に従って入ってきた世話役が畳に両手をつき「お待たせ致しました。平成十一年度の新年の祝賀会を開催させて頂きます」と挨拶を始めた。

同じ時間。交差点から三百メートルほど離れた高校の、校庭に隣接して建築中の十階建てのマンションの屋上に、黒のダウンコートを着た男がいた。抱えていた防水の敷物を広げ、座り込んでダッフルバッグを引き寄せた。中から取り出したセーム革の包みを開くと、幾つもの部品に分解された銃が現れた。

薄明かりの中、男は慣れた手つきで組み立て始め、二分足らずでレミントンの狙撃銃が形を成した。でき上がると赤外線暗視スコープを取り付け、さらにサイレンサーを筒先に捩じ込むと全体のバランスを確かめるように両手で持ってみた。次いで屋上の端ににじり寄ってフェンスに三脚を据え付け銃を固定する。

スコープの電源を入れて覗き込むと、高校の校舎越しに「越後」の門が見え、数人の用心棒が白く浮かんで見えた。その一人に焦点を合わせ、それから右手でポケットを探ってティッシュペーパーを取り出し、軽く握って屋上から落とした。ゆるやかに右に流れ落ちていく。男は「距離三百八十、北の風三メートル」と声を出さずに呟くと、銃を引き寄せてスコープの目盛りを調整した。

龍神会の新年会は長谷川会長の年賀挨拶、昨年の功労者の表彰など恒例の行事がつつがなく進行し、やがて宴会となって綺麗どころが入るに及んで一気に座が盛り上がってきた。開宴して一時間ほど経過した頃、会長が木崎に目配せをした。

「皆様、ご歓談中恐れ入りますが自席にお戻り下さい。会長からお話がございます」代貸の声で、散らばって酒を酌み交わしていた男達が席に戻り、芸者や仲居達は部屋を出された。場が収まり「ではお願いします」と言う代貸に促されて長谷川はおもむろに口を開いた。

「皆も知っての通り、わしが先代から龍神会を引き継いでから十年目になる。わしも今年は六十五歳だ。そろそろ引退してもよい年齢だ」

一斉に場がざわついた。「まだお若いじゃあないですか」「もっと我々を引っ張っていって下さい」「そうだそうだ。お願いします」と言う声があちこちで発せられた。

「まあまあ」と代貸がそれらを手で制して「まずは会長のお話を伺ってからにしようじゃないか」と言い、皆が静まると「お願いします」と頭を下げた。

「皆の気持ちは嬉しく思う。わしは先代の志を受け継いで必死に働いた。皆のお陰もあって、縄張りも伊勢佐木、元町、中華街と広がり磐石となりつつある。また昨今は若い者が中心となって、東は川崎、鶴見、北は厚木、海老名まで、さらに南の横須賀にも進出しておる。その先頭に立ったのが竜一だったことは皆が知るところだ」ここまで言って長谷川は満足そうに息子を見やった。

全員が一様に頷いて同意を示した。まさに竜一の実績は傑出していたのだ。

一流の私立大学法学部出身の彼は、三年ほど弁護士事務所で修行した後組織に入り、それまでの力による縄張り拡大に、法律の知識を武器に合法的に勢力を広げてきたのである。二年前に若者頭に推挙された今年三十三歳になる自慢の息子である。幹部や若手の信頼も厚い。

長谷川は続けた。「もうわしらの時代ではない。この際身を引いて、力を付けた若い者に龍神会の運営を任せたいと思う。実績からいって四代目は竜一に継がせるのが筋と考えている。もちろん幹部会の承認が要るが、異論がある者は遠慮なく申し出てもらいたい」そうは言いながらも長谷川の目は、反対は許さないと言わんばかりに光っていた。自分の決定に逆らう者など一人もいないことを知っての威嚇である。長谷川竜造は満足げに身を反らして大きく頷いた。


その寒空の中、料亭の入り口の用心棒達は、四方に散らばっている二十人ほどの手下達からの報告をイヤホンで受け取っていた。男達は半径二百メートル以内のめぼしい建物の屋上や窓の監視を命ぜられていたのである。間もなく玄関口がざわめき出した。どうやら新年会が終わったらしい。若者が一人走り出てきて「会長がお戻りになります」と告げに来た。用心棒の責任者は無線機に「会長がお出になる」と緊張した声で伝えてあたりに目を走らせた。

長谷川は上機嫌で玄関を出た。すべてが思惑通りに進んだのだ。組織は順調に拡大を続けているし、息子へのバトンタッチにも問題はない。唯一気掛かりなのは、盃をやった湘南連合の田所が功を急ぎ、乾商事への侵攻に走ったことである。結果は失敗で田所を失ったが、そんなことは別に痛くも痒くもない。信用ができない男で、いずれは始末しようと考えていたくらいである。ただ、問題なのは乾へ手を出したことによる影男の存在であった。二十年以上も姿を消していて生死すら定かでなかった男の声が、あの夜突如として電話で蘇ったのである。

あの頃とは俺の立場は大きく違う。今では関東を二分するほどの大組織の会長なのである。もちろん護衛には相応の手は尽くしてある。影男といえども安易に手を出せる地位ではないのだ。長谷川は危惧を追い払うように首を振ると車に向かった。息子や代貸、女将達に見送られてベンツに乗りかけた時、竜一が一歩進み出て声をかけた。「親父さん、今日はありがとうございました」

振り向いて長谷川はにっこりと頷いた。その時突然、息子の額に赤い灯がぽつんと浮かんだのが目に入った。長谷川は一瞬何かなと思ったが、はっと気付いて声を上げかけた。その瞬間、赤い灯が破裂した。竜一の頭の半分が吹っ飛び、血と脳漿と骨のかけらが後ろにいた代貸と女将に飛び散った。がくんと頭が跳ね上がり、反動で体が父の懐に倒れ込んだ時には竜一の命はこの世になかった。長谷川はすでに骸《むくろ》となった息子を抱いたままその場にへたり込んだ。

用心棒達は一斉に会長の周りに人垣を作り、拳銃を抜いて四方に目を配った。

やがて長谷川は呆けたようにふらふらと立ち上がり、男達を押し退けて夜空に向かって絶叫した。「影、影男！　なぜ俺を殺らぬ。なぜ俺を……」

用心棒は会長に最後まで言わせず無理やり体を車に押し込んだ。急発進した車の中で、頭を掻きむしり慟哭している長谷川の耳に、地獄の底からの忘れ得ぬ声が響いていた。「乾に手を出した者は、一番大切なものを失うことになる」

男はダッフルバッグを肩に掛け、わずかに左足を引きずりながらビルから出てきた。すぐに資材置き場の空き地に止まっていたパジェロが寄ってきた。男は助手席に乗り込むとバッグを後ろの座席に置き「終わった」と短く言った。運転席の若者はギアを入れた。

一時間後、パジェロは湘南海岸を走っていた。ここまで二人は一言も会話を交わしていなかった。若者は男が眠っているのかと横顔を盗み見たが、男は暗い冬の海が牙を剝いて烏帽子岩を噛み砕こうとしているのをじっと見つめていた。車が西湘バイパスに入る頃には雪が降り始めた。二宮のパーキングエリアが見えてきた所で男が「あそこに入ろう」と言った。

駐車場には数台の車が止まっているだけで、売店には人影がなかった。若者が自動販売機の近くに車を止めると、男は身を捻って後ろのバッグに手を伸ばし、中から分解した銃身を取り出してドアを開けた。海岸沿いの鉄製のフェンスに近付くと、手にした鉄の棒を思い切り海に向かって投げ捨てた。

それはくるくるとブーメランのように回転しながら闇に消えた。海に落ちる音は聞こえなかった。男は風が運んでくる雪を、ダウンコートの襟で避けながら煙草に火をつけた。若者が缶コーヒーを持ってきて差し出した。

二人は無言でコーヒーを啜りながら、フェンスに肘を乗せて海を見つめていた。やがて若者が聞いた。「どうしてもやらなきゃならなかったの？」

男は答えた。「どうしてもだ」

「なぜ？」

「信念だからだ」

「乾商事を守ること？　それとも伝説を守ること？」

「いや、これは哲二や俺の伝説とは関係がない。俺と長谷川という男との問題だ。信念の問題なのだ」

若者には理解ができなかった。男も理解してもらおうとは思っていなかった。

しばらくして男が唐突に言った。「真佐人、旅に出てみろ」

「旅に？」

「そうだ。お前はまだ若い。若さゆえの迷いがある。それに自分が見えていない。世界を旅して自分を見つけてくることだ。中国大陸でもヨーロッパでも、アフリカやアメリカでもどこでもいい」

真介は煙草を踏み消すと再び暗い海に目をやった。まるで海の向こうの何かを見つめているように。

「俺は世界中を歩いてきた。そして見て戦ってきた。世界には信念に生きている人が多くいる。

それが信仰であれ民族であれ国家であれ、とにかく信念を持って生きている。その信念を守るために人は戦っている。お前は旅に出て、自分と信念の二つを見つけてくることだ」

真佐人は父の信念とはいったい何なのかを聞こうとしたが止めておいた。答えてはくれないに違いない。しかし真佐人には父の言葉が嬉しかった。初めて父親らしい忠告を聞いたのだ。

「帰ろうか」と言って真介は背を向けた。その背中に「ありがとう」と声をかけ、続けて初めての言葉で呼びかけた。

「父さん」

（完）

著者プロフィール

落合陽二郎（おちあい ようじろう）

1942年、岡山県生まれ。成蹊大学中退。

1964年、食品関連企業入社。

2002年、定年退職。

孤狼の絆

2003年9月15日　初版第1刷発行

著　者　落合陽二郎

発行者　瓜谷 綱延

発行所　株式会社文芸社

〒160-0022　東京都新宿区新宿1－10－1

電話　03-5369-3060（編集）

03-5369-2299（販売）

印刷所　株式会社エーヴィスシステムズ

ISBN4-8355-6284-4 C0093